AF593124

MEMORIAS DE UN HOMBRE INCOMPLETO

MÁS VALE CAER EN GRACIA
QUE SER GRACIOSO

Dicho Popular

¿Y SI NO CAES EN GRACIA
NI ERES GRACIOSO?

ENTONCES: CUANDO LAS BARBAS
DEL VECINO VEAS CORTAR
PON LAS TUYAS A REMOJAR.

YO HACE TIEMPO QUE ME
LA CORTÉ POR SI ACASO

AUNQUE LA MONA SE VISTA DE SEDA...

DIME LO QUE ESCRIBES Y TE
DIRE DE QUE PIE COJEAS

A LIBRO REGALADO
NO LE MIRES EL DIENTE

¡Bueno ya está bien!
¿O es qué piensas pasarte todo el libro con refranes y chascarrillos?

LA ÚLTIMA:

MÁS VALE PAJARO EN MANO
QUE TE SALGA EN EL
CULO UN GRANO

ESTA ES PARA TI AMIGO, PORQUE SÉ QUE LA ESTARÁS LEYENDO DONDE VAYAN LAS BUENAS PERSONAS QUE HAN TENIDO QUE DEJAR LA VIDA POR LA PUERTA DE ATRÁS.
VUELA LIBRE COMO SIEMPRE LO HICISTE.
ESTE LIBRO ES PARA TI, Y PARA TODOS AQUELLOS QUE HAN TENIDO QUE MARCHARSE DEMASIADO PRONTO...

EL NACIMIENTO

Soy un ser insignificante que nació, vivió y murió en un insignifi cante pueblo de un no menos insignificante país.
Tanta insignificancia me ha llevado a escribir estas memorias para así poder salir, al menos durante unos instantes, de la misma.
Mi vida transcurría feliz y tranquila hasta el día en que nací.
Desde el preciso momento en que a mi madre se le ocurrió arrojarme al mundo, y digo bien, arrojarme, porque la cosa fue así, literalmente. La pobre mujer ya había parido a otros diez hijos antes que a mí y más que parirlos se le caían.
Como digo, fue acabar de nacer y mi vida cambiar a peor.
Ni siquiera lloré como hacen la mayoría de los niños cuando la comadrona me levantó en el aire y me dio la primera "hostia "en el culo, preludio de las muchas que me darían más tarde. A otros niños les daban palmadas, pero como mis padres eran pobres, la comadrona que vino a asistir a mi madre en el parto, además de traer niños al mundo era también lavandera y mujer de la limpieza. Con tanto pluriempleo no es de extrañar que la buena mujer se confundiera de actividad y lo mismo le cambiaba el pañal a una silla, que sacudía el polvo del culito de un bebe. Ese debió de ser mi caso.
Ya he comentado que no lloré a pesar del "estacazo", simplemente permanecí muy quieto mirando a mi alrededor, esperando que alguien se dignara explicarme que narices hacia yo allí. Pero era evidente que nadie pensaba hacerlo. Yo solo era un pobre niño y a los niños pobres no se les da demasiadas explicaciones, eso queda para los niños que nacen en el seno de familias "bien". A uno de esos le hubiesen hecho miles de preguntas y dado toda clase de respuestas:
Ay mi chiquitín... ¿Qué te pasa qué no lloras?
¿Has tenido un viaje agitado?
¿Acaso no te sientes bien en este mundo? No te preocupes. Papá y mamá te darán mucho más de lo que puedas necesitar, para compensarte por el trastorno de ha ber nacido.
A mí, por el contrario, se limitaron a arrojarme sobre una pila de trapos sucios, pensando que era un anormal que a la hora de la cena abría abandonado ya este mundo cruel.
Pero yo de anormal no tenía nada...bueno algo sí tenía, si es que

eso se puede considerar anormal, aunque yo más bien le llamaría superior a lo normal, pero eso lo descubriremos más adelante. La buena cuestión es que yo no soy de los que abandonan nada (como comprobaréis, si mi historia os llena lo suficiente para que la sigáis leyendo) y cuando mi pequeño estómago me avisó de que el también había nacido, con un: *"¡Aquí estoy yo!"*, comencé a berrear pidiendo el rancho. Mi madre que ya se había levantado de la cama y estaba haciendo la cena para el resto de la tropa, que no tardaría en llegar del campo, se acordó de que había dado a luz ese día y de que la cosa debía de estar olvidada por ahí. Me buscó entre los trapos y me plantó delante de uno de sus enormes pechos, donde me sentí como en mi propia casa.
Desde entonces cada vez que veía uno como ese (y os aseguro que tuve la suerte de ver muchos a lo largo de mi agitada vida) me acordaba de mi madre. La pobre murió esa misma semana a consecuencia de una infección causada por el parto. Tanto tentar la fortuna habría de pasarle, tarde o temprano, factura y fue precisamente en esta ocasión, dejándome destetado a las primeras de cambio.
Mi padre se encontró con dos problemas. Por una parte, tenía a un niño llorón con el que no sabía lo que hacer y por otra parte se había quedado sin sirvienta. No es que pensara echar mucho de menos a mi mamá, pues la buena mujer ya se le había hecho vieja a sus treinta y cinco años y estaba entrando en esa etapa de la vida en que las mujeres les dicen casi siempre que no a los hombres; y encima solo sabía calentarle la cabeza cuando llegaba reventado de trabajar en el campo de sol a sol.
Pepito no se ha comido los garbanzos.
Hortensia no ha hecho los deberes.
Julián necesita unos zapatos nuevos.
Él nunca contestaba, hasta que no salía por la puerta de casa camino del bar, de donde regresaba a las tantas y nunca acertaba a encontrar la cerradura:

—Esas son cosas de mujeres —le decía desde el umbral.

—Cosas de mujeres... ¿Planchar cocinar, limpiar y educar a los hijos son cosas de mujeres? ¡La próxima vez que nazca me pido ser hombre! —le acababa gritando invariablemente, pero él no la oía ya.

Todo eso, como es fácil de entender, ocurrió antes de nacer yo, porque ahora la pobre esclava que le dio el Señor estaba muerta

Por suerte para mí, se hizo cargo del bulto mi abuelo, que vivía en el pueblo de al lado, en una casita situada junto a un castillo destruido. De esa forma evitó que su nieto acabase en un orfanato, que era el sitio a donde mi padre tenía intención de llevarme.
Mi abuelito y yo vivimos muy felices. Me crio con leche de cabra, hasta que me comenzaron a salir los dientes. Nos apañábamos muy bien los dos juntos, excepto por las noches, en que mi abuelo recibía a una dama del pueblo para que le hiciera compañía durante dos horas aproximadamente. Yo no comprendía para que la quería. Conversación le daba poca, si exceptuamos unos sonidos guturales que emitían los dos, y además tenía siempre las manos más frías que un tempano de hielo.
Cosas de mayores...
La mujer era la esposa del sereno del pueblo y por lo visto no le gustaba quedarse sola mientras su marido recorría las calles cantando su eterna letanía. Era decir: ***¡Las doce y sereno!*** y allí estaba la mujer, puntual como tren de largo recorrido en una gran nevada.
Mi abuelo la recibía en su seno y se dedicaban a sus menesteres, mientras la voz del marido se iba alejando por la calle mayor. Cuando el sereno cantaba las dos, se levantaba, le daba un beso de buenas noches y desaparecía.
Yo siempre pensé que el buen sereno era un tío muy amable. Prestarle su parienta a mi abuelito, para que le hiciese compañía mientras él estaba trabajando, era una acción muy solidaria. Eso sí que era la caridad bien entendida. A mí me caía muy bien el hombre, incluso estuve a punto de darle las gracias por el préstamo sin intereses.
Un día que íbamos a comprar al mercado nos lo encontramos y mi abuelo le saludo de forma bastante fría, yo me sorprendí y quise corregir esa injusticia diciéndole que no se preocupara que nosotros se la cuidábamos muy bien mientras él hacía su ronda, y que su mujer estaba muy calentita en la cama con mi abuelo, pero extrañamente mi abuelo se enfadó y me dio un pescozón para que me callara cuando apenas había comenzado a hablar. No lo entendí, ya que mi abuelo no era una persona desagradecida...
Cosas de mayores.
La "serena "siempre que se despedía de mi abuelito, le daba un beso, lo arropaba y le decía a modo de despedida:
—Me voy, que el impotente está a punto de terminar su ronda.

Hasta mañana.

Un día le pregunté a mi yayo que era eso de imponente, pero me contestó que ya lo sabría cuando fuese mayor, y que era de mala educación escuchar a las personas mayores mientras hablan de sus cosas.

¡Anda! ¿Dónde quería el buen hombre que me metiera cuando ellos hablaban? La casa era tan pequeña que dormíamos los dos en la misma habitación. Bastante desgracia tenía yo con no pegar ni ojo por culpa del escándalo que montaban algunas noches.

Esa fue también la primera vez que escuché esa frase tan utilizada por los mayores, cuando no saben cómo explicarnos las cosas a los niños preguntones. Los ancianos siempre dejan las cosas para cuando seas mayor. Luego te mueres antes y se te quedan muchas cosas en el tintero.

Tampoco esta vez me pensaba dar por vencido en mi ansia por saber.

Una noche en que los ruiditos habían sido especialmente intensos por parte de los dos acompañantes, se me ocurrió preguntar:

—¿Os encontráis mal? ¿Llamo al sereno?

Un coro de risitas y murmullos acogió mi inocente pregunta.

—Duérmete. Ya lo sabrás cuando seas mayor.

¡Cagon diez con el cuando seas mayor!

"De todas formas, no creo que a mí me guste lo que hacen estos dos cuando sea mayor (¡Bendita inocencia!) "

Tantos:*"Ayyys y Fiuuuuuus"*, suspiros, quejidos, y vahídos no podían ser nada bueno para el cuerpo humano.

La siguiente noche, tuve necesidad de interrumpirlos otra vez. Me sabía mal, pero es que tenía una de esas dudas existenciales que nos atormentan continuamente a los niños de mi edad.

—Yayo...

Escuché un bufido, seguido de un juramento apagado.

Cómo no me contestaba insistí:

—Yayo... ¿Me escuchas?

—¡Qué quieres, muchacho! —respondió enfadado.

—Tengo que hacerte una pregunta muy importante.

Más bufidos y cuchicheos...

—¡Hazla y luego a dormir!

Me lancé:

—¿Este sereno no tiene pito?
El silencio que invadió la habitación tras mis palabras, se podía cortar con un cuchillo, hasta que por fin dos carcajadas lo rompieron.
—¡Ja, ja, ja, ja...! —él.
—¡Ji, ji, ji, ji...! —ella.
—¿Por qué os reis? —pregunté inocentemente.
—¿Qué por qué nos reímos? ... ¡Ja, ja, ja, ja!
A mi abuelo le había entrado la risa tonta.
¡Pues a mí no me hacía ninguna gracia!
Esa mañana habíamos estudiado en el cole las frases populares y los refranes y yo me quedé con una que decía:
"Le hace menos caso que al pito de un sereno".
Por lo tanto, y teniendo en cuenta que en la habitación estaba la parienta de un sereno, yo quería saber dónde tenía su marido el aparato de soplar. Así se lo expliqué a la pareja.
—Es que yo nunca lo he visto con el pito en la mano y mucho menos en la boca.
Otro silencio.
—¡Ja, ja, ja, ja!
—¡Ji, ji, ji, ji!
¡Ya me estaban tocando las narices con tanta risita!
¿Qué había dicho ahora para que se rieran otra vez?
En este caso fue la mujer la que me respondió sin dejar de reír:
—¡Ni yo tampoco muchacho, ni yo tampoco, y te aseguro que más de una vez se lo he buscado desesperadamente, pero sin éxito!
¡Vaya respuesta más imbécil!
Si lo sé no pregunto...
Pasó una hora y aún se les oía reír de vez en cuando.
Esa noche cuando regresó "el del pito ausente", y la serena se disponía a marcharse, me dijo desde la puerta:
—Si algún día se lo encuentro serás el primero en enterarte.
Y se marchó tan tranquila. Yo cada vez tenía menos ganas de hacerme mayor para acabar siendo un descerebrado como estos dos.
El día en que cumplí los diez años, mi abuelo entró en el baño cuando me estaba duchando y me vio por primera vez desnudo desde que me cambiaba los pañales.
Exclamó:
—¡Madre del amor hermoso! ¿Qué tienes ahí, muchacho?

Menudo susto me dio el muy puñetero...
Yo pensé que me había visto alguna sanguijuela u otro bicho similar pegado a mi cuerpo, pero me tranquilicé al verlo mirar fijamente algo que yo tenía entre las piernas. Era eso que os había dicho antes que tenía anormal, o superior a lo normal si preferís llamarlo así.

—Pero hijo de mi alma, ¿qué le has dejado a los demás en el reparto? Tienes un coeficiente intelectual de ciento cuarenta; a tus diez años eres un chico alto para tu edad, guapo, y encima tienes ese... portento entre las piernas. Te vas a hacer más famoso entre las mujeres que Don Juan Tenorio.

Yo no sabía quién era Don Juanito ese, pero si me abuelo decía que era popular entre las mujeres por algo sería.

De todas formas, yo no quería ser ni famoso ni popular, pues como bien presentía a mis diez años, en esta vida es mejor pasar desapercibido y así evitar malas envidias. La gente que no puede tener más que tú, basa sus ilusiones en evitar que tú también lo tengas, y con eso se conforman. Estúpidos....

Para mi pesar, eso fue algo que descubrí durante toda la vida.

Mi abuelo no añadió nada más, y salió disparado por la puerta.

Yo no presté demasiada atención a ese hecho y seguí duchándome. Me estaba secando con la toalla cuando regresó trayendo de la mano a alguien. Era la serena.

Me miró fijamente antes de lanzar un grito sofocado y exclamar:

—¡Madre del amor hermoso! Vaya preciosidad.

Otra que tal.

Vaya manía.

—¿Verdad que es increíble? — le preguntó mi yayo a la sorprendida dama. Como no cerrase la boca se iba a tragar alguna de las moscas que pululaban por la casa.

—Ya lo creo —respondió la mujer sin apartar la mirada de mi entrepierna.

Yo miré por segunda vez durante ese día, para ver si me había dejado algo por ver la primera vez, pero volví a ver lo mismo que antes. Allí solo estaba el aparatito que yo usaba para hacer pipí y que me llegaba, como a todos los hombres, casi hasta la rodilla.

Por tanto, no sabía a qué narices venía tanto: *"Madre del amor hermoso "por* parte de estos dos pasmarotes que me miraban alucinados, sobre todo ella, a la que parecía haberle tocado la lotería

esa mañana.
A ver si era eso a lo qué se refería mi abuelo al decirme: ***“Ya lo sabrás cuando seas mayor”.*** Igual eran capaces de ver el futuro, allá donde yo solo veía un trozo de carne.
Mi abuelo intentó llevarse a su amiga del baño para que yo pudiese terminar de vestirme tranquilo sin tanta mirada indiscreta, pero se ve que la buena mujer aún no había terminado de explorar su futuro. Se la veía reacia a abandonar la habitación y solo un tirón final de mi abuelo lo consiguió.
¿Qué le depararía el futuro a esta santa?
Lo que sí tenía claro por la forma de mirarme es que me tenía reservado un huequecito en él para mí.
¿Qué por qué hacía esa deducción tan sorprendente?
Porque después de salir del baño me di cuenta de dos cosas.
La primera era que la doncella debía de tener los labios resecos, ya que no paraba de pasarse la lengua por ellos.
¡Pobrecilla!
“Espero que la cosa no le vaya a más, y se le abran como me pasó a mí un invierno que fue más frío de lo normal, porque la verdad es que duele bastante.”
También me di cuenta de que tenía un tic en el ojo izquierdo, y no paraba de guiñármelo. Lo más sorprendente es que era un tic muy raro, pues solo lo tenía cuando mi abuelo no la miraba.
Hasta ese momento yo solo la había podido ver en las nocturnidades, por eso no le había apreciado ese defecto a la dama.
Tampoco sabría decir por qué la mujer, que era bastante más joven que mi abuelo, a partir del momento en que me vio desnudo en el baño, comenzó a portarse mejor conmigo. Ahora cuando se despedía por las noches, me besaba a mí también y claro, como yo no había tenido el cariño de una madre, me sentía muy satisfecho al ver tanto amor femenino a mí alrededor.
Otro de los cambios acaecidos fue que ahora la mujer gritaba mucho más fuerte que él, y este le decía:
—¡Para muchacha, qué me vas a matar!
También se empeñó en que yo durmiera más cerca de donde ella y mi abuelo hacían sus ejercicios cada noche.
—¡Está tan solito ahí detrás! —comentaba muerta de pena.
El abuelo le concedía todos los deseos que la otra le pedía. Ese no iba a ser menos. Mi cama recorrió sin protestar los tres metros

que la separaban de la de ellos. Como era de esperar, esa noche no pude pegar ni ojo a causa de la proximidad al tumulto, y al hecho de que la mujer se empeñó en buscar algo en mi cama y no paró hasta que su mano lo encontró, entonces gritó más fuerte y se calló. Luego se levantó y se marchó tan tranquila.

Ese mismo día, yo le dije a mi abuelo que tantos "Ahhhhs", suspiros y quejidos no podían ser buenos para la salud, pero él me contestó:

—Tranquilo muchacho que tu abuelo tiene cuerda para rato.

Yo busqué la cuerda, pero no la vi por ningún lado y así se lo dije

—Ja, ja, ja... Es una forma de hablar, lo que quiero decir es que me queda mucha vida por vivir aún.

Pero no debía de quedarle tanta, porque esa misma noche la palmó.

Estaban inmersos en la parte en que más se emocionaban, cuando dio un grito más fuerte de lo normal, se echó la mano al pecho y se quedó quieto. La mujer lanzó un juramento, dijo unas palabras rápidas, entre las que creí entender algunas, aunque incompletas:

"¡No...mueras precis...ente ahora...bron!"

Luego pensé que seguramente la mujer dijo unas palabras en recuerdo de la memoria de mi abuelo.

Que atenta.

Después de lanzar ese responso, la buena mujer se vistió en un santiamén y se marchó sin despedirse de mí, y eso que no habían pasado las dos horas de costumbre.

Me dormí.

Por la mañana noté que algo malo sucedía porque mi abuelo no se levantó temprano como todos los días.

Me acerqué a su cama y le dije:

—¿Abuelo no te levantas a hacerme el desayuno?

Pero mi abuelo ya no se levantó jamás.

Vino un médico, que tras examinarlo detenidamente, llegó a la siguiente conclusión empírica:

—Este hombre está muerto.

Yo lo miré como miran los niños a los adultos cuando estos creen que acaban de descubrir el misterio de la Abadía y pensé:

"¡Vaya tontería qué has dicho, macho!"

¿Para llegar a esa conclusión metafísica hay que estudiar cinco años de carrera?

Extendió su mano y yo pensando que quería darme el pésame, se la estreché con pesar. Al fin y al cabo, yo era ahora el hombrecito de la casa. Pero se ve que no era eso lo que quería. Siguió plantado sin moverse de allí, hasta que un amigo de mi abuelo, cogió la cartera del difunto y le dio un par de billetes.

La casa se llenó de gente, pero nadie me hizo el más mínimo caso. Esperaba que alguien me preguntara que había pasado, pero a nadie le interesaba la opinión de un niño. Yo les habría dicho que le preguntaran a la serena, que era la última persona que había hablado con él. Según decían en las películas que veía en compañía de mi abuelito en el cine del pueblo, el principal sospechoso era el último que había visto al occiso con vida

Lo metieron en un ataúd y medio pueblo pasó por allí. Yo no conocía demasiado al abuelo, pero estaba claro, por lo que decía el populacho, que nuestro Señor le tendría reservado un puesto a su derecha.

Había sido un santo en vida:

—Qué bueno era —decía uno.

—Nunca lo olvidaremos —decía otro.

—Era una excelente persona.

—Siempre tan servicial con todo el mundo.

"¡Y tanto, y si no que se lo pregunten a la serena! No la oí quejarse ni una sola vez."

—Chaval, cualquier cosa que necesites, no tienes más que pedirla —me dijeron a coro los presentes.

Ves...si en el fondo la gente es un pedazo de pan.

Después de enterrarlo todos esos panes desaparecieron y nadie se acordó de sus palabras.

Me quedé solo de nuevo.

Solo tenía a mi padre, pero este ni siquiera se presentó al entierro, señal de que pasaba de mí. No se llevaba bien con su suegro, ya que este nunca le perdonó que se llevara a su única hija, para convertirla en una sirvienta. No se hablaban. Como mi padre no esperaba heredar, y a mí no me quería, no acudió.

Luego me enteré que mi abuelito le daba todos los meses dinero de su paga de jubilado a mi madre, para compensar lo que el otro se dejaba en el bar.

Pero cuál fue mi sorpresa cuando al día siguiente comenzaron a llegar familiares del difunto.

—Hola querido. ¿Cómo estás? —me dijo una mujerona abrazándome con pasión —Soy tu tía Edelmira. He recorrido mil kilómetros para asistir al entierro de mi primo, pero no he llegado a tiempo.

"Mil kilómetros en un día... ¡Qué tía la tía!"

¿Salió antes de qué se muriera?

El siguiente era un sobrino por parte de madre, que casi no le tocaba nada.

—¡Qué tal, muchachito! —me sacudió el polvo de la espalda y se alejó tan ufano.

Así hasta cinco presuntos familiares, que después de unos cuantos abrazos, y" *cuánto tiempo sin verte",* fueron al grano, y desenterraron el hacha de guerra.

Comenzaron a sacudirse de lo lindo.

—¡De eso nada! A mí y solo a mí me corresponde la herencia— decía la mujerona—. Yo lo quería como si fuera mi hermano.

—¡Pero que dices Edelmira, si os odiabais a muerte! —le reprochaba otra mujer de la banda.

—Y eso me lo dices tú, qué lo denunciaste durante la guerra y casi lo fusilan por tu culpa.

Los buitres carroñeros volaban bajo, cuando el cadáver de mi abuelo casi ni se había enfriado.

Las discusiones subieron de tono.

Unos se alababan así mismos, los otros les contradecían.

Las dos mujeres de la reunión llegaron incluso a las manos.

En esas estaban, que si te mato, que si te saco los ojos, cuando hizo su aparición un tipo trajeado portando un maletín de piel. Vio la escenita que estaban montando las "damas", y exclamó:

—¡Señoras! Hagan el favor de comportarse que hay niños delante —les dijo todo serio.

"¡Por mí no se preocupe! Que sigan"

Eso es lo que me habría gustado decir a mí, pero ya he dicho que yo era un cero a la izquierda en todo aquel "paripé".

Pero las dos "contendientas" dejaron de tirarse de los pelos y se comportaron como lo que eran...

¡Dos arpías de mucho cuidado!

—Soy el abogado del difunto –se presentó el recién llegado.

Y sin más dilación comenzó la lectura del testamento.

Era corto y conciso...

"Dejo todos mis bienes a mi nieto Paul. Y si se presentan esos familiares que solo se acuerdan de ti el día de tu muerte,

echadlos de una patada en el culo. Sobre todo, a mis dos arpías primas, que son capaces de montar un espectáculo y pelearse por conseguir una naranja podrida".

El silencio que siguió a esas palabras fue roto por una risilla.

—¡Ji,ji,ji!

Todos me miraron. Yo era el autor, pero no me reía por haber heredado una pequeña fortuna, que en cualquier caso no tendría hasta mi mayoría de edad, me reía porque me imaginaba al abuelo pasándoselo "pipa", allá donde estuviera, al comprobar que había dado de lleno en el clavo, y sus dos primitas del alma, se habían peleado como dos verduleras en un día de mercado.

¡Cómo era mi abuelo!

Un tío cojonudo.

Mis adorables familiares, interpretaron mal mi risa (algo que ocurriría con frecuencia el resto de mi vida. Todo el mundo malinterpretaba lo que yo hacía o decía, pero ni ahora ni entonces pensaba molestarme en explicarles la verdad... entre otras cosas porque la verdad era mucho peor que lo que ellos creían que yo pensaba) y me miraron con odio y envidia.

No los eché de una patada en el culo como quería el difunto, pero de todas formas se fueron en cuanto vieron que allí no había tajada para ellos. Pero no se fueron de vacío. Uno de los hombres se llevó la cubertería de plata que mi abuelo había heredado de su madre, y también desaparecieron su reloj de oro, y su pipa de nácar, pero lo di por bueno con tal de librarme de aquella gentuza.

Se marcharon y me quedé solo otra vez.

Al día siguiente una asistenta social vino para hacerse cargo de mí y llevarme al sitio que había conseguido evitar la primera vez, y del que ahora nadie me podría librar.

Solo la serena hizo un intento de adoptarme. Seguramente, en recuerdo de la memoria de mi abuelo, quería acogerme en su seno, pero no dejaron que lo hiciera

—Adiós, querido. Te recordaré siempre

La buena mujer lloraba mientras me veía marchar. A partir de ahora nadie le haría compañía cuando su marido tuviera que salir a trabajar. Seguro que la pobre estaba pensando en mí para sustituir al abuelito, y así todo quedara en familia.

Yo también estaba triste por abandonar la casa de mi abuelo.

Ese era lo más parecido a un hogar que había tenido.

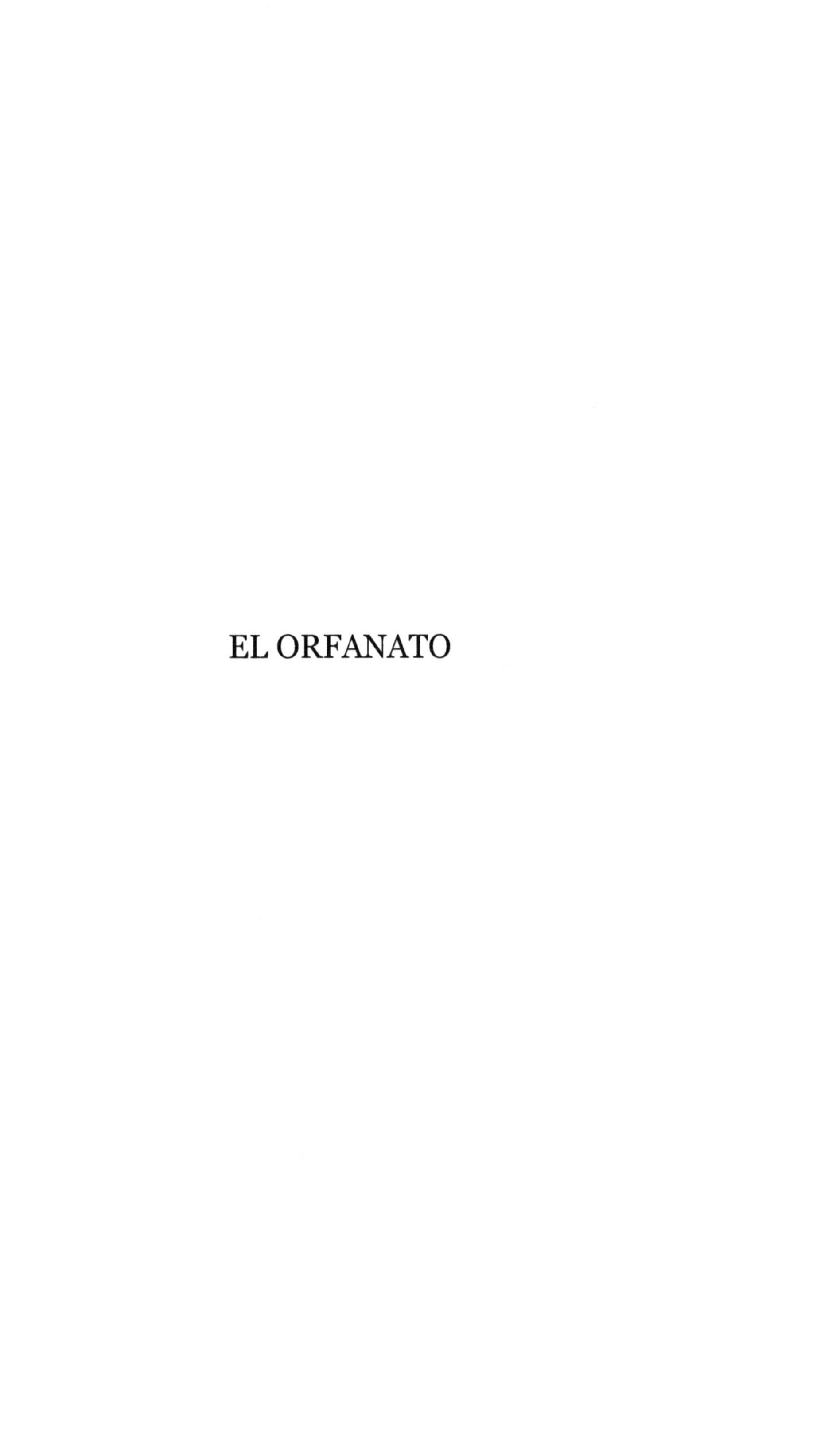

EL ORFANATO

Con la entrada en el orfanato, comienza la historia de mi vida...

<*Y lo que has contado hasta ahora qué era... ¡La vida de un marciano!*>

No, pero quiero decir que hasta ahora todo ha sido muy aburrido, nada de amoríos, ni intrigas, ni nada de todo eso que hace más amena la vida del lector.

Debo decir que a lo largo de mi vida encontré de todo. Desde hombres y mujeres buenos, en los que se podía confiar hasta la muerte, a otros, a los que por desgracia (y para mi desgracia, todo sea dicho) no se merecían ni que les diera una patada para apartarlos de mi camino.

Las envidias, los celos, el afán de poder, y en último caso la maldad y la locura innatas en algunos seres humanos, se cruzaron habitualmente en mi camino. También pudo influir el trabajo que tuve, pero eso ya es adelantarme a los acontecimientos.

Puedo decir con orgullo que nunca le hice daño a nadie voluntariamente y cuando alguien salió perjudicado por mi culpa, fue solo en defensa propia, o como castigo a una maldad merecedora de tal "premio".

Conocí a cientos de mujeres íntimamente, pero me fui a enamorar de las únicas dos que no sentían nada por mí. Quizá precisamente por eso mismo las quise yo a ellas. Los sentimientos humanos son altamente complejos y estamos hablando del más difícil de comprender de todos.

Después de la muerte tan dulce de mi abuelo, los servicios sociales me rescataron de la "serena", evitando de esa manera, que yo siguiera los pasos del pobre anciano y muriese también víctima de un recalentón de mis circuitos. Como ya he comentado antes, mi padre pasó de mí, entre otras cosas porque se había casado por segunda vez. Tenía una nueva sirvienta, a la que ya le había hecho otros cinco hijos más que sumar a los diez que ya tenía con mi madre.

Por uno más o menos no se iba a preocupar el hombre...

Ese uno más o menos (ósea yo), estaba en este momento plantado frente a la verja del colegio infantil de educación especial, que era como los modernos llaman al orfanato de toda la vida.

Una mujer con uniforme y más estirada que la lengua de un ahorcado salió a recibirme.

Seguramente llevaba un corsé de esos que se aprietan con una llave inglesa. Esa era la causa de su estiramiento, y como comprobé en mis propias carnes, de su mal carácter.

—Hola niño, ¿cómo te llamas? —me dijo muy animada la gobernanta.

A mí no me engañó en ningún momento. A pesar de mi corta edad, sabía que detrás de esa sonrisa forzada latía un demonio escondido. Pero como yo era un chico muy bien educado, gracias a que mi abuelito se encargó de enseñarme que fuera amable y servicial con los demás, muy a pesar de lo mal que le fue a él ser bueno con la semejanta que venía a visitarlo todas las noches, me forcé a contestar lo más amablemente que pude, dadas las tristes circunstancias.

—Me llamo Paulino señora.

La mujer me miró como si me viera por primera vez, y comenzó a reírse:

—Ja, ja, ja... ¡Ay no, eso no puede ser!

¿De qué se reiría esta gárgola?

¿Nunca había oído un nombre así?

"!Pues qué sepas que dónde yo vivo, si gritas ese nombre, te acude medio pueblo!"

Esta escoba con patas debía de ser de esas personas que reniegan de sus orígenes. Seguro que en su niñez se pasaba el tiempo ordeñando vacas y recogiendo patatas, y en cuanto se vino a la ciudad se cambió el nombre y ya no quiso saber nada de sus paisanos "rurales".

Nunca supe cómo se llamaba, simplemente la llamábamos la gobernanta, pero tenía pinta de llamarse Eufrasia, aunque para sus amistades selectas, ese nombre tan de pueblo se convertiría en " Frufrú"

—Que ordinario y vulgar suena —me dijo.

¡Ves como tenía yo razón! Me la calé desde el principio.

—Este es un sitio de muy alta categoría...

De no ser por la montaña donde estaba situado, no veía yo la altura por ningún lado.

—Aquí no tenemos nombres así.

El "así" lo dijo como si hubiese pisado una...

—Te llamaremos Paul, que suena como mucho más sofisticado.

Y de esa forma concluyó mi rebautizo.

Como no me vio muy convencido, tuvo a bien añadir:

—No pongas esa cara muchachito, que al fin y al cabo el primer Papa de la cristiandad se llamaba así.
Yo ya lo sabía, de hecho, a esa edad ya era capaz de recitar desde el primer Papa hasta el último, pasando por su lugar de nacimiento, y el año de su muerte, pero como siempre he sido un poco puñetero decidí hacerme el tonto.
—Mi papá no se llamaba así, se llamaba Toribio —corregí a la señora.
Por su gesto, llegué a la conclusión de que no le gustaba que nadie lo hiciera. Ese gesto de torcer el morro no presagiaba nada bueno para el que tenía la desgracia de presenciarlo, tal y como comprobaría en el futuro. Pero aún lo torcería más cuando mi acompañante le dio la puntilla.
El orfanato estaba muy alejado de la ciudad y por tanto era imprescindible un coche para desplazarse. Yo había llegado hasta allí acompañado de un joven de unos veinte años, que trabajaba para los servicios sociales. Era de esos chicos que se duchan con los auriculares puestos y que se pasan el día cantando en voz alta sus canciones favoritas. Aquel era el único momento al cabo del día que no los llevaba puestos, por lo que acababa de oír el comentario de la gobernanta. Ni corto ni perezoso añadió:
—¡Claro, chaval y te llamarás como el Beatle! Es un nombre que mola cantidad. La vieja te lo ha clavado
Si la "vieja "hubiese llevado en sus manos una manzana y un cuchillo, te aseguro que no lo hubiese utilizado para pelarla.
—Ya puede marcharse.
Lo despachó con malos modos, deseando librarse lo antes posible de este impertinente muchacho y tomó nota mental para hacer una llamada a servicios sociales y exigir que lo despidieran.
"¡Llamarme vieja a mis cincuenta y cinco años!"
Pronto sabría este pelanas con quién se la estaba jugando.
Pero el pelanas todavía seguía en activo. Le tendió un papel y le dijo:
—¡Un momento tronca, para los caballos! No tengas tanta prisa en ir a darle de comer a tus cuervos. Primero me tienes que firmar el recibí por el paquete que te he entregado —soltó, a la vez que me guiñaba un ojo con complicidad.
Al oír esto, el rostro de la mujer se tornó rojo y ofreció un bonito contraste con el resto de su persona, ya que iba ataviada con ropas

del negro más riguroso.
Si el de ahí abajo tenía un ángel negro en la tierra, sin duda estaba ante su presencia.
Con un gesto brusco le firmó el documento que el otro le tendía indolentemente. Acreditaba que "el paquete" estaba entregado para su reciclaje posterior. Sin despedirse ni añadir nada más, le pegó tal portazo en las narices al empleado de servicios sociales, que casi le pilla la cabeza con el marco.
—¡Tía qué casi me decapitas la nariz! —protestó alzando el puño—. Te hace falta salir más de marcha para no estar tan tensa y tener ese mal genio...
La voz del chico se iba apagando a medida que nos adentrábamos en el corazón del edificio. Al ser de construcción antigua tenía gruesos muros y recias puertas. Luego me contaron que durante la guerra fue un hospital, donde se atendían los casos más graves de enfermedades contagiosas y gangrenas, procurando que el aire limpio de la alta montaña curara a esos soldados enfermos. Allí murieron muchos hombres, tal y como atestiguaba el gran cementerio que lindaba con la tapia del orfanato.
Dos puertas del más duro roble se cerraron detrás de mí, dando a entender que no sería fácil escapar de allí, en caso de que fuera necesario hacerlo.
La gobernanta debió de apreciar mi gesto de contrariedad, porque dijo:
—No pongas esa cara que no te han metido en una cárcel —informó, ahora que ya estábamos en sus dominios, con mucha menos amabilidad.
Para confirmar ese hecho dos nuevas puertas se cerraron a nuestro paso.
Para no ser una cárcel este sitio tenía demasiadas puertas...
El orfanato era mixto. En el convivían chicos y chicas, con edades comprendidas entre los nueve años y los catorce. Era todo tan recto y severo que casi nunca coincidíamos. Siempre procuraban que estuviéramos separados varios metros unos de otros.
Precisamente en ese momento estaban en el comedor. Al estar todos reunidos, a la gobernanta le pareció el momento más adecuado para presentarme en sociedad.
Hizo sonar una especie de campanilla, para que todo el mundo le prestase atención, y me entregó a las fieras...

—Chicos, un minuto de atención para presentaros a vuestro nuevo compañero.
Todos me miraron.
Me sentí como el pez de la pecera de la sala de espera de un ginecólogo: un bicho pequeño y cautivo, observado por otros bichitos encerrados también.
Mi agudo sentido de la percepción (mejoró más cuando me hice adulto) que tan buen papel hizo a lo largo de mi vida, me ayudó a captar las miradas que me dedicaron mis nuevos compañeros, para así poder interpretarlas.
Lo que vi no me gustó demasiado.
La mayoría me miraba con indiferencia. Unos cuantos me miraban con el desprecio pintado en sus rostros, y ni siquiera se preocupaban de disimularlo.
Solo dos me miraron con cariño.
Un chico me ofrecía aliento con su mirada. Más tarde se convertiría en mi mejor amigo, mejor dicho, en mi único amigo, durante el tiempo que duró mi estancia en ese orfanato. Alguien que siempre estaría a mi lado cuando más lo necesitase, y sin pedir nunca nada a cambio.
La chica no era una belleza, pero su dulzura y bondad compensaban con creces esas posibles carencias. Apenas podía ver sus ojos, porque llevaba el pelo peinado hacia delante y se los tapaba. Daba la impresión que quería refugiarse del mundo detrás de aquella nube de pelos, pero pude darme cuenta de que le había causado muy buena impresión. A su lado, otra chica con la que guardaba gran parecido (luego descubrí que eran hermanas) me miraba con tanta intensidad que me sentí desnudo. El parecido entre ellas solo era físico, porque esta otra chica, que se llamaba Lucía, no se ocultaba detrás de ninguna mascara de pelo.
Esta era de las que decía:
"¡Aquí estoy yo!"
A simple vista cualquier hombre se sentiría atraído por ella, porque daba la impresión de ser un envoltorio fácil de desenvolver. Los hombres cuando tenemos cierta edad, somos tan tontos que no nos damos cuenta de que un regalo es mejor desenvolverlo poco a poco, para así disfrutar con la emoción de lo que encontrarás dentro.
Te miraba como si fueses su plato favorito, hablaba hasta por los

codos y si no la conocías bien podías pensar que haría feliz a cualquier hombre con el que se casara. Y digo que podías pensar, porque luego el tiempo me demostró que el dicho: "las apariencias engañan "es más verdad que el hecho de que todos tenemos que morir algún día. Me di cuenta desde el principio que esa chica era muy peligrosa. Aparte del hecho evidente de que coqueteaba con todo bicho viviente que llevase pantalones, era el coto privado de otro chico al que yo aún no había conocido.

Su hermana se llamaba Soledad. Vi que tenía los ojos verdes. Parecían una pradera. Te invitaban a perderte en ellos de tanta paz y relajación que trasmitían.

Se dio cuenta de que la miraba y los apartó turbada, pero fue solo un segundo. Cuando regresó sonreía tímidamente. Desde ese mismo día un estrecho lazo nos unió, pero fui tan inconsciente de no verla nada más que como a una buena amiga. Con el transcurso de los años quise rectificar ese error, pero entonces ya fue tarde.

Si los seres humanos hubiésemos inventado un reloj, que al mover sus manecillas nos hiciera regresar a aquel momento en el que tomamos una decisión equivocada y así poder rectificar...

El resto de las chicas también me miraban y cuchicheaban entre ellas. Pude oír algún que otro:

¡Qué guapo!

Lucía le dijo a la chica que tenía al lado el consabido:

¡Qué bueno está!

Vi que otros ojos mucho menos acogedores me taladraban.

Era él.

En la mesa donde se sentaban los chicos mayores, que eran los que realmente dirigían el orfanato, estaba sentado el autor de esa mirada, cuya fiera expresión daba a entender que no me recibía precisamente con los brazos abiertos.

Le llamaban ***El Perro.*** Allí a casi todo el mundo se le conocía por su mote. Teníamos "Patos, Viudas, Feos, Sapos... "y así toda una fauna de elementos de los más variopintos estilos. Yo fui de las pocas excepciones que salió de allí sin que lo rebautizaran, y aún no entiendo por qué no lo hicieron.

Como iba diciendo, la expresión del Perro se endureció desde el mismo momento en que la chica hizo esa exclamación tan desafortunada para mí. Sin duda, Lucía era su chica, por lo que no le

hacía ninguna gracia que su muñeca quisiera jugar con el muñequito
del nuevo muñeco.
Pero como a mí nunca me había mordido ningún perro, no les tenía miedo, así que le sostuve la mirada. Además de ver un brillo peligroso en sus ojos, que me demostró que el dueño de los mismos podía ser un sádico violento, vi lo acertado del mote que alguien le había puesto. Sonrió, si es que a aquello se le podía llamar una sonrisa, y me enseñó unos incisivos descomunales, que también le hubiesen valido para que en lugar de "perro" le hubiesen llamado" vampiro". Debía de estar encantado de tener a alguien nuevo al que machacar en las aburridas tardes y noches del orfanato.
Ese chico pronto pasaría a formar parte de mis pesadillas.
En ese momento la gobernanta continuó exponiendo mis virtudes ante los demás chicos. La mujer lo hacía con toda su buena voluntad, pero me estaba haciendo polvo.
—El nuevo chico se llama Paul, y además de ser muy guapo, como podéis comprobar —les dijo a las chicas, de donde salió un murmullo de aprobación, seguido por el eco de abucheos desde el grupo de los chicos a los que yo no les debía de parecer tan guapo... —es todo un genio. Tiene un coeficiente intelectual de ciento cuarenta —terminó de decir, más ufana que una madre presentando en sociedad a su hijo astronauta.
El silencio que inundó el comedor no presagiaba nada bueno.
"¡Por qué no les dices también mis otras medidas extraordinarias, a ver si así me toman más manía!"
Eso lo pensé porque vi que las miradas de indiferencia por parte de la mayoría de los chicos, se habían convertido ahora en abierto rechazo, excepto en el grupo que rodeaba al Perro (luego supe que eran sus seguidores) donde eran de puro odio. Su jefe me miraba tan intensamente que sentí miedo y di un paso hacia atrás de forma instintiva.
Sus caninos incisivos le sobresalían ahora tanto que por un momento tuve la sensación que pensaba saltar sobre mí y desgarrarme el cuello. Ni un lobo hambriento hubiese tenido esa expresión tan fiera.
Un escalofrío recorrió mi cuerpo.
No, definitivamente no parecía que mi estancia en aquel centro

fuera a ser demasiado agradable.
Me acompañaron a mi habitación, a la que no le faltaba detalle.
Tenía a mi disposición sauna, jacuzzi, cafetería propia, y unas preciosas vistas al mar...
Me acompañaron al dormitorio, que era una gran sala donde se amontonaban más de cien literas. Como últimamente eso de quedarse huérfano se había puesto de moda entre las clases bajas de la sociedad, el orfanato tenía "overbookin". Vamos que estaba hasta los topes de personal. Para albergarnos a todos colocaron camas supletorias en medio del pasillo. Eran camas individuales, y claro está, yo fui de cabeza a una de ellas.
Lo de dormir en una litera me lo tendría que ganar con el tiempo.
Nada más entrar en ese laberinto de camas pude apreciar que diversos olores se confundían en mi pituitaria, creando una amalgama difícil de calificar. Los que más destacaban eran los olores de pies. Con lo sensible que tenía yo el sentido del olfato me lo iba a pasar en grande allí.
Dejé la pequeña bolsa, donde llevaba las pocas pertenencias que la vida me había adjudicado, encima de la cama (la taquilla con llave que no servía para nada, porque te la habrían igualmente, también vendría después. Ahora solo era un novato que se tenía que conformar con lo que quisieran darle) y bajé a clase. Vi un hueco en la mesa donde se sentaba el chico que me había mirado con cariño cuando me presentaron en el comedor, y fui a sentarme a su lado. Me contó que siempre estaba solo porque él también era un bicho raro.
"Te acaba de llamar bicho raro por toda la cara"
Le dediqué una sonrisa parecida a la que mi abuelito le dedicaba a alguno de sus vecinos cuando lo había jodido de mala manera, y él se estaba cagando en la madre que lo parió, pero por una u otra circunstancia no podía decírselo a la cara.
¡Qué sabio era mi yayo!
El muchacho al verme sonreír de esa guisa se envalentonó y creyó oportuno darme su ficha completa
—Hola, me llamo Carlos, y aunque no llego a los ciento cuarenta como tú, mis ciento veinte me convierten en un paria, al que dejan de lado estos bestias, que en la mayoría de los casos no pasan de ochenta. Bienvenido –comentó en voz baja mi nuevo amigo.

A partir de aquel día fuimos inseparables. Donde iba uno iba el otro.
Durante las clases comprobé que pretendían enseñarme lo que ya sabía desde que mi madre me daba el pecho. A mi amigo le ocurría otro tanto, por lo que decidimos hacer algo para no aburrirnos mortalmente. Inventamos un juego, que luego, años más tarde, alguien copió y se hizo muy popular. Le debió de dar fuertes ingresos al que lo comercializó, pero a nosotros no nos ofreció nada por ser los inventores de la idea original.
El juego consistía en escribir números en rápida sucesión, dejando espacios en blanco que el otro tenía que adivinar. Los dos éramos unos fenómenos en la materia y las partidas siempre estaban muy igualadas. Así pasábamos las clases, y si alguna vez nos pillaba el maestro, al ver que eran números no nos decía nada, ya que creía que eran problemas de matemáticas. Si nos pillaba la profesora de lengua nos decía con su potente voz:
"Muchachos, esta es la hora de Cervantes. Guardad esos problemas de matemática, para la hora de Pitágoras". Así le llamaban a nuestro profesor de matemáticas, un tipejo pequeño y raquítico que estaba obsesionado con los números, de tal forma que hasta cuando le preguntabas la hora te decía:
" Son la raíz cuadrada de doscientos veinte dividido por el máximo común divisor de veinte y cincuenta y cuatro"
¡Joer... se te iban las ganas de preguntarle!
Volviendo a la profesora de lengua, debo deciros que se enfadaba de verdad cuando te veía jugando a los barquitos, o a las adivinanzas, entonces sí que te la ganabas. Según el día que tuviese te hacía tragarte el papelito, para lo que siempre tenía a mano un salero. Con él en la mano le decía a los que no podían comérselo:
"No te lo puedes comer porque está soso. Ahora mismo lo solucionamos". Y ni corta ni perezosa te aderezaba el papelito con el que habías estado hundiendo acorazados y submarinos con un poco de sal para facilitarte su digestión. Aunque lo que mejor se le daba era su auténtica especialidad.
¡Las patadas en la espinilla!
Te obligaba a colocarte delante de ella y a pesar de su robustez, que la hacía parecer un barco zozobrando, te soltaba tal patada en la espinilla, que siempre acababas bailando de dolor para jolgorio del resto de tus compañeros. Celebraban así que esa mujer llevase

veinte años sin fallar un solo disparo a la espinilla.
"¡Guapito, majadero, ya puedes sentarte! Guarda los combates navales para la clase de historia "
Te soltaba eso a continuación y se quedaba tan fresca la tía.
Gran mujer. Era con la única que nos lo pasábamos bien, porque sabía apreciar nuestra inteligencia.
Casi todos los días terminábamos la clase hablando del estilo de tal o cual autor, o por qué la edad de oro fue tan prolífica e interesante. Era el momento en que el resto de mis compañeros se aburrían y aún nos tomaban más manía.
Siempre nos odia el que no nos entiende y en el fondo se siente inferior por ello.
Cierto día mi amigo le preguntó:
—¿Señorita, por qué cree usted qué los grandes poetas de la historia han sido casi todos hombres?
—¡Tú por qué crees, so merluzo! ¿Cuánta poesía crees que hay en el hecho de pasarse la vida cambiando pañales y haciendo milagros para llenar la olla de comida o barrer el suelo?
Fue el primer contacto con una mujer feminista y me impactó, pues no estaba a costumbrado a oírlas hablar así y la verdad es que me gustó mucho.
En cualquier caso, a nosotros siempre nos sonreía, mientras que al Perro y a sus secuaces los llevaba a mal traer. No les dejaba pasar ni una, y no había día en que no les obsequiara con una de sus "pataditas".
La otra hora del día que esperábamos con ilusión y cierta ansiedad era la hora en que nos desplazábamos al laboratorio para efectuar prácticas de todo tipo, desde circuitos eléctricos, a la disección de una rana. No era ese el motivo de que nos gustase esa hora, ya que los pobres batracios nos daban mucha pena. Más bien era una cuestión de testosterona, porque esa hora era en la única clase en que coincidíamos chicos y chicas, hasta casi tocarnos. También descubrimos que en la biblioteca no ponían trabas para que nos juntáramos, pero eso fue algo más tarde. Por tanto, los chicos y chicas que se gustaban, esperaban con impaciencia ese momento, para entre probetas e interruptores, intercambiar miradas de complicidad, he incluso los más atrevidos llegar a rozarse las manos al pasarse alguna herramienta.

<! Igualico que ahora, que las herramientas pasan de mano en mano sin tiempo a descansar en sus fundas... ¡Je, je, je!>
"Por lo visto estoy condenado a escribir libros donde aparece algún espontaneo..."
Ya he comentado que mis dotes de observación eran muy buenas, por lo que rápidamente me di cuenta de que mi amigo estaba "colado" por Soledad. Tampoco es que fuera muy difícil verlo, ya que al pobre muchacho siempre lo suspendían en esa materia. Se le caían las probetas, quería encender el mechero Bunsen con una Mantis Religiosa, en lugar de hacerlo con las cerillas, y en fin todas esas cosas que hacemos los hombres cuando caemos en las redes del amor. Incluso un día dejó sin luz a media ciudad, porque cruzó los cables en una práctica de electricidad, y fundió todos los plomos de los trasformadores cercanos.
Otra cuestión muy diferente era que la chica le hiciera caso, pues ella solo tenía ojos para mí.
Yo no me daba por aludido. Ya he comentado que en aquellos momentos estaba colado por su hermana.
Era mi primer amor.
Alentaba a mi amigo para que le dijera algo a la muchacha. Siempre que la teníamos cerca le cuchicheaba al oído:
—Acércate y dile algo, no seas tan corto.
Pero Carlos que era un lumbreras para otras cosas, era un negado en el noble arte del amor, y siempre respondía:
—¡Pero no ves qué solo te mira a ti! Si te va a derretir como te siga mirando así
Yo también lo notaba, pero qué podía decirle.
Al fin y al cabo, para que estábamos los chicos guapos, interesantes, e inteligentes (Tú no tienes abuela, ¿verdad?), si no es para concederles a nuestros amigos las chicas que nos sobran.
Qué difícil el juego del amor. Mi amigo loco por ella, ella loca por mí, y yo ni fu ni fa por ninguno... ¡Gracias a Dios!
Yo tenía bastante dedicándome a jugar con fuego y encapricharme de la chica del Perro.

Pero retrocedamos un poco en el tiempo. Regresemos a mi primera noche en el orfanato. Cuando llegó la hora de acostarnos observé que algunos de los chicos del grupo del Perro hablaban entre ellos y luego me miraban y sonreían. Pensé que seguían burlando se de mí, y no presté más atención al hecho. Destapé mi cama y me metí dentro, o al menos lo intenté, ya que mis piernas no avanzaban. Por mucho que empujaba, algo se lo impedía. Empujé con más fuerza, pensando que las sábanas se habían arrugado y lo único que conseguí fue romperlas. Todo el mundo escuchó el característico sonido de la tela desgarrándose y entonces comenzaron a reír.

Me di cuenta de que aquella rotura no había sido casual.

Acababan de gastarme la primera novatada de las muchas que tuve que sufrir en mis propias carnes durante los tres años que duró mi estancia en el centro. No hubo noche en la que no me obsequiaran con alguna de sus gracias. Me metían piedras entre las sábanas, las mojaban con toda clase de líquidos y fluidos corporales, la embadurnaban con betún, o le soltaban algún tornillo a una de las patas de la cama para que se derrumbara al acostarme y pudieran reírse a mí costa.

Pero lo tenían claro si pretendían con todo eso doblegarme, o que fuese lloriqueando con mis quejas a la gobernanta del centro. No me conocían, ni sabían de mí fuerza y templanza para resolver las situaciones más difíciles que me iban surgiendo en la vida. Sin quejarme lo más mínimo, me arreglaba las sábanas, o la cama, y me volvía a acostar, entonces me tapaba con la manta hasta la cabeza y me aislaba de ellos. Formaba mí propio mundo imaginario. Soñaba que no estaba allí y que era feliz viviendo en el seno de una familia normal. Mi madre estaba viva y se preocupaba por mí. Mi padre me llevaba al parque y jugábamos al futbol, para después regresar a casa, donde una suculenta comida nos esperaba. Era todo eso que los demás niños tenían, y que no sabían valorar, porque nunca les había faltado. Seguía soñando con todas esas maravillas hasta que las luces se apagaban, sonaba el timbre que anunciaba silencio, y la paz y la quietud reinaban a mí alrededor. Cuando sacaba la cabeza y volvía a aquel infierno, siempre me sorprendía del cambio ocurrido en el dormitorio. Donde antes había ruido y alboroto, ahora solo quedaba tranquilidad. Ese era mí momento, el mejor rato del día. Entonces disfrutaba de verdad. Me había convertido en un pájaro nocturno. Me levantaba y salía en pijama a la terraza, aunque estuviésemos bajo cero, y yo tiritase a causa de la indumentaria tan inapropiada que llevaba para soportar esas bajas temperaturas. Me encantaba sobre todo mirar hacia el horizonte y contemplar las luces de una carretera. Por allí circulaban personas en sus coches. Cada una de ellas iría inmersa en sus miserias y grandezas, sin pararse a pensar ni un segundo que un pobre niño sin familia los contemplaba desde la distancia, deseando ocupar su lugar en ese coche que conducían. Me habría cambiado sin pensarlo por cualquiera de ellos, por muy graves que pudieran ser los problemas que tuvieran. Me prometí a mí mismo que algún día pasaría por esa misma carretera siendo un hombre libre, y entonces me acordaría de los niños que ocuparían mí lugar dentro el orfanato en aquellos momentos.

A veces, si la noche era benigna, el amanecer me sorprendía allí y tenía que meterme a hurtadillas antes de que sonara el timbre que anunciaba un nuevo día en el paraíso.

Lo que más recuerdo de aquel sitio era la sed que pasábamos.

Por increíble que parezca, tratándose de una zona montañosa, donde los arroyos de agua cristalina corrían por los alrededores, el agua escaseaba, tanto en verano como en invierno. En verano se secaban los pozos, y en invierno se congelaban las tuberías, a con-consecuencia de las bajas temperaturas que sufríamos.

La cuestión era que los chicos de aquel orfanato nos pasábamos el tiempo buscando agua desesperadamente.

La solución que adoptaron los responsables del centro fue muy sencilla: colocaron botijos repartidos estratégicamente por todo el orfanato para que no nos faltara el agua... Botijos que siempre estaban vacíos. Me preguntaba cómo era posible, cuando vi a uno de los chicos del grupo del Perro vaciarlos en el suelo.

¿Qué por qué hacía eso? Pues muy sencillo. El muy ladrón vendía botellas de agua, y claro está... Si había agua en los botijos, ¿quién se la compraría a él?

Los que tenían dinero se la pagaban, los que no teníamos, como era mí caso, teníamos dos opciones: aguantar hasta la hora de la comida o de la cena, o acudir a los lavabos para succionar en los grifos buscando las gotas que habían quedado después del último corte. Casi siempre, lo único que conseguías succionar eran las babas del chico que lo había intentado antes que tú, pero es que la sed es muy mala.

Mi vida transcurría monótona, sin ilusión ni esperanza, ya que poca esperanza puede tener alguien a quien nadie espera, ni nada posee.

Habían transcurrido dos años desde el día que atravesé la puerta de entrada. A pesar de que en ciertos momentos nos dejaban pasear por los exteriores del orfanato, yo nunca había franqueado las vallas que lo separaban del mundo exterior. Allí dentro tenía todo lo que podía necesitar. Incluso comenzaba a sentirme feliz. Aquel orfanato se había convertido en mi hogar. Allí estaban mis amigos, por lo que no tenía demasiado interés en descubrir nada más.

Por desgracia, como ocurre casi siempre que las cosas nos van bien, sucede algo que las cambia, aunque siempre a peor. Yo no iba a librarme de ese axioma.

Había pegado un buen estirón. A mis doce años era ya todo un hombrecito esbelto y bello, aunque esté mal que sea yo quien lo diga. La parte que más me sobresalía, aparte de la nariz, también había tenido la mala costumbre de crecer en consonancia al resto de mi cuerpo, pero como ya he comentado, procuraba que nadie me viera desnudo para evitar comparaciones odiosas, que luego son las madres de todas las envidias. El momento más peligroso, como es fácil de suponer, era aquel en que todos los chicos acudíamos a ducharnos juntos, cuando la carencia de agua no lo impedía.

Las duchas estaban abiertas y en ellas nos duchábamos todos a la vez (las niñas tenían las suyas propias, claro está). Pero yo me las ingeniaba para retrasarme con cualquier excusa y llegaba siempre el último. Pensaréis que así me verían más fácilmente, pero era justo todo lo contrario. Procuraba quedarme al principio, y como los demás ya llevaban un rato con el agua caliente abierta, el vapor lo inundaba todo permitiéndome ocultar mi prodigio con mayor facilidad.

Conseguí evitar que me vieran durante dos años, hasta que un caluroso día de finales de primavera, en que el verano ya se anunciaba con sus cortes de agua, decidí cambiar de estrategia: en lugar de llegar el último llegué el primero. Casi no se usaba el agua caliente, por tanto, el vapor ya no era mi aliado. Me coloqué en un rincón del final y me di la vuelta dispuesto a esperar el tiempo que hiciera falta a que mis compañeros terminaran y se marcharan. No había problema. La mayoría se lavaba como los gatos. Uno incluso decía que no le gustaba el agua porque mojaba.

Con razón luego el dormitorio parecía el gran teatro de la ópera, solo que en lugar de cantar la diva, cantaban los sobaquillos y las entrepiernas de "los artistas".

—¿Te vienes, Paul? Vamos a echar un partido —me dijo uno de los chicos.

—Ahora voy. Quiero disfrutar un poco más de la ducha — contesté.

Se marcharon por fin. Cuando me quedé solo y me aseguré que nadie vendría, me di la vuelta y deje que el agua corriese libremente por todo mi cuerpo.

Me confié, bajé la guardia y eso me costó caro.

Estaba en el séptimo cielo cuando escuche un juramento apagado procedente de algún lugar indeterminado detrás de la pared de enfrente. Abrí los ojos y no vi a nadie. Al juramento siguieron varios *"¡Ohhhhhs!"* de exclamación. Miré más detenidamente, y cuál fue mi sorpresa al ver un pequeño agujero a la altura de mi...bueno de mi "eso", y un ojo que miraba por el orificio.

Me tapé rápidamente, pero era demasiado tarde. El mal ya estaba hecho. Esa misma tarde mi nombre corría de boca en boca por todo el orfanato. No había corrillo, ya fuera de chicos, chicas, e incluso profesores, que no hablase de mi "pequeña deformidad".

Debo de confesar que os engañé cuando dije que a mí no me habían puesto mote, me daba vergüenza, pero la verdad es que a partir de ese nefasto día todos me empezaron a llamar:

"Paul el de las tres piernas", aunque al ser demasiado largo, para abreviar, uno de los chicos tuvo la brillante idea de llamarme" "*T***r***espiés"* a secas.

Como era de esperar, mi vida cambió todavía a más peor.

Si mi intención hasta ahora era pasar inadvertido y procurar no ofender a nadie con mi exceso de inteligencia, este otro exceso ofendía mucho más aún.

Según el sexo de la persona que se cruzaba conmigo, me trataba de una manera u otra.

Casi todos los chicos me miraban con desprecio, o directamente me insultaban, o me decían cosas que yo no entendía como:

" —¡No te vas a comer una rosca, amigo!"

"¡Pues vaya contrariedad! Con lo que me gustan a mí las roscas con pan, aceite y sal" —pensaba yo, sin acabar de comprender que narices tendría que ver mi merienda favorita con lo que me colga-

ba entre las piernas.
La gente tiene una maldad...
Si la que se cruzaba conmigo era una chica, apartaba la vista y se ruborizaba, excepto las dos que me descubrieron a través de aquel agujero de la ducha, que comunicaba los baños de los chicos con el de las chicas (más tarde me enteré que lo habían hecho los chicos algunos años atrás para espiarlas a ellas). Esas dos me llamaban "¡Machote!", y acompañaban esa palabra con gestos parecidos a los que hacía la serena. Sacaban la lengua y se humedecían los labios como si los tuvieran resecos.
De verdad que la sequía cada vez estaba peor en aquel orfanato. Cómo habían cambiado los tiempos en aquellos últimos años. Ahora eran las chicas las que expiaban a los chicos... ¡Si la institutriz de Heidi levantara la cabeza, con lo recta y estirada qué era ella!
¿Cómo qué no sabes de quién te hablo?
Imposible.
No hubo ser humano en este país que no llorara con las desventuras de esa mocosa. La institutriz era la que tenía nombre de perro, de esos que se comen a sus dueños de vez en cuando.
La buena cuestión es que mi vida en el orfanato cambió a partir de ese momento. Ya sabéis que hasta entonces no había sido precisamente un camino de rosas, gracias sobre todo a mi enemigo, quien se veía en la obligación de putearme de vez en cuando, más que nada para recordarme quien mandaba allí. Pero ahora, a consecuencia del desliz de las duchas, su amiguita que hasta ese momento no me había hecho ni puñetero caso, tuvo a bien encapricharse de mí, y comprobar si lo que le contaban sus amigas era cierto o pura exageración. Yo se lo habría confirmado en caso de que la chica me lo hubiese preguntado, pero ya sabéis como son algunas personas... Si no ven no creen.
Mas tarde me enteré que algunas chicas habían puesto precio a mi cabeza. Habían apostado para ver cuál de todas ellas probaba primero tan suculento manjar.
A partir de ese momento me hice más famoso que un cantante de moda perseguido por su grupo de fans.
Raro era el día en que alguna de ellas no intentara citarme en algún sitio apartado, y eso que como ya he dicho, era verdaderamente difícil el poder encontrarte con una individua del otro sexo.

Ahora me pasaba el tiempo quitándomelas de encima y huyendo por los pasillos.
Me preguntaba a mí mismo:
"¿Qué ha cambiado de ayer a hoy? Continúo siendo el mismo chico al que vosotras ni siquiera mirabais hasta hace poco".
¡Pero qué carajo, una apuesta es una apuesta!
Al final ocurrió lo que tenía que ocurrir. Yo aún estaba a medio hacer, pero no sé qué pasa que las chicas a esa edad crecen el doble que nosotros, y como uno no es de piedra, y los encantos de la chica eran muchos y abundantes, terminé por sucumbir como el glorioso ejército español defendiendo la plaza de las Filipinas.
Me pasó en la biblioteca.
Allí iba siempre que podía para relajarme y estar tranquilo. Casi nunca había nadie y por eso acudía yo, pues desde siempre he sabido apreciar la soledad como un don que uno se concede sin tener que pedir permiso a los demás.
Puesto a hacerlo, tuve la suerte de que me pasara con la mejor. Aunque eso depende de cómo se mire. Lucía era la chica que más me gustaba como ya os he comentado...
¡Y también la más peligrosa!
Era un volcán de pasión, pero bien es sabido que los volcanes también explotan y este me explotó en los morros.
Estaba tranquilamente relajado leyendo un libro de Byron, cuándo la puerta se abrió, levanté la cabeza, sorprendido y vi delante de mí a la espectacular chica que me miraba como si acabara de atravesar el desierto y se encontrara frente a un refresco bien frío.
Yo, a fuer de ser sincero, me acojoné. Los tíos somos muy gallitos cuando vamos en grupo y nos metemos con las chicas, pero cuando una nos pilla a solas, como era este caso, deseamos que se nos trague la tierra.

—Hola Paul —me dijo, cual odalisca susurrante y provocadora.

—Hola... hola Lucía —respondí nervioso, cual tonto inexperto en el noble arte de guerrear contra las amazonas. Eso era aquella chica.

—Me han dicho que gastas un buen pie, y yo traigo una horma para poder comprobarlo.

¡Alaaa...al grano!
Nada de:
" Conocernos primero"

" ¡No pensarás qué soy una chica fácil!
" Mi mamá te quiere conocer".
De verdad que esto ya no es lo que era... ¡Viva el romanticismo en las relaciones de pareja!
Y ahí se acabó la conversación. Me arrinconó contra una estantería repleta de libros de lengua y procedió al examen de la misma. Se pegó, juntó nuestras bocas, e introdujo su extremidad parlanchina buscando la mía. Yo no las tenía todas conmigo (era consciente del tremendo berenjenal en el que me estaba metiendo), hasta que nuestras lenguas se encontraron y una descarga de electricidad me recorrió de la cabeza a la punta de los pies.
Me quedé tan sorprendido como maravillado.
¡Era fantástico!
¿Por qué nadie me había hablado de esto hasta ahora?
"¡Esto es lo mío!" —pensé y seguí besándola con pasión.
Ahora, el que se entusiasmaba era yo, y mis manos exploraban abiertamente el firme cuerpo de la chica. Estaba a punto de descubrir un nuevo continente cuando noté que algo se interponía entre ella y yo.
¿Quién sería este ser tan inoportuno?
Precisamente ahora que le estaba cogiendo el gusto al tema...
Miré hacia abajo y vi que un bulto extraño salía de mi cuerpo. Ese ser era el causante de la separación que existía entre Lucía y yo.
Me asusté, y pensé que se me había metido algún bicho dentro del pantalón.
¡Qué casualidad más tonta válgame Dios!
Unas risitas pícaras por parte de mi amiga, me ayudaron a comprender que el único tonto en la habitación era yo.
"¿Eres tú?"—le pregunté a esa parte de mi cuerpo que tenía vida propia.
Comencé a sentir vahídos y palpitaciones.
"¿Qué haces?".
"¿A dónde vas?".
¿No ves que si sigues por ese camino me dejarás sin sangre en el cerebro? No querrás que me dé un "telele" y me desmaye delante de esta chica"
Pero no me hacía caso. Acababa de descubrir que esa parte rebelde de mi cuerpo se había hecho mayor y pasaba de los consejos de papá.

En ese momento observé que una de las manos de la chica se dirigía hacia allí para darle la bienvenida al mundo de los adultos. Nunca llegué a saber lo que habría pasado a continuación, porque en ese momento otra mano agarró a la chica del pelo y la apartó de mi lado con violencia

—¡Suéltame animal! Me haces daño.

Una voz desagradable la hizo callar.

—¿Se puede saber qué haces aquí, zorra?

Era el Perro acompañado por su tribu. Permanecía plantado mirándonos con mala cara.

Si hasta ese momento yo creía haber visto miradas de odio, estaba muy equivocado... ¡Esto era una mirada de odio!

—Desaparece de mi vista antes de que cometa una barbaridad. Luego hablaremos tú y yo —le dijo a Lucía, que muerta de miedo, abandonó la biblioteca a toda velocidad.

Cuando la chica salió toda su atención recayó sobre mi persona. Conmigo no tendría piedad. Yo nunca he sido un quejica, ni he intentado cargar a los demás con mis fallos o errores, pero en esta ocasión quería explicarme y decirle a ese animal que yo no tenía intención de estudiar anatomía junto a su novia. Era ella la que se había encaprichado de mí.

No era mi estilo, pero es que veía venir que me iba a caer una bien gorda.

—Yo... verás... ella —comencé a decir.

El primer puñetazo en la boca del estomago me pilló desprevenido. y tras encajarlo de lleno, pude comprobar que todas las cosas se ponían en su sitio. Esa parte de mi cuerpo que no aceptaba órdenes, porque iba por libre, volvió a su estado normal. La patada que buscaba que se hinchara de nuevo, aunque de forma mucho más dolorosa, no la alcanzó de puro milagro, pero aun así impactó en mi pierna con un ruido sordo. Fue tan intenso el dolor que caí al suelo, y a partir de ese momento arreció la lluvia de patadas y puñetazos por parte de todos los componentes del grupo. No hubo parte alguna de mi cuerpo, que no recibiera algún golpe. Finalmente caí inconsciente, pero aún pude ver el gesto del sádico escupiéndome antes de abandonar la biblioteca y dejarme allí tumbado.

Perdí la noción del tiempo, hasta que una mano me acarició la cara, mientras me decía frases que yo no comprendía.
Abrí los ojos, pero seguía sin ver nada. Luego supe que era a consecuencia de los golpes. Se me habían hinchado tanto los parpados que me impedían la visión.
Presté atención a la voz que me llamaba

—¡Paul!, ¿qué te pasa!

Era una voz dulce la que llegaba desde un lugar remoto.
¿Un ángel tal vez?
¿Me habían enviado un ser bondadoso después de tanto odio y maldad?

—Vamos levanta, tienes que ir a la enfermería —me decía mi querida Soledad intentando ayudarme a ponerme en pie, mientras sostenía mi maltrecho cuerpo con firmeza.

A trancas y barrancas conseguimos llegar a la enfermería, aunque definirla así era una exageración. El almacén, que también servía para guardar los utensilios de limpieza, no era precisamente un dechado de pulcritud.

—Te han dejado hecho unos zorros —comentó el enfermero, que era también jardinero y cocinero del orfanato.

¡Un hombre orquesta, vamos!
Estaba paleando carbón cuando lo llamaron para que me atendiera y ni se había lavado las manos con las que me aplicaba el desinfectante.
Lo miré y él se dio cuenta de la intención de mi mirada.

—No te preocupes muchacho, al fin y al cabo, el carbón procede de una planta, y a lo mejor este se fosilizó partiendo de una que era curativa...

¡Qué gracioso el hombrecillo!

—Además no te preocupes, el desinfectante con el que te estoy curando lleva varios años caducado... ¡Dentro de poco te pondrás verde y la palmarás!

Requetegracioso...

— Es broma. Cuéntame qué te ha pasado —quiso saber.

—Me he caído por las escaleras —le contesté intentando vocalizar con mi maltrecha boca. Los dientes se me movían de manera peligrosa y más bien parecían los peluquines de los miembros de una orquesta en plena tormenta en alta mar.

El hombre me miró y pude apreciar en sus ojos que era más inteligente de lo que quería demostrar.

—Ya veo... Y en verdad sería una buena respuesta a no ser por el pequeño detalle de que en este orfanato no hay ninguna. Durante la guerra fue un hospital para mutilados y parapléjicos y normalmente las escaleras se llevan muy mal con las sillas de ruedas, por esa razón se construyó tan llano como la palma de la mano. Como ya sabes, los accesos al piso superior se hacen a través de rampas para facilitar el traslado de los enfermos —terminó de explicar.

"¡Pues es verdad, vaya excusa más tonta qué he elegido!" —pensé en aquel momento.

—Más bien yo diría que te ha mordido el perro rabioso que anda suelto por el orfanato —añadió el hombre, mientras cosía, pegaba y recomponía el desastre de cuerpo que me habían dejado.

Con este comentario demostraba que estaba al día en los asuntos relacionados con los chicos del internado. Se movía por todas partes y siempre pasaba desapercibido, pero sin duda escuchaba conversaciones y sabía de qué pie cojeábamos cada uno.

—Ya está. Tienes dos costillas fisuradas, un dedo roto, y el labio partido, además de múltiples contusiones y moratones por todo el cuerpo, que te darán bastante la lata durante unos días, pero creo que sobrevivirás. A partir de ahora ándate con ojo, ya que la mordedura de un perro rabioso puede ser mortal —remató la frase con toda intención.

Cuánta razón tenía...

Nos reunimos con Carlos y le conté lo sucedido.

—Lo que no consigo entender es que hacían esos salvajes en la biblioteca —comenté.

—Seguramente alguien te vio con mi hermana y corrió a contárselo —por el tono sarcástico y dolido de la voz de Soledad, pude darme cuenta que lo sucedido en la biblioteca era de dominio público. La chica estaba enfadada y quizás algo celosa al enterarse de que su hermana y yo estábamos haciendo manitas. Me hubiese gustado explicarle que su hermana no significaba nada para mí, que me había dejado llevar por la emoción del momento. Al fin y al cabo, yo ni siquiera había buscado que sucediera, aunque bien cierto es que tampoco le hice ascos al tema. Por suerte no sucedió nada entre nosotros. El ser humano es responsable de sus actos, y luego debemos pagar por ellos si nos equivocamos.

Carlos rompió la tensión del momento al comentar:

—No. Él va todos los días a la biblioteca a esa hora. Le encantan los cuentos y las narraciones de terror y suspense y la biblioteca está bien surtida de ellos.

—¿Y cómo es qué yo nunca lo he visto por allí, y eso que también voy todos los días?

—Porque tú te vas mucho antes de que lleguen ellos. Hoy se te ha hecho demasiado tarde, a causa del examen de lengua.

Soledad me sacudió por segunda vez.

Bien merecido me lo tenía por imbécil.

Tal y como era de suponer y gracias a mi juventud, me recuperé en un tiempo récord de la paliza, pero desde aquel día, el Perro y sus secuaces me persiguieron con más ahínco, si cabe.

Pronto me llegaría la ocasión de vengarme de esa bestia, aunque para mi desgracia, y la de un ser muy querido por mí, lo único que conseguí con ello fue que ese Perro, que hasta ese momento solo estaba rabioso, acabara convirtiéndose en un perro loco.

Estábamos en época de exámenes de fin de curso. Todos los chicos se quedaban en las aulas estudiando hasta altas horas de la noche para prepararlos. En el inmenso dormitorio solo dos camas estaban ocupadas en ese momento. Una evidentemente era la mía, y la otra la de mi amigo Carlos. Ahora que era mayor ya podía compartir una litera. Lejos quedaban los días de mi llegada al orfanato y la cama individual donde entonces dormía.

Como esos exámenes eran pan comido para nosotros, aprovechábamos para acostarnos y contar historias que nos inventábamos. Cada noche le tocaba a uno de nosotros poner a trabajar su imaginación y deleitar al otro con una historia lo más misteriosa posible.

Esa noche le tocaba a mi amigo, quien debo de reconocer, tenía mucha más imaginación que yo para narrarme historias de suspense y misterio. Estábamos en la parte más intensa de la trama cuando alguien, a quien no habíamos visto llegar, dijo con voz gutural:

— Mi jefe quiere verte.

Lanzamos una exclamación los dos a la vez, y casi tumbamos la litera del salto que dimos.

—Parece que las nenitas se han asustado —comentó un risueño mensajero.

—¡Vete a la mierda y dile a tu jefe que se vaya también! —respondió mi amigo. Nunca se había dejado intimidar por esa chusma.

—Tú cállate o te parto la cara esa de empollón que tienes —amenazó y lo ignoró por completo, dirigiéndose a mí, para decirme:

—Dice mi jefe que te recuerde lo que pasó en la biblioteca, por si tienes la infeliz ocurrencia de no querer venir conmigo. Si hace falta volverá a construir una escalera para que te caigas otra vez por ella...

¿Cómo se habían enterado de eso?

"En este orfanato hasta las paredes tienen oídos".

No era momento ni lugar para plantarle cara, así que obedecí. Volví a vestirme y lo seguí. Me llevó a un aula de estudio, donde estaban reunidos el Perro y todos sus secuaces.

—Veo que mi amigo ha sido lo suficientemente convincente para que te hayas decidido a venir. Está bien que hayas venido por las buenas —comentó con cinismo.

—El que se ha puesto chulito es ese tal Carlos. ¿Por qué no me dejas que le dé un repaso y así se le bajan los humos? —le dijo mi acompañante a su jefe.

Este respondió algo muy extraño.

Ahora, con el transcurso del tiempo, he conseguido comprenderlo. De hacerlo en aquel momento me habría ayudado a deducir lo que pasaría después, y quizás habría podido dar un rumbo diferente a esta historia, pero ya se sabe que solo los que tienen una bola redonda pueden adivinar el futuro, y la mía siempre ha sido cuadrada.

—Ese es cosa mía. A él le tengo reservado algo especial.

—Dime para que me has llamado o me vuelvo a la cama —le dije con más firmeza de la que sentía en ese momento.

—¡Te irás cuándo yo te lo ordene! —a ese muchacho no le gustaba que nadie le llevara la contraria—. Quiero que trabajes para mí.

—No pienso unirme a tu grupo de ratas de cloaca.

Estaba haciendo oposiciones para que me "calentaran" otra vez, pero es que a esa edad uno no entiende de diplomacia.

—No, claro que no. Nosotros tampoco te queremos a ti. No das la talla para unirte a nosotros. Me ayudarás los días que tengamos examen.

Me quedé de piedra
¿Qué pretendía?
—¿Pretendes qué mate al profesor para qué así se suspenda el examen y sea la única forma de qué no te pongan un cero?
—Muy gracioso, y no sería mala idea, pero no creo que un gusano cobarde como tú fuera capaz de realizar una tarea de hombres. Lo que te pido es mucho más sencillo para un ratón de biblioteca: el día del examen te sentarás a mi lado y me iras diciendo los resultados de los problemas y las respuestas a las preguntas.
Mi primer impulso fue decirle que no, pero tras pensarlo unos instantes, decidí seguirle la corriente y aceptar su propuesta.
Por fin había llegado la oportunidad que tanto esperaba de poder vengarme de aquel pequeño delincuente.
Me mostré sumiso y le dije que no había problema. Podía contar conmigo para lo que quisiera.
Lo dejé vanagloriándose delante de sus amigos, de que nos tenía controlados a todos en aquel orfanato.
De haber visto la sonrisilla en mi cara cuando salí de la sala ya no se habría alegrado tanto.
Subí a acostarme de nuevo.
Carlos me estaba esperando despierto. Quería saber qué me había llamado.
Se lo expliqué.
—¿Le habrás dicho que no?
Le contesté que había decidido aceptar su propuesta.
Carlos no respondió, pero detrás de su mirada pude deducir la respuesta. Sin duda estaba pensando que la paliza que me dieron había ablandado mi espíritu y terminado con mi capacidad de luchar.
No me molesté en aclarárselo. Ya se enteraría en su momento de lo equivocado que estaba y de lo precipitado de sus conclusiones.
Pronto lo entendería.
Esa misma semana teníamos un examen de historia. Tal y como acordamos, se sentó a mi lado y dijo:
—Espero por tu bien que no te vuelvas atrás en el trato que hicimos.
¡Un trato decía! Como si yo hubiese podido elegir...
—No te preocupes. Yo soy una persona de palabra. Te iré dando las respuestas cuando el profesor no nos mire —contesté humil-

demente.
Qué expresión tan satisfecha puso cuando me vio tan sumiso. No se le pasaba por la cabeza en ningún momento que todo era puro teatro por mi parte.
Comenzó el examen, y tal y como prometí, le iba soplando las respuestas...
—Pregunta cinco, la respuesta es: Andes
Tal y como sospechaba, ni siquiera se había molestado en leer las preguntas. Iba anotando mis respuestas mecánicamente. Estaba tan seguro de su dominio sobre mí, que no se preocupaba de nada más.
Fuimos los primeros en terminar. Le entregamos el examen a la profesora y salimos al pasillo.
—Muy bien, muchacho. Sigue así y al menos evitarás que te vuelva a pegar otra paliza —me dijo y a continuación se alejó por el pasillo.
Al día siguiente nos dieron las notas.
¡Sorpresa!
La maestra iba pasando por las mesas y nos iba diciendo uno a uno la calificación.
Llegó a mi mesa, sonrió y dijo:
—Paul un diez.
Por el rabillo del ojo pude ver la expresión satisfecha del Perro.
Si yo había sacado un diez, y él había copiado mi examen, gracias a las respuestas que le pasé, la deducción era obvia:
—Sebastián (que era su nombre real) ...un cero —le dijo la gobernanta (que además de sus funciones como jefa del orfanato incluía la de darnos historia), con resignación, como si no esperase otra cosa de ese zoquete.
Pude notar con toda claridad como cambiaba la expresión en la cara de mi enemigo.
Primero fue estupor y sorpresa.
Duda.
Comprensión.
Y finalmente furia y odio, cuando comprendió lo que había pasado.
Noté su mirada asesina en mi espalda.
Todos los demás chicos lo miraban. Sacar un cero suponía más horas de estudio, además de otros castigos por parte del profesor

que te lo otorgaba.

—No es posible. Ha debido de haber algún error... ¡Exijo ver mi examen! —gritó fuera de sí.

La profesora esperaba alguna salida de tono del alumno, y venía ya preparada.

—De acuerdo. No pretendía hacer más leña del árbol caído, pero ya que te empeñas...

Rebuscó entre los exámenes hasta encontrar el suyo.

—Veamos... ¿Qué te parece si empezamos por la quinta pregunta? ¿Qué cadena montañosa atravesó Aníbal el cartaginés, con sus hombres y elefantes, para sorprender de esa manera al Imperio Romano? ¿Cuál fue tu respuesta? —le preguntó al Perro.

Cómo no se había molestado en leer las preguntas, tampoco se acordaba de las respuestas.

Prefirió callar para no meter todavía más la pata.

—Veo que te has quedado mudo de repente. Tu respuesta fue los Andes, y si tenemos en cuenta que la famosa gesta militar del gran Aníbal, que al mando de cien mil hombres y varios grupos de elefantes, atravesó en quince días los Alpes, a pesar de las tormentas de nieve y los ataques de las tribus de las montañas leales a Roma, fue en el año 218 A.C., mientras que esa cadena montañosa, que como bien deberías saber está en Sudamérica, no fue descubierta por los españoles hasta muchos siglos después. Quizá nuestro querido Aníbal inventó también los aviones de transporte y se dio una vuelta con sus paquidermos por la cadena montañosa de los Incas, antes de decidir atacar Roma...

La clase en pleno estalló en risas.

Falso de toda falsedad. Había dos alumnos que no se reían. Uno era el Perro y el otro, por motivos obvios, era yo.

La maestra le había cogido gusto al tema y continuó:

—En la séptima se te preguntaba que emperador romano fue asesinado por uno de sus protegidos, al que consideraba un hijo.

Tu respuesta ha sido: Bruto, y hay que ser muy "ídem" para responder eso... ¡Debe de ser el primer caso de la historia en que uno se asesina a si mismo!

Las risas arreciaron en la clase.

Pero la humillación aún no había concluido.

—En la novena se te preguntaba...

—¡Es suficiente! —la interrumpió su alumno. Se acababa de dar cuenta de que había sido víctima de una jugarreta por parte del chico al que él creía tener dominado. Le había dado las respuestas equivocadas a propósito, para vengarse de la paliza y dejarlo en ridículo delante de toda la clase.

Cuando me miró vi que estaba congestionado. Su cara era una máscara de odio. Se acercó y dijo suavemente:

—Pagarás por esto, lo juro. Esta vez no te librarás solo con magulladuras —amenazó con tanto odio en la voz que me acobardé y arrepentí en el acto de lo que había hecho.

Se levantó para salir de la clase.

—¿Dónde crees que vas muchacho? —le dijo la profesora—. Te recuerdo que el hecho de sacar un cero te obliga a realizar ciertas labores como "premio" a tan magnífica nota. En primer lugar, vacía las papeleras y limpia la pizarra, y ya sabes que debes recoger las sillas y ponerlas encima de las mesas de todos tus compañeros al terminar la clase... ¡Así que espabila!

Si el hecho de sacar un cero no era suficiente humillación, ahora se sumaban todos estos trabajitos tan deshonrosos para un gallito como él.

No podía ni pensar en plantarle cara a un maestro, o de lo contrario terminaría en el reformatorio, donde no viviría tan bien como aquí.

—Recoge este papel y tíralo a la basura —le dijo Carlos para burlarse aún más.

—Tú también tendrás tu merecido... ¡Y pronto! —amenazó la bestia rabiosa.

—¡Cállate chucho y date prisa! Si te portas bien te daré un hueso para cenar.

Las risas se intensificaron.

"¡Ay Carlitos que par de narices tienes colega!" —pensé.

Le hice un gesto para que lo dejara estar. No era prudente provocarlo hasta ese extremo.

La vida siguió su curso en los meses posteriores. Carlos y yo evitábamos a toda costa quedarnos solos y procurábamos ir juntos a todos los sitios, así al menos podríamos defendernos de esos canallas si decidían atacarnos. Nunca nos quedábamos en un lugar los dos solos, por tanto, tuve que dejar de acudir a la biblioteca, pero

al menos estaría a salvo.
Nuestro triangulo de amores imposibles también continuaba su curso. Soledad seguía sin hacerle caso a mi amigo, y sin embargo me devoraba a mí con la mirada.
Yo me había enamorado de Lucía (o al menos eso creía) después de nuestro apasionado romance en la biblioteca. Soñaba todas las noches con aquel cuerpo escultural y sobre todo anhelaba volver a besar esos labios tan suaves y ardientes, pero ella conseguido su objetivo y alcanzado su trofeo (eso decía ella. Yo tampoco tenía intención de negarlo y así de paso fastidiaba más a mi enemigo), ya no me hacía ni caso.
Qué cruel es la vida con los pobres humanos y con sus sentimientos.
Al que mueve los hilos le encantan las situaciones así.
Que suframos de mal de amores y todo eso que ameniza la vida de los pobres mortales de a pie.
Precisamente acababa de llegar al orfanato un profesor nuevo. Él tenía sus propias ideas sobre quién mueve los hilos. Nos daba ética y filosofía, y fue alguien que captó de inmediato mi atención al ser una persona que se salía de lo normal. Esperaba con impaciencia que llegara la hora de su clase.
Recuerdo algunos momentos de ellas:
"¿Fue Jesús el hijo de Dios hecho hombre?"
Con una pregunta tan polémica como esa le gustaba comenzar el debate. Y digo debate, porque siempre dejaba que los alumnos diéramos nuestra opinión sin intentar reprimir nuestras ideas en ningún momento.

—¿Tú qué crees, Paul?

—Yo solo te puedo decir lo que nos han enseñado toda la vida. A base de oírlo una y otra vez lo hemos aceptado sin rechistar —no le gustaba que le llamásemos de usted.

—En eso estriba el problema. Nos dejamos arrastrar por lo que otros piensan, sin pararnos a pensar. Si rebuscamos en los libros antiguos, y sobre todo en la Biblia, veremos que una sucesión de oportunismos y contradicciones nos han llevado a esa conclusión tan precipitada

—¿Para ti lo era? —pregunté yo.

—No. Jesús de Nazaret fue un hombre excepcional. Alguien que era un adelantado para su época, con dones intelectuales y espirituales que escapaban a la comprensión de la mayoría de sus con temporáneos, y que en aquel momento alguien aprovechó para encumbrarlo y así poder levantarse contra el poder opresor de Roma. Las intenciones del nuevo caudillo no iban por esos derroteros, por lo que fue abandonado a su suerte por los mismos que lo apoyaron, y crucificado por los romanos que temían estar frente a otro pretendiente a Mesías.

—¿Otro pretendiente? —pregunté sorprendido.

—En efecto, antes que Él fueron ejecutados otros veinticuatro pretendientes que habían encabezado otras tantas insurrecciones sangrientas contra el Imperio Romano.

—¿Entonces qué fue lo que hizo diferente a este Jesús de los demás?

—El que alguien decidiera divinizarlo muchos años después. Para los primeros cristianos, Jesús fue un profeta. El hecho de que se le considerara el hijo de Dios no ocurrió hasta el concilio de Nicea celebrado 325 años después de su muerte. El emperador Constantino decide convertirse al cristianismo, y transformarlo en la religión oficial del imperio. Lo hace a lo grande, trastocando, e incluso ocultando pruebas que demuestran la no divinidad de Jesús. Imaginaos lo complicado que lo tenía para intentar convencer a la sociedad romana de aquella época. Si les hubiera dicho que debían de adorar a un hombre lo habrían mandado a hacer gárgaras. Necesitaban un Dios y un Dios hecho hombre tuvieron.

Los alumnos intercambiamos miradas de perplejidad, pues todo aquello socavaba las enseñanzas que nos habían dado desde pequeños, en un país integrista católico como España.

Y aún nos quedaba por oír lo más sorprendente:

—Se habla de manuscritos y otros escritos en los que se cuenta que Jesús no murió en la cruz, por lo que mucho menos resucitó. Escapó a Europa y se casó con María Magdalena, con la que llegó incluso a tener un hijo. Todo eso son suposiciones, pues como acabo de decir, si existían esas pruebas, la Iglesia se ha encargado durante todos estos años de ocultarlas o destruirlas. Evidentemente a ningún creyente le parecería bien que su Dios-hombre no hubiese muerto en la cruz, ni resucitado, ni nada de todo eso. Si has de poner tu alma en manos de alguien, tiene que ser alguien especial. No vale el hijo de un carpintero. Pero, en cualquier caso, si leemos detenidamente la Biblia vemos muchas contradicciones

entre unos evangelistas y otros. La mayoría intentó ensalzar la figura de su maestro y no dudaron en contradecirse.
Posiblemente muchas de las citas del propio Jesús fueron inventos oportunistas para acoplar esa religión a las costumbres y "pecados "de la sociedad romana de aquellos años. Solo así se entiende que San Marcos pusiera en boca de su señor una frase como esta:
«Si la mujer repudia a su marido y se casa con otro, comete adulterio» (Marcos 10:12).
Esas palabras son inexplicables en boca de un judío, puesto que la ley religiosa imperante, la *Halajá,* declaraba explícitamente que solo el marido podía repudiar a la esposa y solicitar y obtener un divorcio. Por tanto, sería imposible que Jesús dijera esa barbaridad tan contraria al machismo religioso imperante en aquella época. ¿No sería más lógico pensar que los casos de adulterio eran el pan nuestro de cada día en la Roma de Constantino? A ese problema el Emperador quería ponerle fin, y que mejor que ponerlo en boca de su nuevo Dios para que todo el mundo lo respetara.
¿Y si esto era falso por qué no pensar que mucho de lo demás también lo es? Os aseguro que existen escasas referencias históricas independientes, no cristianas, acerca de la existencia divina de Jesús. ¿Por qué Mateo habla de los magos de oriente y Lucas ni siquiera los nombra? ¿Por qué la virgen María fue a purificarse al templo después de dar a luz a su hijo, igual qué hacían el resto de las parturientas? Si era pura, como nos han legado los profetas, ya que no conoció varón, no necesitaba hacerlo.
—Lo haría para evitar que la despellejasen viva, al menos eso habría pasado de haber nacido en Salamanca o Córdoba —comentó uno de mis compañeros y todos, incluidos el profesor, reímos a carcajadas la graciosa ocurrencia.
—Es posible... —el profe dejó de reír y continuó la interesante disertación: — La fecha oficial del nacimiento del Mesías fue declarada por el papa Julio I en el año 350. Ese 25 de diciembre que conmemoran los cristianos era el día en que los romanos celebraban la fiesta en honor de Mithras" nacimiento del sol invicto", el triunfo de la luz sobre las tinieblas. Se apropió así de una fiesta pagana. Pensaréis que pudo haber sido simple casualidad, pero un hecho que narra Lucas en su evangelio nos da la pista definitiva para pensar que esa fecha fue movida para hacerla coincidir con la otra.

Se refiere al momento en que el ángel anuncia a los pastores el nacimiento del mesías:
"Dormían al raso y vigilaban por turnos durante la noche sus rebaños"
Era imposible que esos pastores en el mes de diciembre estuvieran durmiendo al raso, porque hace demasiado frío en Judea en esa estación del año. Muchos autores piensan que Jesús nació en otoño, momento en que sí se podía dormir al raso. La estrella de Belén que los astrónomos han intentado identificar sin éxito sería un añadido posterior, porque era necesario engrandecer la escena con un símbolo en el cielo. La estrella con estela que adorna nuestros belenes es un invento del pintor Giotto en el año 1304, curiosamente el mismo año que pasó el cometa Halley.
Sorprendente, ¿verdad?
Así terminó uno de sus discursos.
—Ya veis que hay mucha imaginación y oportunismo en ello.
Todo grupo social llega un momento en el que idealiza los orígenes de su fundador para darle más trascendencia, este caso no es diferente.
Gran tipo ese profesor, aunque seguramente unos años antes lo hubiesen quemado en la hoguera por hereje.

Pasaban los días y mi ofendido enemigo no podía cumplir su venganza de castigarnos.
Carlos y yo habíamos descubierto una actividad nueva que nos encantaba. Mientras los demás chicos jugaban al futbol, nosotros recorríamos el pequeño bosque que estaba situado en la finca donde estaba ubicado el orfanato, y allí buscábamos toda clase de minerales, animales y plantas, para luego examinarlos en el laboratorio. Por allí pasaron, ranas, lagartijas, escorpiones, piritas, amapolas, feldespatos... Las piedras las guardábamos y los animales los devolvíamos sin hacerles ningún daño al bosque, para que siguieran con su tranquila vida. Soñábamos con encontrar alguna especie desconocida que nos diera fama mundial, como descubridores de algún mineral mágico, o de algún animal descendiente directo de los mitológicos dinosaurios. Eran sueños inocentes, pero es que soñar cuando no tienes otra cosa cuesta tan poco...
Lo de los animales se nos acabó por culpa de un descuido, o quizás fuese un sabotaje de alguien que no nos apreciaba mucho, algo

por otra parte, bastante habitual en lugares donde se convive, o se trabaja con gente que te toma manía, y muchas veces no sabes ni por qué. Envidias, egoísmos...

Estábamos en el laboratorio, esperando a que terminara la clase, para examinar el animalito que habíamos cogido esa misma mañana y que permanecía encerrado en un bote con sus agujeritos correspondientes para que respirase. Era nuestro mayor trofeo hasta el momento. La clase era de botánica y la señorita nos explicaba en ese momento el funcionamiento reproductor de las plantas hermafroditas del Pacifico Sur. Entre bostezo y bostezo mi amigo me dio un codazo para que mirase debajo de la mesa:

—¡Mira! —exclamó cuando vio al lindo animalito moverse entre nuestras piernas.

La señorita nos escuchó por lo que interrumpió la clase y preguntó:

—¿Se puede saber qué es eso tan importante qué os lleváis entre manos?

Mi amigo y yo nos quedamos mudos de repente.

Si alguien del sexo débil veía aquella cosita pasando entre sus piernas se iba a liar una bien gorda.

La señorita confundió nuestro silencio con el arrepentimiento por haberla interrumpido y dijo dirigiéndose a mí en concreto:

—Ya sé que te lo sabes mejor que yo, pero debes respetar a tus compañeros y compañeras... ¿Qué haces tú ahora, Carlos?

La señorita decía esto, porque mi amigo iba a cuatro patas por debajo de la mesa intentando atrapar al animalillo, que asustado por las voces y el entorno hostil, se alejaba rápidamente de su lado.

Como era lógico de suponer, el bicho no estaba tan tonto como para dejarse atrapar por segunda vez.

Mi amigo intentaba atraparlo antes de que nadie se diera cuenta de su presencia en la habitación, por lo que no observó que se había metido debajo de la mesa de dos chicas. Desde allí contestó:

—Estoy buscando un lápiz que se me ha caído. Enseguida me levanto señorita.

La profesora interpretó mal la maniobra de mi amigo y chilló:

—¡Carlos, no seas obsceno y sal ahora mismo de debajo de la mesa de esas dos chicas!

Pero él se había empeñado en recuperar la serpiente de casi un metro de largo, que en ese momento estaba escondida justo debajo de la mesa de esas dos pobres chicas, que ni se imaginaban lo que tenían al lado, antes de que se supiera que la habíamos traído nosotros.

—No...yo, no... —mi amigo quiso defenderse de esa calumnia infundada, mientras tenía agarrada a la serpiente por la cola.

Las chicas, alertadas por el aviso de la maestra, miraron hacia abajo, y vieron que Carlos estaba en un observatorio privilegiado para descubrir Venus desde allí.

—¡Guarro asqueroso! —le gritaron, pues pensaban que el pobre les quería ver eso que sus madres les habían dicho que no debían enseñar a los hombres hasta el momento oportuno.

"Hija mía ten mucho cuidado, ya que los hombres una vez que te descubren el secreto ya no te quieren pa ná" —advirtieron en más de una ocasión y ellas eran buenas y obedientes hijas.

—Que no... —mi amigo se defendía como buenamente podía de los librazos que las dos ofendidas chicas le propinaban, mientras trataba de meter al escurridizo animalito en el frasco.

Imposible.

Con tanto barullo, la serpiente se le escapó de la mano y corrió a refugiarse debajo de la mesa de la señorita, pero justo antes de que desapareciera, una de las chicas de los primeros bancos la había visto pasar y no se le ocurrió otra cosa que ponerse a chillar histérica.

¡Cómo si no fuera normal qué las serpientes se paseasen por las aulas!

Como son las mujeres...

—¡Una bicha debajo de uzté, zeñorita! —chilló.

La muchacha era del sur, y ya sabemos que esa gente es muy graciosa hablando, pero a veces no se les entiende ni" papa", por ese motivo todos confundimos la dichosa palabrita.

La "b" la confundimos con una "p".

A la propia señorita le ocurrió otro tanto, porque le respondió a la muchacha:

—¡Qué cosas tienes, querida! Yo ya no estoy en edad de merecer— bromeó, creyendo que la cría bromeaba también. Ella, al igual que el profesor de ética, era una mujer muy liberal, brotes tiernos en un país que llevaba cuarenta años anclado en la prehistoria más rancia.

—Que no e ezo, zeñorita. Lo que hay debajo de la meza e una cerpiente ma gorda que la "bicha" de un caballo.

—¡Niña!

La verdad es que aquella niña era un poco bruta, pero mira tú por dónde acabó casándose con un ministro que también era un poco" zoquete", y a partir de ese momento era asidua de todos los "saraos "donde se reunía la gente de alta alcurnia. Incluso la oí decir un día que era descendiente por vía materna del gran Francisco Pizarro, el conquistador del fabuloso Imperio Inca.

Qué cosas tiene la gente...

Ella era hija de una pobre lavandera que había muerto de puro cansancio, y ahora decía que era poco menos que una Grande de España.

La buena cuestión, es que la maestra finalmente miró hacia abajo, vio al juguetón bichito junto a sus piernas y se desvaneció con mucho estilo. Nada de caer despatarrada. Soltó un *"Oooh"*, llevó una mano a la frente y cayó como si flotara en una nube de algodón.

Otra de las niñas dijo:

—¡Una serpiente!

—¡Aaaah! –chillaron las demás chicas presentes en el laboratorio, momentos antes de batir el récord mundial de velocidad subiéndose a una mesa, que hasta esos momentos estaba en poder de una china (estos chinos se van a hacer con todo antes de que nos demos cuenta).

Mira la que se lio...

Cuando entró la gobernanta y vio a la maestra desvanecida en el suelo, a las chicas bailando flamenco encima de las mesas, y a los chicos buscando algo por el suelo, debió de pensar que aquello era el motín del Caine, o una orgía juvenil.

No hubo forma de capturar al reptil y al final tuvo que venir la sociedad protectora de animales para poder atraparlo.

A nosotros, como "premio" al pequeño descuido, nos dejaron una semana sin cenar, además de darnos un buen rapapolvo.

Tras ese incidente tan desafortunado tuvimos que renunciar a seguir atrapando animales, pero seguimos recogiendo toda clase de pedruscos que coleccionábamos en una caja.

Pocos días después me encontraba en la cama aquejado de un resfriado que algún compañero me había pegado (algo bastante frecuente donde hay aglomeraciones y se comparte el mismo espacio con alguien que ha enfermado previamente). Estaba tapado hasta las orejas, tiritando de frío, y no pude acompañar a mi amigo en nuestras correrías por el monte en busca de la piedra filosofal.

Lo escuché acercarse a la cama, saqué la cabeza y lo vi sonriente delante de mí. Me dijo que había encontrado algo especial y eso parecía, pues el muchacho estaba radiante. Me hizo una reverencia y puso su mejor voz interpretativa. Siempre me decía que de mayor quería ser actor de cine, y cada vez que podía se disfrazaba e interpretaba para mi algún papel que había visto en alguna película de moda. El pobre lo hacía con su mejor intención, pero cualquiera, sin ser un entendido, podía observar que no tenía ninguna cualidad para la interpretación, pero yo le seguía la corriente. Incluso le alentaba para que no se sintiese mal... Al fin y al cabo, para eso están los amigos.

Cualquiera se puede meter dentro de un traje de caballero medieval, o coger una pluma y escribir un libro, pero de eso a que esa interpretación, o ese libro te cautiven, hasta el punto de no poder dejar de mirar o de leer, va todo un mundo. Normalmente el tiempo separa la paja del trigo, pero mi amigo aún estaba sin trillar.

Después de la reverencia dijo:

—Mire vuestra merced lo que acabo de encontrar... ¡Creo que he descubierto un nuevo mineral!

Miré el objeto que me mostraba y observé, que en efecto, era una pieza muy extraña, pero de eso a pensar que lo había descubierto él... Seguramente sería un mineral difícil de encontrar, pero seguro que no faltaría en la colección de cualquier fanático de los minerales.

Y sin embargo mi amigo no vio, o no quiso ver mi expresión escéptica ante su gran descubrimiento.

—La llamaré Ferrita Magnum en honor al gran emperador que se llamaba como yo: Carlomagno.

La verdad es que mi amigo tenía aires de grandeza. Mal asunto para alguien con un porvenir tan negro.

—Pero será un secreto entre tú y yo. Nadie más debe de saber que la tenemos, y mucho menos el nombre que le he puesto —solicitó con voz misteriosa.

—De acuerdo, solo nosotros lo sabremos —respondí, siguiéndole la corriente, pues al fin y al cabo tan solo éramos dos niños jugando a ser mayores.

—Huele un poco mal, y ya sabes que no soporto los malos olores, pero la conservaré —comentó mientras la guardaba en su mochila, de la que no se desprendía ni de día ni de noche.

Cierto día le pregunté qué era eso tan importante que llevaba dentro para no querer dejarla en ningún sitio. Incluso se duchaba con ella al lado.

—Algún día te lo contaré —dijo en aquella ocasión.

—¿Llevas el tesoro de Barbarroja? —ironicé.

—Más o menos —replicó en el mismo tono misterioso que la vez anterior.

Pensé que era otra de sus fantasías, hasta el día que decidió enseñarme el contenido de esa mochila y supe que no era así.

Ese día era hoy.

—No puedo dejar que me roben mi tesoro —comentó mientras colocaba su piedra misteriosa al lado de un pequeño cofre que sacó a continuación de la mochila. Miró en todas direcciones, y tras comprobar que no había nadie más en el dormitorio, cogió una pequeña llave (la llevaba colgada de una cadenita que se balanceaba en su cuello), procedió a abrir el pequeño cofre y enseñarme su tesoro.

Al ver lo que había dentro mis ojos se abrieron como platos.

—¡Dios de los cielos! —exclamé—. Si todo eso que veo es auténtico, ahí dentro tienes una verdadera fortuna.

Y es que, dentro del cofre, además de un buen fajo de billetes de los más grandes, mi amigo tenía un auténtico tesoro: anillos, pulseras, medallas, collares... ¡Y todos ellos de oro!

Conseguí al fin cerrar la boca.

—¿Qué te parece?

—¿Qué me parece...? Que es una locura que lleves ese tesoro contigo. Si alguien de este orfanato se entera de lo que tienes en esa mochila, y sobre todo si ese alguien es uno que tú y yo conocemos muy bien, estarás perdido. Lo mejor sería depositarlo en...

—¡No me fio de nadie! —me interrumpió con vehemencia—. Mi madre me lo dio en su lecho de muerte, tras años de ahorrarlo pacientemente con su trabajo de limpiadora. No se pasó la vida arrodillada fregando suelos para que yo ahora deje que un desgraciado venga y me lo quite de mala manera. Aún recuerdo sus últimas palabras al darme el cofre con una mano, mientras con la otra me acariciaba la cara:

"La mamá se va a un largo viaje. Guárdalo bien mi niño y no confíes en nadie. He aguantado todos estos años a muchos asquerosos para que algún día puedas ver realizados tus sueños "

—Yo respondí: *"No, mamá, te lo guardaré hasta que regreses de este largo viaje".*

Ella me miró con lágrimas en los ojos.

"No, querido, de este viaje no regresa nadie"

Se marchó a las pocas horas, y tal y como me dijo nunca regresó.

La enterraron en una fosa común como era su voluntad:

"No te gastes nada en nichos, ni en lápidas. No les des de comer a esos parásitos que viven de la muerte. Cuando yo muera, mi cuerpo ya no será nada. Prefiero que te acuerdes de mí todos los días, a que vayas una vez al año al cementerio, y me lleves flores para que los demás te vean hacerlo, y el resto del año no me recuerdes y mi espíritu se entristezca"

Mi amigo ponía mucha pasión en lo que contaba, aunque a mí todo eso de los espíritus me sonaba a novela barata.

Terminó de contarme la historia de su vida:

—Yo acabé en el orfanato, porque a mi padre no llegué a conocerlo. En cuanto salga de aquí emplearé el dinero que tanto le costó ganar en estudiar para ser actor.

Miré a mi amigo con más dudas que una novia cuando sube al altar para casarse con un parado.

Lo de actor estaba claro que no... Y tampoco comprendía entonces (ahora, con el paso de los años, y la experiencia que la vida te da, me lo puedo imaginar) cómo esa mujer había podido ahorrar toda esa fortuna fregando suelos.

Cuando me recuperé del resfriado seguimos disfrutando de nuestras salidas a recoger minerales y de la amistad que nos unía.

Carlos, Soledad y yo nos reuníamos siempre que podíamos. Cierto día en que estábamos sentados tomando el sol, salió a relucir el tema de la gobernanta. Soledad dijo:

—Dicen que sufrió un desengaño amoroso. Por eso nunca sonríe y va siempre vestida con ropas negras.

—¡Sonreir dices...! Yo más bien diría que es un callo incapaz de sentir nada por nadie —aseguró Carlos.

—¿Por qué dices eso si ni siquiera conoces su historia? —le respondió bastante enfadada la chica.

Hacía mucho tiempo que venía observando, bastante sorprendido, que la chica le estaba cogiendo manía a mi amigo, y no entendía por qué. Se lo pregunté en cierta ocasión en que estábamos solos en la biblioteca:

—¿Qué te pasa con Carlos? Bebe los vientos por tí y tú no solo no le haces caso, sino que estoy notando cierta animadversión hacia él de tu parte.

Ella meditó unos instantes y acabó por responderme:

—Tienes razón, no me había dado cuenta. Carlos es un buen chico, pero me cansa mucho. De tan servicial y zalamero que quiere ser llega a ser cargante. A las mujeres nos gustan los hombres cariñosos, leales y que estén pendientes de nosotras, pero es que Carlos puede ser tan empalagoso como un pastel de nata. De vez en cuando hay que discutir con tu pareja o la relación se convierte en pura monotonía.

Nos reímos de la comparación y yo seguí descubriendo lo intrincada que puede llegar a ser la mentalidad femenina.

Escuchando a esta chica me vino a la memoria el viejo dicho machista, afortunadamente en desuso hoy en día:

"A las mujeres hay que darles caña de vez en cuando para que espabilen".

De todas formas, si algún día me enamoraba, prefería ser como Carlos, y darlo todo por la mujer a la que amara en ese momento, sin pensar que yo era mejor o superior a ella. De esa forma encontraría la felicidad al lado de la persona amada.

Ora pro nobis...

EL AMIGO INVISIBLE

Peter era un buen chico.

Era de esos que son tan buenos que parecen tontos. Siempre iba mirando al suelo para evitar pisar a las hormigas.

La vida, siempre dispuesta a darnos justo lo contrario a lo que pedimos, lo había embarcado en una de las guerras más crueles que jamás hayan asolado al ser humano, pues si malo es matar a otra persona, aún lo es mucho más tener que hacerlo cuando enfrente tienes a un hermano o a un amigo.

Por suerte, el conflicto parecía estar en su recta final. Su bando perdería la guerra con total seguridad, pero a él le daba igual; solo quería regresar a su vida tranquila y compartirla con la maravillosa chica que había conocido hacÍa poco.

Era piloto.

A bordo de su caza no había sufrido ni un solo rasguño durante la contienda, mientras que en el costado de la nave, veinticinco cruces daban a entender que había derribado otros tantos aparatos enemigos, entre cazas y bombarderos. Por supuesto, nunca se jactó de esos derribos. Las cruces se las pintó uno de los auxiliares de tierra, para los que él era un héroe.

Si de algo presumía delante de sus compañeros del Ala Cincuenta, era de que jamás había rematado a ningún piloto enemigo después de derribar su aparato y que hubiese saltado en paracaídas, o estaba malherido después de un aterrizaje de emergencia. Sus compañeros discrepaban de esa opinión. Opinaban que el mejor enemigo era el enemigo muerto.

Ellos siempre remataban al oponente.

Peter les decía que no era necesario, ya que casi siempre combatían en zona amiga:

"Cuando derribamos el avión, el piloto cae sobre nuestras líneas y es hecho prisionero, por tanto, no hace falta acabar con él, ya que no pilotará de nuevo"

Pero no los convencía.

Él pensaba en esas madres y hermanas que se quedarían esperando a su ser querido. Solo recibirían una carta anunciándoles que había muerto luchando heroicamente por la salvación de la patria. Por ese motivo era incapaz de acabar con esa vida, por muy enemigo que fuese.

En una ocasión, después de derribar a un caza enemigo durante un encarnizado combate sobre el mar, en el que estaban implicados al menos cincuenta aparatos de ambos bandos, le lanzó su bote salvavidas al piloto enemigo derribado, para que pudiese salvar su vida, ya que vio que este no había tenido tiempo de sacar el suyo antes de que el aparato se hundiera rápidamente. Estaban en el mes de enero y por tanto el agua estaría congelada. En esas circunstancias el piloto derribado no aguantaría ni diez minutos sin morir congelado. Efectuó otra pasada y comprobó que su enemigo estaba bien. Incluso le hacía un gesto con la mano de agradecimiento. Le saludó el también girando ciento ochenta grados su caza y regresó al combate.

Ese día derribó cinco aparatos más y cuando regresó a su base fue recibido con honores de gran heroe.

En ese momento estaba pilotando su moderno caza de última generación, recién salido de fábrica, y que era muy superior a los vetustos cazas enemigos. Frente a la velocidad de 500 kilómetros por hora que alcanzaba el suyo, los rivales solo podían oponer 400. A eso había que añadir los cuatro potentes cañones de 30 milímetros que le daban mucho más potencial de fuego. Nada tenía que temer, por tanto. La misión consistía en escoltar a un grupo de bombarderos que trasladaban los tesoros artísticos del mayor museo del país, para evitar que cayeran en manos enemigas. Se dirigían a una zona segura, donde serían almacenados y protegidos para evitar que fuesen destruidos, y con ello se perdiese parte de la historia cultural del país. Era poco menos que una misión de rutina, si lo comparaba con anteriores misiones.

Su cabeza estaba en otro sitio. Regresaba una y otra vez junto a su amada, con la que se casaría dentro de dos días. La bella y dulce Ester. El amor de su vida. La recordaba radiante en su uniforme de enfermera. Se conocieron en un baile organizado por el batallón, y desde entonces eran inseparables. No pasaba un día que no fuese a visitarla al hospital donde trabajaba. Precisamente en ese momento estaban sobrevolando el hospital de montaña, donde ella le alegraba la vida a esos pobres infelices que habían tenido la mala suerte de cruzarse con una bala enemiga.

Deseó fervientemente que ella estuviera mirando al cielo en ese momento.

Siguió soñando despierto, por lo que tardó más de lo normal en reaccionar cuando una sombra cruzó como una exhalación por encima de su cabeza. Regresó a la realidad y miró hacia todos lados, pero no pudo distinguir nada anormal.

Se tranquilizó.

Probablemente se habían cruzado con una bandada de aves que emigraban a tierras más cálidas

Se escuchó el crepitar de la radio:

—¡Qué es eso! —chilló asustado uno de sus compañeros.

—¡Dios mío, no puede ser! —gritó otro.

—Parece un... —intentó decir un tercero antes de que una tremenda explosión acallara su voz para siempre.

Peter no comprendió lo sucedido, pero imaginó que algo extraordinario, que escapaba a su comprensión, acababa de suceder. El hecho de que otro de sus compañeros saltase hecho pedazos se lo confirmó. Rompió la formación para tener mejor visión del espacio a su alrededor, y entonces los vio, o al menos creyó verlos.

Dos aviones enemigos, volando tan rápido que el ojo humano apenas podía distinguirlos, estaban diezmando a sus compañeros. Había oído que el enemigo estaba desarrollando un prototipo de avión que no usaba hélice, y que duplicaría la velocidad de los aviones convencionales, pero siempre pensó que era ciencia ficción. Ahora los tenía delante. La pesadilla se convertía en realidad. No lo sabía, pero en efecto, estaba sufriendo en sus propias carnes el primer vuelo de un avión a reacción, mucho mejor armado, y muchísimo más rápido que el suyo.

Su tremenda velocidad, y los cohetes con los que iban equipados, los convertían en un enemigo prácticamente imbatible.

El problema era como salir de aquella situación. De los cinco cazas de la escolta ya solo quedaba él.

Era el próximo blanco de los aviones enemigos.

Uno de ellos se colocó en su cola de forma amenazante, pero no se puso nervioso. Eso mismo ya había ocurrido en infinidad de ocasiones anteriores, y siempre había salido bien parado. Ejecutó su maniobra favorita, que lo había sacado de muchos apuros antes: un rizo seguido de un looping, que descolocaba a cualquier perseguidor, por hábil que fuera. Pudo comprobar satisfecho que el caza enemigo pasaba por debajo sin haberle ocasionado el más mínimo daño. Ahora sería su ocasión de colocarse en su cola y devolverle la moneda. Terminó la maniobra y cuando confiaba encontrar delante de su caza al avión enemigo, vio con estupor que no estaba, y todavía se sorprendería mucho más, al comprobar que lo volvía a tener pegado a su cola. Esos segundos de duda fueron decisivos. Por primera vez en el conflicto notó el inconfundible sonido de los proyectiles perforando el casco de su caza. Los impactos dañaron el motor. Comprobó que echaba humo y perdía aceite que inundaba los cristales de la cabina impidiéndole la visión. A duras penas consiguió ver un lago delante suyo, y hacia él se dirigió para realizar un aterrizaje de emergencia. Era un excelente piloto, por lo que no le resultó excesivamente complicado realizarlo. Comenzó a salir de la cabina antes de que su caza se hundiera en el lago. Lo hizo sin prisa. Sabía que tenía como mínimo cinco minutos antes de que su avión desapareciese y reposase para siempre en el fondo. No necesitaría ni emplear el bote salvavidas, solo tendría que nadar unos metros y estaría sano y salvo en la orilla.

"Bueno, al menos he tenido suerte y ninguna de esas balas de grueso calibre me ha dado a mí "

En ese momento, el caza que lo había derribado se acercaba de nuevo. Peter levantó una mano para indicarle que estaba bien y saludarlo, pero el gesto quedo sin realizarse del todo, porque comprobó horrorizado que el piloto enemigo comenzaba a dispararle. Intentó refugiarse de nuevo en la cabina, aunque ya era demasiado tarde.

Una de aquellas balas de gran calibre se le incrustó en la columna destrozándole la cuarta y la quinta vertebras.

En tiempo de paz, una lesión así lo hubiera dejado invalido de por vida, siempre y cuando hubiese llegado a tiempo al hospital, pero en aquel momento el daño en su columna le impidió que pudiera salir de su avión y salvarse así de morir ahogado. Cayó de nuevo sobre el asiento preguntándose:

"¿Por qué ahora?"

Pero nadie podría responder a esa pregunta.

Que estupidez morir precisamente ahora que la guerra estaba casi acabada. Pronto se hundiría con su caza y ese lago sería su tumba. Su último pensamiento fue para su chica con la que nunca se casaría. Jamás volvería a tocar esa piel tan suave, ni oler ese maravilloso perfume que tanto le gustaba.

Deseó con todas sus fuerzas seguir con vida y volverla a ver, aun

que solo fuera una última vez.
Murió pensando en ella, con los ojos bañados en lágrimas, ante esa promesa de felicidad que se apagaba con su vida.
El destino le había jugado una mala pasada.
Nunca lo supo, pero ese piloto del caza a reacción enemigo que había abatido y luego rematado la presa herida, era el mismo al que ese buen chico, que en ese momento se hundía con su avión hacia el fondo del lago, había salvado la vida unos días atrás lanzándole su bote salvavidas en la batalla sobre el mar. Un barco lo rescató sano y salvo. Una vez en tierra regresó al aeródromo, donde fue elegido para pilotar uno de esos nuevos cazas a reacción.
Ironías de la vida, si no se hubiese apiadado del enemigo derribado, ahora sería el otro quien estaría en el fondo del mar y él seguiría vivo.
Pero las sorpresas no habían terminado ese día para Peter.
Cuando el caza se posó con suavidad en el fondo del lago, comprobó sorprendido que seguía vivo.
¿Cómo era posible ese portento? Ya debería de haber muerto ahogado o desangrado por la sangre que se le escapaba por la herida de la espalda y que se mezclaba con la fría agua del lago.
Pasaron los días y seguía vivo.
No entendía nada.
Pasó un mes, y al comprobar que su cuerpo comenzaba a descomponerse, comprendió por fin lo que pasaba.
"¡Entonces es cierto lo que suponían algunos, el cuerpo se corrompe y desaparece, pero la mente sigue viva!"
Su energía mental perduraba después de la muerte.
"Pero de todas formas de poco me sirve. Estoy atrapado en este ataúd de hierros retorcidos para toda la eternidad."
"¿Es qué acaso debo permanecer aquí eternamente, viendo como los pececillos se pasean por el agua?".
Pronto obtendría respuesta a esa inquietante duda.

Habían transcurrido treinta años desde que el caza fuese abatido, y el cuerpo del piloto era un amasijo informe de huesos a los que solo unía el uniforme. Los pececillos del lago seguían nadando a su alrededor, pero ahora entraban y salían por las orbitas de los ojos. Evidentemente, hacía mucho tiempo que habían desaparecido esos ojos grises que producían desmayos entre las chicas que se perdían en ellos. Ya nunca volverían a cautivarlas como antaño.

Dos muchachos caminaban por la orilla del lago. Era la primera vez que se aventuraban tan lejos del orfanato, por ese motivo uno de ellos comentó asustado:

—Deberíamos regresar. Si alguien nos sorprende tan lejos tendremos problemas.

—¡No me digas qué tienes miedo del fantasma!

—¿Qué fantasma?

—¿No sabes la historia que cuentan los aldeanos de la zona?

—No.

—Dicen que en ese lago está sumergido un avión. Fue derribado durante la guerra, y el espíritu de su piloto vaga por las profundidades. Hay incluso quien dice haberlo visto y parecía buscar algo.

"Desde luego que tonterías dice la gente... Vagar... ¡Si yo no me he movido de mi caza en todo este tiempo!"

—Espíritus... ¡Qué estupidez! —respondió el segundo chico.

—Ya veo que no crees en... ¿Qué te pasa Paul? —gritó alarmado Carlos, qué era el autor de la pregunta. Había visto como su compañero palidecía intensamente y se disculpó:

—Siento haberte asustado con mis historias de fantasmas.

Paul se había tenido que sentar al notar que sus piernas le fallaban. Levantó la cabeza y respondió:

—No es eso. Yo solo les temo a los vivos. Los muertos nada pueden hacer, para bien o para mal.

Proféticas palabras las del muchacho, vive Dios...

—Entonces, ¿qué te pasa?

—He notado un escalofrío. Incluso ahora siento un frio muy extraño. Me habré resfriado otra vez.

Su amigo no contestó, pero dudaba mucho que pudiera tener frío, si tenemos en cuenta que estaban en pleno verano y la temperatura rondaba los treinta grados a la sombra.

—Creo que será mejor regresar.

J.Ibañez

Para Peter esos treinta años no suponían nada, ya que en su panteón acuático no tenía conciencia del paso del tiempo. Todo era pura monotonía, si exceptuamos la llegada de vez en cuando de algún visitante, sobre todo en verano. Precisamente acababa de escuchar como uno de los dos chicos, que en ese momento caminaban por la orilla, le acababa de contar al otro una historia de fantasmas. No les prestó más atención que la que había prestado a otros visitantes anteriores, pero le hizo gracia el comentario del chico acerca de que buscaba algo.

Poco podía buscar teniendo en cuenta que no había salido de su avión... ¡Qué más hubiese querido él!

Quizá los destellos del sol en el fuselaje del caza, y la imaginación de la gente, habían dado lugar a ese cuento de fantasmas.

Dejó de prestarles atención y en ese momento sintió una sensación muy extraña. Algo tiraba de él hacia afuera.

No podía creer lo que ocurría.

¡Estaba saliendo a la superficie de nuevo!

Se acercaba hacia los dos chicos.

¿Qué estaba pasando?

Pronto lo comprendió al ver que se dirigía hacia el lugar donde estaban conversando y se detenía al lado del llamado Paul. Intentó hablarle y observó decepcionado que no le escuchaba, pero se dio cuenta de que pareció enfermar cuando percibió la presencia de algo que intentaba comunicarse con él.

Ya nunca más lo intentó, para no hacer sufrir a ese muchacho, que a partir de aquel momento pasó a ser el centro de su vida.

A donde Paul fuera, allí iría él.

Nunca pudo hablarle, y mucho menos interactuar con su entorno, pero si pudo, al menos, hacerle cambiar de opinión en algunos asuntos de trascendental importancia para su vida.

Siempre le quedaría la tristeza de no haberle podido ayudar en los dos más importantes, que tanto le hicieron sufrir, al ver como su querido muchacho lo pasaba tan mal.

Lo importante para Peter, era que gracias a ese chico, había podido salir por fin de su encierro y recuperar la visión de las cosas bellas que la Tierra podía ofrecerle. Volver a maravillarse con el vuelo de un pájaro, extasiarse contemplando una puesta de sol, o relajarse en la contemplación de un campo repleto de amapolas rojas.

Ahora se percataba de cuánto había echado todo eso de menos.
Vio sorprendido como los dos muchachos se dirigían hacia un lugar que él conocía muy bien.
Lloró sin lágrimas, recordando el tiempo en que también entraba por esa puerta con el corazón repleto de ilusión y felicidad, dispuesto a encontrarse con su amada. Eran tiempos de felicidad inacabable... ¡Acababan de entrar en el hospital donde trabajaba su querida Ester!
Parecía claro que ella ya no estaría allí, porque ahora ese hospital de enfermos de guerra se había convertido en un colegio para chicos, o algo parecido, pero el solo hecho de volver a recorrer aquellos pasillos, era mucho más de lo que jamás había osado pedir durante su cautiverio.
Todo había cambiado. Los soldados agonizantes que poblaban las salas habían dado paso a chicos corriendo hacia las clases. Los médicos y enfermeras ahora eran...
Se detuvo de golpe al contemplar la figura de una mujer completamente vestida de negro que esperaba a los dos chicos con mala cara. Sin duda se iban a llevar buen rapapolvo. Lo que en un principio le resultaba familiar en esa mujer, le hizo lanzar una exclamación de sorpresa cuando la vio desde más cerca:
"¡Dios mío, es ella!"
Tenía a su amada delante. Habían pasado treinta años, y el tiempo y los sufrimientos habían hecho mella en su cuerpo, pero era la misma muchacha encantadora de la que él se había enamorado perdidamente.
Quiso gritar de alegría y pensó:
"Ahora ya puedo morir en paz"
El mismo se dio cuenta de la tontería que acababa de pasársele por la cabeza.
Rio con la ocurrencia.
Su risa era tan contagiosa que vio cómo su amada sonreía también.
Carlos y Paul, que veían que la tormenta se cernía en el horizonte, en forma de gobernanta enfadada por su retraso, vieron ahora que la mujer sonreía abiertamente. Ellos también se quedaron abiertamente sorprendidos por ese inesperado suceso. Sus bocas eran incapaces de cerrarse.
¡Era un hecho imposible!

Todo el mundo sabía que esa mujer nació sin sonrisa. Sonreiría antes una gárgola que ella.

Pero ese día las sorpresas aún no habían terminado. A esa sonrisa tan desconcertante, la señora añadió algo increíble:

—Habéis llegado tarde a la cena, pero podéis acudir a la cocina y decirles que os preparen algo...Y que no vuelva a suceder, por favor.

Los dos chicos se miraron.

"¿Qué no vuelva a suceder, por favor?"

¿Qué pasaba aquí?

Hasta ayer mismo, ese retraso les habría puesto un castigo bastante duro, y desde luego nada de prepararles una cena solo para ellos. Esa noche las tripas de los dos muchachos habrían tocado el concierto de Aranjuez en do menor.

Nadie consiguió explicarse los cambios que sufrió esa mujer en los días posteriores. Aparcó para siempre el negro, como si con ello se hubiese quitado un gran peso de encima, y a partir de ese momento solo llevó colores alegres. Recuperó la bonita sonrisa que había sido siempre su seña de identidad cuando era joven, e incluso comenzó a maquillarse, por lo que todo el mundo especuló con que había conocido a un hombre y se había enamorado. Difícil tarea, si tenemos en cuenta que esa mujer vivía en el orfanato, y jamás acudía a la ciudad, pero los chicos esperaban ansiosos la llegada de ese galante caballero que la sacara a cenar y a bailar, algo que evidentemente nunca se produjo.

La verdad es que ni ella misma consiguió explicarse qué le había sucedido para dar un cambio tan radical en su vida. Solo sabía que cuando veía a Paul, su espíritu se alegraba y la inundaba una felicidad incomprensible.

A su vez, para Peter, aquellos pocos días que pasó junto a su amada fueron similares a los que vivió Ulises cuando regresó de su largo viaje y se reencontró con su querida Penélope. Se empapó de ella, alegrándose de los cambios en su carácter y su vestimenta.

Pero el destino les tenía reservado una nueva separación imprevista. A Paul le quedaba al menos tres años más en el orfanato antes de pasar a estudiar algún modulo que le enseñase un oficio para poder ganarse la vida en el futuro. Se marcharía a vivir a un colegio mayor. Peter se deleitaba ante la posibilidad de seguir viendo a Ester durante tres años más... pero esos tres años se con-

virtieron en una semana.
Un brusco cambio en la vida del chico al que estaba unido los separó de manera inesperada.

LLEGA EL APOCALIPSIS

Todo comenzó la semana siguiente. Nos acabábamos de acostar, y por una vez todo el dormitorio estaba lleno a esas horas. Los exámenes habían terminado y ya nadie se quedaba a estudiar en las clases.
El miedo corría libremente de cama en cama y era debido a la mala fe y a la malicia de algunos seres humanos que disfrutan y se deleitan con el sufrimiento de sus semejantes. Alguien había propagado entre nosotros un bulo, una falsedad, pero que en las mentes de unos inocentes niños se convirtió en una profecía terrible.
Un imbécil se inventó una maldición y se la contó a otro no menos imbécil, que la creyó a pies juntillas, por lo que al poco tiempo todo el orfanato estaba preso de angustias y quejidos.
Esto decía esa terrible maldición, mezcla de paranoia y profecía bíblica:
" Esta noche a las doce en punto todos los primogénitos presentes en el orfanato morirían entre terribles sufrimientos a causa de una profecía milenaria"
Evidentemente no había el más mínimo argumento que respaldase tamaña barbaridad y diese credibilidad a la posibilidad de que sucediera una matanza así, pero la noticia corrió de boca en boca entre todos los integrantes del orfanato.
A las veintitrés cincuenta y cinco todos estábamos expectantes ante la llegada de ese terrible ángel de la muerte. Los ojillos sobresalían por encima de las mantas y las respiraciones denotaban la ansiedad del momento. El que era primogénito estaba "acojonado", y el que no lo era también estaba ansioso por descubrir si aquello era verdad y el cabroncete que le hacía la vida imposible desaparecía entre tremendos suplicios y estertores de muerte.
Yo estaba tranquilo por lo que respectaba a mí, pues como ya he contado era el pequeño de mis hermanos, pero casi la mitad de los chicos del dormitorio se removían inquietos en sus camas.
Uno de ellos era mi amigo Carlos.
Al ser el único hijo de su santa madre, era por tanto el primero y el último.
Sonaron las doce campanadas en el reloj de la torre (no, no.... nadie se comió las doce uvas. No estaba el horno para bollos) y el

único ángel que recorrió los pasillos entre las literas fue un chico de diez años llamado Ángel Pérez. Debido a su condición de primogénito, sufrió un "apretón" y tuvo que salir disparado al servicio, al que llegó a tiempo de puro milagro, pues desde el dormitorio hasta el servicio había un largo pasillo mal iluminado por dos luces de emergencia que lo dejaban en penumbras. Aún recuerdo mi primera noche en el orfanato cuando me levanté a las tres de la mañana y salí a ese tenebroso pasillo con intención de ir al servicio. Cuando iba por la mitad vi una sombra indefinida que venía en dirección contraria. Me volví como un rayo a mi cama, donde pasé el resto de la noche con el baile de San Vito, pero ni se me ocurrió levantarme otra vez. Seguramente sería otro chico que venía de hacer sus necesidades, pero cualquiera se quedaba a comprobarlo...

Desde entonces muy mal me tenía que ver para levantarme de noche y recorrer ese pasillo de pesadilla.

En definitiva, cuando el tal Ángel regresó y se acostó, todo volvió a la normalidad. Los suspiros de satisfacción por no haber abandonado este mundo pasaron de cama en cama. Los somieres dejaron de chirriar al dejar de moverse sus ocupantes y todos nos sumimos en un sueño reparador después de tantos nervios y agitaciones.

Otra profecía catastrófica que no se cumpliría para casi nadie...

La mañana llegó. Sonó el timbre a las siete en punto anunciando que otro monótono día de normalidad nos acogería en su seno. Comentamos los acontecimientos de la noche anterior y el miedo que algunos habían pasado.

Lo típico:

"¡Vaya canguelo que llevabas encima!

¿Yo? Qué va. Sabía que todo era una mentira

Mentira... ¡Y por eso querías acostarte en mi cama a ver si así despistabas al ángel vengador y escapabas de morir como los demás!

Fue un error...

Sí, seguro..."

Todos nos reíamos, menos mi amigo Carlos, que seguía acostado sin levantarse. Tanta emoción lo había agotado y por eso no se levantaba —pensé.

—Vamos gandul, levántate antes de que alguien se dé cuenta de que sigues encamado y te castiguen —le dije.

No me respondía, y como seguía girado hacia la pared, lo zarandeé para que se despertara.

Nada.

Comencé a preocuparme.

—¿Carlos?

Levanté las sábanas con precaución y un grito de terror se escapó de mi garganta.

—¡Noooooo!

Los demás chicos, al oírme gritar de esa manera tan terrible, se arremolinaron a mi alrededor y vieron cuál era el motivo que me había llevado a lanzar ese grito: mi amigo estaba rodeado de un gran charco de sangre que empapaba las sábanas y el colchón. La sangre se le había escapado por el orificio producido por un cuchillo que tenía clavado en el pecho, a la altura del corazón.

Dos de mis compañeros salieron al pasillo gritando:

—¡Han asesinado a Carlos!

Los profesores acudieron rápidamente, y al ver lo sucedidom, llamaron a la policía.

Cuando esta llegó yo permanecía sentado en el mismo lugar del suelo donde había caído impactado por la terrible imagen de mi amigo muerto. Hicieron fotos y tomaron huellas digitales, pero no tocaron nada, ni movieron el cadáver, hasta que llegó un juez tres horas después y así lo dictaminó.

Mi amigo partió hacia la morgue para que le realizaran la autopsia. Como no tenía familiares que reclamaran su cuerpo sería arrojado a una fosa común igual que su madre. Triste final para alguien tan bondadoso e inteligente.

Yo seguía tan conmocionado por todo lo sucedido que casi no me enteraba de lo que estaba pasando a mí alrededor.

—Este es el chico que descubrió el cadáver —oí que decía alguien.

Una sombra se paró frente a mí.

—Hola, chaval, soy el teniente González de la policía de investigación criminal. Cuéntame lo que pasó.

Lo miré, pero era tal el nudo que sentía en la boca del estómago que no pude hablar.

Alguien lo hizo por mí.

—No espere que le resuelva muchas dudas, teniente... ¡Él es el asesino!

El autor de ese terrible comentario era el Perro.

¿Qué estaba diciendo mi odiado enemigo?

¿Acaso se había vuelto más loco de lo que ya estaba?

Todos me miraron como si fuera Jack el Destripador.

—¿En qué te basas para lanzar una acusación tan fuerte? —le preguntó el teniente.

—Mi amigo Carlos...

"¿Queeee?"

—...me contó que este chico lo odiaba a muerte y le tenía celos, porque había una chica de la que ambos estaban enamorados, pero que solamente le hacía caso a Carlos.

"¡Será hijo de...!"

¿Qué estaría tramando para inventarse una mentira tan descomunal?

Aún me quedaba por oír lo peor

—Me confesó que lo acosaba continuamente. Temía que le robase el dinero y las joyas que su pobre madre había conseguido ahorrar con gran esfuerzo para dejárselas a él.

"¿Cómo sabía eso?"

—Si busca en su taquilla encontrará las pruebas del crimen, no me cabe la menor duda.

—Mientes —dije, pero con tan poca convicción que incluso a mis oidos sonó falso.

La cabeza me daba vueltas. Incluso llegué a temer que me desmayaría allí mismo.

—Pronto saldremos de dudas. Si eres inocente no tienes nada que temer. Veamos esa taquilla —comentó dijo el policía mirándome con simpatía, algo incomprensible dado lo complicado de mi situación.

Un mal presentimiento me embargaba.

¿Sería quizás por la sonrisilla cínica que no acababa de desaparecer de la cara de mi enemigo?

La taquilla estaba cerrada, pero eso no significaba nada. El Perro y sus secuaces me la habían abierto en infinidad de ocasiones anteriormente para robar lo poco que tenía.

Saqué mi llave y la abrí. Lo primero que mis ojos vieron fue un pequeño bulto que yo no había colocado allí. Esa misma mañana la había abierto para dejar el pijama, y coger la ropa que tenía colgada en una percha. Podía afirmar con total seguridad que ese paquete no estaba.

Empecé a comprender...

Uno de los policías que acompañaban al teniente la registró. Cuando le tocó el turno al pequeño bulto que estaba envuelto en papel de periódico y lo abrió, mi corazón se detuvo.

Una de las pulseras de oro macizo que pertenecían a Carlos, acababa de aparecer por arte de magia en mi taquilla.

—Aquí está grabado el nombre del chico asesinado —dijo el policía después de examinarla detenidamente.

La miré atónito.

No podía ser. Yo había visto esa pulsera en varias ocasiones y podía asegurar que no había ningún nombre grabado en ella.

—Ya os dije que el asesino era él.

El autor de todo ese montaje aprovechó el momento de desconcierto para terminar de hundirme.

—No sé nada de esa pulsera —intenté defenderme, aun sabiendo que todas las evidencias estaban en mi contra.

—¿Alguien más tiene llave de tu taquilla? —me preguntó el teniente.

—Aquí no hacen falta llaves para abrir puertas —contesté, mirando significativamente a mi acusador.

—Lo siento, muchacho, pero me temo que tendrás que acompañarnos a comisaría —me comunicó el policía.

Una sonrisa triunfal apareció en el rostro del auténtico asesino.

La furia comenzó a invadirme. Aunque era mayor que yo en edad y tamaño, tuve que apretar los puños fuertemente para no arrojarme sobre él y golpearle.

Creía tener dominado el impulso, cuando un objeto que llevaba en la mano, y que tuvo la habilidad de enseñarme sin que lo viera nadie más, hizo que me enfureciera y no pudiera contenerme. Me lancé sobre el gritando, pateando, golpeando... Era un ciclón desatado lo que le caía encima a ese cruel cerdo.

—¡Devuélveme la piedra, malnacido! —chillé mientras seguía golpeando.

El teniente nos separó.

—Ya le he dicho que está loco. Acaba de ver cómo me ha atacado sin motivo. Enciérrelo y tire la llave para que no salga más.

El maléfico muchacho había conseguido exactamente lo que se proponía, y yo acababa de caer inocentemente en su trampa.

Pero al menos esa descarga de adrenalina me había ayudado a recuperar mi capacidad de raciocinio y protesté acaloradamente:

—No es cierto, señor. Mire en su mano. Allí encontrará la prueba de que miente y todo es un montaje para incriminarme a mí, cuando realmente el asesino es él... ¡Cobarde! —grité enfurecido—. Enséñale la piedra que le has robado a mi amigo después de matarlo.

Debí de suponer que era otra trampa.

Abrió la mano donde yo había visto la piedra y pude comprobar que estaba vacía. Seguramente la guardó en uno de sus bolsillos, aprovechando el forcejeo anterior.

Otra equivocación por mi parte.

—Me has querido culpar a mí, cuando realmente la tienes tú —acusó con el brazo extendido, señalandome.

Metí las manos en mis bolsillos y pude comprobar horrorizado que efectivamente allí estaba el bendito mineral que tanto apreciaba Carlos. No la había metido en su bolsillo como yo creía... ¡La había metido en el mío cuando rodamos por el suelo, para dejarme todavía más en evidencia!

La contemplé sin acabar de creer que todo esto me estuviese pasando a mí, momento que aprovecho para quitármela, enseñársela al policía y decirle:

—Esta piedra me pertenecía, pero se la regalé a mi amigo poco antes de morir.

—¡Mientes, ni siquiera sabes cómo se llama! —grité furioso.

Evidentemente no lo sabía, pero supo salir airosamente de la situación.

—Que tontería. Nadie les pone nombre a las piedras.

Por si quedaba alguna duda acerca de mi culpabilidad, apareció el policía encargado de las huellas dactilares y dijo:

—Las huellas del chico (ese era yo) están por todas partes.

—Eso no es extraño. Te recuerdo que los muchachos eran amigos y el acusado dormía en la misma litera que el muerto —respondió el teniente.

Me dio la impresión de que yo le caía bien, y el hombre hacía todo lo posible por defenderme, pero lo que añadió a continuación el encargado de las huellas fue un auténtico mazazo, tanto para él, como para mí.

—Estaría de acuerdo con usted teniente de no ser por un detalle muy importante.

"Ahora veremos que es para ti un detalle muy importante..."

—En la empuñadura del arma homicida también están las huellas de este chico.

Tenía que reconocer que sí era un detalle muy importante.

Debía de estar sufriendo una pesadilla y aún no me había despertado.

Pero, si yo no había visto jamás ese cuchillo y mucho menos lo había tocado... ¿Cómo era posible que mis huellas estuvieran ahí?

Comencé a dudar de mí mismo.

¿Y si realmente era yo el autor del horrendo crimen?

¿Podía haber asesinado a mi amigo sin saberlo, por culpa de algún trastorno de personalidad o algo parecido?

Mis dudas se disiparon al instante cuando volví a mirar a mi enemigo y vi como sacaba los colmillos, disfrutando anticipadamente con lo que iba a suceder a continuación.

—Quedas detenido como presunto autor de la muerte de Carlos León. Serás llevado a comisaría donde te retendremos hasta que un juez ordene tu ingreso en prisión, aunque al ser menor de edad supongo que los servicios sociales se harán cargo de ti y te llevarán al reformatorio para que cumplas condena hasta la mayoría de edad —informó con pesar el teniente.

Su triste voz me acabó de convencer de que él tampoco se sentía contento con mi detención, pero las pruebas en mi contra eran irrefutables.

Salí esposado por la misma puerta por donde había entrado tres años atrás.

Antes de meterme en el furgón policial pude ver a Soledad llorando de pena por mí, a la gobernanta triste y abatida, y al Perro y sus secuaces reírse abiertamente de mi desgracia.

Recuerdo que pensé que al menos había ganado una cosa: nunca más volvería a ver a ese malnacido.

Me equivocaba.

EL REFORMATORIO

Pasé una semana en la prisión de la ciudad a la espera del juicio. Tanto allí, como luego en el reformatorio donde me enviaron tal y como auguró mi amigo el teniente, comprendí lo mal que debe sentirse alguien que nunca ha hecho nada malo en su vida y lo envían por error a compartir sus días con violadores, asesinos, proxenetas, traficantes...
Hay que ser muy fuerte física y mentalmente para no terminar sucumbiendo ante tanta maldad y perversión reunidas en tan poco espacio.
Me condenaron a permanecer hasta la mayoría de edad en el reformatorio" para *que te instruyan y enseñen a convivir con el resto de la sociedad"* sentenció la jueza que llevó mi caso.
Pero estaba claro que al sitio donde me mandaban, lo que menos les importaba a sus responsables era reformar a nadie.
Como pude comprobar en mis propias carnes, el nombre más acertado era "Destructorio".
Fue atravesar las puertas metálicas y abrirse todo un mundo de horror, miserias y perversiones humanas. Me di cuenta que el orfanato era una residencia de lujo si lo comparábamos con este antro.
El sitio era mucho más feo y lúgubre.
Algunos de los carceleros eran auténticos pederastas.
Al igual que se ha demostrado en el caso de un puñado de curas y maestros, aprovechaban su proximidad a niños indefensos, para aprovecharse de ellos impunemente y saciar de esa manera tan cobarde sus más oscuras perversiones.
Los ocupantes de la mayoría de las celdas tampoco eran santos, ni mucho menos. A sus escasos catorce o quince años eran auténticas bestias. Más de uno ya había matado de verdad, o violado ancianas que podían ser sus abuelas.
Y en medio de tanta bondad y santidad estaba yo.
De todas formas, la perla de todo el grupo era el director. No se trataba del típico chulo y prepotente que las películas de cárceles nos enseñan.... ¡Era peor!
Bajito y enclenque, debió de recibir más de un palo en su niñez de parte de los chicos más grandes que él, por eso, ahora que podía, se vengaba de cualquier chico superior a él en estatura o inteligen-

cia (algo que por otra parte era lo más fácil del mundo) que caía en sus manos. Debías de esforzarte para oír lo que decía, pues apenas levantaba la voz cuando te castigaba, algo que ocurría con mucha frecuencia.

—Una semana de aislamiento y diez latigazos por desobediencia.

Le gustaba leer a los clásicos y ese hecho siempre lo reflejaba en sus castigos:

—Dadle una ducha fría a este rebelde muchacho, para que se le aclaren las ideas, como hacían los antiguos noruegos antes de entrar en combate

Era un hijo puta culto, sí señor. Un cabroncete.

Y un pervertido, como tuve la oportunidad de descubrir más tarde.

Le encantaba aparecer de repente en cualquier lugar y a cualquier hora para sorprenderte cuando más tranquilo estabas y castigarte. Por supuesto, hacía la vista gorda ante los desmanes de sus hombres.

A mí me cogió manía desde el primer día que llegué y siempre que podía me lo hacía saber.

Si yo formaba parte de un grupo de limpieza se presentaba en la sala que acabábamos de limpiar y la inspeccionaba detalladamente hasta encontrar algún pero, por lo que nos la hacía limpiar una y otra vez, hasta que próximos a la media noche, dejaba que nos acostáramos. Sobra decir que mis compañeros me rehuían como si estuviera apestado. Cuando repartían los grupos de limpieza y les tocaba conmigo decían:

"¡Nos ha tocado el gafe...Vaya mala pata!

"¡La hemos cagado!"

Recuerdo una tarde de invierno que nos tocaba limpiar el dormitorio y era un día especial para mis compañeros.

A las diez de la noche daban por la tele un partido de futbol que nadie quería perderse. Se efectuó el sorteo para repartir los grupos de limpieza. Todos cruzaron los dedos para que no les tocase conmigo. A los cinco afortunados que les agració la suerte con mi compañía les cambió la cara.

—Se nos acaba de joder el partido... —murmuró uno de ellos con más resignación que un santo.

—Ya lo creo. A los que le toca con este desgraciado (sigo siendo yo), el viejo los tiene limpiando hasta las tantas de la noche —dijo

otro.
Me sentí aludido (como para no sentirte), por lo que me creí en la obligación de proponer algo:
—Lo siento chicos, pero si queréis podemos intentar dejarlo todo tan limpio que ni el propio director sea capaz de encontrar una pega y nos obligue a limpiarlo otra vez.
Les pareció buena idea, y tras recuperar los ánimos, nos pusimos manos a la obra.
Nadie en toda la historia de la humanidad fue capaz de restregar, frotar y fregar más y mejor que nosotros.
Los chorros del oro eran una pocilga en comparación con esa habitación después de que terminásemos de limpiarla.
A las ocho de la tarde habíamos terminado. Estábamos orgullosos de la tarea realizada. Conocíamos todos los trucos del pequeño cabroncete, y por eso nos habíamos centrado especialmente en esos detalles. Sabíamos que miraría detrás de las taquillas, e incluso correría alguna, por lo que nosotros nos adelantamos y las corrimos todas, para limpiar la suciedad acumulada detrás. Otro de sus trucos era pasar un algodón por las paredes para enseñárnoslo después sucio, por lo que uno de los chicos las frotó con agua y jabón. Cuando terminó y comprobamos que el algodón quedaba inmaculado, nos invadió la euforia. Estábamos preparados para la inspección, por rigurosa que fuera. A las nueve apareció en el umbral de la puerta el pequeño dictador con una sonrisa prometedora. Hoy parecía estar de buen humor, de hecho, no había castigado a nadie en los anteriores grupos inspeccionados.
Nosotros también estábamos sonrientes y satisfechos con el trabajo realizado.
Se mostró sorprendido al ver tanta limpieza. En verdad que todo relucía de limpio que estaba.
—Veo que mis chicos se han esmerado. Quizás les hace ilusión ver el partido, ¿no es ciertooooo...?
Recorrió la estancia, y tal y como sospechábamos, corrió una taquilla y usó el algodón en una de las paredes.
—¡Muy bien, muy bien! —no le quedó más remedio que decir ante tanta limpieza.
Mis amigos sonreían, y ya se veían celebrando goles.
"¡Vamos a ver qué pega nos sacas ahora enano desgraciado!" —pensé yo, mirándolo desafiante.

El muy ladino pareció percibir mis pensamientos, porque acto seguido añadió:

—¡Qué lástima! —sonrió dulcemente —. Veo algo que está sucio. Tendréis que volver a limpiar toda la sala.

— Pero si está todo reluciente —me atreví a decir.

—Te equivocas, querido. Fíjate como mi dedito encuentra suciedad, allá donde tú solo ves limpieza.

Y dicho y hecho, metió un dedo dentro de la estufa de carbón y lo sacó lleno de hollín.

—Hasta que esta estufa no esté más limpia que las cuadras del castillo de los Nibelungos nadie saldrá de aquí, y no os preocupéis porque mandaré alguien para que os diga el resultado final del partido. No soy tan mala persona...

¡Un hijo puta culto y sádico!

Abandonó la habitación, satisfecho consigo mismo y con su divinidad, que le permitía disponer a su antojo de las vidas e ilusiones de estos pobres chicos, que bastante desgracia tenían con verse privados de la libertad.

Mis amigos lloraban de impotencia y rabia, y me miraban con odio contenido, pues sabían que yo era el culpable de su desgracia.

¿Alguien ha limpiado una estufa de carbón por dentro?

No os lo aconsejo. Acabaréis negros por dentro y por fuera.

Cuando terminamos en un tiempo record, la estufa estaba limpia, y nosotros más sucios que los sueños sexuales de un astronauta que pasa meses dando vueltas en una estación espacial, gastando el dinero de los pobres contribuyentes. Más valdría que los gobiernos quitasen primero el hambre del mundo en lugar de hacer experimentos espaciales para que los habitantes del primer mundo tengamos una dieta sana y equilibrada. Esos mismos gobernantes que se acuestan todas las noches tranquilos en sus camas, y que luego por la mañana acuden satisfechos con sus familias a la representación religiosa de la que son seguidores, para dar gracias a su señor por dejarles gobernar un país tan poderoso, deberían darse cuenta de que su Dios no tiene tiempo de escucharlos, ni está junto a ellos en ese templo; si acaso está en algún sitio, es junto a ese misionero, o al cooperante que intenta ayudar a sobrevivir al desdichado al que se comen las moscas en Etiopía o en Kenia. Si ellos quisieran podrían terminar con las miserias del

mundo, pero prefieren gastarse el dinero en armas y chorradas espaciales...
Todo esto no tiene nada que ver con mis memorias, pero me apetecía decirlo.
Uno de nosotros fue a buscar a nuestro querido director. El partido debía de estar en el descanso. Si el cabroncete daba el visto bueno, aún podríamos ver la segunda parte.
Volvió el torturador.
—¿A quién se le ocurre limpiar la estufa por dentro? ¡Mirad cómo lo habéis puesto todo!
Se refería a un par de pisadas casi invisibles.
—Usted nos dijo...
—Nada, nada, a limpiar la habitación otra vez, y después a ducharos... ¡Qué se le va a hacer!
"¿Estrangularte con tu propia lengua?"
"¿Cortarte a trocitos con un cuchillo oxidado y sin punta?"
"¿Meterte en una jaula con un gorila astronauta en celo?"
Allí nos quedamos otra vez, mano a mano con mochos y escobas.

A partir de ese desafortunado día nadie quiso tratos conmigo. Todos mis compañeros me huían como si estuviera apestado. Tampoco se lo podía reprochar.
El único que me buscaba siempre que podía era mi "querido" director. Una tarde que estaba en el patio contemplando la puesta de sol, y pensando en tiempos mejores junto a mis queridos Carlos y Soledad, una sombra cayó sobre mí.
—¿Qué haces aquí solito? —preguntó, y sin darme tiempo a responder añadió: — Precisamente aquí tengo lo que necesitas para salir del tedio y del aburrimiento
Levanté la vista, extrañado por lo inesperado del ofrecimiento, y vi junto a él a una especie de armario ropero qie me miraba con lujuria. Un escalofrió de miedo y de asco recorrió mi cuerpo.
Había oído historias de chicos que desaparecían misteriosamente, y nunca jamás se volvía a saber de ellos. Decían que se habían fugado, pero todos sospechábamos que en realidad estaban bajo tierra, después de que algún hijo de perra hubiese cometido toda clase de atrocidades con ellos. Hasta ese momento no había querido hacer mucho caso a esos comentarios, pero la presencia del director y este gorila no me daba muy buena espina.

Ese animal me miraba igual que un goloso miraría un pastel antes de zampárselo de un solo bocado.

—Hola —saludó la criatura, enseñándome una sonrisa sin dientes que lo hacía aún más bello, si cabe.

Una perla, vamos.

Un Apolo derretido.

El director debió verme tan entusiasmado que se animó a contarme el curriculum de mi pareja de baile.

—Es Bruno, un antiguo alumno que ahora va a trabajar para nosotros. Cuando llegó aquí hace cinco años había violado a varios niños, pero tras su estancia en el centro salió completamente reformado, ¿Verdad, muchacho?

—Seguro... —dijo el animal, dando a entender con su sonrisa de perturbado, que se había reformado durante todos estos años mucho más que el partido comunista.

El sueño de cualquier padre de bien cuándo su hijita viene a casa y le dice:

"Papaíto, te presento a mi novio"

—Lleva a este querido chico a las duchas y dale un buen manguerazo con agua fría. Se le ve un poco caluroso. Así de paso os vais conociendo más íntimamente.

Me agarró del brazo con unas garras que parecían cepos, y me acompañó "amablemente" a las duchas.

—No te preocupes, chaval, ahora ya estoy curado de mi enfermedad.

—Ya...

—Que sí hombre. Si hasta pertenezco a la Iglesia del Octavo Día...

—¿Hubo octavo día? —pregunté inocentemente.

—¡Ya lo creo! Ese día Nuestro Señor se dedicó a disfrutar de las criaturas que había creado.

¡Madre mía!

En buenas manos había caído. Otro sicópata perturbado que añadir a la colección.

Llegué a la ducha tan resignado con mi suerte como esas pobres personas, que muchos años atrás, también se metían en sitios similares con la esperanza de quitarse de encima la suciedad que habían acumulado tras muchos días metidos en vagones de ganado, y acababan viendo cómo en lugar de agua salía un gas llamado Ciclón B, que acababa con sus vidas.

—¡Desnúdate y no me hagas perder más tiempo! Veamos que mercancía tienes para ofrecer.

El muy cerdo se relamía de gusto, y eso que no sabía de la misa la mitad.

"¡Ahora sí que se lía!"

Yo había adoptado, con más motivo aún, las mismas precauciones que en el orfanato para que nadie me viera desnudo... ¡Pero ahora no me libraba ni el Dios ese del octavo día!

Me desnudé dándole la espalda, como si no supiese lo que iba a pasar a continuación.

—Date la vuelta, pichoncito. Lo mejor del frasco está en la parte delantera.

No había nada que hacer. Iba a caer por Dios y por España.

Obedecí, pero intentando tapar mi protuberancia con las dos manos. Fue inútil, pues ni así pude taparla completamente.

La vio.

Gritó.

—¡Hiiiiiiii.....!

¿Cómo podía un tipo tan grandote soltar un gritito tan agudo?

Parecía una manada de cerdos comiendo remolachas en un picnic campestre.

Dejó la que tenía entre las manos y se dispuso a cambiar de manguera. Se acercó a mí con pasos de ballet, dispuesto a degustar el plato del día.

Yo no estaba por la labor de dejarme tocar por aquel cerdo. Solo de pensarlo me daban arcadas.

Pude comprender, aunque fuera remotamente, lo que debe sentir una mujer violada, y entender perfectamente que pidan la castración del violador.

El problema es que me doblaba en tamaño y fuerza.

Solo mi astucia me salvaría esta vez.

Puesto a hacerlo, lo hice bien.

Para que se confiara abrí mis brazos dándole a entender que lo recibía con gusto. Ese don que me legó mi padre se mostró en todo su esplendor al liberarse de las dos manos que lo retenían cautivo. Al verlo, el muy bestia soltó otro gritito, a continuación sonrió confiado, tal y como yo quería, y se acercó babeando.

Cuando lo tenía a medio metro, y el bailarín acababa de completar un doble giro mortal con tirabuzón, le solté tal patada en la entrepierna que se dobló por la mitad y luego cayó al suelo cuan largo era, más que nada porque le ayudé un poco con el codazo que le metí en la boca.

—Lo siento amigo, pero yo soy partidario de la semana de siete días —le dije a la figura inerte.

Me vestí.

"Esta vez sí que te has metido en un buen lio".

No iba desencaminado al pensar eso. Cuando Romeo regresara de los brazos de Morfeo, y denunciara mi agresión a su Julieta, me iba a ganar una bien gorda.

Acababa de golpear a un funcionario del reformatorio, algo que estaba fuertemente castigado, y encima el funcionario era un protegido del director.

No saldría de rositas de esta situación.

Vinieron a buscarme esa misma tarde y me llevaron a un cuarto apartado. Cerraron la puerta y cayeron sobre mí golpeándome con porras. Cuando terminaron me dejaron tirado en el suelo. Mis dos costillas fisuradas, recuerdo de la paliza del Perro, ahora estaban rotas y además sangraba por la nariz y la boca.

Me habían dejado hecho unos zorros.

Oí llegar al director, que les gritó a los guardianes:

—¡Diez días al pozo sin agua ni comida!

Era la primera vez que alguien le hacía perder los estribos y yo iba a tener ese dudoso honor.

—Pero señor, nadie ha logrado resistir tanto tiempo allí sin agua ni comida —quiso protestar uno de los funcionarios, en un intento vano por defenderme.

—¡Da igual! Que se pudra. Estoy harto de este mocoso engreído.

Me cogieron en volandas y me arrojaron en un hueco tan pequeño, que apenas podía moverme.

Cerraron la puerta y me quedé a oscuras.

No había un solo resquicio por el que pudiera entrar la luz.

Tenía catorce años.

Iba a morir.

¿Habéis permanecido a oscuras en una habitación durante muchas horas?

Perdí la noción del tiempo y el espacio. Al principio me daba todo igual. El dolor ocultaba todo lo demás, pero cuando llevaba dos días allí metido, la sed comenzó a torturarme.
Al cuarto día el hambre me torturaba también. La fiebre había subido. Comenzaba a delirar.
De repente, comenzaron a aparecer unos bichitos que me correteaban por la cara. No dudé a la hora de sacar la lengua y atraparlos. Me sorprendió comprobar que tenían buen sabor. Algunos llevaban bolsas de líquido en su interior. Al menos me mantendrían vivo un poco más de tiempo. En ningún caso llegaría a los diez días, pero mientras hay vida hay esperanza.
Tal y como prometió el director, nadie se acercó por allí con intención de traerme alimento o bebida. Tenía intención de dejarme morir.
Enfermo, sin agua ni comida, y rodeado por mis propios excrementos, el futuro se presentaba negro.
Lo pasé realmente mal, y hubiese muerto con total seguridad de no ser porque la fortuna me sonrió por primera vez en la vida.
Llevaba seis días de cautiverio cuando la puerta de mi celda se abrió. Aún me quedaban cuatro más para cumplir mi condena y ya estaba medio muerto a causa de la deshidratación y la fiebre. Recuerdo que pensé que mi verdugo se había apiadado y me había reducido la condena.
Nada más lejos de la realidad.
Escuché una voz que me resultó familiar, pero estaba tan mal que no la reconocí inmediatamente

—¡Sáquenlo de ahí! Si el chico muere te haré responsable. Serás acusado de asesinato.

—Es un asesino. No puedes llevártelo —el director intentó protestar.

—Aquí el único asesino eres tú, canalla. Espero que algún día te den tu merecido.

Pero el director no estaba dispuesto a soltar tan rápidamente su presa.

—Si te lo llevas estarás cometiendo un delito.

—Toma y calla tu sucia boca.

Mi salvador le tendió un papel al hombrecillo.

—Te...Teniente —acerté a balbucear.

Unas manos poderosas me sacaron del agujero, arrastrándome

sin contemplaciones. Casi no podía ver a causa de estar tantos días metido en aquella oscuridad, pero la desagradable voz del funcionario que me sacó de aquel agujero, me sacudió como una descarga eléctrica.

—Espero que no me olvides. Yo me acordaré de ti el resto de mi vida por haberme golpeado y dejado en ridículo delante de mis compañeros. A partir de ahora no tendrás paz ni tranquilidad. Te perseguiré hasta hacerte la vida imposible. No habrá amigo, novia, o familiar que escape a mi venganza.

Reconocí la voz perturbada de Bruno. Me amenazaba en voz baja para que nadie escuchase sus amenazas.

Acababa de ganarme otro gran amigo.

Me desvanecí a causa del agotamiento.

Desperté mucho después, y en verdad creí haber muerto y estar en el cielo. Estaba acostado en una cama con sábanas limpias. A mí lado un ser angelical me miraba. Parpadeé pensando que al hacerlo la imagen deaparecería, pero no solo no se fue, si no que ahora sonreía.

Acababa de conocer a Erika, la preciosa hija del teniente que me había rescatado de aquel infierno y llevado a su casa.

Precisamente mi amigo acababa de entrar en la habitación.

—¿Cómo estas, muchacho? Ya veo que has conocido a mi hija. No se ha separado ni un segundo de la cabecera de la cama en los tres días que has estado inconsciente...

"¡Tres días!"

—...creo que le gustas.

—¡Papá! —protestó la chica. Tendría unos trece años, pero ya estaba muy desarrollada para esa edad.

—Estoy bien, señor —mentí. No recordaba haber estado peor en toda mi corta vida. Me dolía todo el cuerpo y apenas podía moverme a causa de mis costillas rotas. Los músculos estaban agarrotados, como consecuencia de los seis días que permanecí tumbado en el frío y duro suelo de la celda.

—El médico nos ha dicho que es un milagro que estés vivo, pero eres fuerte y no te quedarán secuelas para el resto de tu vida.

—¿Dónde estoy?

—En mi casa, evidentemente.

—Pee...pero, yo no puedo quedarme aquí. Soy un asesino y usted es policía. No quiero causar problemas.

Mi intención era vestirme y regresar al reformatorio. No quería que esta buena familia sufriera por mi causa.
Intenté levantarme, pero un puño de hierro me golpeó y me tiró de nuevo en la cama. Sentía nauseas y mareos.
—¿Dónde crees que vas, muchacho? Estás vivo de milagro. No te puedes levantar en varios días. Acuestate de nuevo y descansa. Por la mañana hablaremos.
Cogió a la chica del brazo, y ambos se dispusieron a salir de la habitación. Desde la puerta me dijo:
—Por cierto, tú no eres ningún asesino. Mañana te lo explicaré con más detalle. Hasta mañana.
Cerraron la puerta y apagaron la luz.
—¡Roberto! —chillé con mis escasas fuerzas.
—¿Sí?
—Por favor, deja la puerta abierta.
El hombre pensó unos instantes, tras los cuales acabó por decir:
—Claro, perdona.
Nunca más en mi vida sería capaz de soportar la oscuridad.
Me quedé solo y lloré.
Lloré de emoción al ver que todavía quedaban en el mundo personas capaces de hacer algo por alguien sin esperar nada a cambio. Lloré porque era la primera vez tras la muerte de mi abuelo que vivía con personas normales. Lo que para la mayoría de los seres humanos era una rutina aburrida, para mí era un auténtico milagro. Habría dado media vida por haber tenido un padre como Roberto
Quizás Erika ni se daba cuenta de la suerte que tenía.

Por la mañana estaba mejor.
Mis dos nuevos amigos regresaron trayéndome un suculento desayuno.
—Aquí tiene el señorito su desayuno. Lo tomará en la cama como la gente de alta alcurnia —comentó la chica con tanta gracia, que aunque hubiese querido, no podría haberme ofendido.
Lo devoré todo con ansiedad.
Después de seis días sin probar bocado y otros tres con sueros, esos panecillos y ese café me supieron a gloria.
Mientras desayunaba, Roberto me contó lo sucedido.
—Creo que alguien ha velado por ti todo este tiempo, de lo con-

trario es imposible que hayas podido sobrevivir sin agua ni comida seis días.

¡Otro qué creía en cosas paranormales!

Qué tontería...

—¿Qué hacía usted en el reformatorio?

—Tutéame, por favor.

—¿Qué hacías allí?

—Había ido a buscarte.

—¿A mí? ¿Con qué motivo?

—Anunciarte que eras libre.

Lo miré perplejo.

—¿Cómo es posible? Fui acusado de asesinato y condenado a cuatro años en el reformatorio. Eran los que me faltaban para la mayoría de edad. Solo he cumplido cuatro meses de esa condena.

El teniente sonrió.

—Hubo una revisión de tu juicio que yo pedí, y el juez al ver las irregularidades cometidas en el anterior juicio, no tuvo más remedio que dejarte en libertad.

—¿Irregularidades? —pregunté, aún más sorprendido.

—Así es. Todas las pruebas en tú contra eran circunstanciales, excepto dos. La primera era la pulsera con el nombre de tu amigo muerto grabado en ella, y que apareció casualmente en la taquilla. ¿Lo recuerdas?

—Por supuesto.

—Yo siempre sospeché que te habían tendido una trampa. Me lo confirmó una chica con la que hablé. Tuve la impresión de que te adoraba.

—Soledad...

—Sí, así se llamaba la muchacha. Me contó que clase de persona eras, y lo mal que os llevabais Carlos y tú con el otro chico que te acusó. De ahí a sospechar que todo había sido un montaje para inculparte, había solo un paso. Le llevé la pulsera a un joyero amigo mío para que indagase quién la había llevado, y cuándo habían grabado esa pulsera. Tras hacer averiguaciones entre compañeros del gremio, descubrió que había sido grabada el mismo día del crimen. La persona que la llevó coincidía con la descripción del chico que te acusó.

—¡El Perro!

—Sí.

—¿Cómo es eso posible? —no salía de mi asombro—. No tuvo tiempo material de hacerlo.

—Yo creo que sí. Como es fácil de suponer, lo tenía todo planeado hasta el último detalle. Mató a tu amigo de madrugada y le robó la pulsera. Tú descubriste el cadáver a primera hora, y se armó un buen revuelo en el orfanato, momento que aprovechó el asesino para acercarse a la ciudad y llevar la pulsera a grabar. Regresó cuando seguíamos en el dormitorio buscando huellas y esperando la llegada del juez para que ordenara el levantamiento del cadáver. Entonces te abrió la taquilla. Al estar situada en el pasillo lo tuvo más fácil. Tu amiga me confirmó que te ocurria habitualmente.

Asentí.

—Las cerraduras no tienen secretos para él.

—Depositó la pulsera grabada para inculparte del crimen y solo tuvo que acusarte para que registráramos tu taquilla y la encontráramos allí.

—Es una buena deducción, excepto por un detalle —le contradije, intentando dármelas de policía.

—Tú dirás...

—El orfanato está situado a más de veinte kilómetros de la ciudad más próxima. Es imposible que en esas tres horas que pasaron entre que yo encontré el cadáver y la pulsera apareció en mí taquilla tuviese tiempo de ir a la ciudad andando, el joyero grabara la pulsera y regresara.

—Buena deducción, muchacho. Creo que deberías dedicarte a la investigación, pero hay un refrán que dice:" La experiencia es un grado" y de experiencia en el trato con criminales voy sobrado, aunque esta ciudad es bastante tranquila al respecto. El asesino pidió un taxi por teléfono. Por ese motivo, cuando llegamos al orfanato había uno en la puerta principal esperando. En aquel momento no le di importancia, ni nadie se extrañó de ese hecho, pues como bien dices, el orfanato está muy lejos de la ciudad y los taxis son medios habituales de desplazamiento hasta allí, pero al investigar luego con más tranquilidad descubrí que alguien había pedido el día anterior un taxi para primera hora del día siguiente. La llamada se realizó desde el teléfono de la oficina del orfanato, y nadie del personal sabía nada de ese taxi. La deducción era evidente.

—¡Qué sinvergüenza! —exclamé soliviantado—. Lo tenía todo controlado. En coche sí le daría tiempo y con el dinero de los billetes que le robó a Carlos no tendría problemas para pagar el taxi y luego al joyero.

—Exacto.

Tras una pausa para asimilar los nuevos descubrimientos le dije a Roberto:

—Lo que no entiendo es porque no arrestas al Perro. Tienes pruebas suficientes para mandarlo al reformatorio.

—No creas que es tan fácil, de lo contrario ya lo habría hecho, no lo dudes. En primer lugar, necesitaríamos la confesión del joyero declarando quién le llevó la pulsera para que pusiera el nombre.

— ¿Y?

—Nunca lo hará.

—¿Por qué? —pregunté sorprendido.

—No quiere saber nada de declarar ni de policías. Ha tenido problemas con la justicia, ya que ha aceptado en numerosas ocasiones piezas robadas. Precisamente, ahora está en libertad condicional. Ese Perro sabía muy bien a quién buscar.

—Vaya...

—Por otra parte, sigues teniendo en tú contra la prueba más determinante.

—Mis huellas en el arma homicida.

—Efectivamente. Por suerte, el oficial que las tomó es íntimo amigo mío y me debe más de un favor. Aceptó declarar ante el juez que fue un error suyo, al mezclar las huellas que estaban por toda la litera, con las del arma clavada en el pecho del muerto. El juez lo aceptó sin hacer muchas preguntas, pero si ahora acusamos a ese tal Perro, el juez reabrirá el caso y designará a otro equipo diferente para que efectúe la investigación. El nuevo agente encargado del caso descubrirá que tus huellas son las únicas que hay en el arma homicida. Con ello únicamente conseguiremos que tú regreses al reformatorio y mi amigo sea despedido por negligencia, algo que me dolería profundamente.

Hice una mueca y dije:

—Lo entiendo perfectamente. Odio que ese asesino malnacido siga suelto, pero comprendo que estés atado de pies y manos.

—Quizás algún día te lo vuelvas a encontrar y podáis ajustar cuentas.

Eso mismo esperaba yo también.

—¿Por qué haces todo esto por mí? Estás poniendo en peligro tu propia carrera.

Se alzó de hombros y sonrió.

—Eres un buen chico.

Yo no lo tenía tan claro.

—Pero si ni siquiera puedo explicar cómo llegaron mis huellas a ese cuchillo.

—Seguramente el asesino te hizo tocar ese cuchillo sin que te dieras cuenta.

Lo dudaba, pero no añadí nada.

—Como ya he dicho, llevo veinte años tratando con criminales. Sé distinguir uno cuando lo veo, y desde luego tú no eres uno de ellos.

Emocionado por esa respuesta miré a la chica buscando su opinión. No había pronunciado ni una sola palabra durante todo ese tiempo

—Si mi padre lo dice... —dijo con una sonrisa tan tierna que se me partió el corazón.

Volví a llorar como la noche anterior, al sentirme tan querido y apreciado por aquellos extraños que ahora se habían convertido en mi familia.

—¿Qué piensas hacer con tu vida ahora que eres libre? —preguntó Roberto para ayudarme a pasar el mal trago.

—No tengo ni idea —respondí.

La verdad es que ni siquiera me lo había planteado. Mi vida estaba siendo dirigida por todo el mundo desde el momento en que nací, por lo que no tenía ni capacidad de elección, ni tiempo de preocuparme por mi destino. Ahora que alguien me ofrecía esa posibilidad no sabía que hacer.

—Te daré una idea por si te interesa: ¿Te gustaría ser policía? —preguntó con expresión animosa.

Esa propuesta me dejó helado y me quedé mudo de repente. Nunca se me había pasado por la cabeza ser un defensor de la ley.

Estaba claro que le hacía ilusión que yo siguiera sus pasos, y realizara la función del hijo que nunca tuvo.

Era como un padre para mí y no supe negarme.

"¿Por qué no? Al fin y al cabo, es un trabajo como otro cualquiera donde ganarse dignamente la vida."

Permanecí en esa casa durante un mes. Ese fue el tiempo que necesitó Roberto para tramitar los papeles de adopción y meterme en la academia, donde se preparaba a los hijos y huérfanos de policías, para seguir los pasos de sus padres. Allí pasé cuatro años preparándome para ser un buen policía. No quería decepcionar a mi amigo, por lo que me esmeré todo lo que

Pude y salí con el grado de sargento detective. A pesar de las guardias, las marchas nocturnas, y la férrea disciplina que imperaba en la academia, me sentí muy a gusto. Después del infierno sufrído en el poco tiempo que permanecí en el reformatorio, cualquier otro sitio me parecía un paraíso.

No contaré mucho de esta parte de mi vida, pues a pesar de sucederme algunas anécdotas graciosas, las batallitas de cuartel están muy vistas y al final acaba siendo uno cansino de tanto contarlas. Me gradué con la mejor nota posible, para satisfacción de Roberto, al que sus superiores felicitaron por tener un ahijado tan brillante. Según ellos, tenía un don especial para la investigación. Sin duda sería un buen policía.

Los fines de semana que permanecí en la academia los pasaba con Roberto y su hija, contándole a él mis progresos, y viéndola crecer a ella. Se estaba convirtiendo en una auténtica belleza, de esas que hacen girar la cabeza a los hombres cuando entran en un restaurante, mientras las mujeres murmuran entre ellas, carcomidas por la envidia. Llevaba el pelo rubio hasta la cintura, y los ojos azules como el mar, te invitaban a navegar en ellos. Su talle esbelto y unas magníficas curvas de esas que hay que coger con la máxima precaución si no quieres acabar dando vueltas de campana en una pradera verde, la convertían en una mujer de bandera.

Tenía un problema.

La chica se había enamorado de mí, tal y como adivinó su padre el primer día que nos vimos, y ahora ya no trataba de esconder lo que sentía. Pronto querría algo más contundente que el beso de despedida en la frente que le daba cuando nos despedíamos y regresaba a la academia.

Con gusto daría rienda suelta a mis instintos y le ofrecería algo más suculento, pero eso sería traicionar la confianza que su padre había depositado en mí. Tener un romance con ella sería peligroso. Seguro que Roberto no lo vería con buenos ojos.

Nunca he sido de los que muerden la mano del que te da de co-

mer, y no iba a comenzar precisamente ahora.
A mis diecinueve años recién cumplidos también era un buen mozo. Medía un metro y noventa centímetros. Las pesas y los ejercicios que nos obligaban a hacer para mantenernos en forma, me habían convertido en un "musculitos".
Acudía con mis compañeros de promoción a una discoteca regentada por un antiguo policía retirado, donde siempre éramos bien bien recibidos. Allí conocí a muchas mujeres de todas las edades, tamaños y razas. La cara de niño en ese cuerpo de hombre, y mi amena conversación, las hacía caer rendidas. Les encantaba escucharme, pero lo que más apreciaban, en este mundo donde nadie lo hace, era hablar conmigo y contarme sus secretos y problemas. Yo era un "escuchador" excepcional y eso las mujeres siempre lo han valorado por encima de cualquier otra cosa.
Se corrió la voz entre ellas, afirmando que además de todo eso, yo era un amante excepcional. Entonces tuve que quitármelas de encima porque no podía salir con tantas chicas a la vez.
Sí, ya sé que es la segunda vez que cuento algo parecido y suena a prepotencia supina, pero si es verdad no puedo decir otra cosa.
Mis compañeros, como es normal, reaccionaron de la única manera posible: me cogieron envidia.
Siempre comentaban:
"—¡Pues tampoco será para tanto!" —decía uno.
"—¡Es un hombre como otro cualquiera!" —argumentaba otro.
"—¡Seguro qué entre las piernas tiene lo mismo que todos!" —acertaba a decir un tercero.
Cuando oyó esto último mi acompañante femenina de aquel momento, comenzó a reir con tanta fuerza que casi se ahoga, pues el whisky que se estaba tomando en ese momento se le fue por el otro lado.
"—Lo mismo sí... ¡Pero no es lo mismo!" —respondió cuando consiguió recuperar el resuello.
Le guiñé un ojo para que callara, pero ya había cogido carrerilla y no hubo forma de conseguirlo.
Lógicamente, todo esto hacía que mis compañeros se mosqueasen aún más, y muchos ya no querían salir conmigo de marcha. Estaba claro que mi "sino" era que la gente me cogiese manía sin yo pretenderlo.
El tema lo tenía superado, como he comentado con anterioridad.

Si la gente no me aceptaba como era, el problema lo tenían ellos. No me iba a pasar la vida viviendo las vidas que los demás pintaban para mí.

Uno de los fines de semana que pasé con el padre y la hija en su casita del campo, le pregunté a Roberto algo que me había estado quitando el sueño todos estos años.

Estábamos los tres sentados frente al fuego de la chimenea. Las llamas danzaban delante nuestro siguiendo el ritual que comenzó desde el primer día que el hombre las descubrió. El ambiente era magnífico para la conversación. Ahora nadie hablaba como antiguamente, ya que la electrónica ha acabado con el dialogo. Ninguna familia practica el noble arte de conversar. En cada casa puedes encontrar dos o tres televisores, y varios aparatos "come cocos", de tal manera que cada integrante del grupo se mete en su habitación y desaparece del mundo matando zombis o viendo la muy interesante historia de un caballero moderno, cuya rara virtud le ha llevado a pasarse por la piedra a varias jovencitas bien dispuestas. Ellas tienen las mismas pocas luces que él, pero les dá para acudir a otro programa a contar su versión de los trascendentales hechos ocurridos en la cama del anterior individuo. Cobran un pastón por la historieta y se lian con otro desconocido, que a su vez sale también en otro programa para contar como se había revolcado con la famosa ex amante de otro famoso. Y así hasta el infinito y más allá.

Antes los juglares vivían del cuento, pero estas criaturas tampoco eran mancas...

Vuelvo a la pregunta que le hice a Roberto:

—¿Podrias resolverme una duda que me ha perseguido todos estos años?

—Si puedo te la resolveré y si no puedo te quedarás con las ganas —respondió sonriente.

Le encantaban las bromas.

—¿Cuándo fuiste a buscarme al reformatorio, y con ello me salvaste la vida, por qué no denunciaste al director?

Mi amigo pensó unos instantes, se le endureció la mirada y finalmente contestó:

—Ahí donde lo ves tan poquita cosa, es un "tipejo" muy poderoso. Tiene grandes influencias en las altas esferas. Se rumorea que les suministra tiernos jovencitos a políticos, militares, aristócratas y a otras gentes igual de poderosas. Todo el mundo lo sabe, pero es difícil meterle mano. Sus amigos lo protegen, y hasta algunos de mis superiores lo apoyan. Hay que ser muy valiente, y no tener a una hija a quien mantener, (miró a Erika) para desmontar una red así.

Comprendí muy bien a qué se refería y no contesté, pero en ese mismo momento me prometí a mí mismo que si algún día llegaba a ser policía haría lo posible por desenmascararlo y acabar con su carrera al frente del reformatorio.

Yo no tenía ninguna hija que cuidar, por lo tanto, podría dedicarme en secreto a hacerle la vida imposible a sinvergüenzas como ese, que usaban sus influencias y sus cargos para ganar dinero a costa de seres indefensos, como esos niños del reformatorio.

Se lo debía a la memoria de mi amigo asesinado.

Terminé mi preparación en la academia.

Con mi titulo de sargento bajo el brazo dejé por fin de estar internado en algún sitio, y me busqué un piso para mí solo. Podía haberlo compartido con otros compañeros, y así me saldría más barato, pero llevaba diez años durmiendo en habitaciones colectivas, y ya me apetecía un poco de intimidad y tranquilidad.

El piso no era gran cosa, pero al menos estaba limpio y bien situado.

Me concedieron una semana de vacaciones, que aproveché para no hacer nada.

Permanecí todo el día tumbado en el sofá disfrutando por primera vez en la vida del placer que suponía no tener ninguna obligación.

Era libre de decidir por mi mismo. Nadie me dictaba lo que podía o no podía hacer.

Eso era la libertad.

LLEGA EL POLICÍA

Terminó esa bendita semana de vacaciones y me incorporé a mi nuevo trabajo en la comisaria principal de la ciudad. En cada barrio había una más pequeña, pero a mí me correspondió la central. Una vez allí me encomendaron el típico trabajo de novato, es decir, el que los veteranos no querían ver ni en pintura y alguien tenía que hacer.

Me dieron los casos de mujeres maltratadas por sus maridos.

Pronto comprendí que ese problema tan grave no se resolvería únicamente con la intervención de la policía, ni con órdenes de alejamiento. Cuando alguien está tan trastornado que asesina a la mujer que amaba, y que además es la madre de sus hijos, de poco pueden servir las amenazas ni los intentos de alejarlo de su víctima. Es evidente que la única posibilidad de resolver el problema estriba en la educación, pero esa es una tarea ardua y lenta, y a las mujeres las estaban matando en aquel momento.

Educación en los centros escolares para que desaparezca de una vez por todas ese sentido de posesión que tienen algunos hombres hacia las mujeres.

Educación en la propia familia para enseñar respeto hacia los demás. Hacer comprender a tu hijo que la libertad de cada persona para decidir su futuro, donde y con quién quiera, es sagrada. Y comprenda y acepte que esa mujer de la que se había enamorado, podía cansarse de vivir con él y buscar nuevos horizontes, sin que tuviese que morir salvajemente asesinada por ello.

Y por supuesto, igualdad de derechos para ambos sexos en el colegio y más tarde en el trabajo.

Hay momentos en los que la vida te cierra todas las puertas. Todo parece derrumbarse a tu alrededor, pero luego, con la perspectiva del paso del tiempo, te das cuenta de que aquello que te parecía imposible de superar se convierte en una tontería cuando aparecen problemas mucho más graves.

La primera semana ya tuve que acudir a diez casos de maltratos, aunque por suerte la mayoría eran denuncias por un calentón mutuo, que casi siempre terminaban en reconciliación, a pesar de que nosotros le insistíamos a la maltratada para que formalizase la denuncia.

Me acompañaba una chica de una promoción anterior a la mía. Las agredidas se sentían mucho mejor explicándole su caso a una mujer que a un hombre, por mucha cara angelical que este tuviera.

La segunda semana comenzó con dos muertos.

Se trataba de una pareja de cincuentones con casi treinta años de matrimonio en sus espaldas. Tenían tres hijos, mayores de edad todos, que vivían fuera del hogar paterno. Su vida era aparentemente normal. No tenían problemas económicos, ni habían montado ningún escándalo anteriormente.

Tras hablar con los vecinos acabamos con dolor de cabeza y ninguna conclusión válida. Todos nos dijeron lo típico.

Para la portera, que conocía al dedillo los detalles de todos los habitantes de la finca, eran un matrimonio normal que nunca había dado un escándalo.

Si ella lo decía, iba a misa.

Para el vecino del quinto, un chismoso de mucho cuidado, cuya salita daba al dormitorio de los fallecidos, era un matrimonio muy bien avenido:

"Mire usted señor policía, yo hace tiempo que le digo a mi Consuelo (esa debía de ser la parienta del locuaz hombre, a la que se veía deseosa de dar su opinión de los hechos), que su relación ya estaba muerta desde hacía tiempo. Cuando eran más jóvenes les oíamos pegarse un revolcón todas las semanas, pero desde hace un tiempo a esta parte, nada de nada, ya me entiende usted..."

Y la no menos locuaz y dicharachera Consuelito, añadía sin que nadie le preguntara:

"Eran una pareja modélica, aunque yo sé de buena tinta (en ese momento se arrimaba hacia ti, como si te estuviera contando el paradero del tesoro de la famosa isla, y no quisiera que nadie se enterase) que ella últimamente dejaba a deber en todos los sitios, aunque alardeaba por ahí de tener una buena situación económica. Investigue usted ese dato y encontrará la causa de la masacre"

¡Joder con los policías aficionados!
La cuestión es que esa pareja modélica estaba muerta. Él, le había disparado dos tiros a ella y luego se había suicidado con la misma arma.
Interrogamos a los hijos y descubrimos toda la verdad.
Después de todo resultaron ser una pareja no tan modélica.
El hombre bebía, aunque ninguno de los hijos supo explicarme desde cuándo. La fecha tenía su importancia. Lo habían despedido del trabajo y era importante saber si había comenzado a beber como consecuencia de la depresión posterior, o lo habían despedido a consecuencia de ese mal hábito. En cualquier caso, ella se cansó de soportar su mal humor habitual y se buscó un amante.
Tras unos meses de dura convivencia acabó por pedirle la separación.
Él no supo aceptarlo y la mató. O era suya o no sería de nadie.
Comenté ante mis superiores que debíamos incrementar la vigilancia de las mujeres en peligro y ellos "premiaron" mi comentario metiéndome en el armario.
—Eso es cosa de los políticos —comentó el comisario.

En una de esas intervenciones para solucionar un problema de maltratos la conocí.
Mi compañera y yo acudimos a una de las ciudades dormitorio, donde vivían los obreros de la ciudad. Era lógico suponer que allí los problemas de abusos arreciaban. El paro golpeaba con fuerza, dando lugar a problemas e insatisfacciones. Está claro que la gente humilde siempre ha tenido más problemas que la adinerada para sentirse libre:
"Querida, ya no siento nada por ti; te doy un pastón para que te dediques a coleccionar zapatos de marca, mientras yo me voy de crucero con mis dos secretarias de veinte años"
¡Qué guais!
Habíamos recibido el típico aviso de que un maltratador estaba golpeando cruelmente a su esposa. Cuando llegamos, vimos que efectivamente, un hombre blanco de fuerte complexión (seguramente un obrero de alguna fábrica metalúrgica que tanto abundaban en la ciudad), estaba golpeando con saña a una mujer pequeña y morena, que se defendía con furia de los ataques del coloso.
Lo reducimos y mi compañera se lo llevó al coche patrulla, mien-

tras yo me quedaba auxiliando a la agredida y tomándole declaración, para luego formalizar la denuncia pertinente.

Vi que sangraba por la nariz. Yo era todo un caballero y le tendí mi pañuelo limpio. Mientras se lo daba no pude dejar de observar lo insignificante y poca cosa que era esa mujercita. No es que fuese fea, pero todo en ella era vulgar. No destacaba ningún rasgo de su persona, desde su cara, donde los ojos pequeños reflejaban una mirada desafiante, hasta los pies, que eran demasiado grandes para un cuerpo tan pequeño.

Os detallo todo esto porque supongo que habréis sospechado que esa mujercita iba a tomar parte activa en este cuento, y no precisamente para bien.

Le pregunté su nombre

—María —refunfuñó.

Hasta el nombre tenía corriente la pobre...

Le dije que tenía que acompañarnos a comisaría para poner la denuncia.

—No pienso hacer nada de todo eso.

—¿Cómo dices?

—¡Estás idiota poli, o es que tanto dispararle a la gente te ha dejado sonado!

Vaya carácter.

Me informó que no pensaba ir a ninguna comisaría, pues los que trabajaban allí eran peores que los chorizos del barrio.

—Yo soy camarera en una discoteca y no falla ni un solo día en que uno de vosotros no pase por allí buscando algún sobre como premio a su supuesta protección policial —soltó tan tranquila.

Yo sabía, que en efecto, algunos de mis compañeros eran unos corruptos, pues en toda cesta siempre sale alguna manzana podrida, pero no pensaba consentir que esta camarerilla del tres al cuarto nos metiese a todo el cuerpo policial en pleno en el mismo saco.

—Todos no somos iguales —me defendí.

—Ya lo creo, los que están descansando en la colina no piden nada.

En la colina estaba el cementerio de la ciudad...

No hice caso de la cruel insinuación y advertí:

—Debes acudir, de lo contrario...

—¿Te he dado permiso para que me tutees? —me interrumpió.

La conocía hacía tan solo cinco minutos y ya me había sacado de mis casillas, algo bastante difícil de conseguir. Yo tenía fama de tranquilo y de no perder los estribos con facilidad. Mis compañeros decían que era frío como el acero, y que a veces me mostraba demasiado tranquilo ante algunas situaciones que requerían más acción.

Tenía ganas de quitármela de encima.

—Bueno, haga lo que quiera, pero luego no se queje si el hombre vuelve a amenazarla y la golpea. Firme este papel aceptando que renuncia a declarar en contra del maltratador y me iré.

Le tendí el formulario y un bolígrafo.

—¡Te puedes meter el papel y el boli dónde te quepa! —gritó y se marchó sin firmar nada.

Me quedé allí plantado como un pasmarote, mirando cómo se alejaba aquella cosa repelente y odiosa.

¡Menudo genio tenía la criatura!

Me alejé de allí, dispuesto a no verla nunca más.

Esa noche comenzaron las pesadillas.

El amanecer me descubrió en la cama con los ojos abiertos como platos, después de una noche en la que no había pegado ni ojo. Pensé que me había sentado mal la cena. Eso era bastante habitual, por cierto. Mi estómago acusaba las malas comidas ingeridas, tanto en el orfanato, como en el reformatorio. Por esa razón rara era la noche en que no protestaba y me impedía descansar bien, a causa de ardores y flatulencias.

Pero esa noche solo había cenado un poco de fruta.

Me levanté, y tras ducharme y afeitarme (un día de estos tendré que dejarme la barba para comprobar que tal me sienta), me dispuse a presentarme en mi nuevo destino.

Llegué a la comisaría y me incorporé a mi nuevo trabajo.

Alguien me había "recomendado" para un puesto en el "armario". Lo llamaban así porque era una habitación de apenas dos metros de largo por tres de ancho, sin ventanas, que estaba ubicada en lo más profundo de la comisaría. Hacía la función de almacén de documentos, y de mausoleo para los policías rebeldes. Allí mandaban al que querían castigar durante una temporada, o simplemente sacarlo de la circulación. Te pasabas el día cambiando paquetes y archivadores de sitio, sin que ello sirviese para nada.

No entendí lo del cambio de puesto hasta algo después.
Tras una semana moviendo multas y denuncias de un rincón a otro, estaba hasta el gorro de papeleo.
Allí seguiría aún de no ser por la nueva ayuda que me prestó mi amigo Roberto. Intercedió y consiguió que me dieran una nueva oportunidad en el grupo de homicidios. Él en persona bajó al armario y me lo comunicó.
—¡Pero no se te ocurra volver a exponer tus ideas, por muchas ganas que tengas de salvar a las mujeres o te veo de color pergamino dentro de poco! —comentó sonriente cuando lancé un grito de alegría, contento de salir de ese cajón. Ya sabéis que los espacios cerrados no eran mi fuerte —. Incrementar la vigilancia y dotarnos de más medios para luchar contra esa lacra son decisiones políticas y nosotros no debemos meternos, ni opinar del tema.
Podía estar tranquilo. No pensaba decepcionarlo por segunda vez en esta historia.
Al día siguiente me presenté en la sección de homicidios, que estaba en la primera planta del edificio y encontré un recibimiento más bien frío por parte de mis compañeros. Se notaba que allí se convivía codo con codo con la señora de la guadaña.
A eso era debido que los caracteres fuesen más bien agrios.
Desde el principio se hizo notar un pelirrojo mal encarado. Me miró con cinismo, antes de decirme:
—¡Si tenemos aquí al defensor del pueblo de mujeres maltratadas! —exclamó con sorna mientras hacía una mueca despectiva en mi dirección.
Me cayó gordo al instante (además de por la barriga que denotaba que era seguidor empedernido del buen yantar, y de la poca actividad) por sus ojos marrones que nunca te miraban a la cara, y cuando lo hacían mostraban toda la ruindad y malicia infinitas que su dueño llevaba dentro.
Según mi opinión, esos eran ojos de Judas.
Ese pelirrojo era más falso que la pila donde bautizaron a Lenin.
Si te estuvieras ahogando arrojaría una serpiente en lugar de la cuerda salvadora.
—El jefe te espera —me informó otro de los ocupantes de la oficina con una sonrisa sincera de bienvenida. Me supo a gloria, sobre todo después de haber naufragado anteriormente en los ojos del pelirrojo.

—Me llamo Sergio y puedes contar conmigo para lo que quieras—añadió.

Era un chico de aproximadamente mi edad. Quizás de la promoción anterior a la mía. Me resultó agradable al instante.

—¿Para todo lo qué quiera? Ya me parecía a mí que tú eras uno de esos...

El pelirrojo no desaprovecharía a partir de ese momento ninguna ocasión de meterse con nosotros.

—Cállate Dionisio, y acércate a las cocinas a que te den un plátano —le contestó mi nuevo amigo.

Acababa de conocer su nombre.

Tras esas palabras pude ver la expresión de odio en los ojos del tal Dionisio. Una expresión que conocía muy bien de mis tiempos del orfanato.

Era la malicia en estado puro.

Ese odio se acrecentó mucho más cuando Sergio añadió:

—Y diles que te lo den pelado, no sea qué tú no puedas realizar una acción tan complicada.

Toda la sala rió la ocurrencia de mi amigo.

Dionisio torció el gesto.

—No te fíes de ese tipo —le dije a Sergio cuando me acompañó al despacho del comisario.

—Tranquilo. Solo es un pobre amargado solitario al que ha abandonado su mujer, harta de vivir con alguien tan insulso y vulgar.

Yo no estaba tan seguro de eso.

Estaría pendiente.

Ya no me fiaba de nadie, tras la desdichada muerte del pobre Carlos.

Entré en el despacho del jefe. Me recibió tendiéndome la mano. Se la estreché y comprobé, que tal y como me había dicho Roberto, era un hombre bastante campechano. Habían sido compañeros de patrulla durante diez años.

—¿Qué tal, muchacho? — saludó con cordialidad y añadió: —Roberto me ha hablado maravillas de ti. Cree que serás un buen policía. Ha observado que tienes dotes para la investigación. Ya veremos...Confío en que no lo defraudes, ni a mi tampoco. De todas formas, te advierto que esta ciudad es muy tranquila. Llevamos más de dos años sin ningún asesinato. Los criminales deben de estar de vacaciones...

¿Por qué será que cuando alguien se congratula de algo, ese algo se acaba estropeando?
Que poco quedaba para que se tragara esas palabras.
Pasé el resto del día habituándome a los entresijos de la maquinaria policial. Recorrí las instalaciones (algo anticuadas, por cierto) y me instalé en mi nueva mesa, que estaba demasiado cerca de la del pelirrojo. Permanecía repantigado en su sillón, con los pies sobre la mesa, fumándose un buen puro, mientras informes y casos se amontonaban sobre ella.
Un día oí como le explicaba a otro compañero su versión de ese abandono:
"—No hay que preocuparse tanto por los casos sin resolver porque la mayoría se resuelven solos. ¿Para qué quiero salir a patear la calle y descubrir al ladrón o al criminal? Si espero un poco acaban matándose entre ellos. Ajustes de cuentas y todas esas cosas, luego solo tienes que cargarle el mochuelo al que ha pasado a mejor vida y caso resuelto. Un policía tiene mejores cosas que hacer que juntarse con esa chusma."
Así nos iba...

Regresé a casa a las diez, después de haber tomado una copa con mi nuevo amigo. Vi un poco la tele, pero como casi siempre no hacían nada interesante. Películas repetidas, programas concurso para gentes con el encefalograma plano, y series tan divertidas como un entierro. La apagué y me fuí a la cama a leer un poco. Con un buen libro junto a mí, no existía el aburrimiento.
Debí dormirme sin darme cuenta, porque cuando desperté sobresaltado a las tres de la mañana, el libro seguía abierto sobre el lecho. Por segunda noche consecutiva estaba inquieto y había tenido pesadillas; además, estaba empapado en sudor, algo poco habitual en mí.
Me incorporé en la cama y en ese momento acudió a mi cabeza lo que había soñado.
"Una mujer venía hacia mí corriendo, y yo con los brazos abiertos era feliz recibiéndola y protegiéndola"
¡Esa mujer era María!
Comencé a preocuparme cuando a la siguiente noche volvió a ser la invitada de honor en mis sueños.
Ahora ya habíamos intimado y todo. Yo la besaba y la acariciaba y

ella se dejaba hacer mientras decía:
"Lo eres todo para mí..."
¿Qué narices me estaba pasando?
¡Pero, por el amor de Dios, si ni tan siquiera me gustaban las morenas!
Y encima era mal educada y repelente. La mujer ideal para regalársela a tu peor enemigo.
Un prodigio de educación y dulzura.
Pasó una semana y no me la quitaba del pensamiento ni de día ni de noche.
Sergio y yo comenzamos a ser inseparables. Confiaba en él, porque me recordaba en algunas cosas a mi desaparecido amigo Carlos.
Lo invité a mi casa a cenar y le conté lo que pasaba.
Me escuchó sin interrumpirme, algo que agradecí.
Después me dio su opinión:
—Siempre he pensado que el ser humano es impredecible. Todo esto que me cuentas me lo confirma. Nunca has pensado: ¿Qué hace ese adefesio con esa chica tan guapa? ¿O qué pinta ese hombre tan elegante con esa mujer tan vulgar? Tu caso es un claro ejemplo de la "idiotitis amorosa "que nos golpea por igual a hombres y a mujeres a lo largo de nuestra vida. Así ha sido desde el principio de los tiempos y así será hasta que la raza humana nos exterminemos a nosotros mismos. No hay explicación posible, ni cura conocida. Científicos pensadores, filósofos, sicólogos, todos han buscado una explicación sin encontrar la respuesta adecuada. Me temo que estás listo amigo. Te recomiendo que hagas de tripas corazón y te lances de cabeza al noble arte del enamoramiento.
—¡No fastidies, amigo! No digas eso ni de broma. Tú no la conoces. Es como un grano en el culo.
—Sí que la conozco, sí...
Sergio me sorprendió con su respuesta.
—¿Cómo dices?
—La conozco, porque sin duda esa Maria es la misma a la que detuvimos hace poco acusada de intento de asesinato
— ¡No me jodas!
—No creo que pueda. Ya te encargarás tú mismo de joderte.
—¿Qué pasó?
— La denunció una vecina, a la que quiso liquidar de un macetazo

en la cabeza.

—¡Sin duda es ella! —respondí convencido.

—La vecina ponía la telenovela a toda pastilla y no la dejaba descansar. Tu chica...

Lo fulminé con la mirada.

—...alegó que la otra lo hacía a propósito, sabiendo como sabía que trabajaba en las nocturnidades. Precisamente, yo le tomé declaración y me pareció un encanto de criatura. La mujer perfecta para amenizar el reposo del guerrero.

— Muy simpático...

—Qué triste es el destino. Si tu amada hubiese tenido mejor puntería te habrías librado de ella. Si la maceta, en lugar de pasarle rozando a la denunciante, le hubiese dado de lleno en la cabeza, no la habrías conocido, porque la habrían metido en la cárcel y tú estarías libre.

Pensé unos segundos.

—¿Y ahora que hago? —terminé por preguntar, aunque más que una duda parecía un lamento.

—Pues muy fácil... ¿No dices qué has pasado tu niñez encerrado en reformatorios, orfanatos y academias?

—Sí.

—Pues te metes en un convento de clausura y asunto solucionado. Los monjes no tienen todos esos problemas mundanos que nos agobian al resto de los mortales —aseguró con una sonrisa satisfecha.

—¡Me extraña que no me hayas ofrecido la posibilidad de que me la corte!

—Pues mira, ahora que lo dices...

Pasaron unos segundos. Mi amigo debió de verme mala cara por que acto seguido añadió:

—Hablando en serio. Ya sé que puedo llegar a ser un poco cabroncete, y tú no estás para bromitas de mal gusto. Lo mejor que puedes hacer, aprovechando que tengo la dirección del garito donde trabaja esa chica, es presentarte allí y descubrir si lo que te pasa es grave o no. Si tal y como yo creo se trata únicamente de un trastorno temporal, la verás y no sentirás nada. Saldrás de allí más libre que un taxi después de soltar su carga.

—¿Y en caso contario?

Me dolía solo con plantearme la otra posibilidad.

—Entonces, amigo mío, estarás perdido sin remisión, y yo también lo estaré, porque desde ahora me comprometo a ser el padrino de alguno de los doce hijos gladiadores que tendrás con la camarera tira macetas.

—Serás cabrón...

Pero, al menos, mi nuevo amigo había conseguido levantarme un poco el ánimo.

Salimos a tomar café al bar de la esquina, riéndonos aún de su ocurrencia.

Poco después nos despedimos y yo me dispuse a acostarme y "disfrutar "de mi tortura nocturna.

Le estaba comenzando a coger miedo a dormirme.

Por la mañana parecía un novio después de la noche de bodas.

Cuando llegué a la comisaría, Sergio salió a mi encuentro con un papelito en la mano.

—Toma. Ya sabes lo que es.

—¡Los dos tórtolos tienen una cita! —chilló el pelirrojo para que todos lo oyeran —¡Qué romántico! Otros dos que salen del armario.

El Dionisio ya no perdía oportunidad de meterse siempre que podía con nosotros. Lo del plátano le había escocido.

Todos rieron.

Le hice un gesto a mi amigo para que hiciera caso omiso del comentario, pero bueno era Sergio para dejarse avasallar por nadie.

—Querido Dionisio, te aseguro que si tuviera que salir del armario no lo haría con Paul... ¡Lo haría contigo! Tienes la boca tan sucia como tu lindo culito, por lo que no notaría la diferencia cuando te la metiera en uno u otro orificio.

Todo eso dicho sin alterarse lo más mínimo.

El personal presente en la sala estalló en una risa explosiva. Incluso pude observar que el comisario reía en su despacho ante esa respuesta tan "sofisticada".

El pelirrojo se puso bermejo.

—¡Me las pagarás! —acertó a decir, inflamado por la ira.

Pero mi amigo ya se había calentado y no estaba dispuesto a parar ahí.

—¡Encima que salgo del armario contigo, que eres más feo que la mona esa que se vistió de seda, no querrás que además te pague! O lo hacemos gratis o me busco a otro que al menos sea más bello

que tú.
Algunos compañeros daban golpes en sus mesas, incapaces de contenerse. Yo vi de reojo cómo el jefe se levantaba del suelo y recogía su sillón, sin dejar de reir. Al poco tiempo salió del despacho intentando aparentar que no sabía nada y haciéndose el serio, pero el brillo de sus ojillos era bastante sospechoso.

—¡Qué pasa aquí! Todos a sus puestos de trabajo —exigió.

Luego nos dijeron que las risas de aquella planta se oían por toda la comisaría. Todo el mundo quiso saber a qué se debía la juerga que nos traíamos entre manos los de homicidios. Después de contarlo, la popularidad de nuestro querido pelirrojo subió muchos enteros entre el personal, pero era esa clase de popularidad que nadie desea.

A partir de ese momento fue conocido como:

"Dionisio el de los dos culitos"

Su odio por nosotros alcanzó cotas insoportables.

Nada bueno podía salir de todo aquello.

No podía evitar comparar aquella situación acaecida muchos años atrás, en la que un chico dejó en ridículo a otro delante de la profesora y de toda la clase.

Ya sabemos lo mal que terminó el asunto.

Si le pisas el rabo a un gato rabioso puedes salir muy mal parado.

Era fácil suponer que en la nota que mi amigo me pasó estaba escrita la dirección del disco bar donde trabajaba Maria.

—¿Para qué me das este papel? —le dije cuando los ecos de las risas de los compañeros se habían perdido ya por los pasillos de la comisaría.

—¿No quedamos que irías a verla?

—Sí, ¿pero no pensarás dejarme solo? —comenté angustiado—. Tienes que acompañarme.

Sergio sonrió.

—Cuenta con ello, amigo.

Un suspiro de alivio se escapó de mi pecho. Yo nunca había sido un cobarde, como muy bien sabéis, pero ahora estaba acojonado.

—De todas formas, si vamos a salir juntos del armario, mejor será que primero entremos en ese local donde podremos "disfrutar "de toda clase de perversiones. Allí encontraremos desde prostitutas, a camellos, traficantes, pederastas...Lo mejorcito de la sociedad se da cita en sitios así.

Al escuchar en boca de mi amigo la palabra maldita que me perseguía desde el reformatorio, mis sentidos se agudizaron. No olvidaba ni por un instante la promesa que le había hecho a Roberto de luchar con todas mis fuerzas contra esa lacra de la sociedad, para acabar con los que promocionaban el tráfico de niños.
Mi antiguo director seguía en el punto de mira.
Hacía poco que el reformatorio había sido por fin cerrado. A pesar de alegrarme mucho por los inocentes niños que lo habitaban, comprendí que ahora las posibilidades de atrapar al canalla que lo regentaba se difuminaban bastante.
¿Y si por un golpe de suerte, o una casualidad del destino, encontraba una pista precisamente en ese local dónde trabajaba mi princesa?
Difícil sería. Mejor no hacerme demasiadas ilusiones al respecto, que luego la desilusión te deja hecho polvo, y yo de desilusiones ya iba bien servido.

A las once de la noche tenía a Sergio esperándome con su coche en la puerta, para llevarme en busca de mi destino. Me puse mis mejores galas. Había gastado una auténtica fortuna en colonia de marca. Por el precio que pagué por ella bien la podía haber tocado el Rey Midas, aquel que convertía en oro todo lo que tocaba (No, no... Bill Gates no había nacido aún por aquel entonces).

—Bueno, vámonos, pero te advierto que ya estoy curado del mal de amores —le dije a mi amigo mientras subía al coche—. Vamos a ver a esa lagarta.
Él me miró con lástima.
—Para ir al zoológico te has acicalado demasiado —contestó risueño.
En aquel momento estaba tranquilo.
Cuando faltaban diez minutos para llegar comencé a ponerme nervioso.
A falta de cinco ya era un manojo de nervios. Mis manos parecían un molinillo de viento. Si le hubiesen acoplado un generador habría suministrado energía a toda la ciudad.
Cada vez entendía menos lo que me pasaba.
—Hace frío, ¿verdad?
—Sí, claro —contestó Sergio, comprensivo, y encendió la calefacción a continuación.

Al poco rato tenía calor.

—Que calor hace...

Quitó la calefacción.

—¡Menudo cambio climático llevas encima colega!

Rei la ocurrencia y conseguí aliviar un poco la tensión.

Llegamos, y tras aparcar el coche en el parking del local, entramos en la sala. Era uno de los locales de moda, por lo que estaba repleto de gente. La música sonaba a todo volumen. Era de esa clase de música que suena igual que un cajón lleno de grillos sicópatas.

No se veía nada.

Entre el humo, y las luces de colores de alta intensidad que te deslumbraban, no sabías ni por dónde andabas. De vez en cuando se encendía una especie de flash de luz blanca que lo iluminaba todo a la perfección durante unos segundos, pero al apagarse aún veías menos que antes.

La busqué sin encontrarla.

Mi ansiedad se disparaba por momentos.

Sergio también la buscaba, aunque yo no estaba seguro de que la reconocería si la viera.

—Quizás hoy tenga el día libre y se ha quedado a retozar con su maltratador.

—Sergio...

A pesar de que en aquel momento no lo quería ver, mi amigo estaba haciendo por mí lo que yo haría por él si la situación fuese la inversa: hacerme ver, medio en broma medio en serio, que estaba metiendo la pata hasta el fondo. Esa mujer no valía un pimiento como persona y solo traería problemas. Esa chica, además de no valer nada físicamente (algo que siempre es muy discutible. Como dice el populacho: "sobre gustos no hay nada escrito"), tenía mal carácter. Y por si todo eso fuera poco, seguía casada con un hombre violento. Ese hecho lo único que podía traer eran problemas y complicarlo todo más aún de lo que ya estaba.

Y no sería por falta de experiencia en estos temas.

Durante mi estancia en la academia viví una situación similar a la mía, con un compañero que se enamoró de una mujer parecida. Él era el típico chico sin experiencia en el trato con mujeres. Ella le había dado dos veces la vuelta a la tierra, montada en cualquier aparato donde se pudiera una montar. Era madre soltera y le pegaba al alcohol. Nosotros la conocimos antes que él, y después de que intentara ligar con todos, nos la quitamos de encima. Cierto día ese compañero llegó diciendo que había conocido a una chica. Quería presentárnosla y nos alegramos un montón por él, pues ya digo que el pobre era un poco corto con las mujeres. Llegamos al parque donde había quedado citado y se nos cayó el mundo encima al verla.

Intentamos disuadirle de que siguiera con ella, pero no nos hizo caso.

Cada vez que le nombrábamos el tema se enfadaba con nosotros.

Ni siquiera quería escucharnos. Nos llamó envidiosos, porque él tenía novia y nosotros no. Estaba ciego. Al final ocurrió lo inevitable: además de ser expulsado de la academia por sus continuas ausencias sin permiso, acabó destruido física y mentalmente. La última vez que lo vi parecía un anciano de cincuenta años, a pesar de tener mi edad.

Mi caso era muy parecido, con la diferencia de que yo tenía donde elegir y había decidido quedarme con la peor. Tenía una chica preciosa, cariñosa, e inteligente que me estaba esperando con los brazos abiertos para hacerme felíz y yo había decidido quedarme con la que me iba a machacar.

Con toda seguridad me mandaría a paseo en cuanto me viera (algo que por otra parte sería lo mejor que me podría pasar, a ver si así habría los ojos y me dejaba de tanta tontería).

—¡Mira, allí la tienes! —exclamó Sergio.

—¿Dónde? —pregunté ansioso.

—En la barra.

Señalaba hacia el lugar donde una chica bastante alta y con el pelo rubio estaba sirviendo bebidas en ese momento a los parroquianos.

—Esa no es. Ya sabía yo que no la conocías —comenté decepcionado.

—Mira bien; quizás el árbol no te deje ver el bosque —respondió sonriendo.

En ese momento la rubia se apartó y ante mi apareció una segunda camarera.

Era ella.

La miré detenidamente y observé sorprendido que estaba...

¡Horrible!

A la pobre, el uniforme de camarera le sentaba como un tiro. Si

vestida de calle parecía una mujer vulgar, con ese uniforme parecía un barco a la deriva. Le venía grande, y el color tan chillón le afeaba todavía más los rasgos.
Lo único que destacaba por encima de lo normal eran sus grandes pechos, que lucía con descaro, gracias al gran escote de su vestimenta. Era algo premeditado para atraer las miradas de los hombres hacia ese punto de su persona, confiando que así las propinas fuesen más generosas. Yo, como era un tío bastante previsible también, me perdí en ese escote.
La verdad es que parecía una muñequita a medio terminar...
Mi amigo debió de ver mi expresión y una sonrisa de triunfo se pintó en su rostro.

—Has tenido suerte, y yo también, pues no me apetecía nada ser el padrino de los hijos de esa mujercita. Vámonos, te llevaré a otro sitio más glamuroso que este.

No me moví.
No podía dejar de mirarla.

—No puedo irme—dije por fin.

—¿Qué?

—Me apetece quedarme y abrazarla, protegerla, besarla. La veo tan desprotegida...

Mi amigo no daba crédito a lo que oía. El pobre no entendía nada. Ni yo tampoco, pero así estaban las cosas. Qué se le iba a hacer...
Me dirigí en su búsqueda y en cuanto me vio se le esfumó la sonrisilla que le dedicaba a un cliente en ese mismo momento.

—¡Vaya! —exclamó toda vulgaridad—. Pero si tenemos el gran placer de tener con nosotros al poli tonto.

Todo un prometedor recibimiento...

—Hola, María.

—¿Acaso los chicos malos te han robado la pistolita y has venido hasta aquí para recuperarla?

—No...he venido... ¿Ese idiota que tartamudeaba era yo? —a tomar unas copas con un amigo.

—Pues menos mal que te has traído a la niñera o de lo contrario no habrías sabido encontrar la entrada.

Me lancé al abismo sin paracaídas.

—La verdad es que he venido a verte a ti —conseguí decir.

Apenas se me escuchó, pues en esos momentos los grillos hacían un ruido infernal y pensé que se me despegarían los empastes de

las muelas.
Cuando escuchó mis palabras su expresión se tornó mucho más dura.
—¿Y por qué piensas que yo tengo el más mínimo interés en verte a ti? —casi me escupió en la cara.
En ese momento un hombre se interpuso entre nosotros, y le dijo:
—María, sirve las mesas. No te pago para que te enrolles con los clientes.
—Ya solo falta que me echen un puro por tu culpa... ¡Piérdete!
Se alejó, no sin antes lanzarme una mirada muy despectiva.
Se me cayó el alma al suelo.
Mi amigo recogió lo que quedaba de mí y me llevó a casa.
No hablamos durante todo el camino de regreso.
¿Qué podíamos decir?
Mi suerte ya estaba echada.
R.I.P.
Me acosté triste y abatido, aunque el despertar trajo consigo una sorpresa: no había soñado con ella. ¿Me habría curado de mi mal de amores?
Marché al trabajo, deseando que hubiese pasado algo que rompiera la aburrida rutina de aquella ciudad y me ayudase a apartar de mi cabeza el tema que se había convertido en una obsesión continua.
No hubo suerte, ya que encontré la misma rutina de siempre.
La denuncia de una anciana, a la que su nieto drogadicto le había robado la paga del mes.
Una chica de quince años que le había pegado una paliza a su maestra porque la pilló fumando en clase y se lo había recriminado.
Rutina, pura rutina...
Mi amigo llegó y salimos a dar una vuelta por los barrios marginales.
—¿Cómo lo llevas? —preguntó Sergio en cuanto nos instalamos en el coche de la policía camuflado, que no servía para nada. En el mismo momento que entrabamos en el barrio, los chorizos nos olían y desaparecían por arte de magia.
—Lo llevo... —contesté a la pregunta de mi amigo, pero la verdad es que me empezaba a encontrar mal. Lo del no sueño había sido algo puntual, pues la obsesión regresaba con fuerza.

—María, lleva la niña al parque —le decía una señora a la niñera de su hija pequeña.

—Vaya... —comenté en voz baja.

Sergio me miró preocupado.

"Confecciones María.
Calzados María.
Peluquería María".

—¡Bastaaaaa! —grité desesperado.

O todas las Marías estaban reunidas en aquella parte de la ciudad, o el destino se estaba riendo de mí.

Paró el coche.

—¿Crees qué estaría bien si fuese a verla a su casa? Ya sé que es un poco temprano para visitas, pero quizás haya cambiado de opinión sobre mi y...

—¿...te reciba con los brazos abiertos, confundiéndote con el príncipe azul que toda mujer espera y desea? —concluyó con tristeza mi amigo.

—¿Qué crees que me está pasando? —pregunté desesperado.

Sergio meditó largo rato.

—No soy psicólogo y tal vez te hiciera falta uno en estos momentos... aunque mejor no. Algunos de esos están peor que el paciente al que quieren enderezarle el coco, pero está claro que algo no cuadra en todo esto. Si esa chica fuese cariñosa y dulce se podría explicar lo que te pasa, remontándonos a tu niñez, al orfanato, y a todo lo demás que me has contado. Te diría que la falta de amor y cariño que arrastras desde entonces te ha lanzado en los brazos de alguien que sí es capaz de dártelo, pero está claro que esa no es la respuesta correcta, ya que tu chica es tan cariñosa como una mantis religiosa

—¡Hombre, Sergio! —lo amonesté—. Podías haber buscado otra comparación más acertada.

Mira que comparar a mi "chica "como decía él, con ese bicho que se "merendaba" al macho después de obtener lo que quería...

—Y encima, según dices tú, ni siquiera es tu tipo, ya que a ti te gustan las rubias altas, y ella es todo lo contrario. Por tanto, solamente tengo una explicación para el misterio.

—¿Cuál?

—¡Qué padeces de "masoquitis aguda"!

—Pues sí que me has ayudado...

—Lo siento amigo, pero en un caso así solo tú puedes ayudarte a ti mismo. Olvídala y ahoga tus penas con ese otro bombón que está esperándote con los brazos abiertos.

—¡No puedo! Ahora mismo únicamente pienso en abrazarla y...

—Ahórrate los detalles. Ya veo que te ha pegado mucho más fuerte de lo que yo creía. ¿No te habrá lanzado un hechizo o dado una pócima de esas que preparaban en la Edad Media para atrapar a los enamorados remisos a caer en las redes del amor?

Dimos otra vuelta y por fin Sergio dijo:

—Regresemos a la comisaría. A lo mejor nos necesitan y nos están buscando.

—Sí, para bajar el gato de una anciana que se ha subido a un árbol. En esta ciudad nunca pasa nada.

Pero esta vez me equivocaba.

LOS DESAPARECIDOS

Al entrar, uno de nuestros compañeros nos dijo:

—¿Dónde habéis estado? Llevamos horas buscándoos.

—¿Ha ocurrido algo? —preguntamos a duo.

—No lo sabemos con certeza. Ha llegado una anciana denunciando la desaparición de su chico. En estos momentos está reunida con el comisario.

—¿Su chico? —pregunté mirando a la anciana sentada en el despacho del jefe. La buena mujer hacía mucho tiempo que había dejado atrás la edad de conquistar, aunque cualquiera sabía...

Últimamente se daban cada vez más casos de madres a los sesenta años y de mujeres setentonas que se veían capaces de competir con chicas de treinta, para conseguir los favores de muchachos de veinte. Casi siempre ganaban las primeras, sobre todo si tenían una buena cuenta en el banco, o eran lo bastante famosas para que su enamorado viviera del cuento una larga temporada.

En cualquier caso, ese no parecía el caso de esta anciana.

—Le dice "su chico" a Eduardo García, que es su hijo. Lo conocéis, porque es el dueño de una de las bodegas de vino más grandes del país.

—Claro que lo conozco.

El comisario nos vio y salió de su despacho.

—Está muy nerviosa. Hablad con ella y que os cuente los detalles de la desaparición.

Entramos y nos dispusimos a escuchar el relato de la mujer.

—Mi hijo salió de casa ayer por la mañana, como hace cada día desde hace cinco años en que murió mi marido, y él se hizo cargo de la empresa.

Yo apuntaba en mi libreta todo lo que la mujer iba diciendo. Esas notas realmente no las necesitaba luego, pues era capaz de recordar hasta el más mínimo detalle de una conversación, por extensa que esta fuera, pero prefería escribir en mi libreta para que el familiar del muerto o del desaparecido, como era este caso, se sintiese más cómodo y no pensase que era falta de interés por mi parte el hecho de no tomar notas.

La anciana continuó con el relato:

—Por la noche no regresó a dormir. No crean que soy una vieja retrograda que quiere tener amarrado a un chico de veinticinco

años, y controlar todos sus actos. Sé que tiene una novia a la que visita con regularidad. Esa chica le tiene absorbido el seso...
"¡Qué me va usted a decir a mi señora que yo no sepa!"

—...pero yo no me meto con él. Ya es adulto y sabrá lo que hace.

—¿Entonces dónde está el problema, señora? —preguntó Sergio, algo impaciente. Para él, esta mujer era la típica persona mayor a la que le encanta adornar sus explicaciones y sacan de quicio a los más jóvenes, que no tienen tiempo para perderlo con un anciano.

—Mi hijo nunca ha hecho algo tan extraño. Hoy tampoco ha ido a trabajar, y lo más preocupante es que no me ha llamado, ni tampoco responde a mis llamadas.

—Un segundo, señora.

Sergio la interrumpió, me hizo un gesto para que saliera de la habitación y cerró la puerta para evitar que la señora nos escuchara.

Nos reunimos con el jefe.

Sergio habló mientras miraba hacia el despacho donde se veía bastante abatida a la mujer.

—Es el típico caso de madre que quiere tener dominado a su hijo. Esa mujer no acepta que la criatura se ha hecho mayor y ha volado del nido. Seguramente habrá estado toda la noche revolcándose con su amiguita y se le habrán pegado las sábanas. Este mediodia

aparecerá la mar de campante y asunto resuelto.

El jefe lo miró ceñudo y respondió:

—Espero que no te equivoques. Esa mujer tiene mucho dinero e influencias. No quiero ni pensar lo que pasaría si ese muchacho hubiese sufrido un accidente, o algo peor, y nosotros no hubiésemos investigado. Entrad y contarle algún cuento chino para que se vaya a casa tranquila —añadió.

Yo miré hacia su despacho, donde la mujer se había levantado de la silla y paseaba intranquila de un lado a otro, sin perder ojo de la reunión que teníamos nosotros tres.

—Esa mujer no es de las que se preocupa sin motivo, ni mucho menos de las que se tragan cuentos chinos. Si está aquí es porque tiene fundamentos suficientes para pensar que su hijo tiene algún tipo de problema. Presiento que aún no nos ha contado el motivo por el que está convencida de que a su hijo le ha pasado algo.

Volvimos a la habitación y nos llevamos una buena sorpresa. La mujer se dirigió a Sergio y dijo:

—Ya he comentado que no quiero tener dominado a mi hijo, ni tampoco me gustan los cuentos chinos, así que no te molestes en contarme ninguno.

Sergio recibió el rapapolvo con la boca abierta.

No sabía lo que pasaba.

Yo sí.

—¿Cómo es posible que nos haya escuchado? La puerta estaba cerrada y es imposible que nos haya oído, pues hablábamos en voz baja —comentó mi amigo.

Ella se limitó a mirarme y sonreír (todo lo que puede sonreír una pobre madre, convencida de que algo malo le ha pasado a su hijo).

Le devolví la sonrisa y dije:

—Ha leído en nuestros labios lo que hemos estado hablando con el comisario.

La sonrisa se amplió un poco más, antes de dar una explicación más profunda

—Estuve trabajando durante muchos años en un centro especializado en niños sordomudos.

"Duda resuelta. Stop. Pata metida hasta el fondo. Stop. Intentamos arreglar situación comprometida. Stop."

—Le pido perdón, señora —se disculpó humildemente Sergio.

—Te lo concedo, porque reconozco que yo en tu caso habría pensado lo mismo.

Ahora se volvió hacia mí.

—Tienes razón. Hay una cosa importante que no os he contado. Ahora soy yo la que pide disculpas. Mi hijo tiene una rara enfermedad que le obliga a medicarse todos los días, de lo contrario puede llegar a quedarse ciego. Debe inyectarse un caro medicamento, que solo puede conservarse a una temperatura constante para que no se altere y llegue a producirle incluso la muerte. Ese medicamento está en una nevera en su habitación. La dosis de ayer sigue allí, eso quiere decir que no se la ha inyectado, y ya os digo que por nada del mundo se olvidaría de hacerlo, pues las consecuencias para su salud podrían ser terribles. Espero que este dato os ayude a comprender porque estoy tan preocupada.

Sergio y yo nos miramos contariados.

—Espero no ofenderla señora, pero lo que nos acaba usted de contar no quiere decir nada. Según el comisario no tiene problemas económicos.

— Así es.

—¿Entonces no existe la posibilidad de que su hijo, en previsión de que algún día se quede con su novia, y no pueda acudir a inyectarse la que tiene en su propia nevera, tenga otra dosis en casa de la muchacha?

El rostro de la anciana se iluminó un breve instante. Mi sugerencia suponía un clavo ardiente al que agarrarse, aunque esa breve ilusión se difuminó enseguida.

—Puede ser, pero creo que no. Una madre presiente estas cosas. A mi hijo le ha pasado algo grave.

—No se preocupe, señora. Le prestaremos la máxima atención a su caso. Márchese a casa y déjelo en nuestras manos. Si su hijo llama a casa, o lo hace otra persona en nombre suyo, no dude en ponerse en contacto con nosotros.

—¿Piensas que los han podido secuestrar, para luego pedir un rescate por ellos?

—No podemos descartar ninguna opción.

La acompañamos hasta la salida y nos pusimos a investigar. Sergio accedió a los archivos de la comisaría, mientras yo realizaba algunas llamadas.

Habían pasado tan solo diez minutos desde que se marchó la anciana y ya teníamos todos los datos de los desaparecidos.

—Eduardo García. Veinticinco años. Uno setenta y cuatro de altura. Complexión normal. Soltero.

—Lucía Pérez. Veintitrés años. Uno setenta de altura. De complexión delgada. Viuda.

—¿Has dicho viuda? —pregunté sorprendido.

—Sí.

—Debe de ser un error. ¿Quién puede quedarse viuda a los veintitrés años?

—No es un error. Aquí lo pone bien claro. ¿Quieres que investigue para saber cómo murió el marido de la muchacha?

—No, déjalo. Dejemos a los muertos descansar en paz. Es un hecho sin relevancia para la investigación que estamos llevando a cabo —respondí, pero mi cabeza estaba en otro sitio. Pensaba que si María enviudaba, quizás...

Otro mal pensamiento indigno de mí.

Nos desplazamos a casa de la desaparecida, para comprobar que nadie nos abría la puerta. Preguntamos a los vecinos, y como era de esperar en un barrio de gente acomodada como aquel, ninguno había visto nada ni se preocupaba demasiado por las vidas de los demás.

No teníamos una orden judicial, pues no había pruebas de ningún delito, ni había pasado el tiempo suficiente desde la desaparición para que un juez nos la concediera. Por tanto, nos quedamos con las ganas de registrar el pequeño apartamento.

Acudimos a la bodega propiedad del desaparecido y tras presentarnos y enseñarle nuestras credenciales al encargado de la misma, nos dispusimos a recorrer las instalaciones.

Nos acompañó el encargado en persona, pero lo hizo de mala gana. Era un hombre siniestro, de espesas cejas y poblada barba. Tenía las manos tan grandes y peludas que podría haber doblado a King Kong sin disfraz.

—Que conste que os enseño las instalaciones porque la señora (sin duda se refería a la anciana que nos había visitado en la comisaría) me lo ha pedido encarecidamente, de lo contrario por muy policías que seáis, no habríais pasado de la puerta de entrada —nos dijo con su potente voz aquella especie de descendiente del hombre de Atapuerca.

—Gracias por tu hospitalidad —replicó Sergio, tirando de ironía.

Daba la impresión que no le caíamos demasiado bien los polis.

Recorrimos las oficinas y los almacenes sin apreciar nada anormal. Descendimos a las bodegas, que estaban varios metros por debajo del suelo. Cuando el gorila encendió una antorcha me pareció que retrocedíamos dos mil años en la historia.

—No usamos la luz eléctrica en esta zona porque daña al vino y perjudica su calidad. Además, aquí abajo no baja casi nadie. Únicamente el experto que controla las botellas y las barricas lo hace tres veces al año para comprobar el estado de conservación de las botellas y cambiarlas ligeramente de orientación —nos informó con una voz que parecía de ultratumba al rebotar en la bóveda de la nave y producir extraños ecos.

Ni que decir tiene que yo estaba deseando salir de allí a causa de mi claustrofobia, pero intenté ocultarlo.

Sergio, mientras tanto, había sacado una linterna y estudiaba unas pisadas que descendían por la escalera y se internaban en la bodega.

—¿Cuánto hace que bajó ese experto por última vez?
—Un mes, quizás mes y medio.
—Estas huellas son mucho más recientes.
—¿Fuiste indio antes de ser policía? —le pregunté riendo a mi amigo.
—No, pero fui boy scout, y allí nos enseñaban cosas así.
Seguimos bajando por esas escaleras, que parecían no tener fin, hasta que nos introducimos en un mundo lleno de botellas de vino, y toneles de madera, que en algunos casos sobrepasaban la altura de nuestras cabezas.
Sergio seguía las huellas, para descubrir hacia dónde se dirigían, pero lo más sorprendente era que de vez en cuando miraba hacia atrás.
—¡Joer! —exclamó algó después.
—¿Qué pasa?
—¿Has visto eso?
Un tonel inmenso nos cerraba el paso. Era tan grande que había que rodearlo para poder pasar.
El encargado sonrió orgulloso.
—Esa es la joya de nuestra bodega. Un barril construido hace más de quinientos años. De ahí dentro sale el mejor vino del mundo. Solo producimos doscientas botellas al año, que van a parar a los mejores restaurantes del mundo, donde se venden a un precio tan elevado que dos policías no podrían permitirse comprar una, aunque hiciesen horas extras.
"El muy cabronazo..."
—Es muy grande —comenté.
—El más grande del mundo. Dentro podrían vivir sin estorbarse dos desaparecidos
El tipo hizo algo parecido a una mueca en su intentó por sonreír.
Muy gracioso, dadas las circunstancias...
—¿Qué opina de su jefe? —quise saber.
La mueca anterior se convirtió en un garabato de desprecio cuando escuchó la pregunta.
—Qué voy a opinar de ese niñato. Solo piensa en divertirse y cargarse de un plumazo el negocio que el señor tardó veinte años en construir con su esfuerzo. ¡Por mí podía morirse mañana mismo!
¡Joder como se estaba poniendo el servicio!
Continuamos avanzando, siempre con mi amigo en cabeza

siguiendo las huellas. Estábamos expectantes por saber dónde terminaban esas huellas que solo iban en una dirección.
La oscuridad era total, si exceptuamos la tenue luz de la linterna con la que nos alumbraba Sergio, y la antorcha que llevaba el otro, que aún alumbraba menos. Doblamos un recodo tras otro. Aquella bodega era realmente inmensa.
Acabamos de girar por enésima vez, cuando soltó otra exclamación:

—¿Qué pasa ahora? No ganamos para sustos contigo.

—Mira.

Miré hacia el lugar donde apuntaba la linterna, y vi cual era el motivo por el que había lanzado la exclamación: las huellas terminaban bruscamente frente a una pared de ladrillos. No se veían más huellas en ninguna otra dirección.

—Menudo misterio. Está claro que esas huellas son de un hombre pájaro. Llegó andando hasta aquí, y luego echó a volar, o quizás los intrépidos policías crean en fantasmas que atraviesan paredes.

El encargaducho bocazas este ya me estaba cayendo gordo...
Por mucho que se burlara, esas pisadas no tenían ninguna explicación. Nadie podría llegar hasta allí y esfumarse. Era un misterio y pensábamos descubrirlo a cualquier precio.

—¿Qué hay detrás de esa pared? —le pregunté al bromista.

—Según cuenta la leyenda, esa era la salida de emergencia del Infierno... ¡Por si había un incendio y tenían qué salir a la carrera!

Más risas.
El tío se lo estaba pasando en grande con nosotros.

—Claro, ahora entiendo porque esas pisadas llegan hasta la pared y no regresan... ¡Son del propio Satanás! Harto de que se le escape la concurrencia para echar una canita al aire en la ciudad, ha decidido tapiarla en persona.

Sergio comprobó que la habían construido tan solo unas pocas horas antes.

—La argamasa aún está blanda. Creo que detrás de esa pared puede estar la solución al misterio de la desaparición de los dos enamorados

Yo no estaba nada convencido de ese hecho. Parecía todo tan evidente, pero que le iba a decir...
Llamamos a la comisaría desde el teléfono de la oficina.

En poco más de una hora estábamos rodeados por todo un ejército de policías. El comisario en persona dirigía la operación.
Tres muchachos del grupo de actuación especial, armados de picos y mazos, se dispusieron a tirar la pared.
Alguien había cometido la estupidez de llamar también a la madre del desaparecido, por lo que la anciana estaba allí plantada, a punto de ser presa de un ataque de nervios, ante la posibilidad de que tras esa pared estuviera el cadáver de su hijo.
Derribaron el tabique y entonces pudimos ver el misterio que escondía:
Un nicho con argollas de metal sujetas en la pared apareció ante nuestros ojos, cuando las luces de las linternas alumbraron el interior de la cavidad.
Aparte de algún hueso de animal no había nada más
Una ligera decepción (por nuestra parte) alivio (por parte de la señora) y enfado (del jefe, por haberle hecho ir para nada), acompañó la visión de la cripta vacía.
Estaba claro que aquel habitáculo debió de ser utilizado como cárcel para meter allí a algún desgraciado, pero eso debió de ser cientos de años atrás.
Quedaban muchas preguntas sin respuesta:
¿Qué hacían allí esas pisadas de un solo sentido, y sobre todo quién, y para qué, habían levantado ese muro?
Pero el jefe no estaba de humor para más preguntas. Nos sacó de allí mientras decía:
—Espero que estéis contentos. Acabáis de dejar en ridículo al departamento de policía. Un nuevo error como este y os veo dirigiendo el tráfico en el barrio más conflictivo de la ciudad.
La reunión se disolvió.
Sergio y yo nos fuimos a tomar un café para quitarnos el mal sabor de boca.
Cuando regresamos a la comisaría vimos un mensaje de la anciana:
"Por favor, vengan lo antes posible" —le había dicho por teléfono a una de nuestras compañeras, para que nos lo trasmitiera en cuanto llegásemos.
Nos daba su dirección.
Allí acudimos sin tardanza.
Nos recibió muy nerviosa y con un papel en la mano.

—¿Alguna novedad? —le pregunté a la señora.

Por toda respuesta me tendió ese papel.

Era una nota escrita a máquina, o con algún procesador de textos. Ponía lo siguiente:

"NO TE PREOCUPES, MADRE. LUCÍA Y YO ESTAMOS BIEN. HASTA PRONTO"

Se la tendí a Sergio.

Al terminar de leerla comentó lo que parecía obvio:

—Lo ve, señora, el chico está bien. Todo ha sido una falsa alarma. No se preocupe, pronto volverá a casa.

Ante nuestra sorpresa, la mujer comenzó a llorar.

—Mi hijo está muerto.

—Pero...

Sergio calló cuando le hice un gesto para que dejase terminar a la anciana.

—Ahora ya no tengo la más mínima duda.

—¿En qué se basa?

—Mi hijo no ha escrito la nota. Alguien lo ha hecho por él. Esa persona no tiene intención de pedir un rescate. Pretende hacernos creer que sigue vivo, por algún motivo que no entiendo.

La señora era muy inteligente para deducir algo así. Si tal y como ella decía, esa nota no la había escrito su hijo, y el supuesto secuestrador en lugar de pedir un rescate mandaba esta extraña nota haciéndose pasar por el muchacho, estaba claro que algo siniestro pretendía con ello.

—¿Por qué piensa que es falsa? —pregunté.

—Mi hijo nunca utilizaría esas máquinas modernas para mandar un mensaje. No era partidario de ellas. Escribía los mensajes personales de su puño y letra. Decía que todo estaba deshumanizado y por ese motivo se perdía la esencia de lo que tratábamos de comunicar.

—Quizá en esta ocasión prefirió hacerlo así —le dije, sin ningún convencimiento.

—Lo dudo. Hay otro detalle en la nota que confirma que él no la ha escrito: nunca me llamaría madre. Por la misma razón del comentario anterior, decía que llamar madre a la persona que te ha dado la vida es demasiado serio y formal. Siempre me llamaba mamá.

Nos enseñó alguna nota que el muchacho le había mandado en

anteriores ocasiones, bien por correo, o a través de un mensajero, y en efecto, comprobamos que todas eran manuscritas, y mucho más cariñosas que esta última e insípida nota que supuestamente le había mandado.

"Mamá, llegaré tarde a cenar. Un beso"

Parecía evidente que la señora tenía razón. Cada prueba en sí misma no era demasiado importante, pero si las juntábamos las tres, la conclusión era obvia... Su hijo no la había llamado, no se había inyectado su medicina, y ahora, por si fuera poco, le mandaba una nota falsa para tranquilizarla, que conseguía todo lo contrario, sobre todo porque le demostraba a la mujer que le había ocurrido algo.

—¿Cuándo la ha recibido?

—La he visto al llegar de la bodega. Alguien la ha metido por debajo de la puerta.

—Nos la quedamos. Dudo mucho que descubramos nada porque el asesi... —mi amigo se interrumpió antes de meter la pata, pero ya era tarde.

La mujer soltó un quejido y comenzó a llorar otra vez.

—Lo siento de nuevo, señora. No tengo perdón —añadió apesadumbrado.

La anciana se recuperó rápidamente y contestó:

—No te preocupes. Sé que debo aceptarlo. Una madre nunca debería de verse obligada a enterrar a un hijo, pero así de dura es la vida. Ahora lo único importante es que encontréis su cuerpo para darle cristiana sepultura.

Me hubiese gustado animarla, decirle que todavía existían posibilidades de encontrarlo vivo y esto solo era una mala pesadilla de la que pronto despertaría, pero ni yo mismo lo creía. Mis palabras sonarían poco convincentes, por lo que opté por callar.

Nos despedimos y salimos.

Miré la nota y le dije a Sergio.

—Hay algo evidente en todo esto. El asesino sigue nuestros pasos, y es muy inteligente y calculador. No me cabe la menor duda de que ese muro lo ha construido él, con la única función de jugar con nosotros y dejarnos en ridículo. Las pisadas que iban en una sola dirección así lo confirman. Quiere provocarnos. El hecho de que haya dejado esta nota en el lapsus de tiempo que va entre que la señora ha salido hacia la bodega y ha regresado a casa, confirma que sabía que alguien la llamaría y acudiría a ver la farsa que él ha montado. Lo tiene todo controlado.

—Eso nos lleva a una deducción: puede ser alguien de su entorno. Ya sabes que la mayoría de los asesinos tienen un motivo, ya sea económico o sentimental.

Así lo decían las estadísticas. Tuve que darle la razón a mi amigo. Solamente había otra clase de asesino que rompía esas estadísticas...

"¡El asesino en serie!"

Ese no necesita un motivo para matar.

"Ojalá no sea este el caso".

Frustrados y muy cansados nos marchamos a casa.

¡Y AHORA LLEGA EL TONTO!

Me acosté temprano, aunque sabía que no habría paz para mí esa noche. Al castigo diario que sometía a mis emociones sentimentales, se sumaba ahora la certeza de que los dos jóvenes desaparecidos estaban muertos.

Dónde estaban esos dos amantes, y por qué habían muerto no lo sabíamos, pero presentía que por desgracia pronto lo descubriríamos.

Di tantas vueltas en la cama que al poco rato parecía un campo de batalla sexual. No había pieza que estuviera en su sitio. Aguanté acostado hasta que me puse la funda del almohadón por sombrero. Parecía una anciana del siglo diecisiete. Solo me faltaba el camisón...

Como de todas formas no podía dormir, me vestí y decidí dar una vuelta por el exterior. Eso fue lo peor que podía haber hecho. Salí a la calle dispuesto a que me diese el aire nocturno. Caminé una hora sin rumbo fijo, o al menos eso creía yo. No sabía que el ser maléfico que todos llevamos dentro había programado el piloto automático para que me llevase en una dirección determinada.

Cuando quise darme cuenta estaba parado frente a la salida de personal de cierta discoteca de moda, que yo conocía muy bien. Ni siquiera sabía cómo había llegado hasta allí.

Me dije de todo y comencé a marcharme de aquel lugar.

En ese mismo momento, la puerta de salida se abrió y comenzaron a salir empleados. Una ventosa me sujetó al suelo impidiéndome dar un paso más para alejarme de mi ruina.

Entre el grupo de gente que salía estaba ella.

El corazón se me desbocó, pero mis piernas seguían negándose a dar un solo paso. Venía en línea recta hacia el lugar donde yo me encontraba plantado como un pasmarote.

Un tonto en medio de la nada.

Iba acompañada por tres compañeras. En cuanto me vieron, comenzaron a cuchichear y reír a continuación. Una de ellas dijo:

—¡María, ahí tienes a tu Apolo esperándote! Qué tío más galante.

—Es verdad. El poli está haciendo su ronda por aquí, a ver si caza algo —dijo la segunda.

—¡Pues ten cuidado! Según dicen, los polis de esta ciudad les disparan a todos los bichos qué ven.

Las tres chicas pasaron de largo riendo, y se fueron por el callejón.
¡Espera un momento!
¿Has dicho las tres chicas?
¿No eran cuatro?
¿Dónde está la madre de todas mis pesadillas, el tormento de mis noches sin fin, la hechicera qué me ha cautivado con sus malas artes?
—¿No piensas decir nada?
Estaba plantada delante de mí y me miraba.
¿Me estaba hablando?
—Cada día estás más tonto, Paul.
¡Ese Paul era yo!
Se había molestado en saber mi nombre
¿Pero cómo?
Allí estaba cara a cara con la chica más dulce del Planeta...
¿Esta era la misma muñeca de porcelana que ayer me había mandado a hacer gárgaras?
No podía creerlo y tardé en contestar.
—¿Puedo acompañarte a casa? —acerté a decir por fin.
—Claro, querido —dijo esa persona desconocida.
"¡Querido!"
Que digo del Planeta... ¡De toda la Galaxia!
¿Qué estaba pasando allí?
Ahora la tierra se abriría, los cielos caerían sobre nosotros y los pequeños inversores ganarían por fin en la bolsa....
Después de un largo rato mis piernas se dignaron a ponerse en marcha.
Caminamos unos minutos sin pronunciar palabra.
Ella tenía poco que decir y yo era feliz con ir junto a mi chica. No necesitaba nada más.
Llegamos frente a su casa y lo único que habíamos tenido era una conversación de ascensor. De esas que tienes cuando la vecina del quinto sube contigo, y después de recorrer con la mirada los cuatro puntos cardinales del trasto, acabas diciendo como si hablases ante la academia de las ciencias:
"Hace calor, ¿verdad?"
"¡Ya lo creo! Precisamente le estaba diciendo a mi marido —entonces te fijas y descubres que esa cosa que la mujer lleva en el bolsillo es el marido —que no sé qué ropa ponerme. El tiempo

está loco”
Bueno, pues algo así.
Estábamos llegando a su portal y yo no había dicho nada importante. Tenía preparado un discurso, que había repasado cientos de veces en mi cabeza, por si se daba una situación parecida, y ahora resultaba que se me había borrado del disco duro. Tendría que hablar seriamente con mi informático. Me había quedado mudo. Si ella pensaba que estaba tonto le estaba dando la razón por momentos.

—¿Puedo esperarte mañana? —solicité a modo de despedida.

—Si quieres...

Bueno, por lo menos no era un “no”.

Me fui para casa silbando alegre. Iba más contento que un reo condenado a tres cadenas perpetuas, al que le habían perdonado dos. Esa noche dormí a pierna suelta. Hacía semanas que no lo conseguía.

Por la mañana estaba más fresco que una rosa en Chernóbil.

Fui cantando a la comisaría y en cuanto llegué Sergio notó el cambio en mi estado de ánimo.

—¿Por fin has decidido olvidar a tu flor venenosa?

—Más o menos...

Le conté mi encuentro con María, y mi extrañeza ante el hecho de que me recibiese con los brazos abiertos.

Sergio me miró, pero no dijo nada. Pude notar que algo le perturbaba.

—¡Pero si tenemos aquí al equipo policial de demoliciones inútiles! O quizás sería más acertado quitar la palabra demoliciones y dejar la otra que os definiría mucho mejor.

El pelirrojo seguía dándonos “caña” a la menor ocasión, y más ahora que se había corrido de boca en boca por toda la ciudad nuestro fracaso en la bodega.

—Dionisio, ¿por qué no te subes a un barco que tenga como destino Marte y te quedas allí una temporada?

Pero la cosa no estaba para bromas. La pareja de enamorados seguía en paradero desconocido y la presión que estaba soportando el comisario era tremenda.

Recibía continuas llamadas. Todo el mundo quería saber si había novedades en la investigación. Periodistas, sus superiores de la policía, y hasta el alcalde lo atosigaban constantemente.

Nos hizo un gesto para que entráramos en su despacho y nos preparamos para soportar una buena bronca. Seguía hablando con alguien y aún pudimos escuchar sus últimas palabras:

—Sí, sí señor, no se preocupe, mis chicos están tras la pista correcta. Es cuestión de horas que encontremos a la pareja —colgó y se volvió hacia nosotros.

—¿Qué novedades hay sobre el caso?

—Ninguna —contesté.

El jefe le pegó tal puñetazo a la mesa, que no dejo nada en su posición original. Menudo berrinche llevaba encima.

—¡Y entonces que coño hacéis hay plantados como dos gilipollas! Salid ahí fuera y buscad debajo de las piedras si es preciso, pero traedme resultados.

No nos lo hicimos repetir dos veces. Cualquiera le decía que estábamos más perdidos que Pulgarcito después de que los pájaros se comieran sus migajas de pan, el día que lo sacaron de excursión por el bosque.

No teníamos ni una sola pista.

Parecía que se los había tragado la tierra.

Pero había que salir y salimos.

Visitamos a sus amigos y a sus enemigos, pero ninguno nos confesó tenerlos enterrados en el jardín.

No teníamos nada. Ni cadáveres, ni arma homicida, y ni siquiera un móvil al que agarrarnos. Sospechosos podían ser todos, y ninguno. Un rico empresario podía ser víctima de cualquiera, simplemente por envidia. Una antigua amante despechada, un empleado negligente al que despidió sin indemnización... ¡Vete a saber! Estaba claro que el que los había capturado y luego asesinado era un genio, porque no había dejado una sola pista, ni cabos sueltos. Debía de ser alguien que conocía muy bien las técnicas de investigación policial.

¿Quizás un ex policía?

A lo mejor era simplemente un aficionado a las novelas de intriga y de asesinatos que tanto proliferaban por las librerías, y que lo único que hacen es darles malas ideas a los perturbados asesinos en potencia.

Decidimos visitar de nuevo a la madre del desaparecido, más que nada por si había recibido otra nota, y de no ser así que nos contase alguna cosa más de su hijo, para ver si nos ayudaba a descubrir a su asesino.

No había recibido ninguna otra nota, ni por supuesto había llamado. Tomamos café con ella y nos contó su vida.

—A pesar de ser su madre no estoy ciega. Sé que mi hijo tenía muchos enemigos debido a su carácter. No le gustaba que nadie le llevase la contraria, y eso le acarreaba muchas broncas y problemas. También me consta que entre el personal de la bodega tiene mala prensa, y con alguno ha discutido abiertamente, llegando incluso a las manos, pero eso le ha pasado también con sus amigos de juventud con los que prácticamente no se hablaba, y eso que la mayoría eran buenos chicos que lo apreciaban.

—¿Y cómo le afectó la relación que tenía con su novia?

—Mal, pero no creáis que yo soy la típica madre que le echa la culpa a la pareja de su hijo, o hija, para disculpar el cambio de conducta de su retoño. Esa chica era una mala influencia para él, de eso no me cabe la menor duda. Supongo que sabréis que era viuda, y por lo que mi hijo me contó el marido era un violento que la maltrataba física y mentalmente, y eso siempre deja huella en una mujer, pero como ya he dicho eso no disculpa en absoluto a mi hijo. Antes de conocerla a ella ya era así. Cualquiera de sus enemigos ha podido ser el autor del crimen.

La mujer demostraba una tremenda entereza. Era evidente que había perdido por completo la esperanza de que su hijo entrase por esa puerta de nuevo, aunque estaba claro que después de tantos días sin noticias de ningún tipo, no se podía esperar otra cosa.

A partir de aquel día visité con frecuencia a la gran dama, y ella siempre me recibió con cariño. Quizás me adoptó en sustitución de ese hijo perdido que un día le quitaron. Para mí era la madre que hubiese deseado tener.

Cuando salimos de casa de la anciana y nos separamos, una idea se instaló en mi cabeza. Contento y satisfecho con la ocurrencia, me dirigí a casa de María para acompañarla al trabajo, en lugar de acudir a esperarla como le había dicho.

Estaba impaciente por llegar.

¿Y si ya se había ido?

Llegué casi corriendo hasta su portal, para ver que justo en ese

momento salía a la calle. Mi corazón se alegro y se...
"¡Se jodió!"
Salía acompañada por un hombre
Este la llevaba cogida del hombro. Era algo más que un amigo, de eso no cabía la menor duda.
Se la veía feliz.
Me vio y aún se arrimó más a su pareja.
—Hola. ¿Te acuerdas de mi marido? —me dijo señalando al hombre que iba junto a ella. Llevaba la cabeza tapada con la capucha del abrigo lo que impedía que le viera el rostro. Lo miré y supuse que sería el mismo bruto que le estaba pegando el día que acudí con mi compañera de la sección de maltratos. Ahora quedaba claro porque no quería denunciarlo: no tenía ninguna intención de separarse de ese animal.
Sin esperar respuesta se alejó la mar de contenta del brazo de su hombre, dejándome allí plantado como a un barco de vela al que le han quitado el viento de repente.
"¡Idiota, imbécil! ¿Qué te habías creído? Esa mujer no siente nada por ti. Te utiliza y se divierte a tu costa, pero nada más. Me das pena. Eres patético."
Ya que no tenía a nadie a mí alrededor para soltarme cuatro verdades, me las decía yo mismo.
Me marché a casa jurando que la olvidaría, aunque fuese lo último que hiciese en la vida.
Me estaba acostumbrando a jurar en vano.
Cené una ligera cena fría y me acosté caliente.
Creía llevar cinco minutos acostado cuando escuché unos ruidos en la puerta de mi piso.
Parecía que alguien estaba rascando en ella.
Me levanté sin hacer ruido y cogí la pistola.
¿Podría ser un ladrón lo suficientemente idiota o desafortunado para intentar forzar la puerta de la casa de un policía para robarle?
¿Sería posible que un día tan nefasto terminara tan nefastamente?
Abrí la puerta de un tirón para atrapar al ladrón con las manos en la masa, pero comprobé que el autor de los ruidos era un bulto acurrucado en el suelo.
—¡Levanta las manos dónde yo pueda verlas! —exigí sin dejar de apuntarle con la pistola.

Ni levantó nada ni respondió.
Me acerqué, sin apartar la pistola, y descubrí que se trataba de una mujer…
¡Era María!
Le habían pegado una buena paliza.
La levanté del suelo, pues apenas podía moverse, y la ayudé a entrar en casa.
Se tumbó en el sofá.

—¿Qué te ha pasado? —pregunté asustado cuando vi la sangre seca sobre sus ropas, y el ojo izquierdo que comenzaba a tener un preocupante tono violáceo.

Seguía sin hablar.
Asocié la paliza con el acompañante con el que iba esa misma noche.

—¡Maldito bastardo! Juro que lo mataré.

Tomé la pistola y comencé a vestirme. Estaba ciego de furia y odio. Si el canalla hubiese estado delante de mí en aquel momento, le habría vaciado el cargador sin dudarlo ni un instante.

—No… no vale la pena que arruines tu vida. Además, no ha sido él.

Por supuesto que no la creí. Estaba intentando defender de nuevo a su maltratador esposo.

—No te vayas; quédate conmigo —susurró.

Por primera vez desde que la conocía me acababa de tutear, y para colmo de felicidad había posado su mano en la mía tratando de impedir que me fuera. Menos mal, pues de lo contrario habría salido en busca de ese cobarde y habría arruinado mi carrera y mi vida.
Pasamos la noche juntos en la cama, aunque por supuesto no pasó nada que pudiera escandalizar a las mentes más puritanas, pero el hecho de tenerla allí solo para mí, poder abrazarla y protegerla, ya me convirtió en el hombre más feliz del mundo.
Por la mañana estaba mejor y yo no bajaba de mi nube. Me preparó el desayuno y cuando nos sentamos en la mesa a tomarlo parecíamos una pareja de recién casados en viaje de luna de miel.
Antes de marcharme al trabajo me atreví incluso a darle un beso en la frente.

—Cierra la puerta con llave y no le abras a nadie.

—No te preocupes, querido. Estaré aquí esperándo ilusionada a

que regreses.
La miré otra vez, por si me la habían cambiado...
¿Qué había sido de aquella chica repelente y maleducada que casi me había pegado el otro día en la discoteca?
No comprendía ese cambio tan brusco en su carácter, pero ni que decir tiene que estaba encantado con el mismo.
Pobres infelices todos los hombres y mujeres que se autoconvencen de que sus parejas han cambiado, cuando en realidad solo lo hacen momentáneamente para convencerte de que han dejado el juego o las drogas, aunque no tienen ninguna intención de hacerlo. Quieres creerlo y esa es tu perdición.
En esas andaba yo...
—Haré un esfuerzo y vendré a comer contigo si el trabajo me lo permite.
—¡Estupendo! Te prepararé una buena comida. Aquí donde me ves soy una estupenda cocinera.
Salí a la calle. Estaba lloviendo a mares, pero yo ni lo notaba. Me sentía el protagonista de la película "Cantando bajo la lluvia".
No podía haber nadie en este mundo más feliz. Iba saludando a todo el que se cruzaba conmigo, y aunque el día era gris, yo veía luces y flores, donde únicamente había sombras y asfalto resbaladizo.
Cantaba una de mis canciones favoritas.
De esta guisa entré en la comisaría.
—¡Hombre, el pitufo gilipollas viene hoy cantarín! —bromeó Dionisio.
Lo miré, y por un momento estuve tentado de contestarle alguna grosería. Hoy no lo haría. Ni siquiera el estúpido de mi compañero conseguiría ponerme de mal humor.
Como era de suponer, el pelirrojo confundió mi silencio y pensó que estaba capitulando ante él.
Volvió a la carga:
—Parece que hoy la mamaíta le ha puesto "Choco crispís "al nene para desayunar.
—Que pases un buen día Dionisio querido —le dediqué la mejor de mis sonrisas, y todavía con la expresión de sorpresa en su cara en mis retinas entré en el despacho del comisario.
El jefe cada día estaba de peor humor.
Sergio aguantaba el chaparrón que le caía, y eso que allí dentro no

llovía.
—Esa pareja lleva cuatro días desaparecida y tú me estás diciendo que aún no tenéis nada... ¿Qué clase de policías de mierda sois?
Mi amigo me dedicó un imperceptible gesto dándome a entender que la cosa estaba fea por allí.
—Hoy mismo... ¡Me oís!... Hoy mismo quiero tener algo que presentarle al alcalde. Dos cadáveres o lo que sea... ¡Pero ya!
Le volvió a sacudir otro buen puñetazo a la mesa.
Cómo siguiera por ese camino tendría que escribir en el suelo.
Los dos cadáveres los tendría hoy, sin falta.
Sonó el teléfono. Tras descolgarlo, el comisario escuchó atentamente lo que le decía su interlocutor desde el otro lado de la línea, después lanzó un juramento apagado y colgó, sacudiéndole un buen golpe al aparato, que ninguna culpa tenía de sus excesos.
—¡Ya no hace falta que los busquéis! Han aparecido. Por fin los tenemos.
—¿Están vivos? —pregunté inocentemente.
—¡Vivitos y coleando! ¿Estás idiota muchacho, o aún crees en las hadas? Están más muertos que mi deseo por las mujeres. Los han encontrado en una vivienda del barrio rico. Están totalmente destrozados. El asesino se ha cebado con ellos —concluyó.
Nos apuntó la dirección en un papel.
—Id para allá y no toquéis nada hasta que llegue la policía.
Cómo mi amigo y yo nos miramos sorprendidos ante esas palabras, añadió:
—Me refiero a policías de verdad... ¡Vamos! Sacad vuestras feas jetas de mi despacho y descubrid quién ha sido el salvaje que ha hecho esa carnicería. Quiero un culpable antes del fin de semana.
¡Este hombre siempre con las prisas!
Cogimos un coche patrulla y nos dirigimos a la dirección que nos había anotado. Mientras conducía, iba pensando en la mala suerte que tenía. Precisamente hoy, que era el día más feliz de mi dura vida, tenían que aparecer estos dos cadáveres.
Adiós a la comida con María...
La investigación sería larga y dura. Quizás no pudiera ni acostarme esa noche. Con las ilusiones que me había hecho para esa velada. Cena romántica con velitas y todo eso, y luego quién sabe...
Mi gozo en un pozo.

Tendría que llamarla y decirle que no me esperara para comer. La chica estaría preparando la comida para nada, y bien sabido es que a las mujeres no les gusta cocinar en vano. Aunque bien pensado daba igual; le diría que la guardara para cenar. Me la comería toda, aunque fuese una bazofia, o un potingue incomible.
Paré el coche patrulla frente a una cabina de teléfono, murmuré una disculpa ininteligible a mi amigo que me miraba sorprendido, y marqué el número de mi casa. Comprobé decepcionado que comunicaba y colgué. Estaría hablando con algún familiar. Probaría un poco más tarde.
Llegamos al lugar de los hechos y busqué desesperado otra cabina. La encontré y volví a llamar. Seguía comunicando. Me sorprendió. Aún no tenía experiencia, y no sabía que una mujer es capaz de hablar horas por teléfono sin cansarse. Las féminas con un teléfono en la mano pueden ser más peligrosas que un practicante miope. Abusé de la paciencia de mi amigo y esperé diez minutos más, hasta que por fin escuché los característicos pitidos de un teléfono que no comunica. Pero ahora no lo cogió.
Pensé que estaría en la cocina preparando la comida. Por esa razón no lo oía.
Sergio me miraba impaciente.
Su mirada quería decirme:
" Tenemos un crimen esperando, recuerdas..."
Eran casi las doce de la mañana y aún no habíamos entrado en el escenario del crimen. Solo faltaba que acudiera el jefe y descubriera que ni habíamos empezado a investigar.
Le enseñamos nuestras credenciales al policía que montaba guardia en la puerta del edificio y entramos en el apartamento.
Lo primero que me sorprendió fue el tremendo desorden que se veía por todos lados. Daba la impresión que un animal salvaje lo había destrozado todo, pero hasta que no entramos en la habitación donde se había producido el doble crimen, no supe a ciencia cierta el significado de la palabra desorden... y horror.
No había quedado nada en pie: sofás desgarrados, cortinas rotas, muebles volcados... y entre ese amasijo de objetos estaban tirados los dos cuerpos mutilados de los que algún día fueron dos jóvenes llenos de vida e ilusiones.
El asesino se había ensañado con ellos.
Ninguno de los dos tenía cabeza. Por mucho que busqué por la

habitación no las vi por ningún lado. Las ropas parecían desgarradas por algún ser demoníaco, que había dejado profundas marcas en la carne, e incluso en uno de los cuerpos eran tan profundas, que dejaban ver las vísceras del desgraciado.
Agachado sobre uno de los cadáveres estaba el ayudante del forense. Era un sujeto delgado y con la nariz aguileña. Iba siempre vestido de negro, por todo ello la gente le llamaba El Cuervo
Levantó la vista del cadáver y me miró. Estaba tomando muestras del cuerpo, para analizarlas posteriormente, y descubrir las causas de la muerte, y de esa forma ayudarnos a encontrar alguna pista que nos llevase a dar con el asesino.
Me hizo un gesto negativo con la cabeza, pero yo no sabía a qué se refería.
En ese momento entró Sergio y vio los cadáveres. La cara le cambió al instante y comenzaron a darle arcadas. Intentó llegar al servicio, pero no lo consiguió. Vomitó en un rincón de la sala. Yo no es que estuviera mucho mejor que él, pero mi paso por el reformatorio me había endurecido lo suficiente, y tampoco creía que ningún cadáver me impresionase más que el de mi querido Carlos.
En ese momento alguien entró en la habitación y dijo:
—¡La nenita se ha impresionado al ver tanta chicha!
¡El que faltaba!
—¿Qué quieres Dionisio? —me sentía asqueado asqueado por los cadáveres y por su presencia allí
—Nada. Solo quería ayudarte.
Me fijé que estaba masticando algo.
¡El muy hijo de su madre se estaba comiendo un bocadillo la mar de tranquilo!
Había que tener estómago (y sin duda ese gusano lo tenía), para comer delante de una escena así.
Sergio lo miró y volvió a vomitar.
—De verdad te digo que hay que tener cojones para comerte el almuerzo delante de los cadáveres de estas pobres personas —le dije al pelirrojo.
—Este bocadillo no es mío. Yo siempre almuerzo a las diez. Lo he encontrado por ahí. Estaba un poco mordisqueado, pero no me importa. Está bueno.
Lo miré sin acabar de creerme lo que oía.
—¿Te estás zampando el bocadillo que alguno de los asesinados

se estaba comiendo poco antes de que lo mataran?

—Seguramente, ¿pero no querrás que acabe en la basura un manjar tan exquisito? —preguntó tan tranquilo y siguió comiendo como si nada —¿Qué puedo hacer por ti? —ofreció mientras se limpiaba las manos llenas de grasa del bocadillo con una cortina.

—Lo único que puedes hacer por mí es llevarte tu persona lejos de mi presencia.

—Que conste que mi intención era buena. Por cierto, deberías ver el programa tan interesante que están echando por la tele en este momento. Está en la otra habitación.

De verdad que estaba como una regadera. Primero se comía tan tranquilo el bocadillo de uno de los muertos y ahora me pedía que mirase la tele para ver no se que programa. Levanté la vista, dispuesto a mandarlo a paseo, pero me sorprendió verlo bastante serio, algo que no era nada habitual en él. Nada de sonrisas burlonas ni expresiones cínicas.

Dejé lo que estaba haciendo y entré en la habitación contigua.

Entonces las vi.

Más horror.

Las cabezas de las víctimas estaban dentro del aparato. El asesino había roto la pantalla y sacado todos los componentes del televisor.

La visión era dantesca.

Las dos cabezas tenían las lenguas fuera de la boca, como una burla grotesca. El asesino pretendía imitar uno de esos noticiarios en que un hombre y una mujer informan acerca de lo que sucede en el mundo.

El único problema es que esas dos cabezas no correspondían a un hombre y a una mujer.

Distintas sensaciones pasaron por mi cuerpo al ver que las cabezas pertenecían a dos mujeres.

La primera, y más evidente, era que no se trataba de la pareja de enamorados.

Por ese motivo, se nos abría todo un abanico de dudas y posibilidades:

¿Tenía algo que ver este doble asesinato con la desaparición de los dos jovenes?

¿Estábamos ante un asesinato aislado, o era el comienzo de una ola de crímenes?

Me fijé bien en las dos cabezas y vi que correspondían a dos mujeres de aproximadamente sesenta y ochenta años.

—Madre e hija. Mala suerte amigo mío. No son los tortolos que buscáis el de las agonías y tú —oí decir a Dionisio mientras salía a la calle a que me diera el aire. Dentro de esa casa había demasiada podredumbre física y moral.

En ese momento llegaba el jefe. Un grupo de personas se abalanzó sobre él. Me sorprendió, porque cuando llegamos Sergio y yo no habíamos visto a nadie. Eran periodistas de televisión y revistas sensacionalistas. Alguien les había avisado de que allí tenían carnaza para sacar en sus programas. Esos buitres estaban deseando que sucediera algo así para subir la audiencia de sus programas, gracias al morbo que tanto nos encanta a los seres humanos. Crímenes, violaciones, secuestros... Cualquier cosa valía para que esas personas que veían la televisión o compraban sus revistas, lo hicieran con mayor interés, y de esa forma sus cuentas bancarias aumentasen en la misma proporción que sus espectadores.

¿Quién los habría avisado? Sin duda un policía, pues nadie más sabía lo que había sucedido en esa casa. Algún corrupto. A cambio de un sobre con dinero, los había puesto sobre aviso.

Yo conocía a uno que tenía todos los números para ser el candidato principal.

Allí estaban acosando al jefe para sonsacarle información.

—Comisario, según mis informaciones, parece que han encontrado por fin a los desaparecidos —le decía uno.

—¿Están muertos? —preguntaba otra.

Sin duda, el informador no había tenido tiempo de darles detalles sobre los asesinatos, por ese motivo no sabían que los cadáveres no correspondían a los desaparecidos.

El jefe se disponía a responder cuando me acerqué y le dije al oído:

—No son ellos.

—¿Cómo dices? —preguntó alarmado.

—¿Qué le ha dicho ese agente?

—Tenemos derecho a saberlo.

Entramos en el edificio y los dejamos con la palabra en la boca.

—Dime que no es verdad lo que acabas de decir...

—Lo siento señor, pero me temo que es cierto. Los dos cadáveres no corresponden a la pareja desaparecida.

Me miraba sin acabar de creer lo que decía.
Entramos, y el jefe vio lo que yo había visto hacía tan solo unos momentos.

—¿Quién ha podido cometer una salvajada semejante? Solo un sádico perturbado puede ser capaz de cometer esta atrocidad— concluyó, visiblemente conmocionado.

El forense había terminado de hacer su trabajo y se marchaba. Nos quedamos Sergio, el jefe y yo. Por suerte, Dionisio también se había esfumado. Él, realmente hacía poco. Iba por libre. Estorbaba más que otra cosa.

También se habían marchado los compañeros encargados de buscar las huellas dactilares del asesino. Como era de esperar no habían encontrado ninguna.

Cuando el comisario entró en la otra habitación y vio las cabezas dentro del televisor, soltó unos de sus característicos juramentos, y dijo apesadumbrado:

—¡Un asesino sicópata en mi jurisdicción! Esto pondrá un broche dorado a mi carrera.

Decía eso, porque al igual que nosotros, había estudiado en la academia el" modus operandi" de esa clase de asesinos y sabía que eran enormemente difíciles de atrapar. Por lo general, son metódicos, cuidadosos y nunca dejan pistas. Estudian cada paso con minuciosidad y nunca dejan cabos sueltos para que los atrapes. Por si fuera poco, la mayoría repite una vez que han probado el sabor de la sangre.

Observó con detenimiento un bulto que tenían las dos cabezas en sus lenguas y nos preguntó:

—¿Qué tienen pegado?

—Nosotros también los hemos visto, pero no hemos querido tocarlos hasta que llegase usted.

—¡Pues a qué esperas!

El comisario estaba cada vez más irritado y no era para menos. En pocos días su pacífica y tranquila ciudad, pasaría a ser portada de todos los noticiarios del país, cuando se supiera la masacre que habíamos encontrado en este edificio. Se había encontrado con la papeleta, de que no solo no había aparecido la pareja de desaparecidos, si no que ahora tenía de propina dos cadáveres salvajemente mutilados por un asesino demente. Y como se suele decir: sí las cosas van mal, solo pueden tender a empeorar. Eso sucedió cuan-

do leímos las notas que el asesino había dejado en las lenguas de las dos mujeres asesinadas.
Busqué algo que pudiera servirme para extraerlas.
Aunque a las dos mujeres ya les daba igual, y yo podía haberlo hecho en plan mucho menos suave, pensé que sería una falta de respeto hacia ellas.
Encontré unas pinzas y con ellas cogí las dos notas.
Las desenrollé, porque iban envueltas en cinta especial para embalajes.
En la cabeza de la izquierda solo había una letra escrita: **D**
En la de la derecha, el asesino había escrito de su puño y letra:
"Ayúdame a completar el nombre del genio"
El jefe soltó una nueva maldición al escuchar mis palabras.
Había pensado, al igual que nosotros, que el asesino no temía que lo descubriéramos a través de su caligrafía. Así fue, pues a pesar de cotejar su letra con la de todos los hombres fichados en nuestros archivos, no dimos con ninguna parecida. Para lo único que sirvió esa nota fue para que un grafólogo nos confirmase lo que ya sabíamos: Que nos enfrentábamos a una persona desequilibrada, tenaz y decidida.
Estábamos ante alguien nuevo que irrumpía con fuerza en el mundo del crimen, lo que nos dejaba atados de pies y manos.
Podía tratarse de cualquiera.
Y además, estaba la letra y ese mensaje pidiendo que le ayudásemos a completar un nombre. El criminal dejaba bien claro que pensaba seguir matando a tantas personas como letras llevara ese nombre.
Ahí se abría una nueva interrogante:
¿Cuál era?
Estaba claro que cientos de ellos comenzaban por la letra D, pero no era igual que quisiese completar nombres como David o Daniel u otros mucho más largos como: Diocleciano o Demóstenes.
Y ese genio... ¿A quién se refería?
Podía ser un perturbado que tomase como ejemplo a otro asesino de masas, que tanto han abundado en la historia de la humanidad, o un admirador de algún escritor de libros de ciencias ocultas. Ahora mismo era imposible saberlo.

—Tengo una duda —comentó Sergio.

—¿Una sola? Pues suerte tuya muchacho que solo tienes una, yo tengo miles —aseguró el comisario.

—¿Por qué ha puesto en la nota la palabra:" Ayúdame" y no: "Ayudadme"? El asesino se está refiriendo a alguien en concreto. ¿Pero a quién?

—Y quién sabe. Quizás sea tan solo un fallo a la hora de escribir el mensaje.

—No. Sergio tiene razón. Esta clase de gente no deja nada al azar. Se está dirigiendo a una persona en concreto. Solo puede ser a uno de nosotros tres, ya que el asesino sabía que la nota la encontraría uno de los policías de investigación criminal. Este dato puede ser importantísimo para el buen final de nuestra investigación. Alguien de nuestro entorno nos está echando un pulso —concluí.

Los tres nos miramos, pero nadie dijo nada. Si bastante triste era que la ciudad tuviese un asesino circulando por sus calles, más lo era aún que esa persona, por llamarla de algún modo, fuese un familiar, compañero, o amigo nuestro.

Recogimos todo aquello que nos pareció importante; luego recorrimos todas las habitaciones buscando indicios y pistas del lugar por donde el asesino había entrado en el piso, aunque a simple vista no observamos ninguna puerta ni ventana forzadas.

—Qué extraño —dije.

—¿Qué tiene de extraño? Lo más probable es que el asesino haya entrado por la puerta de la casa y hayan sido las propias ancianas las que le hayan franqueado el paso.

—Seguro —el jefe corroboró las palabras de Sergio —. No será la primera vez ni la última que alguien utiliza el viejo truco de la falsa credencial para engañar a algún anciano inocente. Un carnet falso de supervisor del servicio de gas puede hacer milagros.

—No —respondí contundentemente —. Eso es imposible. Aquí tengo una declaración de uno de los sobrinos de las fallecidas, que uno de nuestros compañeros ha obtenido por teléfono. En ella asegura que las ancianas eran tremendamente desconfiadas sobre el tema. El único que entraba por la puerta blindada de la casa era él. También se ocupaba de todos los arreglos y mantenimientos. En el hipotético caso de que una tercera persona tuviese que entrar para reparar algo, las ancianas no le dejaban pasar hasta que su sobrino estaba presente.

Continué leyendo la declaración.

—Ha declarado que las ancianas eran tan desconfiadas porque

tenían una auténtica fortuna en joyas.

—¿Y?

—Todas las joyas han desaparecido.

El comisario resopló al ver que la cosa se iba enredando cada vez más.

—Normalmente los asesinos perturbados tienen algún motivo escondido en su subconsciente desde la niñez, que los trastorna y los lleva a cometer los crímenes para acallar las voces que les torturan. Que si su madre les daba empanadillas para almorzar, cuando ellos querían donuts de chocolate; que si su padre les obligaba a tragarse un partido de hockey sobre hielo, de esos que se pasan más tiempo dándose guantazos que intentando meter la pastilla en la portería contraria, mientras el público grita:*"¡Mátalo, mátalo!"* Pero un psicópata que además robe... ¡Eso lo complica mucho más!

Por supuesto que tenía razón. Nuestro hombre era difícil de encasillar. Sería muy difícil pillarlo basándonos en los procedimientos de investigación habituales que empleábamos los polis para casos similares.

Con todo esto en mente recorrimos con mayor detenimiento la casa, hasta encontrar el lugar por el que había entrado el asesino.

Llamé a mis compañeros y les enseñé una pequeña claraboya abatible que daba al jardín de la finca. Un pestillo servía de cierre. Pude comprobar que había sido forzado, aunque aún era más sorprendente el hecho de que el asesino lo hubiese atornillado de nuevo para que no se notase que lo había roto.

¿Qué pretendía con todo eso?

Me asomé por la claraboya y vi que estaba al menos a diez metros del suelo. Ni un mono podría haberla alcanzado.

Sin duda intentaba hacernos creer que su entrada en la casa había sido poco menos que un hecho paranormal, pero no pensaba darme por vencido. Si quería jugar, jugaríamos a su juego. Yo no era de los que se dejaban engañar fácilmente (más tarde, cuando habría de llevarme el desengaño que la vida me reservaba recordaría este pensamiento y una inmensa amargura se apoderó de mi persona).

—¿Por qué se ha molestado en dejarlo todo como estaba? No es normal que un ladrón actúe así —comentó Sergio.

—¿Aún no te has dado cuenta? Estamos tratando con alguien

que no es normal —aseguró el comisario.

Lo que estaba claro era que si no había podido subir desde el jardín, la otra opción era... ¡La azotea!

Subí los peldaños de tres en tres y me alegré al descubrir que la puerta que daba a la terraza superior había sido también forzada. Me coloqué en la vertical de la claraboya del piso de las ancianas, y tras observar minuciosamente la zona, pude ver los característicos roces de una cuerda sobre los ladrillos.

Ya sabía cómo había entrado en la casa.

El asesino enganchó una cuerda a una de las chimeneas de la terraza, para luego descolgarse, forzar el pestillo y entrar por la claraboya; después había sorprendido a las dos ancianas, las habría amenazado para que le revelaran el lugar donde tenían escondidas las joyas y luego las mató. Más tarde, y tras realizar la masacre que teníamos delante, reparó el pestillo, encontró uno de los juegos de llaves de las mujeres y abandonó tranquilamente la casa por la puerta de salida, cerrando con llave a continuación, subió a la azotea, desató la cuerda y se marchó. Todo esto con la única intención de confundirnos y que nos volviéramos locos buscando la forma en que había entrado en la casa.

A Sergio se le veía pensativo.

Por fin se decidió a contarnos lo que le preocupaba:

—Creo que con todo este montaje el asesino nos esta dando una pista. Pero ¿cuál?

Podía tener razón.

—Tengo la sensación de que está copiando un crimen que ya se ha hecho antes, pero no consigo recordar cuál. Si lo descubrimos, sabríamos a que genio se refería en su nota. Deberíamos mirar en los archivos de la policía y buscar crímenes de similares características a este.

—¡De similares características dices, muchacho! —explotó el jefe—. Dudo mucho que haya existido otra salvajada similar a esta en toda la historia de la criminología.

—No hace falta que sea exactamente igual. Me da la impresión que lo de la tele y las cabezas ha sido una adaptación a los tiempos modernos. Yo creo que la clave está en las dos mujeres, y sobre todo en el montaje para que no descubriéramos por dónde había entrado.

—Es posible que estés en lo cierto, pero me temo que hasta que

no tengamos más letras de ese nombre que pretende que le ayudemos a completar, no sabremos por dónde van los tiros.
Callé de golpe al comprender lo que implicaba mis palabras anteriores.
—Lo siento —dije apesumbrado, al darme cuenta que por cada letra que descubriéramos, una (o varias como en este caso) personas inocentes habrían dejado de existir.
Retiraron los cadáveres y se precintó la zona.
Eran las ocho de la tarde.
Había sido un día amargo, pero esperaba endulzarlo con la cena que mi chica me tendría preparada cuando llegase a casa.
Me alejé deseando llegar cuanto antes.
—¿Dónde crees qué vas?
La voz del jefe me paró en seco.
—Me marchaba a casa.
—¿A casa? Ni lo pienses. Sergio y tú os vais derechitos a comisaría a investigar esos casos que dice tu amigo, y no salís de allí hasta encontrar uno similar a este, que nos ayude a descubrir el nombre que buscamos.
Mi cara de contrariedad se me debió de notar mucho, porque el comisario añadió con cierta pena en la voz:
—¿De verdad creías que ser policía era fácil? ¿Pensabas que solo servía para cobrar un sueldo de mierda a fin de mes, y pasearse con el traje de gala entre jovencitas que te arrojan pétalos de rosas y te vitorean con sus prendas íntimas en las manos? ¿Por qué crees que yo sigo soltero? Ninguna chica se adapta a nuestros horarios, ni acepta que la abandones a las tantas de la madrugada, o estés dos días sin regresar a casa.
Regresamos a la comisaria nosotros dos solos y nos metimos en un mundo de crímenes y atrocidades sin fin. Después de cuatro horas de navegar por los archivos almacenados en el ordenador de la comisaría, y de buscar en ordenadores de otras policías del mundo, no teníamos nada que se pareciera al crimen de las dos ancianas. Por supuesto había muchos casos de mujeres ancianas asesinadas para robarles, pero en ningún caso con ese sadismo, ni mucho menos el asesino quería ocultarle a la policía como había entrado en la casa. Puertas reventadas, rejas arrancadas, o cristales rotos, atestiguaban el lugar por donde el ladrón había accedido a la vivienda.

—¿Qué le diremos al jefe?
—Pues qué le vamos a decir: la verdad. Que no tenemos ni idea.

Era media noche cuando mi amigo me dejó en la puerta de casa.

Recuperé la alegría. La chica no se había alejado de mi cabeza ni un segundo durante todo el día. Por desgracia no había podido acudir a comer ni a cenar.

Daba igual... ¡Pasaríamos directamente a los postres!

Subí los peldaños de tres en tres, con la emoción y la felicidad por bandera.

Metí la llave en la puerta y...

La casa estaba a oscuras. No me sorprendió. Ya era tarde. Seguro que mi chica estaría acostada, esperándome. La llamé.

—¿María?

No respondió y un mal presentimiento llegó flotando por el aire.

La busqué por las habitaciones, pero lo hice infructuosamente. La chica no estaba en la casa.

De repente comencé a reír como un idiota cuando descubrí el motivo por el que no estaba.

¡Se había ido a trabajar!

Me había emocionado tanto que ni había pensado que trabajaba por la noche.

Estaba en la discoteca.

Me prepararía una cena fría y luego me acercaría a buscarla.

Más animado tomé una ducha y luego me tumbé en el sofá para recuperarme del día tan agotador que había tenido.

Bien pensado ni cenaría. Me marcharía ahora mismo a verla. No podía resistir ni un segundo más sin ella.

Seguía tumbado en el sofá soñando despierto cuando me pareció ver algo.

Levanté la cabeza poco a poco y entonces vi una nota pegada en la pantalla del televisor.

Era un día de notas, estaba claro.

Esta también era escueta:

"Las cosas son como son. Déjalas así"

Tardé unos instantes en comprender lo que me estaba diciendo en ese papel.

¡Se había ido, maldita sea!

Me quedé paralizado, incapaz de reaccionar.

¡Qué poco dura la alegría en la casa del pobre!

Mi corazón parecía un caballo desbocado.
Acudí a la cocina y vi que no había signos de movimiento, ni en la nevera, ni en el horno. Ni siquiera había intentado preparar esa comida tan maravillosa que me prometió.
¡Pues bien, enemigo qué huye puente de plata!
Definitivamente había sido un día de mierda...

Me tumbé en el sillón con la luz apagada. Cerré los ojos e intenté relajarme. En ese momento la sangre golpeaba mis sienes a causa de la furia que sentía.
¿Por qué había interpretado esa farsa el día anterior, haciéndome creer que sentía algo por mí?
"Porque te ha utilizado, idiota"
Esa era sin duda la respuesta. Cuando recibió la paliza del bastardo de su marido no tenía a donde ir y recordó que un imbécil estaba siempre dispuesto a recogerla. Ahora ya no me necesitaba y podía prescindir de mí.
Por desgracia existían muchas personas que se desenvolvían en la vida igual que ella: te utilizaban descaradamente y luego si te he visto no me acuerdo.
No permanecí en esa postura ni diez minutos.
Una idea comenzó a formarse en mi cabeza.
"¡Por qué no!"
Decidí presentarme en su trabajo, y cantarle las cuarenta delante de todo el mundo. Quería dejarla en ridículo delante de sus compañeras y de los clientes. Le gritaría que era una manipuladora y regresaría a casa satisfecho.
Me vestí y salí dispuesto a recorrer lo antes posible la distancia que me separaba de la discoteca, mientras intentaba convencerme de que mi única intención era verla por última vez y decirle que solo era basura.
Cuando estaba cerca ya sabía que no sería posible.
¿A quién quería engañar?
Seguía deseando verla, a pesar de todas las putadas que me había hecho.
Continuaba amándola.
Un suspiro de impotencia salió de mi pecho.
En el momento que la viera se me olvidaría todo y volvería a derretirme como un flan.

Me hice el ánimo. Al fin y al cabo, yo no había enviado a mis naves a luchar contra los elementos, y esa mujer era toda una elementa. Cuando llegué acababan de abrir y por tanto había pocos clientes. Mejor, así podríamos hablar con más tranquilidad. La busqué desesperadamente, pero no la encontré por ninguna parte.

Vi al encargado, que cierto día le llamó la atención porque estaba perdiendo el tiempo conmigo, y pregunté por ella.

—¡Esa furcia ya no trabaja aquí! —gritó malhumorado.

Lo agarré del cuello y no lo solté hasta que comenzó a ponerse morado.

Cuando se recuperó, dijo:

—¡Estás loco! Casi me matas —me miró—. No me digas que... ¡Estás enamorado de ella! —soltó una fuerte carcajada —¡Valiente idiota estás hecho!

Hice amago de agarrarlo del cuello otra vez.

—Perdona. Lo decía con buena intención.

¿Alguien puede llamarte idiota con buena intención?

—Esa chica es una víbora. No te conozco casi, pero pareces un buen chaval. Ella está metida en algún asunto turbio, drogas, o algo así. El dinero no le dura nada. Yo he tenido que darle varios anticipos, pero es inútil, nunca tiene dinero. Acabará destruyéndose ella y llevándose por delante al que esté a su lado. Y si todo eso no te basta, debes saber que esta loca por su ex marido. Por mucho que le pegue, siempre acaba volviendo con él.

Pues muy bien. Por fin había salido de mi vida.

Muerta y enterrada.

Amén.

REGRESO AL INFIERNO

Comenzaba a marcharme cuando mis ojos se abrieron como platos al reconocer a la persona que estaba sentada en una de las mesas.

¡Era el director del reformatorio!

Era él, no cabía la menor duda. Nunca podría olvidar ese odiado rostro. Alguna cana más, pero era inconfundible. Tanto tiempo buscándolo y aparecía el día que menos me lo esperaba.

Me detuve y di media vuelta sin dejar de mirarlo.

Estaba rodeado de chicos jóvenes. Sonreía satisfecho de sí mismo, como si nunca hubiese roto un plato. El reformatorio lo habían cerrado dos años antes, a causa de las irregularidades cometidas en el mismo (si es que la tortura física y mental se pueden considerar irregularidades). Yo había pasado en varias ocasiones frente a la puerta cerrada y llena de grafitis, sintiendo siempre la misma sensación de opresión y angustia que sentí en ese año escaso que permanecí recluido dentro. Supongo que los traumas nunca se olvidan. Lo observé mientras hablaba con los chicos, que no aparentaban tener más de quince años. Tendría que hacer algo también al respecto, ya que la normativa prohibía tajantemente la entrada de menores en este tipo de discotecas. Hablaría con el departamento oportuno para que la cerraran.

Se me ocurrió una idea.

Cuanto más se desarrollaba en mi cabeza, más contento me ponía. Pedí una copa y la tomé en la barra. Normalmente no bebía alcohol, pero esta era una ocasión especial y había que celebrar el feliz reencuentro con esa alimaña. Mi única pretensión era observar los movimientos del depravado director, que había sido el causante de muchas noches en vela por culpa de las pesadillas continuas que me asaltaban tras mi estancia en el agujero, pero dejándome llevar por un repentino impulso, me dirigí a la mesa donde estaba sentado con los chicos. En ese momento les estaba contando algo a sus acompañantes. Debía de ser un tostón, porque la mayoría miraba distraídamente a la gente que entraba y salía del local. Algunos, incluso bostezaban aburridos.

Según me iba acercando pude comprender el porqué de esos bostezos.

—Cuando era el director del reformatorio...

¡Les estaba contando batallitas!

Bien sabido es que a la mayoría de los jóvenes no les gustan los cuentos de ancianos.

Estos jóvenes lo soportaban, porque seguramente sacaban algo a cambio: dinero, pastillas, o algo parecido.

Me planté frente a él.

Notó mi presencia y levantó la cabeza, intrigado.

Nos miramos durante unos segundos, hasta que dijo:

—¿Quieres sentarte con nosotros?

—Con mucho gusto.

Lo hice y añadí a continuación:

—Perdona mi osadía, pero es que te estaba observando desde la barra y he decidido venir a conocerte.

El canalla se infló más rápido que un globo de la feria. Yo continúe dándole cera para que se confiase. Solo de decirlo sentía ganas de vomitar, pero si quería que mi plan diese resultado debía pasar este mal trago.

—Hay pocos hombres de tu edad que sean tan apuestos y elegantes como tú.

Pude comprobar como uno de los chicos que lo acompañaban, dejaba de mirar a los que entraban y me miraba a mí. Se le veía sorprendido por las palabras que acababa de pronunciar.

Me miró con cara de asco. Seguramente pensó que yo estaba loco.

Al antiguo director también le había cambiado algo la cara. Se le había desinflado un poco el globo. Pude imaginarme, sin lugar a dudas, la lucha interior que en ese momento se estaba llevando a cabo en la cabeza del hombre.

Por una parte, la prudencia le dictaba que no se fiara de un chollo así.

"¿Qué hace un chico tan joven y guapo intentando ligar con alguien de mi edad?"

Esa duda solo duró unos segundos, hasta que finalmente se impuso su egocentrismo y se convenció, que tal y como decía ese muchacho, él era la perfección hecha hombre, y por tanto irresistible a la atracción de los seres de su mismo sexo.

De todas formas, algo raro debió notar en mí, porque tras mirarme detenidamente, preguntó:

—¿Te conozco?

Sin duda había visto en mi rostro retazos de ese chico, al que un día no muy lejano, encerró para que muriese en esa cárcel de hormigón. Yo no tenía nada que temer; tanto mi cuerpo, como mi cara, o mi voz habían cambiado radicalmente desde ese fatídico día, por lo que era prácticamente imposible que me reconociera. Puse mi mejor cara de persona sorprendida y pregunté:

—¿Deberías conocerme?

Pude apreciar que no quedaba muy convencido, pero yo le gustaba tanto que abandonó cualquier precaución y acercó su silla a la mía.

Sonreí, al igual que lo haría una araña después de tejer su red y ver que su presa había caído en ella.

Seguramente malinterpretó esa sonrisa y se relajó del todo. Pedimos unas copas y nos pusimos a charlar animadamente.

Pasaron dos horas y seguíamos charlando. Yo le pedía una copa tras otra, y dejaba que siguiera hablando. Él, entusiasmado por el interés que yo mostraba, las consumía sin darse cuenta.

Después de otra hora más de copas llenas y conversaciones vacías, lo tenía en el punto que a mí me interesaba. El sádico llevaba encima un buen colocón de alcohol, y de alguna otra cosa peor, ya que durante todo el tiempo que pasamos juntos se había levantado varias veces al lavabo, y no era por problemas de próstata.

Por fin me decidí a tocar el tema que me interesaba:

—¿En qué trabajas? —pregunté.

—Ya no trabajo. Hace tiempo que me jubilé.

—Seguro que no tanto... ¡Si estás hecho un chaval!

Vi que sonreía alagado ante mi piropo. La última barrera acababa de caer.

—Era el director del reformatorio —confesó en voz baja.

—¡No me digas! —exclamé sorprendido.

—Sí, pero los políticos lo cerraron porque argumentaron que allí se maltrataba a los chicos. Todo era una infamia... ¡Cómo si pegar un cachete de vez en cuando no le viniera bien a cualquiera!

¡Un cachete decía el hijo de su madre!

—Ya lo creo. Sobre todo, si son chicos difíciles, hay que tratarlos con mano dura —contesté con mucho más énfasis del que era capaz de sentir.

Me miró y asintió.

—No sabes con que clase de chusma tenía que tratar. Todos eran hijos de prostitutas y drogadictos. Auténticos desechos de la sociedad.

¡Pura basura!

Noté que los dedos de las manos me dolían y entonces observé que la sangre no me corría por ellas. Estaba apretando tanto los puños que se me habían puesto blancas. Intentaba contenerme y así evitar saltar hacia ese gusano y borrarle para siempre la sonrisa de su repelente cara.

Para controlarme, me excusé y fui al lavabo.

—Ya sabes, hay que recargar las pilas —comenté con sonrisa más falsa que el tratado Ruso-Alemán de no agresión.

—¿Quieres un poco de la mía? Es de la mejor calidad.

—No, gracias, la mía también es buena.

Me lavé la cara y tuve que hacer un gran esfuerzo para regresar a su lado. Sentía tanto asco que sentí que alguien me violaba mentalmente, pero tenía que seguir con la farsa.

—¿Mejor? —se interesó cuando regresé.

—Mucho mejor. Ahora ya estoy preparado para lo que la noche nos depare —respondí guiñándole un ojo. Así sabría que podía contar conmigo para llevar a cabo cualquiera de sus perversiones.

—Me alegro —contestó, devolviéndome el guiño.

—¿Qué me estabas contando? —yo mismo alucinaba con lo bien que estaba interpretando el papel de despistado. Mi querido Carlos habría estado orgulloso de mí.

—La verdad es que te he mentido un poco. Ahora que veo que eres de confianza...

¡Cómo el aceite de colza!

—...puedo contarte la verdad. No eran solo cachetes lo que les dábamos a esos bastardos.

—¡Cuenta, cuenta! —lo animé, posando dulcemente una de mis manos sobre su brazo.

No creo que una esclava del harén de Saladino, secuestrada y obligada a soportar los deseos sexuales de su señor, pudiera sentir más repulsión que la que yo sentía en aquellos momentos.

—Les hacíamos de todo; ten en cuenta que casi no eran seres humanos. La mayoría no merecía vivir y respirar el mismo aire que la gente de bien. Les dábamos baños de agua fría con una manguera a presión... ¡Tenías que haber visto las caras de aquellos mocosos cuando el agua congelada les golpeaba! También les pegabamos golpes en sus partes nobles, pero siempre procurando no dejar huellas. En los últimos meses antes de que lo cerraran, les dábamos pequeñas descargas de electricidad con un aparato que yo mismo inventé.

Que orgulloso estaba el hijo de cien perras rabiosas.

—¡Y si todo eso fallaba, estaba el pudridero!

—¿El pudridero? —pregunté suavemente.

—Lo llamábamos así porque allí metíamos a los chicos más rebeldes para que se pudrieran en vida. Era una pequeña celda donde apenas se podían mover. Allí quedaban aislados, sin agua ni comida.

—Qué interesante...

Rogaba que el muy cerdo no notase en mi voz la tensión que se iba acumulando dentro de mí cuerpo, y que amenazaba con hacerme explotar la cabeza.

—Tendrías que haberlo visto. Cuando los chicos entraban aún estaban gallitos, pero luego salían suaves como la seda.

—¿Y nunca murió ninguno?

—No. Los castigábamos a cinco días de reclusión, que es lo máximo que el ser humano puede resistir sin agua ni comida, y rodeado de sus propios excrementos. Solo uno resistió seis días. Todavía no entiendo cómo pudo hacerlo.

—¡Seis días! Ese debió de ser especialmente rebelde.

Como todos, pero ese chico me cayó especialmente gordo desde el día que llegó. Mi idea era sacarlo de allí hecho un guiñapo, pero alguien lo rescató antes de que muriera. Hubiese sido una lástima su desaparición, pero hay por el mundo tantas enfermedades terribles...

Mi copa se derramó. Los nervios no me respondían.

Supe salir de la situación sin que se notara.

—¡Es tan excitante lo que me estás contando! —la idea llegó repentinamente, como suele ocurrir con las mejores ideas—. Me gustaría ver ese sitio.

Mi apuesta estaba hecha.

—¿Por qué no? Aún conservo las llaves del centro. Será un complemento ideal para una noche tan especial.

Salimos de la discoteca y subimos a su coche. Era un deportivo último modelo, seguramente un regalo de alguno de sus múltiples amigos, en agradecimiento a los servicios prestados.

—¿Quieres qué conduzca yo? Parece que te veo un poco mareado. Si te para la policía te va a caer una multa bien gorda.
—¡Qué va! Entre la policía tengo muchos amigos. No te preocupes y sube al coche.
Llegamos al reformatorio y abrió la vieja puerta que daba acceso a su interior. Entonces regresó la sensación de miedo y opresión que siempre había tenido.
Recorrimos los pasillos abandonados. A la luz de la linterna que él llevaba, parecían aún más tétricos si cabe.
Me asaltaron cientos de recuerdos, casi todos malos.
Había regresado al infierno, del que salí un día casi muerto.
Mi acompañante recorría los pasillos soltando juramentos y maldiciones.
—¡Esos parásitos!
Sin duda se refería a los ocupas que habían vivido allí durante un tiempo y que llenaron todo de escombros y desperdicios.
Tampoco faltaban las típicas pintadas y grafitis del tipo:
"Aquí estuvieron dándose un revolcón fulanito y menganita"
"Aquí hizo sus necesidades Juanito"
Yo lo cuento en plan fino, pero lo que ponía era más escabroso.
—Si me dejaran a mí mandar exterminaría a toda esa chusma de mal nacidos —aseguró el antiguo director del reformatorio, que ahora se había convertido en un auténtico basurero.
Por fin, y tras recorrerlo de punta a punta, llegamos a la sala de torturas. Por sorprendente que pudiera parecer era el único sitio del reformatorio que estaba intacto. Quizás los ocupas habían notado el sufrimiento y la maldad que recorrían aquella sala, y se habían alejado de esa zona.
—¡Aquí está! —gritó alborozado, indicándome con la mano la pequeña puerta de acceso al agujero donde estuve a punto de morir unos años atrás.
Contuve mi terror y me acerqué con intención de mirar en su interior.
—¡Fantástico! —apenas me salía la voz—. No hay ventanas, ni sitio para moverse. Tenías razón. Pero... ¿Qué es eso?
Señalé algo que supuestamente había visto dentro del agujero.
—Déjame que mire yo —le cedí el sitio para que se asomara dentro —. No veo nada.

Le di un tremendo empujón que dio con sus huesos en el interior de la pequeña celda.

Cerré la puerta y pasé el cerrojo para bloquearla.

—¿Qué haces, muchacho? —dijo, pero aún no notaba miedo en su voz.

Tal y como confirmó a continuación, pensaba que todo aquello era una broma.

—Sácame. Como broma no está mal, pero aquí hace frío y huele mal.

—Peor olerá cuando te pudras dentro y el sitio haga honor al nombre que tus hombres y tú le pusisteis —respondí.

Ahora sí que pude sacar todo el odio y la tensión que llevaba dentro.

Mi enemigo lo percibió.

—¿Quién eres?

Se pudo apreciar el pánico en su voz cuándo hizo esa pregunta. Acababa de darse cuenta de que había caído en una trampa.

La borrachera se le fue de golpe.

—Una de tus víctimas.

—Ya me pareció a mí que te conocía. Me estoy haciendo viejo, de lo contrario no me hubiese dejado sorprender de manera tan tonta por un cobarde como tú.

—¡No te atrevas a llamarme cobarde! No hay nadie más cobarde que alguien que abusa de seres indefensos y los condena a una muerte segura, al castigarlos diez días en este agujero maldito.

Durante un segundo no respondió, aunque se recuperó rápidamente y exclamó con el mismo odio que yo había empleado antes:

—¡Eres tú! El maldito crío al que el poli entrometido rescató antes de tiempo.

—Así es miserable gusano y ahora estoy aquí para juzgarte y condenarte por tus crímenes contra los niños, a los que no solo no reformaste, si no que los hundiste todavía más en la miseria.

Monté una farsa para la ocasión:

"En el nombre de todos los niños que han sufrido torturas y vejaciones por tu causa, te condeno a permanecer encerrado en ese agujero durante siete días"

Todo eso pronunciado con palabras solemnes.

—¡Estás loco! Nadie puede resistir aquí dentro una semana sin agua ni comida —gritó, presa del pánico.

—¿Entonces por qué me condenaste a mí a diez días? Si yo aguante seis, tú que eres un hombretón hecho y derecho, no tendrás ningún problema en aguantar siete.
Un quejido acompañó mis palabras, aunque ya no se atrevió a replicar.
—Que pases buena noche y que tengas las mismas pesadillas que he tenido yo todos estos años por tu culpa. Mañana vendré a visitarte para ver como lo llevas.
Me dirigí hacia la salida de la sala, pero aún pude oír sus gritos amenazantes, no exentos de miedo:
—¡Sácame de aquí o te arrepentirás! Te mataré por hacerme esto ¡Lo juro!
Cerré la puerta principal y salí al exterior.
Por supuesto que no pensaba dejarlo encerrado tanto tiempo.
Yo no era un asesino como él, pero una noche en esa jaula no se la quitaba nadie. Volvería por la mañana y lo liberaría, aunque luego posiblemente me arrepentiría, teniendo en cuenta sus amenazas, y la clase de gente con la que se relacionaba.
Estuve tentado de coger su coche, pues había dejado las llaves puestas, pero decidí caminar hasta casa. Me apetecía relajarme, después de un día tan intenso en emociones malas.
Cogí las llaves del coche y lo cerré, no fuera que regresaran los de las pintadas y se lo robaran.

Cuando llegué a casa estaba tan agotado que me dormí al instante, pero no fue un sueño reparador. Me agité en la cama toda la noche y tuve pesadillas horribles. Algunas me parecieron tan reales, que cuando desperté de madrugada bañado en sudor, no sabía si seguía soñando o estaba despierto.
Al amanecer preparé un desayuno ligero y comencé a recordar lo que había soñado.
Lo podía dividir en dos partes.
En la primera salían chicos del orfanato. Allí estaban mis queridos Carlos y Soledad, pero también Lucía y el Perro.Como en toda pesadilla acaban saliendo también personajes que nada tienen que ver en el tiempo con los otros, lo digo porque en ese sueño también aparecía María.
Lo que recuerdo con más claridad de ese sueño, era a las dos hermanas de rodillas llorando, implorándole algo a alguien. La esce-

na cambiaba y veía al Perro clavándole un cuchillo a María con sadismo y ensañamiento. Yo quería evitarlo, pero entonces aparecía Carlos y decía:
"Déjalo que la mate. En el fondo te está haciendo un favor"
En la segunda parte del sueño, dos chicos desconocidos para mi, hablaban con una tercera persona, como si le estuviesen pidiendo permiso para hacer algo, y cuando esa persona se lo concedía, le daban las gracias diciendo:
"Gracias Peter por dejarnos hablar con él"
Por supuesto que yo no conocía a ningún Peter.
Luego los dos chicos me decían:
"Somos los hermanos Estévez. Tú no tienes la culpa de lo que le ha pasado a ese cerdo. Se ha hecho justicia. Gracias"
Todo muy extraño.
La verdad es que los sueños son muy difíciles de interpretar.
No pensaba calentarme mucho la cabeza.
Todavía era de noche, aunque pensé que el antiguo director ya había tenido su merecido. Con estas pocas horas habría sido suficiente para que conociese la cara del miedo y el sufrimiento.
Regresé al antiguo reformatorio con intención de liberarlo.
Una ligera claridad comenzaba a despuntar por el horizonte en el momento en que abría la puerta de entrada.
Los pájaros le cantaban al amanecer y no pude por menos que dejar escapar una sonrisa al pensar que ellos estaban libres y el pajarraco encerrado.
Lo primero que me sorprendió al abrir la puerta de la sala fue el silencio.
No se escuchaba ni un quejido, ni tan siquiera un murmullo por parte del encarcelado.
Abrí el cerrojo y le dije:
—Ya puedes salir. Eres libre.
El bulto no se movía.
Saqué la linterna y alumbré el rostro del prisionero. Cuando lo vi di un paso hacia atrás. Sus ojos estaban abiertos de forma desmesurada. Eran la viva imagen del miedo y del horror más profundo.
Por supuesto estaba muerto. Posiblemente su corazón no había podido resistir la visión de algo tan horrible, que yo no podía ni siquiera imaginar.
Lo que pasó en aquellas horas que permaneció allí encerrado nun-

ca lo sabría, pero extrañamente acudió a mi cabeza una de las frases de mi sueño:
"Se ha hecho justicia"
Eso pensaba yo también.
Mi intención no era matarlo, pero si el destino había considerado que ese desecho de la sociedad acabase sus días allí, que le íbamos a hacer...
Volví a cerrar la puerta y dejé al antiguo torturador encerrado en su tumba de hormigón.
La celda de castigo que él mismo construyó se había convertido en su última morada. Allí permanecería hasta que un día derribaran el antiguo reformatorio, para construir un centro comercial de esos que construyen en cualquier sitio, para que nos sea más fácil no poder llegar a fin de mes.
Salí por última vez de aquel edificio. Sentía una extraña sensación de satisfacción. Algo del deber cumplido y todo eso.
Recordé el coche aparcado.
No podía dejarlo allí. Alguien lo vería abandonado y sospecharía que su dueño estaba dentro del edificio. Me alejé hacia el centro de la ciudad, lo estacioné y después de limpiar cuidadosamente mis huellas para que no me relacionasen con el desaparecido, me alejé caminando. Sería cuestión de días que la policía local lo viese allí abandonado y se lo llevase al depósito a la espera de que su dueño acudiese a reclamarlo, algo que evidentemente nunca sucedería.
Acudí a la comisaría con una idea fija en la mente, por ese motivo, antes de subir a mi oficina pasé por la sección de ficheros.

—Hola —saludé a la oficinista, una guapa chica con la que me llevaba muy bien—. Ese vestido te sienta de maravilla. Estás preciosa.

—Gracias Paul, tú siempre tan galante —respondió ella con una sonrisa tan agradecida, que me hizo recordar una de las frases celebres de mi abuelo:
"Una frase amable abre más puertas que el mejor de los sopletes"

—Quisiera pedirte un favor.

—Tú dirás.

La sonrisa se amplió de tamaño y de intensidad.
"Que preciosidad. Y yo ciego con la camarera... "—pensé.

—Me gustaría que buscaras la ficha de dos hermanos de apellido

Estévez.

—¿Solo sabes el apellido?

—Sí, pero he pensado que al ser un apellido nada común podría bastarte.

—Lo intentaré, pero no te prometo nada.

Fui a tomar un café y regresé a la media hora.

—Lo siento, pero no tenemos a nadie con ese apellido. ¿Estás seguro de que se llaman así?

—Sí.

Que otra cosa podía decirle... ¿Qué me lo habían dicho ellos mismos en un sueño?

Una idea comenzó a rondarme por la cabeza

—Si estuvieran muertos no tendrías sus fichas, ¿verdad?

La chica me miró sorprendida, ante lo inusitado de la pregunta.

—Claro que sí. De haber estado fichados con anterioridad figurarían en el registro, incluso después de morir. Pero me temo que ni siquiera sabes si la policía los detuvo acusándolos de algún delito. ¿Me equivoco?

—No. La verdad es que no los busco para ninguno de los casos que llevo entre manos. Es algo personal.

—En ese caso acércate al ayuntamiento. En sus registros está archivado hasta el más mínimo acontecimiento que le sucede a una persona en su vida, desde que nace, hasta que muere.

Le di las gracias y le mandé un beso de despedida.

Salí de nuevo a la calle. Tenía mucho que investigar sobre los crímenes del sicópata, y las desapariciones de los enamorados, pero esta investigación me parecía prioritaria.

Si el jefe se enteraba que estaba perdiendo el tiempo me despellejaría vivo.

Fui a las oficinas del ayuntamiento, y tras enseñar mis credenciales, pude acceder a los registros.

Allí estaba sentado en un banco del parque sin atreverme a abrir las dos carpetas que tenía sobre mis rodillas.

No estaba seguro de querer saber lo que ponía.

Me decidí por fin y las abrí.

No ponía nada sorprendente y por esa razón un estremecimiento me recorrió la espina dorsal.

La historia de esos dos hermanos apenas difería de la mía. Huérfanos de padre, su madre los desatendió porque tenía que mantener ella sola a otros tres chiquillos más pequeños. Crecieron descontrolados y se dedicaron el resto de su niñez a cometer pequeñas fechorías sin importancia, que no impidieron que acabaran los dos juntos en el reformatorio, tal y como yo suponía. Eran menores que yo por lo que no los conocí. Al repasar las fechas deduje que ellos llegaron al poco tiempo de marcharme yo de allí. Pasé ansiosamente las páginas buscando lo que me interesaba, y cuando lo encontré solté una pequeña exclamación.

Los dos estaban muertos.

Habían muerto a causa de una enfermedad.

Los informes no explicaban que tipo de enfermedad los había matado.

Era muy extraño que dos chicos de diecinueve y diecisiete años muriesen tan jóvenes a causa de una enfermedad.

Algo no cuadraba.

Regresé a las oficinas y pregunté al funcionario que me había dado los papeles si sabía quién podía informarme acerca de esas muertes.

—No tengo ni idea. Quizá el técnico de sanidad del ayuntamiento pueda ayudarte. Él fue quien cerró ese reformatorio.

Aún más intrigado me dirigí a la oficina de sanidad.

Tuve que esperar más de media hora hasta que pudo recibirme el técnico. Hoy me esperaba otra buena reprimenda por parte del comisario, por llegar tarde al trabajo.

Tras las presentaciones de rigor expliqué el motivo de mi presencia en su oficina.

Escuchó atentamente y exclamó:

—¡Claro que recuerdo a esos dos chicos! Ellos fueron el motivo principal para que cerramos por fin ese antro de corrupción y tortura.

Me sorprendieron esas palabras. Indicaban a las claras que todo el mundo sabía lo que pasaba allí dentro, pero nadie intervenía...o no los dejaban intervenir.

—¿Me puedes decir cuál fue ese motivo?

—¡Los asesinaron vilmente!

"¡Lo sabía!"

—Pero, ¿cómo es posible que en su ficha ponga muerte por enfermedad?

El hombre sopesó la respuesta. Pude notar que dudaba entre contármelo, o callar. Quizá pensaba que podía meterse en un lío si hablaba más de la cuenta. Al fin y al cabo, yo era policía.

Para animarlo a que me lo contara, añadí a continuación:

—Yo también estuve internado en ese reformatorio y sufrí las mismas torturas y vejaciones que esos dos chicos. Nada de lo que cuentes me pillará por sorpresa.

Eso acabó por decidirlo.

—¿Entonces conocerías al hijo de perra de su director?

—Ya lo creo —contesté lleno de pesar.

—Tiene muchas influencias y amistades importantes que lo convierten en intocable. Banqueros, funcionarios, altos cargos de la policía, tienen una estrecha relación con él, aunque nunca he sabido cuál era.

"Yo sí, pero ahora ya no importa."

—Nos llamaron diciendo que había dos muertos en el reformatorio, algo que nos sorprendió bastante. Hasta ese momento, cada vez que alguno de esos chicos moría, algo que por desgracia ocurría demasiado habitualmente entre una población tan joven, no nos llamaban a nosotros. La policía se ocupaba de los casos; pero en esa ocasión alguien nos llamó para que tomáramos cartas en el asunto. Debió de ser algún policía, pues nadie más estaba al tanto de esas muertes.

Apunté mentalmente darle las gracias a Roberto. No me cabía la menor duda de que ese policía había sido él.

—Nos presentamos allí por sorpresa y vimos que el oficial a cargo de la investigación ya había hecho un informe salpicado de mentiras y falsedades. Se puso chulo, e intentó echarnos de allí con malos modos, pero yo no me deje impresionar. Aquella vez pensaba llegar hasta el final y me puse a investigar por mi cuenta.

—Perdona que te interrumpa. ¿Cómo se llamaba ese oficial de policía?

—No lo sé, pero era inconfundible. Tenía el pelo rojo y cara de mala leche.

"¡Maldito cabrón!"

Solo podía ser él.

¿Cuánto le pagarían para que tapara los crímenes del sádico director?

El técnico continuó explicándome lo que había pasado:

—Interrogué a los chicos, aunque la mayoría no quiso contarme nada. Tenían miedo a las represalias, pero dos o tres valientes contaron lo que sucedió. Luego las autopsias lo confirmaron. Todo eso ayudó a presentar la denuncia y cerrar el reformatorio. Uno de los hermanos murió como consecuencia de un paro cardiaco producido por descargas eléctricas de baja intensidad.

—El director se jactaba de haber inventado un aparato de tortura, que producía descargas eléctricas indetectables a cualquier revisión ocular —confirmé yo.

—No encontramos nada parecido a ese aparato por ningún lado.

—Se deshizo de él para ocultar las pruebas.

—Es posible.

—¿Y el otro chico de qué murió?

—Tenía el hígado destrozado a consecuencia de algún golpe o patada que le propinaron esos salvajes.

También me lo podía imaginar...

—¿Qué ocurrió luego?

—No lo sé a ciencia cierta. Lo único que puedo decir, es que el informe acusando al director se perdió misteriosamente y prevaleció el del policía corrupto. Ese maldito director debió mover los hilos de sus influencias, para salir indemne de esos dos crímenes ¡Ojalá algún día se pudra en el infierno!

—Camino de ello está... —dije suavemente.

—¿Cómo dices?

El funcionario me miró intensamente al notar el doble sentido de mis palabras.

—Nada, nada. Son cosas mías —respondí.

—De todas formas, y a pesar de no ser acusado de ningún delito, aquellos dos crímenes fueron la puntilla para el reformatorio. Al mes siguiente de producirse las dos defunciones lo cerramos, y esta vez nadie acudió al rescate del director.

—Seguramente sus amigos se cansaron de tapar sus excesos, o tuvieron miedo de que tanta mierda acabara por salpicarles a ellos también —dije.

—Seguramente.

Le estreché la mano, y tras darle las gracias por el apoyo que me había prestado, y sobre todo por ayudar a desenmascarar a ese sinvergüenza, abandoné el edificio.

Al salir mis ojos se desviaron directamente hacia la colina y exclamé para mí mismo:

—¡Espero que ahora descanséis en paz!
Era el momento de ir a trabajar.
Marché hacia la comisaría, con otra de mis brillantes ideas en la cabeza.

A VOLAR PAJARITO

Cuando entré en la oficina ya la tenía desarrollada por completo.

—Hola, Dionisio, ¿qué tal día llevas hoy?

—Malo desde que te he visto —contestó el pelirrojo con su "gracia" habitual.

—No te pongas así, hombre. Firmemos la paz. Al fin y al cabo, somos compañeros —aseguré con sonrisa cordial y antes de que tuviese tiempo de reaccionar añadí: —¿Te traigo un café?

—¿Qué te pasa hoy muchacho? ¿Tu novio te ha hecho una visita esta noche y por eso estás así de amable?

Que cara de idiota ponía cuando se reía de su propia gracia. Me apetecía estamparle el puño y borrarle esa sonrisa falsa, pero en lugar de hacer eso, me acerqué al bar y le traje un café

—Toma, lo he pedido como a ti te gusta.

Puso mala cara, pero se lo tomó.

Convencer al zorro de que la gallina quería ser su amiga sería una tarea ardua y difícil, pero yo tenía tiempo, y pensaba convertirme en un amigo en quien pudiera confiar aquel corrupto, para luego darle un buen estacazo en cuanto se confiara lo más mínimo. La venganza es un plato que se sirve frío. Este también caería, y así el mundo se libraría a la vez de un policía malo y de un sinvergüenza corrupto.

Dejé a mi nuevo amigo y me presenté ante el jefe.

Tal y como temía, estaba furioso.

La vida de ese hombre había cambiado drásticamente desde que el asesino hizo acto de presencia en su ciudad. Su estado tranquilo y relajado se había convertido en un torbellino de furia inestable. Me hizo un gesto para que entrase en su oficina. Presentí que hoy iba a llover otra vez

—¿El señorito tiene cosas mejores que hacer que buscar al criminal que me está amargando los últimos días como comisario? —preguntó hecho una furia, para regocijo del pelirrojo. Se lo pasaba en grande cada vez que me sacudían.

Me giré hacia él y le dediqué una sonrisa casi tan falsa como la suya.

El comisario debió de verla, porque su furia aumentó todavía más, si cabe.

—No te estarás riendo de mí, ¿verdad? —chilló a escasos cinco centímetros de mi nariz. Pude contar hasta las muelas careadas de su boca.

Le solté una de esas frasecitas mías que sacaban de quicio a cualquiera:

—No, no señor, pero para cazar hay que cargar primero la escopeta.

Evidentemente no me entendió, porque tras dirigirle una mirada al pelirrojo y otra a mí, me dejó por imposible. Justo en ese momento volvió a sonar el teléfono. Se aprestó a cogerlo. Yo no me atrevía ni a parpadear.

Últimamente cada vez que sonaba ese teléfono era para dar una mala noticia.

No iba a ser diferente en esta ocasión.

El jefe escuchó a su interlocutor, mientras su semblante iba pasando del rojo intenso que le había dejado nuestra conversación, al blanco ceniciento.

Colgó el teléfono dando un nuevo golpe brutal.

Ese teléfono no llegaba al fin de semana. Menos mal que era de los antiguos. Uno moderno, de esos de usar y tirar, ya estaría desguazado. Los fabrican para que duren poco y no cojan polvo los que tienen en el almacen.

El asesino había actuado por segunda vez.

Se mesó el cabello y dijo:

—Acércate al tanatorio.

—¿Han llevado el cadáver allí?

—No. El asesino ha actuado allí mismo.

—¿Cómo?

—Ha matado a uno de nuestros compañeros. En su tiempo libre trabajaba en el tanatorio arreglando cadáveres. Tú lo conocías. Es el ayudante del forense conocido como “El Cuervo”.

¡Claro que lo conocía! Solo hacía unas pocas horas que coincidimos en el anterior crimen.

Todavía conmocionado por la tremenda noticia que me había dado el comisario, recogí a Sergio que estaba almorzando, y nos acercamos al tanatorio de la ciudad.

De nuevo me sorprendió ver a la prensa en el lugar del homicidio. Habían llegado antes que nosotros. Mi corrupto amigo no perdía el tiempo.

Entramos en la sala donde estaban los dos muertos. No, el asesino no había hecho doblete de nuevo. Por una parte, vimos al anciano, que ya estaba muerto antes de que el asesino cometiese su crimen, y por tanto era el único testigo mudo de la acción. No nos podría contar nada, porque había muerto cinco horas antes de muerte natural, mientras daba rienda suelta a la llamada de la naturaleza sentado en la taza del wáter.

Por otra parte, estaba el cadáver del Cuervo. Lo encontramos al lado de la camilla, arrodillado, como si rezara.

El asesino le había clavado a traición una de las patas que sujetaban la corona que alguien había dedicado al anciano fallecido. Esa pata estaba muy afilada, para así poder clavarla en la tierra y que no se la llevase el viento en caso de que la ceremonia por el difunto se hiciese al aire libre. Colgando de la corona, una cinta ondeaba al viento que entraba por la ventana abierta. Por allí sin duda había escapado el asesino.

"*Tus amigos no te olvidan*".

—Que oportuno —comentó Sergio cuando leyó el mensaje escrito en la cinta. En condiciones normales atravesaría la corona de punta a punta, abarcándola, pero no estaría suelta como era el caso. La habían dejado así a propósito.

Tomé nota del dato. Este asesino no era de los que hacía las cosas sin motivo.

Vimos que el golpe había sido tan brutal, que la pica, tras entrarle por la nuca, le había atravesado limpiamente el cuello, y lo había empotrado sobre una mesa de madera repleta de herramientas y utensilios de los que usan los forenses y los embalsamadores.

Justo en el centro de su frente se veía una letra pintada con sangre: **G**

Ya teníamos la segunda letra del nombre de ese genio que el asesino quería que le ayudásemos a completar. Como era de prever, ese hecho había supuesto un nuevo crimen.

Poco más teníamos que hacer allí.

Una vez más vimos decepcionados que el asesino no había dejado ninguna huella. Lo único que nos interesó fue una carta que el muerto tenía en uno de los bolsillos de la chaqueta.

Vimos que estaba muy arrugada. Daba la sensación de haberla leído muchas veces.

Regresamos a la comisaría y nos reunimos con el comisario en su despacho para repasar lo que teníamos hasta ese momento.

Teníamos dos letras (La D y la G), que de poco nos podían servir, puesto que ni siquiera teníamos una vocal para formar el nombre.

—¿Qué nombre puede empezar por las letras "D y G"? — se preguntó Sergio.

—Supongo que ninguno, pero quizás sean las iníciales del nombre y los apellidos, o letras sueltas del nombre, que luego irá completando con más asesinatos, y así nos dará la oportunidad de completar el puzle.

También teníamos tres muertos, que ninguna relación tenían unos con los otros, si exceptuamos el hecho de que el ayudante del forense muerto había estado en el lugar del crimen de las dos ancianas, antes de ser también asesinado.

—¿Crees qué la orla de la corona es una nueva pista del asesino?

—Puede ser. Tal vez nos esté diciendo que el forense y él se conocían al usar ese*: "Tus amigos no te olvidan"*

—O a lo mejor se dirige de nuevo a uno de nosotros, como tú pensaste al ver el mensaje que dejó en la boca de una de las ancianas diciendo*:" Ayúdame a..."*

Al oír esas palabras de mi amigo, la mala sensación que llevaba desde hacía unos días conmigo, retornó con más fuerza.

Yo también había pensado en esa posibilidad, pero mi mente no quería aceptarla.

En lugar de darle la razón, dije:

—No lo creo, más bien pienso que este último asesinato no ha sido premeditado con antelación como el de las ancianas, o el casi seguro de la pareja desaparecida. Yo aquí veo improvisación por todas partes. Creo que se reunieron por algún motivo y el asesino utilizó lo primero que tenía a mano para matarlo, de ahí que luego pintara la letra con la sangre del propio forense –argumenté.

—Es posible —dijo el comisario.

—Tal vez esta carta que encontramos en uno de los bolsillos del Cuervo, nos ayude a echar algo de luz sobre este crimen.

La desplegué y me dispuse a leerla en voz alta. Era de su mujer.

"Querido esposo, te escribo para pedirte más dinero. El tratamiento que le están haciendo al nene es todo un éxito, pero ya sabes que es carísimo.

Por favor, mándanos todo el que puedas.

Tu querida esposa

Berenice"

—Vaya sorpresa. Esto lo cambia todo.
—Si se confirma esa enfermedad ya tenemos el móvil del crimen.
El jefe, en lugar de contestarnos, descolgó el bendito teléfono (que por suerte seguía funcionando) y marcó un número. Estuvo hablando unos minutos con alguien y colgó.
—Es cierto. Su hijo tiene una grave enfermedad de esas que únicamente afectan a una de cada cien mil personas. Está en el extranjero, en un prestigioso hospital, acompañado por su madre.
Me han confirmado que el sitio es muy caro. El tratamiento de una semana equivale al sueldo de todo un mes de nuestro ex forense y lleva dos años allí.
—¡Eso es mucho dinero! ¿De dónde lo sacaría? —se preguntó Sergio.
—Creo que los cabos se van atando. Parece evidente que el asesino y el forense se conocían previamente. El Cuervo sabía algo del asesino que podría incriminarlo. Le estaba haciendo chantaje para conseguir el dinero que necesitaba para mandárselo a su mujer. El asesino se ha cansado de pagar y lo ha matado.
—Es factible. No nos descubre nada, ni nos abre nuevos caminos en la investigación, pero al menos nos explica el móvil de este último asesinato, aunque me da la impresión de que este criminal no necesita muchos móviles para matar.
—¿Creéis que por eso el asesino les robó a las dos ancianas, además de matarlas tan sádicamente?
—Puede ser... Con el dinero conseguido por las joyas pensaba pagar el chantaje, pero el Cuervo se propasó con sus exigencias y lo mató.
No sabíamos casi nada, pero el ir resolviendo pequeñas partes del acertijo nos daba ánimos para seguir adelante.
—Hay otro detalle importante —nos dijo el jefe—. La mujer del cuervo se llama Sara y no Berenice.
Sergio y yo nos miramos.
—¿Entonces por qué habrá firmado esa carta con un nombre tan extraño?
Una nueva pregunta sin respuesta.
Otro misterio sin resolver.
Los ingredientes para hacer un buen guiso estaban listos, pero el cocinero estaba en la Luna. En otra situación diferente hubiese descubierto algo tan evidente sin despeinarme, pero mi cabeza

llevaba un tiempo que no razonaba bien desde que me había enamorado.
Tuvo que ser otra persona la que lo hiciera por mí.
Terminé la jornada. No me apetecía nada irme a casa, sobre todo ahora que nadie me esperaba.
Caminé sin rumbo fijo, hasta darme cuenta de que mis pasos me habían llevado frente a la vivienda de mis amigos.
Decidí pasar a saludarlos. Hacía tiempo que no los veía y me apetecía estar con alguien que me quisiera.
Llamé a la puerta confiando que estuviesen en casa. Tuve suerte, y tras besarnos, entramos en su precioso hogar.
Me recibieron como siempre: con la máxima cordialidad, y eso que yo no me portaba nunca ni la mitad de bien que ellos.
La muchacha estaba especialmente contenta de verme.

—Te hemos echado mucho de menos —dijo.

Me invitaron a cenar. Al sentarnos en el salón a tomar café decidí contarle a Roberto como iba la investigación. Él, a pesar de llevar dos años jubilado, estaba perfectamente al tanto de los sucesos de la comisaría. No conocía todos los detalles y se los di. Le conté lo de las letras, lo de los mensajes, y le puse al tanto de las últimas pistas que acabábamos de conocer. Tengo que reconocer que mi intención con todo eso era aprovechar sus conocimientos y experiencias en la materia, para ver si podía ayudarme a resolver el misterio del nombre.
Pero esta vez mi amigo poco podía hacer para resolver el problema.
No tenía ni idea.

—Parece un caso muy difícil. No tiene nada que ver con lo que yo me he encontrado en mi carrera. Nada de todo lo que hace este asesino tiene lógica, si exceptuamos lo del chantaje del que ha sido víctima por parte del forense. Si al menos conocierais el nombre que el asesino quiere que descubráis, tendríais un punto de inflexión para comenzar a investigar.

Eso pensaba yo, pero la cosa estaba difícil.

—Yo sí lo sé.

Cada vez estaba peor...
¡Pues no me había parecido oír a una voz angelical decir que sabía ese nombre que nos llevaba por la calle de la amargura al cuerpo de policía en pleno!

Al final acabaría tendido en un diván contándole mi vida a un arreglador de cocos.
La divina voz insistió:
—Todo lo que rodea a ese asesino tiene un nombre propio.
Ahora su padre y yo mirábamos a la chica, incapaces de creer lo que oíamos.
—Ese nombre es el del genio más brillante de la narrativa de terror y suspense: EDGAR ALLAN POE
Soltó el nombre y nos miró.
Me quedé de piedra.
Efectivamente, ahí estaban juntas la D y la G que habíamos descubierto hasta ahora... Pero había un problema:
¿Dónde estaba la E que las precedía?
Erika me lo explicó y tuve que reconocer que ella era más inteligente que yo, a pesar de mi coeficiente intelectual.
—El asesino se está basando en algunos de los relatos más famosos del escritor para daros pistas, y a la vez copiar al pie de la letra el argumento de los crímenes que se cuentan en esos relatos. Por ejemplo, en el primer crimen que ha cometido... ¿El de las ancianas?
—Sí —respondí maravillado, sin poder apartar mis ojos de sus labios.
—En ese crimen ha adaptado el relato: "Los Asesinatos de la Rúe Morgue", en el que la policía encuentra en su casa los cadáveres mutilados de madre e hija. No se explican como el asesino ha podido entrar en la casa, ya que las mujeres vivían en un cuarto piso, las puertas estaban cerradas por dentro, y las ventanas a mucha altura del suelo.
—Es increíble. Estás resumiendo a la perfección las dudas que tuvimos mis compañeros y yo mismo, el día que acudimos a investigar ese crimen.
La chica continuó explicándonos el relato original de Poe:
—Finalmente descubrieron que el asesino era un orangután. Se había escapado de su dueño y había entrado por una ventana, después de descolgarse desde la terraza, y saltar con sus potentes piernas al interior de la casa. Además, hay otra similitud. A una de las mujeres también le cortó la cabeza de un zarpazo. Después salió por la misma ventana por donde entró, y la cerró desde fuera, como su dueño le había enseñado.

—Es cierto. El asesino quiso confundirnos entrando por una pequeña ventana y cerrándola cuando salió, después de cometer los crímenes. La única diferencia es que en nuestro caso, además de matarlas, les robó sus joyas.

Estaba claro que la chica tenía razón.

Todo cuadraba.

No podía creer que esta muchacha acabara de prestarme un servicio impagable.

Obedeciendo a un impulso repentino me levanté y la besé en la boca.

—Gracias —dije después de besarla.

Fue un beso fugaz, pero aún así pude observar que la chica enrojecía violentamente.

Mi amigo también lo notó.

—Parece que mi niñita se está haciendo mayor... ¡Y yo sin darme cuenta!

Se le veia satisfecho al comprobar que su hija ya era toda una mujer.

La "niñita", como la llamaba él, que medía más de un metro ochenta y estaba tan bien proporcionada como algunas mujeres de treinta años, añadió:

—En el segundo crimen ha utilizado el nombre de uno de los cuentos de Poe titulado: "El Cuervo", aunque no entiendo qué tiene que ver, ya que ese cuento está escrito en poesía, y tampoco dice nada que pueda interesarte.

—En este caso no ha narrado la muerte del forense. Simplemente se ha limitado a usar su "mote", ya que al hombre le llamaban "El Cuervo"

—Entonces queda claro —contestó ella.

—Pues le ha venido ese mote como anillo al dedo para seguir dándoos pistas acerca del nombre que teníais que buscar —apuntó Roberto.

—Sí. Parece claro que ese asesinato ha sido un imprevisto que ha aprovechado muy bien.

Vi que Erika meditaba unos instantes. Algo la inquietaba.

—Eso pensaría yo también de no ser por la nota que llevaba el forense asesinado en el bolsillo, y que me acabas de enseñar.

—¿Te refieres a la que le mandó su esposa en la que solicitaba más dinero y luego firmaba con un nombre falso?

—¿Es qué había más notas? —preguntó confundida.

—No, claro que no. Perdona.

—No te preocupes. Era para quitarle un poco de hierro al asunto, que te veo un poco estresado. Déjamela otra vez, por favor.

Se la di, fue a situarse junto a la lámpara de pie del salón y puso la nota junto a la bombilla.

Miré a Roberto y él subió los hombros:

—Que quieres... Le encanta C.S.I.

La chica regresó y dijo:

—Este nombre falso no lo escribió la esposa del forense muerto. Creo que fue el propio asesino el que trucó el nombre. He observado al trasluz de la lámpara que borró el nombre original. ¿Se llamaba Sara?

—Sí —respondí yo.

—Para sustituirlo por Berenice.

—¿Con qué fin?

—Daros otra pista. Berenice es una de las narraciones de Poe, recopiladas en sus "Historias Extraordinarias", en la que el protagonista se obsesiona con los dientes de su amada muerta a causa de un ataque de epilepsia. Desentierra el cadáver y se los arranca todos. Sumido en la locura y en sus alucinaciones, acaba comprobando que a su amada la enterraron viva por error. Fue él quién acabó rematándola al quitarle los dientes.

—¡Madre mía qué mente tan perturbada tenía ese Poe, si era capaz de imaginar cosas tan macabras! —exclamó Roberto.

—Así es, papá. El hecho de ser un genio de la narrativa fantástica y de terror, pudo influir en que él mismo estuviera bastante trastornado. Su vida fue todo un poema. Huérfano de padres desde niño, fue adoptado por una familia adinerada que no dudo en desheredarlo cuando abandonó la universidad y se enroló en el ejército. Se casó con una prima que tenía trece años...

—¡Trece años!

—...y que murió dos años más tarde enferma de tuberculosis. Su vida transcurrió entre las drogas, el alcohol, y sus escritos y poemas, dónde se iba apreciando poco a poco su deterioro mental. Murió a los cuarenta años. Las causas que redactó el médico al certificar su defunción deben de ser de las más largas de la historia de la medicina. A saber: drogas, congestión cerebral, fallo cardiaco, alcohol, tuberculosis, rabia, suicidio, cólera, y otras causas.

—¿Todo eso puso en el parte de defunción? —preguntó Roberto.

—Sí.

—¡Así cualquiera acierta! Qué hacha ese médico. De esa forma no se equivocaba. Cada uno que se sirviera lo que quisiera. Podía haber añadido también que la causa de la muerte era la caída de un rayo.

—Eso debía estar incluido en "otras causas". ¿Sabes que cuentan una anécdota muy graciosa ocurrida durante su estancia en el ejército?

—No. Cuéntamela.

—En 1831, mientras estaba en West Point, y su promoción tenía que desfilar por primera vez ante los mandos, el muy "guasón" se tomó al pie de la letra las instrucciones de cómo debían ir vestidos los cadetes. En esas instrucciones pedían que llevaran "cintos y guantes blancos". El poeta se presentó al desfile con esa única indumentaria.

—¿Quieres decir qué se presentó en pelotas?

—Claro.

—¡Qué tío! Se parece a otro genio de la pintura, que también esba como una regadera y por eso pintaba de manera tan brillante.

—¿Te refieres a Van Gogh?

—Sí. ¿Sabes que pintó setenta y nueve cuadros en sus últimos setenta días de vida?

—No lo sabía, y me parece impresionante que pudiera pintar un cuadro diario.

—Un cuadro, y dejar comenzado el siguiente...

—Casi todos los grandes genios de las bellas artes, ya fuesen pintores, artistas, escritores o músicos, tenían algo de perturbados, o de maniáticos.

Mientras padre e hija tenían esa interesante conversación, yo permanecía ajeno a la misma, porque no se me iba de la mente algo que había dicho la muchacha con anterioridad:

"Enterrada viva... dientes..."

¿El asesino se estaba dirigiendo a mí?

¿Al cambiar el nombre de la mujer del forense por el del relato de Poe, me estaba diciendo que sabía cómo había muerto el director del reformatorio la noche anterior?

¿Los dientes eran una pista para decirme quién era él?

Lo descarté. Estaba comenzando a obsesionarme. Nadie nos había seguido al reformatorio, por lo que era imposible que el asesino supiera de que forma había acabado sus días el torturador. Era pura coincidencia. Y en cuanto a lo de los dientes, era solo un mal recuerdo que me perseguía desde mi niñez. Esa persona había salido de mi vida para siempre.

—¿Paul?

La chica hacía rato que me llamaba, pero yo no la escuchaba.

—¿Dando una vuelta por las galaxias? Creíamos que te habías ido para siempre —bromeó Roberto.

—Perdonadme; estaba en otro lugar.

—Ya, ya...

Erika regresó al tema de los asesinatos.

—Y por último queda el misterio de las desapariciones de los dos enamorados...

"¡Me vas a resolver también eso! Si lo haces te inundo de besos, cual enamorado de segunda oportunidad" —pensé, mientras mi bella e inteligente amiga seguía con la explicación.

—Evidentemente están muertos. Cuando aparezcan lo harán con una" E" junto a ellos, correspondiente a la primera letra del nombre del genio.

—Parece lo más probable.

—La cuestión es saber dónde están...

La chica pensaba.

De pronto la cara se le iluminó, si ese hecho fuese aún más posible, y exclamó:

—¡Eso es! En otra de sus narraciones: **"El Barril del Amontillado"**, cuenta como alguien es encerrado en la pared de una bodega para que muera. Apuesto mi bigote que los dos enamorados están emparedados tras un tabique de la bodega del desaparecido empresario —concluyó convencida.

—Perderías algo que no tienes. Mi compañero y yo buscamos allí, e incluso derribamos una pared recién construida, tras la que no encontramos nada. Menudo ridículo hicimos. Los periodistas nos pusieron verdes. No pienso volver a ridiculizarme.

—Eso es precisamente lo que el asesino pretende. Parece claro que está disfrutando a vuestra costa con todo este montaje. Se lo ha tomado como un desafío entre vosotros y él, y que mejor manera de comenzar su actuación que dejando en ridículo a esos mismos policías que intentan atraparlo. A lo largo de mi carrera he visto algunos casos similares a este. Si vuelves a esa bodega y la registras bien, no me cabe la menor duda de que hallarás los dos cuerpos que buscas —aseguró Roberto.

Yo no estaba tan convencido como él a ese respecto, pero ya que no tenía otra pista mejor, decidí hacerle caso a mi amigo.

¿Para qué le pides consejo a alguien si después pasas de lo que este dice?

Me despedí de los dos con un abrazo y prometí que vendría más a menudo a visitarlos.

—Eso espero —se congratuló la chica, dedicándome una sonrisa muy cálida.

Marché contento y feliz. Había llegado allí buscando compañía y un poco de relajación para mi turbulenta vida, y ahora me marchaba más excitado de lo que había llegado, y con el zurrón repleto de nuevas pistas y soluciones al misterio de los asesinatos. Todo gracias a esa muchacha, que a su belleza, unía una inteligencia y una agudeza mental impropias de su edad.

Para mí sería facilísimo sentirme atraído por ella. Lo tenía todo, y además estaba loca por mí, pero yo no quería insultar su amor y hacerla desgraciada, algo que ocurriría con toda seguridad si me juntaba con ella sin estar enamorado, y lo hacía solo por comodidad o compasión.

Mi destino era sufrir de enamoramiento agudo por esa otra "petarda", que no valía ni un pelo de las pestañas de Erika.

Así estaban las cosas...

Era casi la una de la madrugada, aunque no pude resistir la tentación de visitar por segunda vez la bodega. Sabía que no era hora de visita, y ni siquiera estaba seguro de que hubiese alguien de guardia para franquearme la entrada al recinto, pero allí estaba plantado frente a la gran puerta de entrada.

Llamé al timbre y esperé pacientemente.

Tras unos instantes se abrió una pequeña compuerta y una linterna me enfocó directamente a los ojos.

—¿Quién sel?

La voz inconfundible del vigilante nocturno daba a entender que era un extranjero.

—Aparta esa linterna de mis ojos o haré que se te iluminen las tripas —respondí con bastante mala leche.

Hacía tiempo que había aprendido, que ante determinadas personas, se te abre antes una puerta con un "¡Mecagen!" que con un "Por favor"

—Soy policía.

Escuché el golpe que la linterna dio al caer al suelo, acompañado de un juramento en el idioma del vigilante.

Imaginé lo que estaba pensando el hombre y dije:

—Abre la puerta que no soy de inmigración.

Seguro que era un emigrante ilegal. Hacía el turno de noche para no ser descubierto, y ahora tenía frente a él a un policía.

—Soy de la policía criminal —puntualicé para que se tranquilizara.

La linterna que acababa de recoger del suelo volvió a caérsele y esta vez el juramento sonó el doble de alto que el anterior.

Me armé de paciencia y le dije:

—Abre... que tampoco vengo a acusarte de ninguno de los crímenes que puedas haber cometido en tu país. No es de mí competencia si has matado alguno de tus paisanos en una de esas guerras perpetuas vuestras. Vengo por el asunto de la desaparición de tu jefe.

Emitió un suspiro, dijo algo a modo de disculpa, y por fin la puerta se abrió.

—¿Qué quelel?

—Vengo a investigar.

—No sel buena hola.

—Hola otra vez —dije, apartándolo a un lado, y entrando a continuación en el recinto de la bodega —. Hableme puelta pala que pueda...

¿Qué hacía yo hablando como él?

—...bajar a la zona subterránea. Tenemos nuevas pistas que nos pueden llevar a dar con el paradero de los desaparecidos.

No sé porque le contaba todo esto. El tío no se enteraba de nada. Hubiese dado igual que se lo dijese en chino.

Cogió un manojo de llaves y nos encaminamos al mismo sitio donde yo había estado con Sergio.

Encendí la linterna y comencé a descender los peldaños, seguido por... Observé que el vigilante se quedaba en la puerta y no bajaba conmigo. No tenía ninguna intención de acompañarme.

—¿No bajas?

Hizo un gesto de negación, y dijo:
—Yo tenel miedo a fantasmas. Nunca bajal ahí. Hace poco habel oído luidos lalos. A mi no pagal por atlapal fantasmas.
Descendí los peldaños yo solo.
No tenía miedo a los fantasmas, como ya he comentado anteriormente, pero el sitio no invitaba a la relajación. Después de seis días encerrado en aquel agujero le tenía pánico a los sitios cerrados como este. A pesar de ser bastante amplio, el aire viciado y las estanterías con botellas, te dejaban la sensación de opresión. A todo eso se unió el casi convencimiento de que en algún lugar de aquella inmensa nave subterránea estaban los cadáveres de los desaparecidos.
Me arrepentí en el acto de ser tan impulsivo y no haber esperado al día siguiente, pero ya estaba allí y no pensaba volverme.
Llegué al final del recorrido, y cuando esperaba ver los ladrillos esparcidos por todas partes, tal y como los dejamos nosotros cuando derribamos la pared, vi con sorpresa que alguien había vuelto a reconstruir el muro con esos mismos ladrillos, a pesar de que habíamos dado orden tajante de que no se hiciera.
Ese repelente encargado que nos acompañó la otra vez tendría que responder ante el juez por haber desobedecido una orden judicial.
Comenzaba a girarme para marcharme de aquel lugar de pesadilla y entonces la vi...
En la parte alta de la recién construida tapia estaba pintada la letra que Erika vaticinó que encontraría junto a los cadáveres de los dos enamorados: E
El vello se me erizó al verla. Ahora estaba claro que mis amigos tenían razón. El asesino había disfrutado dejándonos en ridículo la primera vez, y ahora los había emparedado de verdad.
Estaba sumido en mis cavilaciones cuando noté un ligero movimiento a mi derecha. Después de todo, el vigilante había aparcado su miedo a los fantasmas y me había acompañado.
—Acércate y mira esto —dije.
Nadie contestó.
Más que ver, intuí un brillo y me agaché instintivamente.
Ese movimiento me salvó la vida. Un cuchillo pasó silbando a escasos centímetros de mi oreja izquierda y se clavó con un ruido sordo en uno de los toneles de roble.

—¡Mierda! —exclamé, mientras me tiraba al suelo, y con el mismo movimiento sacaba la pistola.
Disparé a la sombra que se movía rápidamente hacia la salida, pero era complicado darle entre tanto tonel y botella.
Me puse en pie y lo perseguí, pero hubo un momento en que lo perdí de vista.
¡Ahí estaba! Lo vi de nuevo cerca de la escalera.
Apunté, seguro de no fallar esta vez, pero en el último instante desvié ligeramente el arma cuando me di cuenta que ese hombre no era el que me había lanzado el cuchillo.
La bala no lo mató de milagro.
—¡Qué haces! —grité—. Casi te mato.
—¡Tú matal mí!
El vigilante estaba tendido en el suelo, rodeado de un gran charco rojo.
—Levántate, anda...
—Yo muelo. Mucha sangle escapal de mi cuerpo. Ya decil mi madle: ¡No il a país de castañuelas! Tú no leglesal si te vas. Madle siemple tenel lazón. Yo legleso... ¡Pelo en bolsa pala fiamble!
"Menudo tío más parlanchin..."
— No te pasa nada. Eso que tomas por sangre es vino.
—¿Vino? —se preguntó confundido—. Tanto tiempo tlabajando aquí que mi sangle se ha conveltido en vino.
El vigilante metía un dedo en el vino derramado, y lo chupaba.
—Sí, igual que en la última cena... Levántate y dime donde hay un teléfono para llamar a mis compañeros.
Me acompañó a su caseta, donde había un aparato.
Antes de marcar pregunté:
—¿Quién ha estado ahí abajo antes de que yo llegara?
—Decil que no sabel. Yo solo tulno de noche. Ya decil que oíl luidos, pelo yo no bajal polque...
—Tienes miedo a los fantasmas, ya lo sé.
Menudo vigilante.
Como en el fondo no me caía mal, le advertí:
—Amigo, parece que tienes algo que ocultar. Yo en tu lugar saldría de aquí pitando. Dentro de poco esto parecerá una sucursal del C.S.I.
Recogió sus cosas en un santiamén y salió por la puerta.
—¡Piiiiii!

—¿Te has vuelto loco?
—No loco yo. Yo hacelte caso. Tu palecel sensato. Yo malchal pitando como tú decil.
Otro loco de atar.
Por como corría no debía de ser precisamente un santo.
Llamé en primer lugar a Sergio, y tras explicarle detalladamente mis últimos descubrimientos, le pedí que se reuniera conmigo lo antes posible. Mi intención era que llegase a la bodega antes que los demás policías, para hacerles creer que lo habíamos descubierto entre los dos. Al fin y al cabo, el merito era de mis amigos y no mío, aunque tampoco era cuestión de ir reconociendo por ahí que todo el éxito del hallazgo era debido a una chica de diecinueve años, y a un policía jubilado.
Le di tiempo a mi amigo para que se vistiera y llamé al jefe.
—¿Quien es a estas horas? —respondió una malhumorada mujer.
—Perdone, señora. ¿Es la casa del comisario González?
—¡Si serás imbécil! ¿Si no fuera la casa donde vive mi chico, como iba yo a coger el teléfono? De cualquier cosa hacen un policía. ¿Se puede saber quién es el idiota que llama a estas horas de la noche?
¡Vaya genio el de la dama!
¿Quién sería ese torbellino de furia desatada?
Había dicho: “mi chico”. Estaba claro que era su madre.
—Verá señora, es un asunto policial de máxima prioridad.
—¡Me importa un comino lo policial que sea! Estas no son horas de llamar a las personas —chilló por el auricular —. Mi hijo ya se ha puesto el pijama, y aunque asesinen al general en persona, no pienso dejarlo salir a la calle con la noche tan mala que hace.
Con el mal carácter que tenía la buena señora cualquiera le decía que ese general al que ella se refería llevaba mucho tiempo criando malvas.
Se escucharon unos pasos, y la voz del jefe que preguntaba:
—¿Quién es?
—¡Yo que se! Algún tarado mental de esos que trabajan contigo. Quiere que salgas de casa a estas horas —chilló ese vendaval de mujer—. Pero te advierto que si vas y te resfrías, luego no vengas lloriqueando.
Tuve que hacer un esfuerzo para contener la risa.
—Ya sabes que me pueden llamar a cualquier hora. Tengo que ir.

Que sorpresas te da la vida. Nuestro temible comisario, capaz de tumbarte con la mirada, o de romper la mesa de un puñetazo, vivía con su "dulce" mamaíta, a la que no se atrevía a levantarle la voz.
Si se enteraran los chicos de la comisaría...
No pude resistir más y reí abiertamente.
—¿Paul, es usted?
—Sí —comencé a toser para intentar disimular la risa.
—¿Qué le pasa? —preguntó desconfiado.
—Nada. Debe de ser el relente de la noche —contesté, poniéndome serio.
—Espero que lo que tengas que decir sea lo suficientemente importante para importunarme a estas horas
—Creo que sí. Acabo de encontrar otra letra en la bodega.
Le expliqué lo que había descubierto.
—¡Otra vez esa bodega! Espero que esta vez sea cierto. Voy para allá
Estuve tentado de decirle que se abrigase bien, no se fuera a resfriar, pero desistí.

Eran las tres de la mañana.
Allí estábamos todos reunidos otra vez. Solo faltaban los periodistas, que esta vez no se habían enterado.
¿Sería por qué tampoco estaba el pelirrojo, al que no había llamado deliberadamente?
El jefe miraba el cuchillo que el asesino me había lanzado. Se trataba de un cuchillo militar, posiblemente de los marines, pero eso no quería decir nada, ya que hoy en día podías conseguir cualquier cosa con dinero.
—¿Y dices que le disparaste?
—Sí, pero se escabulló entre la oscuridad y las botellas almacenadas, por lo que no pude acertar.
—Una lástima. Por lo menos esta vez no nos has hecho venir para nada. Esa letra así lo confirma.
La expectación fue subiendo de intensidad cuando mis compañeros empuñaron los martillos y picos y se dispusieron a derribar por segunda vez esa pared.
Por supuesto se fotografió la E pintada en ella, porque dentro de un rato ya no existiría.

La madre del desaparecido, que volvía a estar presente, era un manojo de nervios. Yo no comprendía porque el comisario se empeñaba en llamarla y hacerle pasar este mal rato.
Cuando cayó el último ladrillo, y las linternas alumbraron el interior de la cavidad, una nueva decepción sacudió a los presentes.
¡Seguía estando vacía!
Los cuerpos no se veían por parte alguna.
¿Qué sádico mal nacido podía jugar con las emociones de esa madre, que en ese preciso momento se derrumbaba presa de un ataque de nervios? Llevaba muchos días en tensión. Ahora mismo solo deseaba encontrar el cuerpo de su hijo, enterrarlo y terminar de una vez esta horrible pesadilla.
El comisario me miró. Parecía a punto de saltar a mi cuello.
Le dediqué un gesto de impotencia.
¡A lo mejor creía que me había dejado casi matar por ese cuchillo para tener razón!
¿Y la letra también la había pintado yo?
En ese momento uno de mis compañeros exclamó:
—¡Aquí hay algo!
Todos nos agolpamos en el hueco para poder ver mejor que era ese algo al que se refería.
En efecto, algo había, y era una nueva muestra de la mente tan perturbada del asesino:
Dos manos entrelazadas de la forma en que lo hacen los enamorados cuando pasean por las calles de cualquier ciudad del mundo. El problema es que el resto de los cuerpos seguían sin aparecer por ninguna parte.
¡Era desesperante!
Nadie se preocupó de impedir que la anciana señora las viera.
Nos percatamos de ese hecho demasiado tarde.
Dio un grito de angustia y se desplomó inconsciente. Sin duda había reconocido el anillo que llevaba en el dedo una de las manos.
Cuando la mujer recuperó el conocimiento nos confesó que era de su hijo, que a la vez lo había heredado de su difunto marido.
Allí teníamos la prueba del doble crimen, pero ahora nos faltaba por resolver lo más importante:
¿Qué había hecho el sicópata con los dos cuerpos?
Todos confiábamos que apareciesen en esa cavidad, pero al no

encontrarlos estábamos de nuevo perdidos.
Una nueva nota que el asesino había dejado debajo de las manos nos ayudó a saberlo:
"Por favor, cuidarlas mientras volvemos. Hemos salido a nadar un rato, pero regresamos enseguida"
¡Maldito loco chistoso!
Pero era evidente que nos estaba dando una nueva pista del paradero de los cuerpos.

—¿Qué puede haber por aquí que contenga la suficiente agua, para que quepan dos personas? —se preguntó uno de los agentes.

—Agua no... ¡Vino! —exclamó el comisario.

Todos miramos hacia el mismo sitio.

—¡El barril! Están en el barril de vino —exclamé—. El asesino ha tomado de referencia el relato del "Barril del Amontillado", pero en lugar de emparedarlos como sucede en el relato original, los ha metido dentro del tonel, y de paso se ha reído jugando al escondite con nosotros.

—Pues como sea verdad que la pareja está dentro de ese tonel inmenso, alguien va a tener problemas —dijo mi amigo mirando intencionadamente al encargado de la bodega.

Recordaba la primera vez que estuvimos allí. Nos acompañó y tuvo la mala ocurrencia de bromear con el espacio que había dentro de ese barril para albergar a los dos desaparecidos.

El aludido dio un tremendo empujón al policía que tenía al lado y salió corriendo escaleras arriba.

—¡Cogedle! —chilló el jefe—. Ya tenemos al asesino.

A pesar de que el hombretón era mucho más ágil de lo que su corpulencia daba a entender, uno de los agentes se le echó encima y lo derribó. Era un chico que practicaba atletismo y tenía varios récords regionales. El encargado no pudo llegar ni a pisar los escalones de salida.

Yo miré al comisario y dije:

—No creo que ese hombre sea el asesino.

—¡Qué tontería dices, muchacho! Sabes tan bien como yo que alguien que huye de esa manera del lugar del crimen se está declarando culpable.

—Yo no digo que no sea culpable de algo, pero desde luego no lo es de todos estos crímenes.

—Creo que el comisario tiene razón. Si al hecho de que huya, le

añadimos el comentario que nos hizo de que su jefe le caía muy mal, nos da el móvil del doble crimen. Por si fuera poco, nos señaló el tonel como posible paradero de los cadáveres. Todo eso demuestra que está implicado en el doble asesinato.
Sergio también pensaba que era culpable.
—Eso lo único que demuestra es que hizo una broma desafortunada. Sigo opinando que ese hombre no es el asesino. El verdadero es un sicópata de mente retorcida y demoniaca, un ser perturbado y metódico, mientras que el detenido es una persona vulgar, incapaz de montar una trama tan complicada. Nadie sería tan tonto de matar a su jefe y a su amante, meterlos en un barril en su propia bodega y además decirles a dos policías que vienen a investigar las desapariciones dónde estaban los cuerpos. No, definitivamente no —concluí convencido.
—Ya veremos...
El jefe seguía en sus trece. Ahora que por fin tenía a un sospechoso al que presentar ante sus superiores y la opinión pública, no pensaba dejar que un policía novato le chafara el descubrimiento.
Trajeron una escalera larga y Sergio trepó por ella.
—¡Están aquí! —chilló excitado.
—¡Yo no he sido! —gritó el encargado viendo que la cosa se estaba poniendo fea. Todo parecía estar en su contra.
—Lleváoslo a comisaría. Mañana lo interrogaremos —pidió el comisario.
Mientras tanto, otros dos compañeros portando trajes de buceo se introdujeron en el tonel y se dispusieron a extraer los dos cadáveres. Les costó mucho conseguirlo, pues ambos estaban en avanzado estado de descomposición. Se desmenuzaban con solo tocarlos.
—Lástima de vino y de tonel arruinados por el afán de venganza de este miserable. A partir de ahora nadie querrá vino de un tonel que ha contenido dos cadáveres, por mucho que lo limpien— comentó uno de los agentes.
—No te creas, a lo mejor ahora la gente está dispuesta a pagar aún más por el vino de este tonel famoso —añadió otro.
La mueca de repulsión que pudimos ver todos en el rostro del autor del primer comentario daba a entender que él no estaba dispuesto a probar ni un sorbo de ese vino, ni aunque se lo regalaran. Por desgracia, el segundo policía tuvo razón. Al año siguiente la botella de vino extraída de ese tonel duplicó su precio en pocos

meses, y fue buscado especialmente por las gentes de alcurnia, siempre dispuestos a encontrar objetos que se saliesen de lo normal, para así sacudir con algo extraordinario sus aburridas vidas.

—Lo que no entiendo es como una sola persona pudo meterlos ahí dentro. ¿Piensas que puede tener algún cómplice?

—No hace falta nadie más —respondí—. El autor del doble crimen utilizó eso.

Alumbré con mi linterna unos raíles que colgaban del techo, y que recorrían la bóveda de una punta hasta la otra. Por ellos circulaban unas poleas con cadenas. Debían de haberse utilizado antiguamente para mover los barriles de un lugar a otro con mayor facilidad.

—Mira—añadí señalando una de ellas, que en ese momento estaba parada justo encima del tonel. Debido a la escasa luz que había allí abajo apenas se veía.

Mi amigo pensó unos instantes.

—Ahora entiendo cómo hizo el truco de las pisadas.

—¡Pues es verdad! Como esas poleas se manejan mediante un control remoto, la mando previamente hasta el tabique, y luego se subió en ella, haciéndonos creer que había atravesado la pared, o que se había esfumado en el aire.

—Todo un montaje...

Se llevaron los cadaveres para hacerles la autopsia y dictaminar cómo habían muerto.

Naturalmente que a cada uno de ellos les faltaba una mano.

Eran las cinco de la mañana, pero nadie tenía ganas de irse a casa a dormir. Nos fuimos a comisaría a interrogar al sospechoso, mientras esperábamos el resultado de las autopsias, y el informe de los compañeros que habían acudido a registrar la casa del encargado de la bodega. Vivía en un pequeño apartamento próximo al lugar de los crímenes.

Nos tomamos un café bien cargado, para quitarnos de encima el sueño y el cansancio y acudimos a la sala de interrogatorios.

Escuchamos al detenido proclamar su inocencia.

“¡Yo no he matado a nadie!”

“¡Os equivocáis de hombre!”

Sergio entró en la sala para interrogarlo personalmente. Yo me abstuve.

—¿Sigues pensando que es inocente?
—Sí —contesté.
Entró en la sala, de donde regresó a las dos horas.
—¿Ha confesado? —pregunté al ver que volvía cabizbajo.
—Todavía no. Sigue jurando que nada tiene que ver con esos crímenes.
Justo en ese instante regresaban los dos compañeros que habían registrado el apartamento del encargado. El comisario los recibió en su despacho. Cuando terminó de hablar con ellos me llamó y dijo:
—Lo siento, Paul. No tienes razón. El asesino es él. Las pruebas así lo demuestran.
Extrajo de una bolsa varios objetos traídos por los agentes que acababan de registrar la casa del sospechoso y me los mostró. Dos lo inculpaban sin el menor atisbo de duda.
El primero era un libro titulado:
" Narraciones Extraordinarias de Edgar Allan Poe".
Lo que incriminaba a su dueño era que tenía subrayados precisamente los relatos que coincidían con los crímenes acaecidos hasta el momento:" El cuervo. Los Asesinatos de la Rúe Morgue, y El Barril de Amontillado"
Que entre las veinticinco historias que tenía ese libro estuvieran subrayadas solo esas tres era más que revelador.
El otro objeto que acusaba al encargado era un paquete de escritos cogidos con una gomita.
Saqué uno al azar y lo leí:
"Maldito niñato. Estás destrozando en pocos años el trabajo que tu padre y tu abuelo hicieron para levantar la bodega. Pagarás por ello"
Eran anónimos dirigidos al dueño de la bodega, amenazándolo. La letra era del acusado, según nos confirmó el grafólogo, lo que descartaba que alguien quisiera inculparlo.
Tenía que aceptar su culpabilidad, tragarme mis palabras y reconocerlo.
Los asesinatos del forense y de las dos ancianas no tenían explicación, pero sin duda más pronto o más tarde acabaría confesando. Así sabríamos el motivo por el que había cometido esos tres crímenes, o quizás no tuviera ninguno. Mataba solo por el placer de matar. No sería el primero ni el último.

Acudimos a hablar con el asesino y le mostramos las pruebas que lo inculpaban.

—Ese libro no lo he visto en mi vida —nos dijo en referencia al libro de las narraciones de Poe.

—No mientas. Estaba en tu casa.

—¿Y qué demuestra eso? Cualquiera ha podido entrar y dejarlo allí —se defendió de esa acusación.

—Sí, claro... ¿Y las notas escritas de tu puño y letra amenazando a tu jefe?

—Contra eso no tengo defensa alguna. Es cierto que las escribí yo, pero no mandé ninguna. Solo quería que se asustara y comprendiera que estaba arruinando la empresa. ¿Sabéis que gastó el salario de un mes de todos los trabajadores en comprarle un collar de perlas a la viuda esa que lo tenía agarrado por las pelotas? Ese mes nadie cobró.

—Y por eso lo mataste...

—¡No, no, y no! Pero no fue por falta de ganas. No lo habría hecho, a pesar de que lo merecía más que nadie, por el simple motivo que nunca podría hacer sufrir a la señora.

—¿Te refieres a la madre del muerto? —quise saber.

—Por supuesto. Es una gran mujer. Siempre se ha portado muy bien con los trabajadores. No merece el hijo que tiene... que tenía.

—No insistas en proclamar tu inocencia. Eres culpable y lo pagarás. Lleváoslo. Quitad esta basura de mi vista.

El jefe lo mandó al calabozo y añadió:

—Por fin tenemos al asesino. Buen trabajo, muchachos. Voy a dar una rueda de prensa y vosotros id a descansar. La noche ha sido muy larga. Nos veremos mañana por la mañana para repasar los resultados de las autopsias, aunque supongo que no aportarán nada importante. El caso está cerrado y el asesino entre rejas.

Sí todo estaba tan claro, ¿por qué tenía esa sensación tan extraña de que alguien quería advertirme algo?

Me fui a casa. Pensaba acostarme y no levantarme en todo el día, ya que llevaba mucho tiempo sin pillar una cama.

Desperté de madrugada, agobiado por esa sensación de malestar que había comenzado el día anterior. En lugar de remitir había empeorado aún más. Si a eso le añadimos que llevaba semanas sin tener relaciones con mujeres la cosa se ponía fea. Desde que cononocí a mi camarera, ese maldito día en que fui a rescatarla de los maltratos de su marido, ya no había mirado a ninguna otra mujer. Por tanto, mi ansiedad iba en aumento.

Muy a menudo me llamaba por teléfono alguna de mis antiguas amigas para pedirme una cita, pero a todas les decía que no.

Según mi abuelo, una ducha fría podía hacer milagros en casos así. Le hice caso y me di una. Entonces comprendí el significado de lo que en aquellos tiempos me parecía una tontería, y es que no hay nada como ignorar o reírse de algo para que al final te acabe sucediendo.

Allí estaba en el salón y mi problema no se había solucionado. Ahora, además de ansioso, tiritaba de frío.

Para apartar de la cabeza todo lo que me perturbaba regresé a la comisaría. Aún era noche cerrada, pero ese "centro comercial" permanecía las veinticuatro horas abierto. Siempre hay alguien que necesita algún artículo a esas horas de la madrugada y acude a casa del vecino a tomarlo "prestado".

Quizá ya estuvieran disponibles los resultados de las autopsias. Yo sería el primero en verlos.

No hubo suerte, ya que durante todo el día siguiente no estuvieron disponibles. Tuvimos que esperar hasta la tarde del segundo día para que el nuevo ayudante del forense nos los diera. Apareció con una carpeta repleta de papeles. Nunca antes un forense había tardado tanto en llevar a cabo una autopsia, ni utilizado tantos folios para explicarla.

Muy extraño...

—Lo siento. La autopsia la terminé ayer, pero he necesitado un día más para documentarme.

—¿Documentarte? —preguntó el comisario.

—Así es. La muerte de la chica fue tan extraña y horrible que tuve que echar mano de la enciclopedia para comprenderla.

No se oía a nadie respirar en la sala donde estábamos reunidos. La expectación por lo que pudiera decirnos el forense era máxima.

Comenzó el espeluznante relato:

—El asesino utilizó una droga para dormir a sus víctimas y así poder llevar a cabo las atrocidades que voy a relatar. Posiblemente se introdujo en la vivienda en el momento en que la pareja estaba haciendo el amor. Esa deducción la he hecho después de comprobar que la mujer tenía restos de semen, que, tras ser examinado y comparado con el A.D.N. de su novio, demuestran que no fue violada por el intruso. Seguramente la pareja tenía preparada la mesa para cenar después del revolcón, por lo que el asesino solo tuvo que añadir un potente somnífero al vino y esperar que hiciese efecto.

—Perdona, pero en tus deducciones hay un cabo suelto —le interrumpió uno de los policías veteranos.

—Tú dirás...

La sonrisa que le dedicó el inteligente médico me dio a entender que sabía de qué barco se había soltado ese cabo.

—Olvidas que el hombre asesinado era el dueño de una bodega y por tanto algo entendería de vinos. No creo que alguien así beba uno, al que han añadido algo que sabe a rayos, sin darse cuenta de nada.

La sonrisa del médico se amplió.

—Me temo que la ciencia ha evolucionado bastante desde que usted estudiaba para policía. Ahora los venenos y los somníferos te los hacen a la carta. Puedes elegir cualquier sabor, o que no tenga ninguno, como probablemente sucedió en este caso.

—Vale, y ahora dejad que el forense siga con su explicación. Las dudas las exponéis al final de su intervención —exigió el comisario.

—Gracias, señor. Como iba diciendo, el asesino esperó a que la droga surtiera efecto, para entonces llevar a cabo su plan y transportarlos al lugar donde fueron encontrados. He leído en el informe que ustedes piensan que el asesino es el encargado de esa bodega, por lo que no debió tener problema alguno para entrar y meterlos dentro del barril. De todas formas, en el caso de que no hubiese sido el encargado, habría entrado igual, al cogerle las llaves al dueño de la bodega.

Pude observar que el forense tampoco creía que el acusado fuera el culpable. Ya éramos dos.

Me concentré en su explicación de los hechos:

—Al hombre lo ahogó.

—¿Quieres decir que lo metió aún con vida en el tonel?

—No. En ninguno de los dos cadáveres he encontrado vino en los pulmones, señal inequívoca de que habían sido arrojados al interior del barril después de du fallecimiento.

—¿Entonces?

—A él lo asfixió, posiblemente con una almohada, mientras estaba dormido a consecuencia del efecto del somnífero.

—¿Y a ella?

—Lo de ella es más peliagudo...

Todos pudimos ver que una sombra cruzaba por los ojos del forense.

—Fue torturada de manera horrible durante tres largos días, antes de ser arrojada al barril con su amante.

Un murmullo recorrió la sala ante la dureza de esas palabras.

—Y lo hizo con uno de los métodos más perversos y sádicos que la enferma mente humana haya podido inventar —a continuación, preguntó: —¿En algún lugar de ese sótano había argollas de las que se usaban antiguamente para encadenar a los prisioneros a una pared?

—Sí. En la cavidad que el asesino tapió había cuatro. Parecía una sala de tortura —explicó uno de los compañeros que estuvieron presentes en la bodega cuando rompimos la pared.

—¿Encontrasteis restos de sangre?

—Pensamos que eran de las manos cortadas.

—¿Visteis señales de algún roedor?

Que pregunta tan extraña.

—¡Claro! Es una bodega. No hay ninguna que no tenga bichitos pululando de un sitio para otro —respondió Sergio.

—Cierto, pero yo me refiero al roedor que fue el causante de la muerte de la chica.

Un escalofrió me recorrió el cuerpo cuando deduje lo que quería explicarnos el forense.

—Le aplicó una vieja tortura oriental que se puso de moda en los tiempos de la dinastía Ming y que consistía en colocar una jaula, en cuyo interior habías introducido previamente un roedor hambriento, pegada al estómago de la víctima. El animal buscaba la única salida posible a través de las entrañas de la persona a la que querías torturar. Dependiendo de la clase y del tamaño del roedor, la muerte era más o menos rápida.

Los gritos de asco y de repulsión se sucedieron en la sala al escuchar esas últimas palabras.

¡Sádico!

¡Bestia asesina!

Todos estábamos horrorizados al pensar en una muerte tan cruel

y dolorosa. Ninguna persona merecía morir así.
Nadie comprendía que un ser humano fuese capaz de hacerle eso a otro, por mucho que lo odiase.
Alguno de mis compañeros quería visitar al detenido y darle una buena paliza.
Lo habían sentenciado ya.
Yo seguía pensando que era inocente y los detalles del crimen así lo confirmaban.
Volví a insistir, a pesar de saber que no era el mejor momento para hacerlo.
—En todo esto hay algo que no me cuadra.
—¡Otra vez tú! ¿Qué más pruebas necesitas para declarar culpable al encargado?
Me armé de paciencia. Si yo creía que alguien no tenía razón no se la daba, ni aunque fuera mi padre.
—Sé que vosotros queréis un culpable para continuar con la monotonía de vuestro trabajo y cobrar a fin de mes sin despeinaros, pero siento contradeciros. Ese hombre no es el asesino. Si el verdadero vuelve a asesinar a alguien, esa muerte recaerá sobre vuestras conciencias.
Me miraron con odio. Esas palabras no les gustaron, como sucede siempre que le decimos una verdad a alguien que no quiere escucharla.
—¿En qué te basas para decir qué no es culpable? Y no me sueltes otra vez el rollo de que no lo ves capaz de realizar algo tan complicado —recriminó el comisario.
—En algo que es más que evidente. La principal prueba en su contra son los anónimos que escribió amenazando a su jefe, y donde le demuestra un odio profundo.
—¿Y qué?
—Según esa premisa debemos llegar a la conclusión de que el encargado-asesino iba tras el hombre. La mujer murió simplemente por estar junto a él. Estaba con la persona equivocada en el peor momento y por eso el asesino la mató también a ella.
—Ves al grano que no tenemos todo el día —el jefe comenzaba a impacientarse.
—Concluyo. Basándonos en lo anterior, ¿cómo explicas que el asesino matara rápidamente a su jefe, sin hacerlo sufrir ni un instante, pues estaba dormido? Tuvo una muerte muy placentera, y

sin embargo, a su pareja le hizo sufrir una agonía indescriptible. No tiene sentido. Yo creo que el asesino iba realmente tras ella y el que estaba en el lugar inadecuado fue él. Me inclino por una venganza de marido despechado y celoso —concluí.

Se escucharon exclamaciones de repulsa entre mis compañeros.

—¿Y tú le quieres buscar lógica a los actos de un sicópata? ¡A saber cuál ha sido el motivo real de esas muertes tan horribles!

—Sabes que el marido de la chica murió hace un año. Te recuerdo que era viuda.

Sergio intentaba ayudarme, pues pensaba que me estaba poniendo en evidencia y metiéndome en un callejón sin salida, del que no podría salir bien parado.

La reunión se disolvió.

Me encaminaba a mi mesa de trabajo, cuando el forense me alcanzó y dijo:

—Por desgracia tienes razón. Nuevos inocentes pasarán a engrosar la lista de víctimas.

Me sorprendió la rotundidad con que acababa de hacer esa afirmación. No se trataba de una suposición. Era la seguridad de alguien que sabe lo que va a pasar.

Pero en aquellos momentos no presté más atención y respondí:

—Eso me temo, aunque no pienso dejar de investigar hasta dar con el verdadero asesino.

Sacó un tubito de uno de los bolsillos de su vieja cazadora y me lo dio.

—Quizás esto te ayude.

—¿Qué es?

—Un mensaje del asesino. Estaba escondido dentro de la boca de la chica.

Lo miré sorprendido.

—Esto es una prueba y debería estar junto al resto de cosas pertenecientes al caso.

—¿De qué caso hablas? Ya has oído a tu jefe. El asesino ha sido atrapado. Es un caso cerrado y los casos cerrados ya no admiten más pruebas —sonrió pícaramente —. Además, tú eres el único que puede dar con el verdadero asesino.

—¿Por qué yo?

Sonrió con más fuerza y respondió:

—El día que lo tengas enfrente lo reconocerás.

Que personaje tan extraño...
Abrí el tubito y comprobé que llevaba un papel enrollado dentro. Lo extraje y lo leí.
Por supuesto era una nueva pista:
“PRÓXIMO CAPITULO: TÚ ERES EL CULPABLE DE LA CAIDA DE - SIN LA CASA - MANA”.

—¿Sabes a qué se refiere?

—No tengo ni idea. Nunca he sido muy bueno con los acertijos. Pero es evidente que ese: “próximo capítulo” nos indica que va a volver a matar —argumenté.

—Quédatelo, quizás lo averigüe esa chica tan guapa que tienes por amiga.

“¡Cómo sabe eso!”

Iba a preguntárselo, pero ya se había alejado cojeando y yo me quedé confuso y perplejo.

El resto del día transcurrió sin más sobresaltos.
Al comisario le llovieron las felicitaciones y él no las rehusó. Estaba feliz con su cabeza de turco detenido. No pude soportar tanta vanidad superflua y me marché. Decidí llamar a mis amigos, para invitarles a cenar, y así poder darles las gracias por su inestimable ayuda. Accedieron gustosos y nos citamos a las nueve en un restaurante próximo a la comisaria.
Me estaban comenzando a gustar esas reuniones con Roberto y Erika.
Cuando llegué, ellos ya estaban sentados en la mesa. Me maravillé una vez más de la belleza de la muchacha. Vestía un traje de noche negro que resaltaba sus formas y la hacía estar más deslumbrante, si cabe.
Pedimos la cena, y mientras llegaba, narré los acontecimientos del día. Teniendo en cuenta que íbamos a cenar omití darles detalles escabrosos acerca de la tortura a la que fue sometida la chica asesinada.

—Yo también opino igual que tú. Ese encargado no puede ser el asesino. Mi amigo el comisario tiene muchas ganas de detener a alguien, pero esta vez se equivoca.

—Y no solo lo pienso yo. El forense nuevo también piensa que tengo razón. El hecho de que el asesino se cebara en la pobre chica da a entender que su objetivo era ella.

Vi la sorpresa reflejada en el rostro de Roberto al oír mis palabras, pero no entendí a qué era debida.

—¿Cómo dices? —preguntó.

—Pues eso, que el asesino no tenía motivos para...

Mi amigo me interrumpió.

—No, no me refiero a eso.

—¿Entonces?

—Has dicho algo de un nuevo forense.

—Sí claro, me refiero al joven que vino esta mañana a traernos las pruebas de las autopsias y que sustituye al asesinado.

A Roberto se le veía visiblemente nervioso. Miraba a su hija y luego a mí.

—Estoy jubilado, pero como bien sabes, mi trabajo se centraba en la analítica policial de los cadáveres. Por ese motivo tenía una estrecha relación con todos los forenses que han pasado por esta comisaría y la sigo manteniendo. Precisamente, esta mañana he hablado con mi amigo Martín y me ha contado que desde que han asesinado a su ayudante tiene que hacer él solo todo el trabajo. Ese es el motivo por el que se le retrasan las autopsias de dos a tres días. Comentó que venía de reunirse con vosotros para presentaros las pruebas de las autopsias de los dos amantes desaparecidos, algo que es tarea exclusiva de sus ayudantes. Es más que probable que no lo hayas visto nunca, pues únicamente se reúne con el comisario en casos muy especiales.

—Ya te he dicho que ha estado con nosotros hoy —declaré, sin acabar de entender qué le preocupaba a Roberto.

Enseguida lo explicó y las nuevas miradas que intercambiaron mis amigos mostraron aún mayor preocupación.

—De mi amigo Martín nadie podría decir que es joven. Está a punto de jubilarse. Lo siento, pero no hay ningún otro forense, y menos uno joven como tú dices.

Entonces comprendí a dónde quería ir a parar y las dudas comenzaron a asaltarme:

¿Quién era ese joven que me había dado la nota esa tarde?

¿Cómo sabía lo de Erika?

Una terrible sospecha me asaltó de repente.

—Lo siento —me incorporé—. Tengo que irme.

Dejé tirados a mis amigos, con la decepción evidente que ello supuso, y regresé a comisaría.

Llamé a Sergio para que se reuniera conmigo, y cuando llegó le dije:

—Creo que el asesino se ha reído de nosotros.

—¿Te refieres al detenido?

—Me refiero al falso forense que nos ha visitado esta tarde para darnos los resultados de las autopsias, y nos ha contado con tanto detalle las muertes de la pareja. Después de la reunión ha hablado conmigo a solas y me ha dado detalles que solo el asesino puede conocer. Se ha reído de mí diciendo que cuando lo tuviera delante lo reconocería. Y tanto que lo reconocería... ¡El asesino es él!

—¿El falso forense?

Por segunda vez en ese día, un amigo me miraba con expresión preocupada.

—Sí. Me acaban de informar que solo hay un forense. Por lo visto ronda los sesenta años. El joven que se ha hecho pasar por él solo puede ser el asesino. Debemos llamar al comisario para que emita una orden de búsqueda y captura.

La cara de Sergio era todo un poema.

—¿Paul?

—¿Qué?

—¿Estás bien?

—Mejor que nunca. ¿Por qué lo preguntas?

—El forense que nos ha traído los resultados se llama Martín y no es precisamente joven.

Miré a mi amigo pensando que se estaba riendo de mí, pero como no encontré en su rostro ninguna prueba de ello, comencé a preocuparme.

—Creo que deberías tomarte un descanso. Llevas mucha tensión acumulada. Lo de María y ahora los crímenes...Vete a casa y descansa. Yo me ocuparé de todo hasta que regreses.

Me marché, pero no a casa. Regresé al restaurante y vi con satisfacción que mis amigos seguían allí. Volví a sentarme y les conté los extraños acontecimientos que acababan de suceder.

Escucharon sin interrumpirme, algo que agradecí.

Cuando terminé de contarles mi conversación con Sergio, hasta yo mismo podía darme cuenta de que mi culo olía a manicomio.

A pesar de que no podía esperar que nadie me creyera, Erika dijo la frase más bonita que había oído en mi vida:

—No comprendo lo que ha pasado, pero te creo.

La miré a los ojos.
Aunque en aquel momento no lo sabía, me acababa de enamorar de ella. Era imposible resumir en una frase tan corta, tanto amor y confianza hacia una persona. La mayoría de la gente al oír la disparatada historia me habría abandonado a mi suerte, dejándome por loco, y sin embargo esta maravillosa chica me tendía un cheque en blanco.
A lo largo de mi vida no tuve la suerte de contar con el apoyo de nadie y no estaba preparado para ello. Yo era capaz de morder, golpear, luchar hasta la extenuación, y si me veía en peligro matar, pero no estaba entrenado para que alguien me demostrara su amor.
Me emocioné sin poder evitarlo.
Roberto lo notó y acudió en mi ayuda.
—Lo que cuentas es muy extraño, aunque te aseguro que en mis cuarenta años de policía he visto casos similares, he incluso más inexplicables que el tuyo. Recuerdo uno en concreto que conmocionó a la opinión pública por su crudeza y sadismo. Al igual que tú, acababa de entrar en el cuerpo, y me destinaron a una ciudad mucho más grande que esta. No había colocado aún las cosas en la taquilla cuando comenzaron a aparecer los cadáveres.
Erika escuchaba con devoción a su padre, excitada, como siempre que este contaba alguna historia de sus tiempos de policía.
—Eran mujeres terriblemente mutiladas por algún asesino tan cruel como el que ahora asola nuestra ciudad. Hasta ocho de ellas murieron antes de que tuviésemos la más pequeña pista de quién era el autor de los crímenes.
—Lo recuerdo. Hace mucho tiempo, y por aquel entonces era muy pequeño, pero recuerdo habérselo oído comentar a mi abuelo:
"Cuando atrapen a ese hijo puta asesino de mujeres que se lo dejen a padres y maridos de las víctimas, para que ellos impartan justicia"
—Ese tipo de justicia popular estaba muy de moda por aquel entonces —reconoció el ex policía—. La buena cuestión fue que descubrimos que el asesino era un padre de familia normal, sin ningún antecedente. Al igual que este, era muy meticuloso, y nunca dejaba pistas. Jamás lo habriamos atrapado sin la ayuda de un familiar.

—¿Ese familiar lo denunció?

—Así es. Su propia abuela vino a la comisaría para contarnos que su nieto era el salvaje asesino de esas pobres chicas. Un policía joven la atendió y le tomó declaración.

—¿Y qué pasó luego? —preguntó su cada vez más interesada hija.

—Basándonos en esa denuncia lo detuvimos y comprobamos, que efectivamente, era el asesino. Como es norma en este tipo de sicópatas había guardado una prenda de cada víctima a modo de trofeo.

Me quedé esperando a que mi amigo continuara con el relato, pero vi que estaba ensimismado en sus recuerdos y no parecía tener intención de continuar.

—Lo siento Roberto, pero ¿qué tiene que ver lo que acabas de contar con lo que me ha sucedido a mí?

Al oírme salió de su ensoñamiento y respondió:

—Cuando fuimos a detenerlo lo confesó todo. Solo quería saber una cosa.

—Quién lo había denunciado...

—En efecto, y cuando se lo dijimos comenzó a reír de forma demente, mientras repetía constantemente:

"Me amenazó que lo haría"

—Sin duda no esperaba que su propia abuela lo denunciase— comentó Erika.

—Lo que le hizo reír de esa manera tan absurda fue el hecho de que su abuela llevaba tres años enterrada —respondió su padre con la mirada perdida.

—Está claro que el policía que le tomó declaración os mintió. Sacaría la información de algún soplón, y para no descubrirlo, os contó esa historia tan increíble y rebuscada —aseguró ella, buscando una explicación racional al hecho.

—No.

—¿Por qué estás tan seguro?

—Porque ese policía que le tomó declaración a esa anciana muerta tres años atrás fui yo.

Erika lo miró sorprendida. Estaba claro, que a pesar de ser su padre una especie de dios para ella, no acababa de creer lo que acababa de contar.

Yo sí la creí sin el menor atisbo de duda y la historia me conmovió profundamente.

Si le había pasado a él, ¿por qué no me podía pasar a mí también? Lo que dijo a continuación aún me conmovió más:

—Creo saber quién es tu extraño visitante. Cuando me trasladaron a esta comisaría el forense de la policía científica era un joven recién licenciado con el que rápidamente congenié. Teníamos la misma edad. El extraordinario sentido del humor que poseía y su inteligencia me cautivaron desde el principio. Nos llamaban los inseparables.

—¿Qué fue de él? —pregunté. Lo imaginaba, pero quería conocer los detalles.

—Murió de una enfermedad nervio degenerativa que comenzó con una ligera cojera, a la que no le daba excesiva importancia, y acabó dejándolo postrado en una cama hasta su muerte.

Observé que las lágrimas corrían por la mejilla de mi amigo. Con total seguridad le había dolido recordar la muerte de aquel hombre. Sin poder contener la emoción, dijo:

—Aún recuerdo la última vez que lo vi antes de morir, y lo que consiguió garabatear en un papel, pues no podía hablar:

"Recuérdame o volveré y te daré una colleja"

—El reía, yo lloraba. Supo mantener su sentido del humor, incluso en las puertas de la muerte. No ha pasado un día desde entonces que no haya ido conmigo en mi pensamiento

Roberto terminó de contar otra historia, no menos increíble que la anterior.

No sabía que pensar. Sin duda, su amigo había estado hablando conmigo en lugar del auténtico forense. Me dio una prueba que al otro se le había pasado por alto a consecuencia del exceso de trabajo, y que podía ser decisiva para llevar a buen fin la investigación.

Podía ser increíble y todo lo que tú quieras, pero eso era lo que había...

—No pretendas explicar lo inexplicable. Hay cosas que el ser humano jamás conseguirá descubrir por mucho que busque. Si miras en los archivos de la comisaría descubrirás cientos de casos como el tuyo, que no tienen forma racional de explicarse, y otros que se han resuelto de forma "anormal"

Permanecí pensativo ante esas palabras de Roberto.

¿Y si yo fuese una de esas personas que atraen a los muertos? Un médium, o algo así creo que los llaman.

Deseché ese pensamiento... ¡Atraer a los muertos, que tontería! ¿Pero entonces cómo explicar de forma racional la "aparición "del forense muerto?

—Me gustaría ver la nota que te ha dado ese forense fantasma— rogó la chica.

—¿Para saber si me la he inventado? —respondí sonriente.

La segunda intención de la pregunta no pasó desapercibida para la muchacha.

—Ya he dicho antes que confió en ti. Creo que no merezco que lo dudes —comentó con una expresión mucho más dura de lo que podía adivinarse en un rostro tan bello. Era dulce, pero también podía ser de hierro si le tocabas las narices, y yo se las acababa de tocar a base de bien.

—Lo siento. Perdóname

Le di el frasco que el asesino había dejado en la boca de su víctima. Lo cogió, dejando que sus dedos tocasen los míos más tiempo del necesario y pude observar que sonreía de nuevo. Ya se le había pasado el enfado, pero el mensaje subliminal había quedado impreso en mi memoria...

" Si te pasas conmigo tendrás justa réplica"

Lo tendría en cuenta para futuros compromisos.

Leyó lo que ponía, y tras anotarlo en una agenda que llevaba en el bolso, me lo devolvió.

—Lo primero que me viene a la cabeza es que el asesino, una vez más, quiere insinuarte algo. Si suponemos que ha seguido la misma pauta que hasta este momento se ha debido de basar en otro relato de Poe. Naturalmente no me los sé todos de memoria, pero me suena este: "El hundimiento de la casa..." No recuerdo el nombre, aunque creo que era un apellido inglés. Lo extraño es que en la nota pone "La caída", en lugar de "El hundimiento". Esta misma noche lo buscaré y mañana a primera hora te llamaré para decirte algo.

—No sé cómo podré agradecerte tu ayuda —le dije.

—Ya buscaremos algún modo...

La insinuación fue tan clara que yo me ruboricé y Roberto se puso a toser.

—Perdonadme. Es que se me ha pasado líquido por el otro lado— se disculpó sonriente.

Vaya con las chicas modernas. Ahora si querían algo lo cogían y punto. ¿Dónde estaban aquellos tiempos de pestañeos insinuantes y pañuelos perfumados dejados caer con inocencia para que el enamorado se agachase a recogerlo y se lo diera galantemente a su dama?

Mejor así, aunque yo era de los románticos. Me gustaba una cierta preparación para el enamoramiento.

Nos despedimos por segunda vez esa noche y regresé a casa.

Otro día intenso que acababa.

Eso de que acababa era un decir...

Aún quedaba el postre.

Cuando llegué a la entrada de casa vi sorprendido que una sombra se movía detrás de las cortinas del salón.

Saqué la pistola y subí las escaleras sigilosamente, dispuesto a pillar al ladrón con las manos en la masa.

¡A qué idiota se le ocurriría entrar a robar precisamente en casa de un policía!

Cuando llegué al rellano me sorprendió comprobar que la puerta estaba cerrada y no se veían signos de haber sido forzada. El ladrón podía haber entrado por la ventana. En cualquier caso, le daría un buen susto para que se le fuesen las ganas de entrar en casas agenas. Usé mi llave para abrir la puerta, procurando hacer el menor ruido posible. El intruso estaba en ese momento mirando por la ventana. Me acerqué sigilosamente por detrás y cuando estuve a la distancia adecuada di un potente salto y los dos caímos rodando por el suelo. Lo agarré del cuello, y aunque escuché un jadeo, no aflojé la presión de mis manos sobre su garganta.

Antes de que el intruso tuviera tiempo de saber lo que pasaba lo tenía esposado a la pata de la mesa del salón. Lo había hecho con una sola mano, mientras que con la otra seguía apretándole la garganta. Mi instructor se abría sentido satisfecho de la forma en que había llevado a cabo la inmovilización del sospechoso. No había tardado ni un minuto en reducir a mi adversario.

Le leí sus derechos:

—Quedas detenido por allanamiento de morada, intento de robo, y resistencia a la autoridad.

La verdad es que resistirse no se había resistido mucho, pero quedaba bien.

El jadeo se había hecho más intenso, como si al ladrón se le hiciera difícil poder respirar. Reduje ligeramente la presión de mi

mano sobre su cuello, y entonces escuché el vendaval de insultos e increpaciones más fuerte que había escuchado en mi vida.
La habitación se llenó de esas bonitas palabras que amenizan la vida de las masas cuando asisten a una competición deportiva, o cuando un conductor no te cede el paso en una travesía:
"Cabrón, desgraciado, hijo de..."
Miré detenidamente, pensando que había detenido a cuatro o a cinco personas, pero comprobé que debajo de mi cuerpo solo había una.
"¿Esa voz?"

—¡La madre que te parió, animal! Me has dado un susto de muerte.

No podía ser...

—¿Ma...María? —acerté a decir, más contento que sorprendido.

—¡A mamarla te puedes ir tú desgraciado!

—Lo siento. No sabía quién eras.

—¡Y quién querías que fuera! ¿El hada madrina de los polis imbéciles?

—¿Cómo has entrado? —pregunté mientras le quitaba las esposas y le tendía la mano galantemente para que se levantara.

—¿No recuerdas que me diste una llave la otra vez que estuve aquí?

¡Tendría cara la tía!
No se la di. Debió de coger la que tenía guardada de reserva en el cajón. Se larga sin despedirse y ahora se presenta como si nada hubiese pasado, y encima entra en mi casa sin permiso.
¿No me dejo una nota pidiéndome que dejara las cosas como estaban?
La parte sensata de mi yo, que estaba situada en la parte alta de mi cuerpo, gritaba que le diera una patada en el culo:
" Te ha engañado una vez y volverá a hacerlo".
El problema era que la parte de mi cerebro que tenía que asimilar esas palabras estaba de vacaciones y solo se había quedado trabajando la parte imbécil, que solo atendía las demandas del otro yo situado en las partes bajas de mi organismo. Al final quise creer que la chica había vuelto porque sentía algo y me echaba de menos. Al igual que les había sucedido a millones de enamorados de ambos sexos antes que a mí, en lugar de pensar con el cerebro lo hacíamos con el corazón o directamente con la entrepierna. Solo

así se entiende que una pobre chica maltratada por su novio le dé una segunda oportunidad y vuelva a sufrir un infierno.

Solo quería ver que había regresado y estaba conmigo de nuevo. Lo demás no me importaba. Ya me había olvidado de Erika y de cualquier otra mujer que no fuese mi camarera.

De todas formas, ella debió de notar mi vacilación, por lo que no dudó en decirme lo que quería oír, aunque fuera más falso que los besos de Judas:

—He vuelto porque te he echado de menos.

"¡Tiruri, tiruri!"

¿Se había hecho de día?

¿Había crecido un jardín florido en el salón?

¿Por qué oía pajaritos cantando las más bellas melodías?

La silla que todas las noches arrastraba el estúpido del vecino que vivía arriba de mi casa, y que lo hacía a propósito para fastidiarme, porque sabía que era policía, me sonaba como un concierto de violines de la sinfónica de Viena.

Nos sentamos en el sofá, cada uno en una punta, cual enamorados de la era Victoriana. Ella recatada y pulcra, con las piernas cerradas como si jamás hubiese conocido varón, y yo un idiota que no podía dejar las manos quietas por culpa de los nervios.

—¿Has cenado? —preguntó solícita, como joven enamorada recibiendo a su caballero andante.

—Sí... ¡Nooo!

Si continuaba así, afirmando una cosa y negándola a continuación, acabaría presentándome a la alcaldía de la ciudad.

Ya sabéis que había cenado con mis amigos, pero la perspectiva de una cenita romántica con velitas y todo eso, me seducía profundamente.

—Te prepararé algo antes de acostarme. Estoy agotada.

"¡A tomar por... las velitas!"

Pronto aprendería el significado de la frase: "Quedarse a dos velas"

Abrió una lata de sardinas y fue a acostarse, pero antes de hacerlo me dio un beso de buenas noches... ¡Casi me rozó los labios!

¡Voto a Bríos! Aquello prometía.

¿Esas campanas que sonaban eran de la catedral que tenía dentro de mi cabeza?

Le eché las sardinas al gato de la vecina, que también andaba de sesperado por el tejado buscando una gatita, y decidí que yo también estaba agotado.

Me acosté junto a ella y la abracé. No se movió, aunque tampoco se apartó. Eso me animó e hizo que el monstruo dormido en mi interior despertara. Lo hizo con tanta fuerza que faltó poco para que me desmayara, pero aguanté como un machote, y entonces mis manos se dedicaron a explorar el territorio salvaje que tenían delante. Subieron montañas y bajaron a valles donde antes ningún ser humano había estado (¡Estás idiota!), y cuando por fin se disponían a adentrase en la espesa selva, una lluvia torrencial se lo impidió.

¡María estaba llorando!

Me asusté.

—¿Qué pasa? ¿Te he molestado al tocarte?

—Que va. Me gusta mucho. Lloro precisamente porque no voy a poder satisfacerte como sería mi deseo.

Entonces soltó la bomba:

—Estoy embarazada.

La goma que se había estirado al máximo regresó a su punto de reposo cuando alguien la soltó.

¡Me cago en tos los tontos que han sido cornudos antes de comerse una rosca!

"¿Así que valles dónde ningún ser humano había estado antes no? Menudo "tontolculo" estás hecho".

Me esforcé en tragarme la decepción que sentía. Le dije lo que se supone que una mujer que se presenta delante de un tío al que casi no conoce, para decirle que lleva el hijo de otro, quiere oír:

—No te preocupes querida, saldremos adelante. Yo me ocuparé de vosotros y procuraré que a ti y al bebe no os falte de nada.

Podía haberle dicho:

"¿Y me vienes ahora con este marrón, cuándo hasta hace poco no has querido saber nada de mí? Busca al que te ha hecho la barriga y que cargue contigo".

Pero no sé porque me parece que eso no le habría gustado tanto como le gustó la primera opción.

Ella contestó lo que todo idiota que va pasar noches sin dormir, y le va a quitar caquitas al bebe de otro, espera que le contesten:

—¿Es eso verdad, querido? ¿Harías eso por mí? —preguntó sumida en un mar de llantos.

Que magnífica actriz era la puñetera...
Ahora con la perspectiva que nos da siempre el tiempo, me imagino lo que pasaría por su cabeza en aquel momento.
Se sentiría la protagonista de:

LO QUE EL TONTO SE CREYÓ

"Estamos en tiempos de guerra.
Una negrita, de esas que parecen una bombona de butano con patas, se acerca balanceándose al lugar donde su ama llora.
—¿Poqué llora tan desconzoladamente zeorita Ecalata? —le decía...
¡Joer, ahora no me acuerdo cómo se llamaba la negrita!
Bueno, es igual, la llamaremos X.
Cuando veáis que pone X, ya sabéis que me refiero a ella, no vayáis a pensar que estoy rellenando una quiniela...
—¡Ay X, tengo que llorar, o de lo contrario este memo no se tragará mi magnífica interpretación!
—Pero, ¿qué nesesidá tie usté zeorita de aguantá a ese poli descamisao?
—Precisamente porque es poli lo tengo que aguantar. Recuerda que me busca mi ex marido y además le debo mucho dinero al otro. ¿Dónde estaría más protegida de ellos que viviendo con este policía? Lo aguantaré el tiempo justo de conseguir mi objetivo y luego me lo quitaré de encima.
La chacha le enseñó unos dientes tan blancos y limpios como la conciencia de Pinochet y dijo:
—Zi zeñora, uté zi que zabe.
—Recuerda que juré que jamás volvería a pasar penurias y lo conseguiré, aunque tenga que aprovecharme de quién sea para mi beneficio.
—¡Pero que relizta e uté zeorita Ecalata!"

—¿Estás enfadado? — preguntó zalamera.
—No te preocupes Ecalata. Estoy bien.
—¿Cómo me has llamado?
—Nada, nada, ha sido un lapsus.
—De todas formas, mañana si quieres lo intentaremos.
—Mañana dices... ¿Es qué acaso mañana ya no estarás embara-

zada?
—¡Claro que sí, tonto! Pero quizás mañana me encuentre un poco mejor.
—Aaaaaaa...
—Mañana será otro día.
"¡Eso seguro!"
Me dio un beso en la boca para quitarme el mal sabor de ídem, se giró dándome la espalda y calló. Al poco rato escuché su rítmica respiración, señal de que ya se había dormido.
Yo intenté dormirme también sin conseguirlo. Probé todos los métodos tradicionales sin el menor resultado. Intente llevar a todas las ovejitas al corral, pero siempre me faltaba alguna por recoger. Las conté para adelante, las conté para atrás, pero dio igual. Seguía con los ojos abiertos como un búho, mientras mi querida "no compañera "roncaba satisfecha y despreocupada ante mis penalidades.
Finalmente me levanté y salí al balcón. La noche estrellada invitaba a la reflexión y me sentía bien allí. Aquello sería una herencia de mis tiempos en el orfanato.
Pensé en mi situación actual.
¿Estaba contento con la reaparición de María?
"Sí..."
"¡No!"
Me gustaba mucho, pero tenía que reconocerlo: esa chica era un saco de problemas. Cada vez que aparecía en mí (de por sí) desastre de vida, las cosas empeoraban a peor (*).
Permanecí una hora en el balcón, hasta que el relente de la noche me obligó a meterme en casa.
Por fin pude conciliar el sueño gracias a que estaba muy agotado.
Desperté y vi sorprendido que la chica no estaba en la cama. La llamé, pero tampoco estaba en casa.
"¡Otra vez!"
Una nueva nota prendida en el televisor confirmó los negros presagios.

(*)Vaya tontería...¿Cómo van a empeorar las cosas a mejor? Eso es lo mismo que decir: "Subir para arriba", o: "Las personas humanas"

Leí:
"Qué susto te has llevado, ¿a qué sí? Tranquilo majete, me he levantado temprano para ir al mercado y poder preparar la comida que te prometí la otra vez.
Hasta pronto, cielito"
Por segunda vez fui a trabajar deseando que llegara la hora de probar esos suculentos manjares prometidos, que me llevasen directamente hacia ese "cielito" prometido por la chica, sin tener que hacer trasbordo en el Purgatorio.
En la comisaría, una vez detenido el asesino, todo había vuelto a la normalidad. La rutina se imponía de nuevo.
Allí estaba, mí ahora amigo Dionisio, al que yo seguía dorando la píldora, buscando el momento oportuno en que pudiera asestarle el golpe definitivo. Le traje su café diario y noté como sonreía satisfecho. Sin duda pensaba que tenía un ayudante sumiso dispuesto a obedecerle en todo y satisfacer sus deseos. Cuando me habló pensé que no iba desencaminado en mi deducción.

—Que equivocado estaba contigo. Pensaba que eras igual que el imbécil de Sergio, pero veo que contigo se puede uno entender.

—Precisamente quería hablar contigo para que me aconsejases sobre un tema que no sé cómo resolver. He pensado que tu fina inteligencia policiál me ayudaría a resolverlo.

Vi como sacaba pecho. Eso de "fina inteligencia policiál" le había calado hondo.

—Pues tú dirás. Para eso estamos las inteligencias superiores —acabó diciendo.

Le conté una rebuscada historia que iba inventando según hablaba:

—Acudo todos los viernes a un restaurante del centro a cenar, acompañado por una chica...

—¿Está buena la pichoncita?

Me interrumpió y a continuación hizo un gesto obsceno con las manos.

—¿Cómo dices?

—¿Qué si la chavala está de buen ver?

—Para mí, sí. ¿Pero qué tiene eso que ver con...?

Me volvió a interrumpir. Era un cerdo y además no tenía educación.

—Lo digo porque si tú no das abasto aquí tienes a un veterano

dispuesto a echarte una mano para lo que sea menester. Mejor dicho, la mano se la echaría a ella...
Lo dicho, un cerdo y de los gordos.
¿Nunca le habéis reído la gracia a alguien, mientras pensabais que era un gilipollas? Pues eso mismo me pasaba a mí en ese momento.

—Como te iba diciendo, cenabamos tranquilamente, rodeados de velitas y todo eso, cuando se acerca el dueño del local y deja un sobre disimuladamente. Yo lo miro y él guiña un ojo, haciéndome creer que me había tomado por lo que no era.

—¡Ya te he dicho muchas veces que tú y la marioneta esa que tienes por amigo, parecéis un par de sarasas en busca de compañía! Un día de estos te diré como debes comportarte para parecer un hombre de verdad.

—¿Por qué no me lo dices ahora, querido Dionisio? Ardo en deseos de conocer toda tu experiencia en la materia.

—Falta te hace... En primer lugar, tienes que corregir la manera de hablar. Nada de mariconadas parecidas a la que acabas de decir... "Ardo en deseos". Pareces una telenovela para ancianas decrépitas. Los hombres de verdad dicen palabrotas, tipo: "Joder, coño, mecaguen la puta". Si usas alguna de esas, nadie te confundirá con un plumífero.

"O me lavarán la boca con lejía" —pensé yo.

—En segundo lugar, y no menos importante, tienes que cambiar de sastre. ¿Dónde se ha visto qu un tío machote lleve esa mierda de pantalones anchos? —me miró con desprecio— ¡Un tío que tenga lo que tiene que tener entre las piernas debe llevar los pantalones apretados, de tal forma que le hagan la raya en medio a las pelotas! Aunque, seguro que tú tienes poco que apretar entre las piernas.

No me pude contener y solté una ordinariez, pero teniendo en cuenta con quién me estaba viendo la cara, era lo más adecuado. Ruego a los señores y señoras lectores de mi diario me perdonen tamaña fanfarronada sin gusto:

—¡Te aseguro que tendrías para cenar toda la semana y aún te sobraría para darle un poco al perro!

—Muy gracioso chaval, pero lo dudo. Y en cuanto a la camiseta esa que llevas te digo lo mismo: tienes que ponerte una camisa con botones, para así demostrarles a las damas que eres un hombre de pelo en pecho. Esos pelillos masculinos desbordando la tela las vuelve locas.

—Ahí sí que no tengo nada que hacer; mi pecho está más limpio que el de un recién nacido.

—Pues te pones un felpudo, como hizo el cómico mexicano en la película que hacía de policía.

Cualquiera sabía a qué cómico se refería...

Con lo carroza que era este pelirrojo igual era un actor del cine mudo.

—Lo tendré en cuenta. Cómo te iba diciendo, acudí al servicio para que la chica no me viera, y comprobé que el dueño del local me había dado un buen fajo de billetes. Cuando regresé observé que el hombre me miraba desde detrás de la barra y sonreía. Le hice un gesto de aprobación y guardé los billetes en el bolsillo. Seguramente es un restaurante donde te pagan por acudir.

—¡Menuda insensatez, chaval! —exclamó, tragándose el anzuelo hasta el fondo.

—¿Tú sabes por qué me dio todo ese dinero? — pregunté inocentemente al pelirrojo, al que ya se le estaba haciendo la boca agua solo de pensar en el dinero y en la tajada que podía sacar de este asunto.

—¿Sabía que eras policía?

—Claro que sí. En más de una ocasión hemos comentado el tema del aumento de la delincuencia en la zona, y él me ha pedido más cobertura policial para el barrio. Precisamente el otro día se lo comenté al jefe y creo que a puesto dos agentes más a patrullar las calles.

—¡Ahí tienes la respuesta! El dueño del restaurante te ha dado el sobre en agradecimiento al interés prestado por tu parte a sus demandas.

Entonces puse mi más tierna cara de querubín, con alitas y todo, y dije:

—¿Crees que he hecho bien quedándomelo?

Me miró como si le acabara de decir que la cerveza había triplicado su precio y contestó:

—¡Estás tonto, chaval! ¿Dónde tienes el sobre?

—Aquí —señalé el bolsillo de la chaqueta.

—Trae, anda. Necesitas alguien con experiencia que sepa administrar tu dinero. Si no fuera por nosotros los veteranos...

Sin esperar a que yo lo sacara se sirvió él mismo. Cogió la mitad de los billetes y volvió a meter el sobre en el bolsillo.
Me acababa de "limpiar", la mitad de la paga de ese mes. Me había quedado casi sin nada. Parecía una O.N.G. de ayuda a los sinvergüenzas, pero qué se le va a hacer. Para ganar en el juego hay que apostar fuerte primero.
—Asunto resuelto. A partir de ahora solo tendrás la mitad de remordimientos por haber cogido ese dinero —comentó risueño—. Y cada vez que tengas un problema similar no dudes en contármelo, para que pueda asesorarte y echarte una mano.
¡Una mano al bolsillo!
—Mis hijos te lo agradecerán —añadió.
Sería caradura el tío...
Menudo hipócrita estaba hecho. Todo el mundo sabía que estaba separado.
¿Quién aguantaría a una perla así?
Este pelirrojo tenía menos gracia que un hipopótamo haciendo patinaje artístico.
Pero, pronto el hipopótamo se iba a dar la gran leche.
—No te preocupes, Dionisio. En cuanto me entere de algo no dudaré en avisarte.
—Tú llegarás lejos, muchacho, porque sabes arrimarte al árbol que más cobijo da.
"No lo dudes"

La mañana transcurrió lenta, como ocurre cuando queremos que pase volando.
Al sonar la sirena de la fábrica anunciando que los obreros habían cumplido por ese día, corrí a encontrarme con mi princesa. Cuando entré por la puerta noté un olor inconfundible. O había indios por allí cerca haciéndose señales de humo con una hoguera, o a mi cocinera se le había quemado un poquito la comida.
Vino a mi encuentro con expresión abatida y dijo:
—Lo siento. No entiendo bien el funcionamiento del horno y se ha quemado un poco el guiso que estaba preparando.
La cuantía de ese "un poco" me la confirmó poco después la vecina chismosa del quinto, que casi hace venir a los bomberos.
Bueno, no pasa nada. La chica no sabe cocinar ni es guapa. Es un poco bajita y de inteligencia anda algo escasa. Cariñosa conmigo

tampoco es que lo sea mucho, y tiene la misma gracia que un ruso vestido de sevillana... pero de todo lo demás está bien.

—Tranquila, que todo tiene solución. Llamamos al servicio de comidas a domicilio para que nos traigan algo y asunto resuelto —intenté darle un beso en la boca, pero ella apartó la cara y me ofreció la mejilla. Anoche me besó ella en la boca, y ahora, cuando soy yo el que quiere dárselo, se aparta.

¿Qué había cambiado desde entonces?

¿Acaso soy yo el culpable de que se le haya quemado la comida?

¿O de que las rosas tengan espinas?

¿O tal vez de que algunas mujeres tengan la mala costumbre de quedarse embarazadas del hombre inadecuado?

Qué más daba. Yo era feliz teniéndola allí y con eso me bastaba.

Comimos una pizza viendo un programa de la televisión, de esos en los que el protagonista tiene la enorme virtud de haber sabido cazar a algún famoso "titiritero" del mundo del espectáculo. A partir de ese glorioso momento sale todos los días en la tele y ya pueden vivir del cuento una larga temporada.

Ahí sí que me demostró María ser una auténtica experta en la materia. Una profesora Honoris Causa doctorada por la universidad del cotilleo. No había ningún parásito de esos, que no supiera cómo se llamaba y conociera toda su vida y milagros.

"¡Mira ese! Cree que estamos imbéciles y no nos damos cuenta de que aguanta a ese vejestorio de actriz solo por su dinero.

Ese actor famoso venido a menos, pretende hacernos creer que ese bomboncito de acompañante que lleva al lado está con él por sus encantos."

Y así, uno por uno, le dio un auténtico repaso a toda la fauna de impresentables que salían en la pequeña pantalla.

Yo le decía a todo que sí, aunque la realidad era que me importaba un pimiento con quién o porque retozaban esos individuos despreciables. Yo a esas horas solía ver las noticias, o un canal que repasaba la historia de la humanidad.

—Esto que veo también es historia, ¿o acaso crees que es el futuro? —comentó toda convencida cuando toqué el tema. No insistí y me acomodé en el sofá, dispuesto a dejar pasar la media hora que faltaba para regresar al trabajo.

En lugar de mirar la pantalla me embelesé contemplándola. Vi que estaba bastante más mejorada que la noche anterior, pero aún

así no había ni rastro de ese "quizás mañana"
"¡No desesperes incrédulo muchachito! El mañana dura hasta la noche. Cuando llegues del trabajo te estará esperando con los brazos abiertos para satisfacer tus deseos más recónditos"—dijo mi otro yo.
Yo tenía claro desde el principio que no habría ni mañana, ni pasado, ni al otro, aunque es tan bonito crearse falsas ilusiones donde solo hay humo...
¿Entonces por qué te dio esperanzas cuando ella sabía que iba a ser qué no? —replicó el yo del otro.
Quién sabe...
Hacía tiempo que no deseaba con tanta fuerza salir de casa e irme a trabajar.
Ese día salí de casa con alivio.
Casi prefería ir a verle el careto al Dionisio, que seguir viendo una teleserie. Eso era lo que mi amada compañera estaba viendo en aquellos momentos.
Quizá sal regresar por la noche me llevaría alguna sorpresa...
¡Y vaya que me la llevé!
Una sorpresa y de las buenas.
Como no escarmentaba, pasé toda la tarde mirando el reloj y esperando la hora del recreo y en cuanto llegó la hora de salir corrí a casa.
¡Vilma ábreme la puerta!
En lugar de salir a recibirme la encantadora mujer de Pedro Picapiedra salió otro de los miembros del famoso dibujo animado.
Era la sorpresa que tanto esperaba: algo peludo y horroroso se lanzó a morderme el pie
—¿Qué te parece el perrito, Paul? —el lindo perrito machacaba mi pie y yo aguantaba estoicamente—. Lo he comprado esta mañana en la tienda de animales de la esquina. Por cierto, tienes que ir a pagarlo —me dedicó su más flamante sonrisa— ¡A que es una auténtica monada!
—¿De las que comen plátanos? —pregunté yo henchido de gozo, mientras la bestia peluda seguía mordiéndome con saña el pie, como si nos conociésemos de toda la vida.
—No, tonto ¡Es un perrito!
—No me había dado cuenta, fíjate tú...

—Como pasas tantas horas fuera, Cuchicuchi me hará compañía hasta que vengas
"¡Anda mira, se llama igual que el Pablo Mármol!"
"¡Amigo que triste vida la tuya! Esta tarde te quejabas porqué no te dejaban ver tu programa favorito, sin saber que las cosas cuando están mal solo pueden tender a empeorar".
Y así fue, en efecto. Ahora, al programa bodrio de la noche, tenía que añadir la compañía de un animalejo, que para más inri se había encaprichado de mi parte del sofá.
Me quedé de pie como un gilipollas.
Estaba en mi propia casa y resultaba que no tenía dónde sentarme. La camarera había tomado posesión de mi sofá favorito, en nombre de todas las preñadas del planeta, y en el otro sillón estaba asentado ese bicho repelente que me miraba con cara de mala leche mientras me sacaba los dientes. Yo juraría que se estaba riendo de mí.
María se dio cuenta de mi precaria situación y dijo:
—Ven cariñín y siéntate aquí a mi lado...
"¡Voy payaaaa!"
—...y deja que Paul se siente en el sofá.
"¡Para los caballos (*) Paulito, que ese cariñin no eres tú!"
—No, no te preocupes querida, deja que el bicho descanse. Habrá tenido un día agotador con el traslado. Me voy a la cocina a cenar algo.
—Te he dejado la cena encima de la mesa.
Bueno, al menos se había preocupado de preparar algo.
Entré en la cocina y vi que esa maravillosa cena consistía en una nueva lata de sardinas.
¡Qué original!
Me la comí pensando que tanta sardina tendría algún motivo. ¿Sería por qué se preocupaba por mi colesterol?
Los caminos del amor son tan enrevesados, que algunas personas se pasan toda la vida buscándolo para terminar más perdidos que el Titanic.

(*) De ti también me acuerdo, amigo. Ojalá puedas leerlo donde quiera que estés.

Cuando terminé la opípara cena regresé al salón, dispuesto a reencontrarme con la parejita feliz, pero cuál fue mi sorpresa cuando vi que María había apagado la tele y se había acostado sin decirme nada.

Pobrecilla, que mal llevaba el embarazo. Bueno, al menos me acostaría y la abrazaría como anoche. A falta de pan...

"¡Te llevas otra torta!"

Un gruñido en el momento de acercarme a mi cama dio a entender que yo era considerado "persona non grata".

—Perdona, Paul, pero como es la primera noche de Cuchicuchi en una casa extraña está un poco nervioso ¿Te importaría dormir en el sofá?

—Cuenta con ello, querida.

La cosa iba mejorando por momentos. Esta noche, además de quedarme a dos velas, me iba a levantar por la mañana con dolor de costillas.

Aquí estaba yo acostado en el sofá, mientras mi querida "no esposa" dormía en mi cama con un macho que no era yo.

La vocecilla que últimamente se hacía cada vez más insistente en mi cabeza me decía:

"¡De qué te quejas! Tienes todo lo que un hombre puede desear: Una mujer cariñosa que te reparte adecuadamente sus mimos, para que no te resulte empalagosa. Tienes compañía (ahora doble). Los platos, como no los utiliza, te ahorras fregarlos... ¡Qué más puede pedir un hombre!"

—¡No me quieras tanto! —me respondí a mí mismo en voz excesivamente alta.

La vocecilla se estaba poniendo pesada.

—¿Decías algo? —preguntó mi mujercita desde el dormitorio.

—No, nada. Estaba pensando en voz alta —contesté.

—Pues si no te importa piensa en silencio. El perrito te oye y se pone nervioso. ¡Es tan sensible el pobrecillo!

"¡Mecagen todos los perritos de porcelana del último emperador de la China!

¡Pa china la que te ha tocado a ti, idiota!

Cómo no te calles...

¿Qué piensas hacer? ¿Cambiarás de conciencia?"

Dormí la mar de bien en mi sofá. El único problema era, que tal y como sospechaba, por la mañana estaba hecho polvo. No había hueso de mi cuerpo que no se acordara de la madre que parió al chucho.

Mi diamante en bruto se levantó también y preparó el desayuno, después de darme un beso en la boca.

Ahora estaba claro: esta chica era besucona solo cuando brillaba el sol. Al caer la noche se apagaba igual que el día.

Aunque el que seguía acostado en la cama era el perro (Por cierto, qué vida más perfecta llevaba el hijo de perra: dormir, comer y cagar), allí había gato encerrado.

Ya tenía claro cómo se las gastaba "mi mujercita", y cuál era su máxima favorita:" *Si algo quieres, algo te cuesta"*.

Esperé pacientemente a que soltara por su boquita lo que le rondaba por la cabeza.

No se hizo esperar. Por desgracia no me equivoqué un pelo.

—Paul, quiero hablar contigo —me comunicó con una sonrisa radiante en el rostro.

—¡Cómo no, mi flor de la mañana! —la animé con una sonrisa no menos esplendida, aunque ya estaba preparando la escopeta por que la veía venir.

Se animó...

—Necesito dinero y he pensado que tú me lo podrías prestar.

Su sonrisa se amplió, acompañada de un pestañeo la mar de alentador.

—¡Por supuesto!

Comencé a echar mano de mi cartera.

—Creo que no me has entendido bien. Necesito dinero de verdad, y no la calderilla que puedas llevar en tu cartera.

Saqué los billetes y me puse a contarlos delante de ella.

—Bueno, no es precisamente calderilla lo que llevo. Te puedo dejar cuatrocientos.

Rió con risa nerviosa y añadió:

—No tengo ni para empezar... Necesito cincuenta mil.

Lancé un silvido prolongado

—Muy alto apuntas tú, muchacha. Mucho préstamo parece ese. ¿Y puedo saber, si no es mucho preguntar, para qué necesitas tanto dinero?

Comenzó a contarme una historia inverosímil sobre un hermano pequeño, al que unos competidores habían arruinado el negocio, y al que ella quería ayudar para que remontara el vuelo. Todo ello aderezado de los oportunos llantos, y suspiros que tanto les encantan a los charlatanes que intentan hacerte caer en sus enredos. Evidentemente, no creí una sola palabra de lo que me estaba contando.

—¿Te drogas? —pregunté cuando aún no había terminado de contar el cuento completo.

Me miró con odio infinito, abandonadas ya poses falsas y gestos interesados.

—¡Yo no soy de esas!

No me inmuté e insistí:

—Entonces dime la verdad. ¿No pensarás qué voy a dejarle el sueldo de dos años a una drogadicta?

Su cara cambió por arte de magia. En el momento en que supo que no se iba a salir con la suya, y no me había engañado con su argucia, regresó el bicho que llevaba dentro. Se habían acabado los cariñitos y las sonrisitas falsas.

Un cenicero pasó volando a escasos centímetros de mi cabeza, y fue a estrellarse con un golpe sordo contra la pared, mientras gritaba con los ojos inyectados de veneno:

—¡Lo debo! Tengo que devolverlo mañana o me veré en apuros.

No quiso contarme nada más. Ni a quién, ni porque motivo debía tanto dinero.

Pegó un portazo y se encerró en el baño.

La dejé tranquila. Quizás por la noche estuviese mejor y pudiéramos hablar con más tranquilidad.

Fue una suerte para mis ahorros que hubiese reaccionado así. De haber seguido sonriendo y adulándome, al final se habría salido con la suya. Le habría regalado ese dinero, o el doble de haber insistido. No hacía mucho que había cobrado la herencia que mi abuelo me dejó para cuando tuviese la mayoría de edad y esa era justo la cifra que ella me pedía.

Un poco más tarde, cuando la verdad se revela con toda su crudeza, y todo adquiere una nueva dimensión, caídas ya vendas de los ojos y estúpidos enamoramientos, quedé muy sorprendido por no haber asociado esas dos cifras.

Viendo que ese día no tendría beso de despedida me fui a trabajar. Antes de acudir a la comisaría pasé por la tienda de mascotas para pagar el saco de pulgas que había conocido la noche anterior. Siempre me gustaba liquidar mis deudas lo antes posible, aunque en este caso podría haberme retrasado un poco y no me habría llevado dos disgustos en el mismo día.

—¡Seiscientos por esa cosa peluda! —le grité al dueño de la tienda cuando me dijo el precio de Cuchicuchi.

"¡Encima de cabrón, caro!"

—Lo siento señor, pero es una especie rara. Tiene pedigrí. Sus antepasados eran de la raza autóctona del país.

Eso si que es verdad. Ya comprobé anoche que "al pájaro" le gusta vivir a cuerpo de rey...

—La señora se ha llevado el más caro que teníamos.

"¡La señora!"

Eso era justo lo que ella no era.

Pagué con la tarjeta y me marché caliente a trabajar.

Ese mediodía no fui a casa a comer.

Cuando regresé esa noche, el instinto policial me advirtió que alguien estaba apostado vigilando cualquier movimiento que hubiera en el interior de la vivienda.

El tipo estaba apoyado en una farola fumando tranquilamente. No lo conocía, pero quedaba patente que no estaba allí esperando a que pasara un taxi.

Saqué el arma por segunda noche consecutiva y me acerqué por detrás, procurando hacer el menor ruido posible.

Le puse la pistola en la sien y pregunté:

—¿Quién eres?

—¿Y tú? —respondió con otra pregunta, vacilándome por el tono de voz que puso.

—De momento lo único que te interesa saber es que soy el que tiene una pistola apuntando hacia tu cabeza. Puede dispararse en cualquier momento y repartir tus sesos por toda la acera

—¿Eres el poli imbécil?

Seguía chuleándome, por lo que se me escapó la rodilla y le di con tan mala fortuna que impactó donde la espalda pierde su digno nombre, pero por la parte de delante.

< ¡Vamos que le dio en to los huevos!>

Mismamente...

<Pues déjate de tonterías versadas y florituras y llama a las cosas por su nombre, que luego todo son suposiciones y malos entendidos>

Recibió el impacto y me hizo una reverencia.
Debía de ser japonés o algo de eso.
Que gente más educada. Te saludan hasta cuando les sacudes en sus partes nobles.
Pero yo no estaba ni para saludos, ni para ceremonias, así que lo cogí del cuello y dije:
—Respuesta equivocada. Soy poli, en efecto, pero de imbécil tengo poco, a pesar de que últimamente me lo llaman más de la cuenta.
El sujeto se recuperó rápidamente del golpe y contestó:
—Eso depende de cómo se mire... ¿Puedo hablarte con franqueza?
—Por supuesto. Habla como si me conocieras de toda la vida; al fin y al cabo, todo el mundo se cree últimamente con derecho a darme lecciones de comportamiento —respondí con sorna.
—¿Puedes apartar el arma? Me pone muy nervioso. No voy armado. Solamente soy un observador.
—¿Un observador de quién?
—A eso no puedo responder.
Guardé el arma en su funda y me dispuse a escuchar lo que tuviera que decirme.
—La estamos controlando porque esa chica está en la segunda fase. Hasta la tercera no interviene el equipo de demolición y retirada de residuos.
Lo miré con otra cara al comprender que no estaba allí por mí, como supuse en un principio. Había venido por María.
Conocía muy bien los términos en que hablaba, ya que eran los habituales entre los mafiosos que dominaban el juego, la prostitución y las drogas.
María tenía problemas serios. La tercera fase, y ese equipo de demolición a los que se refería, supondrían una bonita lápida en el cementerio de la ciudad.
¿En qué lio se habría metido?
El observador me sacó de dudas.
—Precisamente estoy aquí para informarle de que está a punto de dar el salto a esa tercera fase mortal. Las personas para las que trabajo ya no piensan darle más oportunidades. O paga, o...
La amenaza quedó flotando en el aire.
—Me consta que debe cincuenta mil, y esa cantidad es demasiado

elevada para gastársela en droga —comenté para mí mismo.

El sicario me miró y pude observar en su mirada que se compadecía de mí.

—Ni es por la droga, ni debe cincuenta mil —contestó suavemente.

—¿Quieres decir que aún debe más dinero? —pregunté asustado.

—Algo más del doble...

—¡Cien mil! —grité, sorprendido por lo abultado de la cantidad.

—Exactamente ciento diez mil.

Me mesé el cabello, incapaz de aceptar lo que oía.

—¿En qué se ha metido para deber esa cantidad?

—Deudas de juego. Tu chica apuesta en el casino. Al principio le iba bastante bien, pero de un tiempo a esta parte pierde siempre que juega. ¿Será por qué la amas demasiado? Ya sabes lo que dicen de los afortunados en amores —dijo apenado.

—¿Cómo sabes todo eso?

Me sorprendió que esa gentuza conociese tantos detalles de mi vida íntima.

—Nosotros lo sabemos todo de la persona que nos debe dinero y de sus familiares y amigos. Ya sabes... Hay que proteger nuestra inversión.

—Pero a mí solo me pidió cincuenta mil...

—Porque esa sería la cantidad que pensaba que tú le podrías dar. Los otros sesenta mil los estará buscando desesperadamente por otro lado. Seguro que hay otro idio... Perdona, es la costumbre.

Me sentía fatal. Estaba enamorado de alguien que me utilizaba descaradamente. No sentía nada por mí. Su intención era quedarse conmigo el tiempo necesario para sacarme lo que quería, y luego se habría ido. Tenía que darle la razón al sicario: yo era un imbécil y de los grandes.

Pero también comenzaba a darme cuenta de que algo extraño se movía a mí alrededor. Para nada pensaba que había sido solo casualidad que Maria me hubiese pedido precisamente la cantidad que acababa de heredar de mi abuelo. Cómo se había enterado era un misterio. En cuanto nos quedásemos a solas tendría que responder a muchas preguntas.

Debió de adivinar mis pensamientos, porque añadió:

—Los ludópatas actúan todos igual. Están tan desesperados que no dudan ni un instante en mentir, fingir, o engañar al primero que se les pone por delante. Si es un hombre te roba directamente con violencia, y si es una mujer, como ocurre en tu caso, recurren a la astucia femenina que tan buen resultado les ha dado a través de la historia, para poder sobrevivir en un cruel mundo de hombres. ¿Qué cuento te ha contado: ¿Enfermedad de su padre, embarazo inesperado?

Seguro que vio la cara de sorpresa que puse, porque añadió:

—Ya veo... ¡Te ha obsequiado con el repertorio completo!

Tuve que bajar la cabeza, avergonzado conmigo mismo.

"¿Tan ciego estaba?"

"¡Era policía, por el amor de Dios!"

Una furia creciente me invadió.

—Acompáñame.

Lo agarre del brazo, obligándole a seguirme.

—Si me lo pides así... Pero creo que pierdes el tiempo. Este tipo de personas lo primero que aprenden es a mentir. Cuando la enfrentes conmigo lo negará todo y no sacarás nada en claro.

—Eso ya lo veremos. Olvidas que soy policía. Lo primero que nos enseñan en la academia es a distinguir al que miente, del que nos está diciendo la verdad.

Se paró y me miró con sorna.

—Pues tú ese día debiste de hacer novillos...

—¡Bueno, vale, excepto en este caso! El amor nubla el conocimiento y la razón —respondí enfadado.

Tiré de él antes de que se riera de mí por segunda vez y tuviera que volver a sacudirle.

Subimos las escaleras de dos en dos. Cuando llegamos al rellano vi sorprendido que la puerta estaba abierta de par en par Las luces estaban apagadas.

La llamé:

—¿María?

Nadie contestó. Le di al interruptor de la entrada, aunque la luz no se encendió.

—Habrá saltado el automático. Dentro tengo una linterna. Espera aquí —le ordené a mi acompañante.

—En mi coche tengo una. En un minuto bajo y la traigo.

—¿Crees que soy idiota? En cuanto bajes por esa escalera ya no te vuelvo a ver el pelo. Esta casa no tiene ningún misterio para mí.

Puedo atravesarla de una punta a otra con los ojos cerrados, sin rozar ni un solo mueble. De hecho, muchas noches camino a oscuras, y nunca he tropezado. Conozco el emplazamiento exacto de todos los objetos.

Me adentré en la oscuridad en busca de la linterna. Avancé a gran velocidad, confiando en que todo estuviera en su sitio, hasta que tropecé con algo y caí cuan largo era. El estruendo fue fenomenal. Me levanté tras soltar un juramento. La rodilla protestaba por el fuerte golpe sufrido, aunque lo que más me dolía era el orgullo. Solo me faltó oír la chanza del malo:

—Pues para conocer el emplazamiento exacto de tus cosas te has dado una buena hostia. ¡Si no lo llegas a saber te caes por la ventana!

—¿Qué te parece si te obligo a que me hagas otra reverencia? —refunfuñé.

—No te enfades y recuerda lo que acabas de decir:" El amor nubla el conocimiento". Y si además está más oscuro que el porvenir de un zapatero... ¡Tortazo seguro! —añadió y siguió riéndose con ganas.

—Un tortazo es lo que te voy a dar a ti como no te calles.

—Tranquilo, que yo no soy el culpable de tus desgracias.

Encontré por fin la bendita linterna y cuando conseguí encenderla (¿Por qué narices esconderán tanto el botón de algunas linternas? Se supone que uno tiene que encenderlas a oscuras), y vi con que objeto había tropezado, no pude evitar lanzar un grito ahogado.

Las lágrimas inundaron mis ojos. No podía creer lo que veía. Ante mí se extendía la desolación más absoluta. El automático no había saltado, simplemente es que las lámparas no tenían bombillas.

La casa estaba destrozada.

No había dejado títere con cabeza.

Los sillones los había rajado con un cuchillo y los cuadros solo eran trozos de madera dispersos por el suelo. A los libros les había arrancado las hojas. Pero lo que más me dolió fue comprobar que el objeto que me había hecho tropezar era el gramófono de mi abuelo. Lo había volcado y destrozado. Era el único recuerdo que me quedaba de él, todo lo demás lo vendieron cuando me internaron en el orfanato.

Hice un esfuerzo sobrehumano para no llorar delante de aquel extraño, que no solo no huyó mientras yo estaba aturdido, si no que entró y comenzó a recoger las cosas esparcidas por el suelo. No pronunció ninguna palabra hasta que me ayudó a levantar el gramófono.

—Solo alguien sin corazón puede destrozar una maravilla como esta —aseguro, mirándolo con veneración.

Recogimos todo lo que estaba tirado por el suelo. Había mucho que hacer, pero ahora al menos se podía pasar.

Cartas, escritos, fotos... Se había ensañado con todo lo que supusiera un recuerdo para mí.

—Lo siento. Debe de ser muy duro descubrir como ha tratado tus cosas personales. Es como si hubiera querido destrozarte a ti también con ellas.

Sonreí agradecido. En otras circunstancias sería mi enemigo, pero me acababa de ayudar, y además sus palabras eran reconfortantes.

—Debo irme ya. Tengo que informar que la paloma ha volado del nido. Supongo que a mis jefes no les hará ninguna gracia saberlo.

Se marchó.

Ya me había recuperado parcialmente del disgusto.

Tenía dos sensaciones opuestas que me atacaban a la vez.

Por una parte, era feliz de haberme librado de aquel parásito que me estaba chupando la sangre, y por otra sentía angustia cuando pensaba que aquella mujer que lo era todo para mí, tan solo unas horas antes, podía morir en cualquier momento.

A pesar de todo el daño que me había hecho tomé la decisión de intentar buscarla y protegerla, e incluso ayudarla a recuperarse de la ludopatía que estaba destrozando su vida. Estaba tan absorto en mis cavilaciones que tardé más de lo normal en darme cuenta de una sombra perfilandose en el marco de la puerta.

Me tiré al suelo y saqué la pistola.

—Vaya noche de pistolas que llevas.

El sicario había regresado.

—Toma —dijo, tendiéndome un papel.

—¿Qué es? —pregunté sorprendido

—La fecha, la hora y el lugar donde unos falsificadores de billetes, y sus compinches, se reunirán para intercambiar dinero falso por auténtico. Si los atrapas a todos a la vez con el botín te apuntarás un buen tanto delante de tus jefes.

—¿Por qué haces esto? — pregunté desconfiado.

—En primer lugar, porque esa gente no me cae bien. Se aprovechan del trabajo de otros para enriquecerse. Muchas veces estoy de guardia en uno de los casinos y me entristece ver como una pareja que viene a pasar un rato feliz, tiene que marcharse disgustada cuando nuestros cajeros les requisan un billete falso con el que pensaban pasar un buen rato jugando. Han tenido la mala suerte de que alguien se lo haya colocado y se quedan sin nada.
En segundo lugar, tú me caes bastante bien. Para ser poli eres buena persona. Ojalá esta ciudad tuviera más agentes como tú.
Le di las gracias y guardé el papel. Mañana se lo daría al comisario para que tomara las medidas oportunas.
Antes de que volviera a desaparecer aproveché la oportunidad que me daba al haber regresado y solicité:

—Me gustaría hablar con tu jefe.

Esta vez me miró con peor cara cuando le pedí esa extraña entrevista.

—¿Un poli? ¿Y por qué crees qué mi jefe tendría el más mínimo interés en hablar contigo? ¿Qué le puedes ofrecer a cambio?

—Nada. Yo no me vendo a nadie.

Me desafió con la mirada y antes de marcharse por segunda vez dijo:

—Veré lo que puedo hacer, pero no prometo nada. Si mi jefe quiere hablar, ya nos pondremos en contacto contigo.

Se marchó definitivamente, dejándome a solas, rodeado de destrucción.
La soledad me golpeó con su puño terrible.
Anoche parecía esto una verbena, y sin embargo hoy podía escuchar mi propia respiración.
Siempre había estado bien solo, pero ahora que la había conocido a ella ya no era tan fácil soportar la soledad. Las personas nos complicamos la vida cuando más tranquilos estamos, y luego deseamos regresar a los tiempos en que no dependíamos de nadie, pero entonces ya es demasiado tarde.

LA PARTIDA

Un abejorro comenzó a zumbar por algún sitio de la habitación. Salí de mi aturdimiento y recordé que antes de la debacle tenía un teléfono en alguna parte del salón. Lo busqué guiándome por el zumbido y lo encontré debajo de una pila de ropa. Por suerte, todavía funcionaba.

Lo descolgué pensando que era "María la Destructora".

Decidí ponerla a caldo:

—¡Por qué lo has hecho! —grité acaloradamente—. Lo has destrozado todo. No se te ocurra volver a mi casa.

Colgué de golpe, al estilo del jefe.

Volvió a sonar.

—Te he dicho que...

—Paul, ¿estás bien?

Era Sergio.Me había equivocado.

—Perdona, amigo. Creía que era otra persona.

Un silencio incomodo siguió a mis palabras. Ni yo quería darle más explicaciones ni él las pidió.

Por fin rompió la tensión del momento, y habló:

—Te pido perdón

—Me pides perdón tú a mí... ¿Por qué?

—Te hemos despreciado injustamente. Yo mismo, que soy tu mejor amigo, he dudado de tu cordura en algunos momentos, por lo que aún tengo menos perdón que los demás.

—¿Por qué dices todo eso?

Un nuevo silencio. Por fin comentó apesadumbrado:

—El asesino ha vuelto a matar. Tenías razón. El bodeguero no es culpable. Hemos encerrado injustamente a una persona inocente. Ven cuando puedas

Cogí la cazadora y acudí a la dirección que me dio Sergio.

Cuando llegué y vi en qué barrio me encontraba, un sabor amargo acudió a mi boca. Era el mismo barrio al que acompañaba a María cuando salía de trabajar en la discoteca. No me apetecía estar allí ni un solo instante, pero la obligación se imponía a la devoción. Muy a mi pesar, busqué a esa persona que tanto daño me había hecho entre el dédalo de casas del barrio. Por suerte no la vi y llegué al escenario del crimen sin más sobresaltos afectivos.

En cuanto vi lo sucedido pensé que había ocurrido lo que tanto temía: una mujer sentada en una silla tenía clavado un cuchillo en el pecho. La cabeza caida hacia atrás dejaba ver su rostro. Era una mujer de unos cincuenta años de edad, aunque se conservaba bien físicamente. Tenía una esplendida mata de pelo azabache colgandole en cascada, y unos preciosos ojos negros que nadie se había molestado en cerrar.

En otra parte del comedor un hombre lloraba desconsoladamente. Lo hacía con esa forma que tienen de llorar aquellos que lo hacen para la galería.

Lo observé atentamente.

Iba a decir algo, justo en el momento en que el jefe se dirigió hacia mí y comentó:

—Te pido perdón en nombre de todos.

Me tendió la mano y yo la estreché mecánicamente. Ni siquiera escuchaba lo que decía. Para algunas personas es muy fácil juzgarte y machacarte, para luego, si se equivocan, pedir perdón... aunque mucho peor es que ni siquiera lo pidan.

—¿Quién es? —pregunté señalando al llorón.

—El marido de la mujer asesinada. El pobre la ha encontrado así cuando ha llegado de trabajar a las ocho.

Miré el reloj. Eran las diez y cuarto.

—¿Y ha tardado dos horas en denunciar el crimen?

—Dice que se quedó bloqueado mentalmente y no pudo reaccionar con mayor presteza.

Lo miré más detenidamente. Parecía más joven que su mujer. Cuarenta y pocos. Llevaba una camiseta de tirantes, de esas que usan los albañiles. Las manchas de yeso en sus pantalones, y en las fuertes y velludas manos, me confirmaron que pertenecía a esa honrada profesión.

—El asesino ha dejado otra de sus notas.

Me la tendió y la leí:

“SEGUIRE MATANDO MUJERES ASTA COMPLETAR EL NOMBRE”

E

—¿Otra E? —pregunté con sorna ante lo evidente de la situación.

—Así es. Esta nueva nota echa por tierra tu teoría del nombre que buscamos. En Edgar no hay dos “E” —explicó Sergio, que se había reunido con nosotros.

—Voy a ordenar que suelten al encargado de la bodega—dijo el comisario.

—Hágalo si quiere. Ya he dicho en repetidas ocasiones que ese hombre es inocente, pero no se base en este asesinato para hacerlo.

Mi explicación les causó gran sorpresa.

—¿Por qué piensas eso?

—El asesinato de esta mujer no es obra de ningún asesino en serie. Es un caso aislado. Es más, puedo asegurarle que el asesino está ahora mismo en la habitación.

Todos me miraron y luego miraron al marido.

—Es el típico caso de violencia doméstica que tan de moda está últimamente, para desgracia del colectivo femenino.

—¿Cómo puedes decir eso? La nota...

—Es falsa. Esa nota la ha escrito el marido con la intención de hacernos creer que a su mujer la mató el psicópata, cuando probablemente la mató él.

De nuevo me la estaba jugando. Si me equivocaba, este error podía costarme el puesto al acusar de asesinato a un inocente. Pero para mí el caso estaba claro: el marido había aprovechado la ola de muertes que asolaba nuestra ciudad para "endosarle" su crimen al otro. Como he comentado con anterioridad, sospechaba que algún sinvergüenza aprovecharía la circunstancia para librarse de alguien que le estorbaba.

—Si os fijáis bien se trata de un burdo intento de copiar las notas del verdadero asesino que han aparecido en la prensa.

—¿Cómo lo sabes?

Me armé de paciencia por tener que explicar algo que para mí saltaba claramente a la vista.

—Las notas auténticas están escritas con caligrafías de diferentes estilos y perfectamente redactadas, lo que denota que nuestro hombre ha leído mucho, y por lo tanto es alguien con un nivel cultural medio-alto, nivel que con todos mis respetos no alcanza el marido de la difunta. El autor de esta última nota ni siquiera sabe escribir correctamente algunas de las palabras. Sus faltas de ortografía muestran una carencia total de cultura.

Detuve mi disertación y fui al lugar donde la mujer había muerto. La silla estaba situada frente a la mesa del comedor. Tras observar esta última detenidamente, aprecié restos de comida que el asesi-

no había intentado limpiar sin demasiado éxito.
Pregunté a mis compañeros:

—¿Habéis mirado en la basura?

Se mostraron sorprendidos ante la extraña petición.

—¿Qué se supone que deberíamos encontrar? —preguntó uno de ellos

—Buscad restos de la cena. Quiero saber si la mujer había preparado algo para... ¡Esperad un momento! ¿Le habéis tomado declaración?

—¿A la difunta? —preguntó uno de los agentes, al que nadie acertaba a comprender cómo habían dejado entrar en el cuerpo de policía.

"Ese tiene obispo" aseguró en cierta ocasion Sergio, bromeando sobre las influencias que sin duda tenía el sujeto.

—¿Por qué no bajas al bar y subes unos cafés? —ordenó el jefe para quitarlo de enmedio.

Cuando el intrépido investigador salió en busca de esos cafés, otro de los compañeros explicó:

—Por supuesto. Ha sido lo primero que hemos hecho al llegar. ¿La quieres?

—Sí, por favor.

La leí atentamente y cuando encontré lo que buscaba solicité a mis compañeros que buscaran esos restos de la cena. Entraron en la cocina, de donde regresaron a los pocos minutos con dos bolsas de plástico de las usadas para recoger pruebas y restos orgánicos.

—Hemos encontrado estos dos filetes. Parecen recién hechos. Yo diría que son restos de la cena.

Mi compañero los mostró y pude comprobar a través de las bolsas que a uno de ellos le faltaba la mitad, mientras que al otro apenas le habían cortado un trocito.

Sonreí para mis adentros al comprobar que tenía razón.

Ahora se presentaba ante mí la tarea mas dura a la que se enfrenta todo policía: demostrarlo.

—Hemos tenido suerte. De haber cenado sopa, la partida no hubiese sido tan fácil de llevar a cabo —le dije a Sergio.

—¿Qué partida?

—La que voy a jugar ahora mismo con el asesino. Una partida de póker en la que yo voy a ir de farol.

Mi amigo me miró asustado.

—Ven conmigo —le pedí al agente que sostenía las bolsas con los dos filetes.

Regresé al comedor y me senté frente al marido que seguía llorando, muy metido en su papel de viudo afligido por la terrible perdida.

Saqué mi pañuelo y se lo tendí.

—Sécate las lágrimas...

Me miró, agradecido por el ofrecimiento.

—...porque en el sitio a dónde vas a ir no les gustan los llorones y menos si saben que han asesinado cobardemente a su mujer.

La cara le cambió radicalmente al oír la acusación.

Noté que ahora me miraba con odio. Un odio tan visceral, que podía hacer que el dueño de esa mirada perdiera el control y le clavara un cuchillo a cualquiera que le llevara la contraria.

¿Por qué me miraría con odio toda la gente a la que le decía la verdad o les desmontaba sus manejos e intrigas?

El que no quería ni mirar era el comisario. Si todo salía mal, a él también le caería un buen puro. Podía verse en problemas por detener a un hombre inocente. Solo faltaba que yo le endosara otro.

Proseguí con mi representación.

—¿Sabes que es esto?

Señalé los filetes.

—Hasta un idiota sabría que son dos trozos de carne —contestó desafiante.

—Uno de ellos pertenece a tu cena... ¿Verdad?

Sostuvo mí mirada. Pude ver en sus ojos un brillo de inteligencia que me sorprendió. Sabía lo que yo pretendía y no pensaba dejarse atrapar en mi red tan fácilmente.

Después de todo, no iba a ser tan sencillo ganar esta mano como creía.

—No sé de que hablas.

—¿Puedes explicar que hacen estos dos filetes en la basura?

—¡Yo que sé! Uno será de mi mujer y el otro de su hermana, que la visita muy a menudo. Se queda a comer, aprovechando que yo nunca vengo al mediodía.

—¿Y siempre tiran dos filetes como estos, que son carísimos, sin apenas probarlos?

—Supongo. Se pasan la vida haciendo régimen para no engordar.

Igual comenzaron a comérselos, una le dijo a la otra que tenían mucha grasa, y los tiraron a la basura. Y yo tengo que trabajar como una mula para poder...

—¡Mientes! —lo interrumpí. Estaba viendo que comenzaba a sentirse cómodo con el interrogatorio. Eso no podía ser bueno para el resultado de mi apuesta.

En lugar de responder a la contundente afirmación que acababa de realizar se limitó a mirarme confiado y apareció una expresión burlona en su cara.

Su mirada decía:

"Atrévete a demostrarlo"

Comenzaba la partida.

Hice mi apuesta:

—Yo creo que el filete que está medio comido pertenece a tu cena. Llegaste a las ocho de trabajar. Tu mujer preparó la cena para los dos, estos dos filetes que lleva mi compañero en las bolsas. Comenzaste a comer con hambre, mientras tu mujer apenas picoteaba su filete, porque tenía algo importante que decirte y no veía el momento de hacerlo, ya que sabía que no aceptarías de buen grado lo que ella deseaba. No se equivocaba, pues en el mismo momento en que terminó de hablar, cogiste el cuchillo con el que cortabas la carne y se lo clavaste en el corazón. Luego, y aprovechando toda esta historia de crímenes que asola nuestra ciudad, preparaste este montaje tan malo, con nota "chapucera" incluida. Tenías la intención de cargarle la muerta al asesino, pero se te pasó por alto un pequeño detalle... El asesino no pudo matar a tu mujer, ni a nadie más, porque está detenido en comisaría.

Vi que una sombra de duda pasaba por su cara.

—¿Hoy no has acudido al club de "caballeros" que frecuentas y por eso no has leído la prensa? —ironizó Sergio intentando echarme una mano para desenmascarar al asesino.

Pero el tipo no se iba a dar tan fácilmente por vencido.

—La policía nunca acierta. Seguro que el que tenéis encerrado es un chivo expiatorio, mientras que el verdadero asesino sigue libre, y ahora ha matado a mi mujer. Como no tenéis ni idea de por dónde vais, me quieres colocar a mí el muerto —respondió con una frialdad impropia de alguien a quien le acababan de asesinar un ser querido.

El jefe me miró. Seguro que pensaba que me estaban dando de mi

propia medicina.
Era el momento de sacar el as de la manga.
Le hice un gesto al agente con el que había acordado previamente lo que tenía que hacer cuando yo lo llamara. Vi que se acercaba a nosotros con un papel en la mano.
Me lo dio y añadió:
—Acaban de llegar las pruebas de A.D.N. que hemos solicitado. Las muestras han sido obtenidas de los dos filetes encontrados en la basura.
—Gracias. Buen trabajo.
Y en verdad que el agente había hecho un excelente trabajo, convirtiendo una simple multa de tráfico en una notificación oficial del laboratorio de la policía. Realicé el teatro de leerla detenidamente y lancé mi segunda apuesta:
—Tal y como sospechaba, hay restos de saliva en uno de los filetes y es tuya. Eso demuestra mi teoría del asesinato y prueba que mentías cuando me has dicho que no sabías nada de ese filete. Has declarado que al llegar del trabajo encontraste muerta a tu mujer. ¿Entonces cómo explicas que una muerta haya preparado el filete que te estabas comiendo?
La deducción era lógica, pero yo no contaba que el sujeto fuera un auténtico cabrón.
—Es cierto. Mentí. Si decía la verdad pensaríais que yo era un auténtico cabrón por comerme la cena que ella me había preparado antes de ser asesinada, mientras la pobre estaba de cuerpo presente. Que quieres... yo tengo un trabajo de hombres y necesito comer mucho. No es la mariconada de trabajo que tienes tú. Seguro que cenas una ensaladita o una pera. Soy un tío insensible, pero eso no prueba que le clavara el cuchillo a mi mujer.
¡Vaya palo que me acababa de dar!
Ahora sí estaba con el culo al aire.
Pensaba que se derrumbaría ante lo evidente de las pruebas en su contra que acababa de presentarle, y ahora resultaba que aguantaba el envite sin pestañear.
Era un canalla frío como el hielo.
El jefe se mesaba los cabellos, desesperado ante lo evidente de mi derrota. Ya se a sí mismo veía descolgando el teléfono a cada instante para aguantar al representante de la sociedad protectora de hijos de perra presuntamente asesinos, que protestaba por la

acusación indebida a su defendido.
Me quedé sin palabras. Ni quedaban más ases en la manga, ni podía tirarme otro farol, ya que el albañil me había pillado muy fácilmente.
Por suerte alguien habló por mí:
—Quizás esto te baje los humos.
Era Sergio. Llevaba algo en la mano. Al verlo el asesino palideció intensamente y vi sorprendido como se derrumbaba.
Todavía me sorprendí más cuando confesó el crimen.
—Es cierto, yo la maté, pero no lo hice premeditadamente. Fue un accidente. Discutimos, y como llevaba en la mano el cuchillo con el que estaba cortando el filete, se me fue para delante y se lo clavé.
"¡Se le fue para delante!"
Que cara más dura...
—Detenedlo —ordenó el jefe, visiblemente aliviado.
La cosa se había resuelto bien. Por una parte, se acababa de librar de la denuncia del albañil, y por otra le seguía valiendo el encargado de la bodega como autor de los otros crímenes.
Me palmeó la espalda, satisfecho.
—Buen trabajo muchacho.
Se marchó y yo me dirigí al compañero que llevaba los filetes en la bolsa:
—Deshazte de ellos antes de que venga el Dionisio y se los coma.
Vi que Sergio sonreía.
—De todas formas, el juez no los aceptaría como prueba, si se entera que he usado un truco tan ruin para hacer confesar al presunto asesino. Todo el mundo sabe que una prueba de A.D.N. no se obtiene en media hora.
En cualquier caso, de nada habría servido el montaje que había preparado, de no ser por lo que mi amigo llevaba en la mano. Estaba intrigado por saber qué era esa cosa misteriosa que había hecho cantar al marido.
—¿Qué es?
—El diario de la difunta esposa. El muy idiota lo ha escondido para que no descubramos el móvil de su asesinato. Todos los asesinos son tan previsibles que casi te dan ganas de reír... Bueno, casi todos —mi amigo rectificó rapidamente al recordar al que nos llevaba de calle estas últimas semanas, pues era cualquier cosa

menos previsible.
—Lo ha escondido en uno de los sitios habituales...
—¡Claro!
Me lo tendió y vi que estaba húmedo.
—Lo ha metido envuelto en una bolsa de plástico en el depósito de la cisterna del wáter.
—¡Premio!
—Qué poca imaginación...
Al abrirlo, comprendí porque se había derrumbado tan rápido. Junto a las anotaciones de la mujer se podían ver tres o cuatro notas sueltas escritas por él, amenazándola.
—La gente es imbécil. ¿No se dan cuenta de que si escriben notas amenazando a alguien se convierten en pruebas irrefutables contra ellos?
—"Verba Volant Scripta Manent"
Mi amigo hacía alusión a un viejo dicho romano. Traducido venía a decir algo así como que las palabras se las lleva el viento, pero lo escrito permanece.
Cogí una y la leí. La letra era similar a la que dejó el supuesto asesino junto al cadáver de su mujer. La caligrafía, junto al contenido, explicaba porque el albañil se había sentido atrapado y terminó confesando el crimen:
"CUALQUIER DIA DE ESTOS TE MATARE CON UNO DE LOS CUCHIYOS QUE TU MADRE TE REGALO"
El resto de las notas eran también amenazas. Las dejé de lado, y comencé a leer el diario. Allí dentro estaban las pruebas que necesitábamos para acusar al marido.
En una de las últimas páginas del diario, la mujer había escrito lo siguiente:
"No lo aguanto ni un día más. Es un cerdo en todos los sentidos de la palabra. Cada día me da más asco. Cuando lo conocí y me enamoré, era un don Juan que iba siempre de punto en blanco, pero ahora... De hoy no pasa que hable con él. En cuanto llegue de trabajar y nos sentemos a cenar le voy a decir que me separo y me voy a vivir con mi hermana. Que sea lo que Dios quiera. Confío que esas notas que me deja solo sean bravuconerías suyas"
En la última, ponía:
"Hoy le he sorprendido hablando con uno de sus amigos por teléfono. Estaban quedando para ir el fin de semana a un bar de co

pas, de esos donde hay mujeres ligeras de ropa. No me extraña que no me haga caso y no quiera mantener relaciones conmigo. Sé que no tengo veinte años, pero aún me conservo bien. Mis pechos todavía son firmes y los hombres me miran al pasar, pero él prefiere a esas pelanduscas que aceptan por dinero hacerle cualquier tipo de aberración que les pida. Esta noche me armaré de valor y hablaré con él. Aún puedo comenzar una nueva vida con alguien que me trate con dignidad"

Ahí terminaba el diario, ya que ese fue el último día que escribió antes de morir asesinada.

Estábamos ante un nuevo caso de violencia doméstica.

Caso resuelto.

Regresé a casa. Estaba agotado física y síquicamente. Cuando entré por la puerta del apartamento recordé que por allí había pasado recientemente un huracán. El maldito teléfono seguía sonando. Esta vez solo podía tratarse de María, pero no metí la pata como en la anterior ocasión que lo descolgué. Lo cogí y dije un escueto:

—¿Sí?

Una voz de mujer me contestó desde el otro lado de la línea.

—Soy yo.

—¿Erika, eres tú? —pregunté decepcionado, al comprobar que no era la voz de la mujer que yo anhelaba escuchar.

¿Cómo podía seguir enamorado de alguien como ella? Una persona que solo había traído dolor y sufrimiento a mi vida.

¿Qué más tenía que hacer para darme cuenta de su bajeza humana? ¿Venderme cómo esclavo?

Mi buena amiga se dio cuenta de la decepción con que había respondido y entonces la decepción cambió de lugar.

—Siento haberte molestado a estas horas. Creo que esperabas a otra persona. Cuelgo por si llama.

—¡No!

"¡Idiota, imbécil, deja de hacerle daño a esta maravilla de mujer, que no te mereces!"

—No cuelgues. Me alegra mucho oír tu voz. ¿En qué puedo ayudarte?

—Más bien soy yo la que puede ayudarte a ti. ¿Recuerdas que me pediste que averiguara el significado de la nota que el asesino dejó en la mujer del tonel?

—Claro.

—Pues creo tener la respuesta y mucho me temo que no te va a gustar. Deberías venir lo antes posible. Puede ser importante.

Busqué una excusa, ya que no me apetecía nada volver a salir de casa en aquellos momentos. Lo que fuese que la chica hubiese descubierto tendría que esperar hasta mañana.

—Iría ahora, aunque es un poco tarde.

—No quisiera ser pesada, pero insisto que puede ser muy importante y por lo de tarde no te preocupes. Mi padre ha salido a cenar con alguien y no regresará hasta muy tarde... Si es que regresa esta noche. Estoy sola.

Mi preciosa amiga me volvía a lanzar otro cable, pero yo, en lugar de entusiasmarme como hubiese hecho cualquier otro hombre en mí lugar ante una proposición tan evidente, la ignoré por completo. De todas formas, acepté la invitación, intrigado por lo que pudiera decirme.

Llegué a su casa en diez minutos. Me recibió en camisón, y aunque no quise mirar descaradamente, comprobé lo que ya sospechaba: tenía un cuerpo escultural. Sus pechos firmes y redondos se perfilaban bajo la tenue luz de la lámpara del salón. Las piernas largas y bien torneadas terminaban en unas caderas perfectas, que invitaban al caminante a perderse en ellas. A pesar de mi ceguera no pude evitar que se me abriera el cajón de los truenos. Aquella chica podría haber trabajado perfectamente de modelo, y seguro que lo habría hecho mejor que alguna de esas pobres transparentes que deambulaban por las pasarelas.

Ella notó mi turbación y una sonrisa de complicidad se abrió paso en su bello rostro.

—Pasa, por favor, no te quedes en la puerta. Hace frío.

"Con ese camisón no me extraña..."

Cuando entré en la salita pude ver que la muchacha había preparado a conciencia el campo de batalla. Olía a incienso y en las lámparas había colocado gasas para darle a la habitación más sensación de intimidad.

Estaba dispuesta a todo.

Ya que yo no me decidía a dar el paso lo haría ella. Nos acomodamos en el sofá y me ofreció algo de beber. No pude por menos que comparar la sensibilidad, educación y delicadeza de esta preciosa chica, con las brusquedades y ordinarieces de la otra. Preparó café y comenzó a explicar lo que había descubierto.

—Me ha costado un poco, pero creo que al final he dado con lo solución.
Cogió una libretita llena de anotaciones y me la mostró.
—Este es el mensaje original del asesino:
"PRÓXIMO CAPÍTULO: TÚ ERES EL CULPABLE DE...LA CAIDA DE - SIN LA CASA - MANA"
—Así es.
—Basándome en los relatos de Poe encontré este que me pareció el más adecuado:
EL HUNDIMIENTO DE LA CASA USHER.
La miré perplejó, pues enverdad no veía conexión alguna entre una cosa y la otra.
Ella se dio cuenta y sonrió.
—Observa que el parecido es mínimo. Apenas coincide la palabra casa, y el hecho de que caída y hundimiento puedan llegar a considerarse palabras con un significado parecido.
—Hay que tener bastante imaginación para llegar a esa conclusión, aunque puede ser válido tu planteamiento —comenté—. Pero la frase del asesino sigue sin tener ningún sentido para mí.
—Tienes razón, y el relato en sí tampoco te aportará demasiado. En él, Poe toca una vez más la obsesión que tenían algunas personas a ser enterradas vivas, algo que ya narró en otros relatos anteriores. No estaba segura, pero me dio la impresión desde el principio que de ese relato solo le interesaba el nombre, y en eso me centré. Por otra parte, he desechado lo que pone a la izquierda de los puntos suspensivos. Lo de próximo capítulo está claro, por desgracia, para la siguiente víctima. En cuanto a lo de "Tú eres el culpable de..." también parece evidente que el asesino le está diciendo a alguien que la próxima persona que muera lo hará por tener, o haber tenido, algún tipo de relación con ese alguien. Cada vez queda más claro que estos crímenes se los está dedicando a un policía, tal y como dio a entender cuando os dejó la primera nota que pedía: "Ayúdame a completar el..." Como digo, me centré en la frase a la derecha de los puntos suspensivos. Le di la vuelta, cambié letras de sitio, y por fin descubrí lo que quería transmitirnos con su mensaje. La clave está en el nombre de la familia.
—¿Usher?
—Sí. ¿No ves nada raro?
—No, ya sabes que...

—...no eres bueno con los puzzles. Ya lo sé, pero quizás si coges papel y lápiz, y yo te ayudo un poco...

Le hice caso y comencé a mover letras. Ella se acercó a mí (¿Alguien puede oler mejor que esta chica?) y me ayudó a comprender el significado de las palabras, con el método tradicional de: *¡Caliente*! o *¡Frío!*

Por fin, y tras muchas vueltas a las palabras, di con la respuesta acertada a ese galimatías sin sentido.

Si cogía el título original de la narración de Poe, y le cambiaba "caída", por "hundimiento" quedaba así:

"LA CAIDA DE LA CASA USHER"

A continuación, y atendiendo de nuevo a lo que el asesino ponía en su nota, quitaba "la casa", y añadía" mana" tenía esto:

"LA CAIDA DE USHER MANA"

El resto ya era evidente, incluso para mí:

"LA CAIDA DE SU HERMANA"

Ahora solo quedaba añadir esta frase al resto, con lo que la nota que nos quería transmitir el asesino, decía:

"PRÓXIMO CAPÍTULO: TÚ ERES EL CULPABLE DE... LA CAIDA DE SU HERMANA"

—Qué retorcido —le dije a mi amiga.

—¿Te suena de algo?

—No tengo ni idea de a qué hermana puede referirse. Ahora sabemos lo que pone en la nota, pero seguimos estando tan oscuras como antes.

Estaba cansado. El día había sido especialmente largo y duro, pleno de emociones y sorpresas, casi todas negativas. Parecía haber transcurrido un siglo desde que me levanté por la mañana, lleno de alegría. Ahora no tenía ilusión. Quería regresar a mi casa destrozada, darme una ducha fría, para luego acostarme y dormir una semana seguida, aunque el mundo se estuviese derrumbando a mí alrededor. Recordé que la cama también había sufrido los efectos demoledores de la camarera, pero daba igual. En peores sitios había dormido...

Me despedí de la chica y al hacerlo noté su profunda decepción. Sin duda confiaba en que la noche terminara de una forma mucho más romántica y animada, pero yo no estaba en la onda adecuada. Le di un beso de despedida en la mejilla y dije lo que millones de maridos antes les han dicho a sus esposas cuando las besan pensando en otras:

—Perdóname. En cuanto pueda te compensaré y agradeceré personalmente todo lo que estás haciendo por mí, pero ahora estoy agotado.

Su cara se iluminó. Acercándose de nuevo, me dio un beso en la boca. Yo me aparté antes de que el volcán entrase de nuevo en erupción.

—Saluda a tu padre de mi parte.

Bajé lentamente las escaleras de su apartamento, mientras mi cabeza no dejaba de darle vueltas al último descubrimiento de la chica. Tenía la sensación de que alguien muy querido para mí corría peligro, pero seguía sin pensar con claridad. El embotamiento, a causa del cansancio, lo impedía.

En lugar de regresar a casa como mi cuerpo exigiá a gritos, me acerqué a la orilla del rio y dejé que la fresca brisa que subía desde el agua me despejara, pero no lo conseguí del todo.

Por fin decidí regresar. Quizás mañana, con la mente limpia y descansada, pudiera descubrir de quién se trataba.

En esos momentos no sabía que mañana sería demasiado tarde...

Llegué a casa, me acosté donde pude y caí dormido en el acto.
Un sueño agitado me sacudió toda la noche. Debí suponer que sucedería algo así. Desde un tiempo a esta parte, siempre que ocurría algo especial (¡Vaya tontería! Lo especial era que no ocurriera algo especial), tenía pesadillas y sueños raros.
Esta noche no fue una excepción.
Hacía muchos años que no soñaba con el orfanato, pues era el reformatorio el dueño y señor de mis pesadillas. Durante ese sueño desfilaron todos los personajes que había conocido allí, desde los profesores, hasta los alumnos.
Amigos y enemigos mezclados todos juntos.
Cuando desperté estaba más nervioso y cansado que cuando me acosté. Tomé otra ducha fría para espabilarme, y comencé a recoger la casa. Me centré, sobre todo, en recuperar y ordenar mis viejos libros. Algunos estaban destrozados, como ya he dicho, pero la mayoría se podrían recomponer con un poco de paciencia.
Nunca sabré si fue casualidad o no, pero al recoger los libros pertenecientes a la época del orfanato, una foto olvidada cayó de uno de ellos. Me agaché y la recogí. Era la típica foto donde se veía a un grupo de estudiantes el día de fin de curso. No pude evitar que las lágrimas acudieran a mis ojos. Era del último año que permanecí en el orfanato, antes de que muriera asesinado mi amigo Carlos, y a mí me internaran en el reformatorio. El verlo aún con vida en esa foto me entristeció mucho.
Dejé lo que estaba haciendo y repasé los nombres de los restantes chicos y chicas de la foto, para ver si todavía los recordaba:
—Este es Diego Sánchez. Esta chica se llamaba Pilar Suarez. Aquí está la novia del Perro, Lucía...
De repente enmudecí.
Un rayo de luz alumbró mi oscuridad.
Todo comenzó a cobrar sentido en mi mente.
—¡Idiota, tarado mental! —exclamé mientras me vestía rápidamente y salí disparado hacia comisaría.
No podía creer que no me hubiese dado cuenta antes de algo tan obvio. De nuevo achaqué a mi enamoramiento el habérseme pasado por alto unos hechos tan evidentes.

Entré corriendo, y casi sin saludar a mis compañeros, fui a la oficina donde teníamos archivados los casos del asesino de las notas.
Saqué la carpeta que almacenaba toda la información disponible hasta es emomento y comprobé que alguien se había apresurado a poner una nota:
“CASO RESUELTO”
—Me temo que no —pensé en voz alta.
Busqué afanosamente entre la enorme cantidad de papeles que incluía cada caso, hasta encontrar lo que buscaba: el caso de los enamorados asesinados en la bodega.
Solo me interesaba el nombre de la chica.
Lo encontré:
“LUCÍA ROMERO”
La angustia me embargó.
Tenía razón... ¡Era ella! La chica asesinada de manera tan monstruosa, era mi primer amor del orfanato. La novia del Perro y la hermana de...
“¡SOLEDAD ROMERO!”
El nombre explotó en mi cerebro igual que una descarga de adrenalina. Si estaba en lo cierto, mi querida amiga corría serio peligro. La nota encontrada en el cadáver de Lucía avisándome de “La caída de su hermana”, solo podía referirse a ella.
No había tiempo para más especulaciones. Tenía que descubrir donde vivía esa chica, y acudir allí lo más rápido posible, antes de que el asesino llevase a cabo otro crimen.
Salí al pasillo chillando como un poseso.
Todos acudieron pensando que me había vuelto loco.
—¡El asesino va a volver a matar si no actuamos rápidamente! —grité.
Me miraron como si la cosa no fuese con ellos y regresaron al trabajo. Mi crédito y credibilidad hacía tiempo que se habían terminado en aquella comisaría.
Solo se quedó a mi lado el único amigo que me quedaba.
—Paul, el caso ya está cerrado. ¿Por qué sigues insistiendo? Te estás poniendo en ridículo delante de todo el mundo —comentó apenado.
—Tengo pruebas fundadas de que el asesino va a matar a una amiga mía. Por favor, ayúdame a encontrar su dirección y así evitar que muera —rogué desesperado.
Me ayudó a buscar esa dirección, y en cuanto la supe, corrí hacia

allí. Era un barrio de gente acomodada. A mi amiga le había ido bien en la vida. Busqué el número de su apartamento, y justo cuando lo acababa de encontrar, vi que una sombra se acercaba hacia mí a gran velocidad. Tuve el tiempo justo de saltar hacia un lado para que no me aplastara.

Había llegado tarde.

No necesité acercarme para saber que el cadáver era de una mujer. Tenía la cabeza destrozada a causa del impacto, pero no cabía la menor duda de que ese cuerpo sin vida pertenecía a mi amiga Soledad.

Me senté en el suelo y aguardé la llegada de mis compañeros.

Estaba hundido.

La vida era una mierda de considerables dimensiones.

¿Por qué tenía que haber muerto esta chica tan encantadora y buena persona?

"Tú serás culpable de..."

Las palabras que el asesino dejó en su última nota me golpearon salvajemente.

Acababa de cumplir su amenaza. Ahora estaría por ahí arriba mirándome y disfrutando al verme tan abatido.

Ni siquiera me molesté en intentar atraparlo yo solo. Sin saber quién era podría cruzármelo en el ascensor y no reconocerlo o escapar por la escalera de servicio y mirar la terrible escena, junto al resto de curiosos, que ya se estaban agolpando para " disfrutar " del espectáculo que ofrecía mi amiga destrozada.

Llegaron casi a la vez mis compañeros y la prensa.

—¿Comisario, es un suicidio, o la policía ha detenido a la persona equivocada? —quiso saber un periodista.

—Es pronto para decirlo. Tenemos que comprobarlo primero.

El jefe vio mi cara de protesta y se acercó:

—Ni una palabra. Si les dices algo te emplumo.

¿Qué iba yo a decir? Mi amiga estaba muerta y no tenía ganas de hablar.

Sergio se acercó y me hizo un gesto para que lo siguiera. Solo habló cuando estuvimos a suficiente distancia de los periodistas:

—Lo siento. Tenías razón y ahora tu amiga está muerta. Quizás si te hubiésemos hecho caso seguiría con vida.

—Lo dudo. El asesino me estaba esperando. Estoy seguro de que Soledad llevaba algún tiempo muerta. En cuanto me ha visto lle-

gar la ha arrojado al vacío. Lo único que podríamos haber conseguido, en caso de haber venido más policías conmigo, es haberlo atrapado dentro del edificio, aunque sabiendo lo metódico y calculador que es, no me extrañaría que tuviese planificada su vía de escape por si se daba ese caso.
Sergio me tendió la nota que había dejado el asesino en el cuerpo de Soledad:
"¡Casi llegas a tiempo de salvarla! Lástima que esta chica no supiera volar. Si continúas perdiéndolos así, nadie va a querer ser tu amiguito... ¡Ja, ja, ja!"

A

Con esta nueva letra, ya casi teníamos completo el nombre de Edgar. Solo faltaba una "R"
Las alusiones a mis amigos, y el hecho de que hubiese matado a mi querida amiga del orfanato, confirmaban que las notas del asesino iban dirigidas a mí.
Yo era ese policía al que se estaba enfrentando desde el primer crimen que llevó a cabo.
De repente perdí los nervios, que ya estaban a flor de piel por culpa de los acontecimientos sucedidos en estos últimos días, y no me pude contener ni un momento más. En ese momento me importaban bien poco las amenazas del jefe, ni los castigos que pudiera imponerme. Levanté mi puño hacia el lugar desde dónde había arrojado a Soledad, y grité:
—¡Maldito asesino hijo de puta! Juro que te atraparé y te hundiré en la mierda, que es donde debes estar.
Mi grito atrajo a los periodistas, por lo que a los pocos instantes una nube de micrófonos y cámaras revoloteaban a mi alrededor, atosigándome.
—¿Entonces nos confirma que el asesino de las notas ha actuado de nuevo? — preguntaba la misma periodista que acababa de hablar con el comisario.
Le pegué un golpe al micrófono que llevaba en la mano y dije:
—Aparta ese cacharro o haré que te lo tragues.
Me alejé caminando.
Quería estar solo.
Cada vez soportaba menos a esta sociedad hipócrita y enferma, dónde todo vale con tal de ganar dinero, o ascender en un puesto

de trabajo. Donde las desgracias ajenas son beneficiosas para algunos
Necesitaba estar solo para pensar.
Tenía una idea bastante clara de quién podía ser el asesino.
Alguien capaz de odiarme tanto como para ser capaz de montar todos estos crímenes con el fin de desprestigiarme y vengarse de mí.
Un asesino que ya había matado con anterioridad.

Regresé a comisaría para confirmar si mis sospechas eran ciertas.
Cuando entré en la sala, comprobé que todos mis compañeros apartaban la vista a mi paso, y agachaban la cabeza. Ya nadie se reía de mí, ni pensaba que estaba loco.
Volví a mirar en los archivos para investigar algo que debí de investigar hace mucho tiempo. Busqué el nombre del marido de Lucía y la causa de su defunción. Como presentía, la ficha no me aclaró nada acerca de la causa del fallecimiento. Había muerto ahogado en el rio, pero su cadáver nunca apareció. Algo normal por otra parte, pues el rio que pasa por la ciudad es profundo y caudaloso.
Ese hombre se llamaba Sebastián Maldonado, y aunque allí no lo ponía, tenía un alias...
¡El Perro!
Mi viejo enemigo volvía a salir a escena.
El asesino del pobre Carlos actuaba de nuevo.
Ahora todo tenía sentido.
Decidido a llevar a cabo los crímenes que luego cometería, y de paso vengarse de un viejo enemigo que era policía, fingió su propia muerte, para así poder actuar impunemente.
Seguí leyendo la ficha y comprobé que en el momento de su supuesta muerte, Lucía y él ya no eran marido y mujer. Estaban separados legalmente. La chica había rehecho su vida con el bodeguero. En la ficha también explicaba que recibió maltratos por parte de su marido y lo denunció en varias ocasiones.
Muy propio de un machista como él.
Con todos estos datos en mi poder no supuso ningún problema imaginar lo que había ocurrido: el perverso sicópata finge su muerte arrojándose al río.
Previamente escribe una carta de despedida:

"No puedo soportar vivir sin ti"
O algo parecido. Su cadáver no aparece nunca, entre otras cosas porque no existe tal cadáver. Una vez muerto oficialmente, puede preparar su venganza con total tranquilidad.
¿Quién podría acusar a un muerto?
Comienza vengándose de su ex mujer, que en ese momento, y libre ya de su tormentoso matrimonio, es feliz con un rico hombre de negocios. Los mata a los dos, pero se ensaña especialmente con ella, celoso de que lo haya abandonado. Supongo que en ese momento se le ocurre la brillante idea de homenajear al maestro de los relatos de terror y suspense, a los que él era tan aficionado en el orfanato, por lo que se inventa todo el montaje de las letras y las notas encaminadas a volver loco y desprestigiar a uno de los policías que investigará esos crímenes...¡A mí!
Como se suele decir, mata dos pájaros de un tiro.
Qué gran satisfacción debió de sentir cuando supo que el odioso chico al que detestaba, después de salir bien librado de su paso por el reformatorio, tras ser acusado del crimen que él mismo cometió, sería el encargado de intentar atraparlo. Debió de plantárselo como un reto personal.
No contento con eso, mata también a la hermana de su mujer. (Soledad la debió de animar a denunciar esos maltratos que sufría) y de paso me da un golpe de muerte, pues sabe que yo adoraba a esa criatura celestial.
Faltaba por descubrir la relación que tenían las demás víctimas con todo esto, pero eso ya no tenía tanta importancia. Ahora lo prioritario era atrapar al perturbado para que dejara de asesinar.
No podía olvidar que aún le faltaba una letra para completar el nombre.
¿Quién podría ser ese desgraciado al que tuviera en su punto de mira?
No quedaba nadie de quién pudiese seguir vengándose y que tuviese relación con el orfanato.
¿O quizás, sí?
Un escalofrió recorrió mi cuerpo cuando me di cuenta de que sí quedaba alguien.
¡La última letra la reservaba para mí!
Sería el postre de este bacanal de muertes. La culminación grandiosa de su venganza.

Sin duda estaría fichado. Busqué su ficha y se la llevé al jefe.
Le expliqué mis deducciones y esta vez ya no me puso más peros. Había tenido razón desde el principio cuando dije que el encargado de la bodega era inocente. Ahora, una vez liberado ese pobre desgraciado, el caso quedaba en mis manos. Me dio total libertad para seguir investigando.
Esa misma tarde una orden de búsqueda y captura con su nombre y su foto circulaba por todas las comisarias de la ciudad.
Era muy hábil y metódico, pero más pronto o más tarde cometería un fallo y lo atraparíamos.
Me reuní con Sergio, que acababa de llegar tras ordenar el juez el levantamiento del cadáver de Soledad.
Le expliqué a él también mis últimos descubrimientos.

—Está claro que dos de los crímenes tienen explicación. ¿Pero por qué asesinó a las ancianas, y al forense? —se preguntó.

—Yo tampoco lo sé.

—Por una parte, sabemos que el móvil del doble crimen de las ancianas fue el robo.

—Y el forense asesinado necesitaba dinero para pagar el costoso tratamiento al que estaba siendo sometido su hijo —añadí yo.

Pensamos un rato en silencio, hasta que mi amigo comentó:

—La clave está en el dinero.

La deducción era obvia.

—El asesino mató y robó a las dos ancianas para poder pagarle al forense que le estaba haciendo chantaje.

—Es lo más probable.

Solo nos faltaba saber cuál era el motivo por el que un forense podía hacerle chantaje a alguien como el Perro.
Una nueva sospecha me asaltó.
Dejé a mi amigo, y regresé a mirar en los ficheros. La verdad es que no parecía que me hubiesen sacado de aquel sótano donde me metieron cuando fui castigado por mi panfleto anti-maltrato. Me pasaba más tiempo rebuscando entre las fichas que pateando las calles. Supongo que eso también entra dentro de las funciones de un policía.
Busqué el asesinato cometido en el orfanato seis años atrás. Allí estaba mi nombre como autor del crimen, pero eso ya lo sabía. Lo que me interesaba era el nombre del forense que se hizo cargo de la autopsia.

Lo encontré y comprobé que había dado en el blanco.
¡Ese forense era el Cuervo!
El muy sinvergüenza había encontrado algo en el cuerpo de mi amigo asesinado que incriminaba al Perro. En lugar de denunciarlo a la policía, había permitido que un pobre chico inocente acabase en el reformatorio, donde casi terminan con su vida.
De alguna manera se enteró que el verdadero asesino tenía dinero (el que le había robado a Carlos después de matarlo) y le hizo chantaje todos estos años, para conseguir el dinero extra que necesitaba para pagarles a los médicos que atendían a su hijo.
Que bien le vino al Perro que al forense le llamaran igual que uno de los famosos relatos de Poe. Se lo cargó, y además de librarse de sus exigencias, pudo completar una letra del nombre. Todo perfecto.

—El enigma se va aclarando poco a poco —comentó Sergio cuando le expliqué mis últimos descubrimientos.

—Sí.

—Pero aún falta una letra para completar el nombre. ¿Quién será el desafortunado que acabará con una R junto a su cuerpo?

No le conté que sospechaba que ese "desafortunado" iba a ser yo.
En ese momento llegaron los compañeros que venían de registrar la zona desde donde habían arrojado a Soledad.

—Hemos encontrado esto en el piso que utilizó el asesino para arrojarla. No había nada más; ni huellas, ni cualquier otra cosa que pudiese identificar al asesino.

Como siempre.
Abrí el papel que me entregó mi compañero. Lo cogió de una pared donde estaba clavado con una chincheta.
Vi una serie de letras puestas al azar.

R A C P X E L V O Z Ñ

V O I O N I S E S A X J

C C P L H O N V A N O

L M A M E S T X I U Y

P Z X A T L E R M Y E

O P O R R E P P T I U

G H E A T O I D I U E U

Además de ese galimatías de letras, en la parte de atrás del papel el asesino había escrito unos números. La sucesión era la siguiente:

5 – 3 – 5 – 4 – 5 – 2 - 3

—No sabemos sí significa algo, pero la hemos cogido por si os puede servir.

—Habéis hecho bien. La examinaremos por si acaso —comentó Sergio.

Como era habitual en alguien tan torpe como yo en el tema de los acertijos, no vi nada a simple vista que nos pudiera ayudar.

Sergio me la pidió y la estudió detenidamente.

—¿Crees que estos números tienen alguna relación con las letras de la parte de delante?

—¡Cualquiera sabe!

Me estaba convirtiendo en un pesado, pero no quedaba más remedio que dársela a la de siempre para que investigara.

Este mes tendría que darle la mitad de mi sueldo a Erika.

Pedí un coche patrulla y fui a su casa.

Al llegar comprobé decepcionado que mi amiga no estaba. Le dejé una nota junto al papel que contenía las letras y le rogué que me llamase lo antes posible si descubría algo.

Regresé a comisaría.

El teléfono sonó en mi mesita. Dejé que lo hiciera, ya que no me apetecía hablar con nadie.

Insistía, por lo que no tuve más remedio que cogerlo.

—¿Diga?

Silencio.

—¿Para que llamas si luego no hablas? —dije irritado.

—¿Eres Paul el poli? —preguntó una voz distorsionada por un aparato electrónico.

—El mismo. ¿Qué quieres?

—Le pediste a uno de mis hombres hablar conmigo —contestó la voz metálica.

Me puse en guardia y presté mucha más atención.

Que el jefe de los mafiosos me llamara en persona era algo poco habitual y sorprendente.

—Así es. ¿Puedo verte?

—¿Para que quieres verme?

—Por teléfono no te lo puedo decir.

Nuevo silencio.

—De cuerdo. Ve tú solo y sin armas hasta el puente colgante. Una vez allí mis hombres te vendarán los ojos y te traerán hasta aquí.

Así lo hice. Esperé una hora hasta que llegó un coche. Salieron dos gorilas, que tal y como dijo su jefe, me vendaron los ojos antes de meterme dentro. Luego me dieron un largo paseo por la ciudad para despistarme y que no supiera a dónde me llevaban. Sin duda su jefe tenía muchos enemigos y no quería confiarse, ni aunque yo fuese policía. Si descubrían su guarida sería hombre muerto.

Al llegar me metieron en una sala, cuyo único mobiliario era una desvencijada silla de madera, en la que tomé asiento; solo entonces quitaron la venda que cubría mis ojos. La sala estaba a oscuras. Estos mafiosos no tenían imaginación. Veían una película de gansters y la imitaban. Alguien entró en la sala y habló:

—Imagino a qué has venido.

Yo conocía esa voz.

En ese momento se encendió una luz y el hombre dio un paso al frente.

Lo reconocí enseguida

—¿Tú eres el jefe?

Ante mis ojos estaba sonriente el hombre que sorprendí espiando mi casa, al que le di un golpe en sus partes nobles, y puse mi pistola en su sien. Si ahora quería devolverme el golpe, o liquidarme directamente, nada podría hacer para evitarlo.

Estaba en sus manos.

Pareció adivinar mis pensamientos, porque dijo:

—No te preocupes. No te guardo rencor. Merecí el golpe que me diste. Además, tenemos un código de honor que nos impide hacerle daño al que acude indefenso a hablar con nosotros. Eso sería de cobardes y nosotros podemos ser cualquier cosa menos eso.

Me recuperé de la sorpresa y pregunté:

—¿Qué hacías allí, y por qué me has engañado acerca de tu identidad?

—No te he engañado en ningún momento. Dije que era un observador y justo eso era lo que estaba haciendo frente a tu casa: observar. En lugar de mandar a uno de mis hombres acudí yo en persona, algo que hago habitualmente para no oxidarme por culpa del tiempo que permanezco encerrado en este refugio, y de paso no reniego de mis orígenes, ya que yo comencé siendo un sicario a sueldo de otros.

—Pero eso te pone en peligro si tus enemigos se enteran de que sales solo.

—Supongo... ¿Pero quién va a pensar que estoy tan loco como para salir sin escolta?

"Eso sí..."

—Imagino que estás aquí para interceder por esa chica que te ha engañado y me debe dinero a mí.

—Así es. Me gustaría saber si hay alguna posibilidad de que le perdones la vida.

—¡Perdonarle la vida! —exclamó soliviantado—¿Por quién nos tomas? Nosotros no matamos a nadie. Esa chica me debe algo más de cien mil, pero cuando la atrapemos, en lugar de matarla como piensas, la pondré a trabajar para mí. Si la mato no recupero el dinero que me debe. Viva me hace mejor papel. No es gran cosa, pero seguro que muchos pagarán por pasar un rato agradable con ella.

Era un consuelo saber que no estaba tratando con asesinos, aunque la alternativa tampoco es que fuera para tirar cohetes...

Hice un último intento para dejarla libre completamente y cuál fue mi sorpresa cuando el jefe accedió a mi demanda.

—Pero solo con una condición —exigió.

—No pienso trabajar para ti —contesté desconfiado.

—Eso ya lo suponía. Alguien tan buena persona, que es capaz de dejarse vendar los ojos, y correr el riesgo de que le peguen un tiro para salvar a una mujer que vale tan poco, no es de los que se deja corromper por los malos —sonrió y añadió: — No pretendo incorporarte a mi grupo, lo único que pido es que atrapes al sádico asesino que está llenando de cadáveres la ciudad.

No pude evitar sorprenderme ante lo extraño de la petición del mafioso.

—¿Y qué interés puedes tener tú en atraparlo?

—¡Mucho más del que puedas creer! Ese maldito nos está haciendo perder mucho dinero.

—Explícate porque no te entiendo —le dije.

—Ya sabes que nuestro negocio consiste en manejar dinero con las apuestas en los casinos, pero también tenemos inversiones en otro tipo de actividades, digamos más normales. Hoteles en la costa, restaurantes, cines, centros comerciales... Cualquier cosa que sirva para que la gente gaste su dinero mientras lo pasa bien. ¿Me vas captando?

—Si hay un asesino suelto por la ciudad, la gente se resiste a salir de casa, por lo que tus negocios se resienten en la misma medida.

—Correcto. Nosotros hemos destinado diez hombres a buscarlo, pero ha sido una pérdida de tiempo. Nadie sabe nada al respecto. Parece que se lo haya tragado la tierra. Acaba con ese criminal y a cambio le perdonaré las deudas a tu amiguita.

—¿Se las perdonarás sin más? —pregunté con desconfianza.

—Sí, pero te advierto que no te servirá de nada. Conozco muy bien a la gente de su calaña. En poco tiempo estará atrapada de nuevo.

—De todas formas, te agradezco que le des una nueva oportunidad.

—No lo hago por ella, lo hago por ti. Ya dije que me caías bien. A pesar de ser poli eres buena persona y las buenas personas no abundan en este mundo. Sois una especie a extinguir.

Me despedí, y tras vendarme los ojos nuevamente, nos dispusimos a regresar a la ciudad.

Me acompañó al coche y dijo:

—Y recuerda también la nota que te di. Atrapa a esos falsificadores de dinero. Hazte un favor y házmelo a mí.

—Lo haré, puedes estar seguro.

Luego me dijo algo muy extraño:

—De nada.

—¿Por qué dices eso?

—Teniendo en cuenta que no nos volveremos a ver, no tendré la oportunidad de decirte eso cuando me des las gracias.

El coche arrancó dejándome sin capacidad de respuesta.

Me llevaron de regreso, pero curiosamente quitaron la venda que tapaba mis ojos justo cuando pasábamos frente al orfanato. Entonces recordé la promesa que me hice a mí mismo muchos años atrás, de acordarme de los niños que estaban encerrados dentro cuando pasara por esta carretera.
Hice algo más que acordarme de ellos. En cuanto me dejaron en el puente donde me habían recogido, fui a una pastelería y encargué varias tartas y golosinas.
Con ellas acudí al orfanato.
Aparqué el coche en la entrada y entonces una mezcla de emociones me asaltó. Por supuesto que no había regresado desde el día en que salí de allí acompañado por dos policías camino del reformatorio. Al recordar el motivo no pude evitar las lágrimas: mi amigo Carlos murió por mi culpa. Yo no lo maté, pero había provocado al asesino que ahora estaba asesinando a otros inocentes, también por mi culpa.
Llamé al timbre. No me recibió la misma mujer que dirigía el orfanato cuando llegué. La mujer que decidió llamarme Paul en lugar de Paulino.
La nueva gobernanta me informó que su antecesora se había jubilado el año anterior. De forma sorprendente sentí una desilusión excesiva ante esa ausencia.
¿Por qué, si apenas había tenido relación con ella?
La verdad es que a veces los seres humanos actuamos de manera muy extraña.
Seguí a la mujer por aquellos pasillos interminables, y tras repartir mis regalos entre los niños, abandoné el lugar. A ellos les acababa de alegrar el día, aunque para mí había sido muy triste. La nostalgia me atacó intensamente cuando recordé que mis amigos ya no estaban en este mundo.
Le pedí permiso a la nueva gobernanta para pasear por el bosquecillo que rodeaba al orfanato y ella permitió que lo hiciera. Me dispuse a disfrutar del placer de caminar sin rumbo fijo por primera vez en mucho tiempo.
Noté como mi cuerpo se relajaba.
Estos momentos son los que aclaran las mentes y ayudan a ver las cosas desde otro punto de vista diferente. Pude pensar con clari-

dad. Hacía mucho tiempo que no me sentía tan bien. Recorrí los mismos caminos por los que pasé unos años atrás acompañado por mis amigos ausentes.

Paseé un buen rato, hasta que una brisa helada me hizo recordar que se estaba haciendo tarde. Metí las manos en los bolsillos de la cazadora, y al hacerlo encontré un papel. Era la nota que me había dado el mafioso, apuntándome el lugar y la hora en que los falsificadores harían el intercambio de billetes falsos por auténticos, para así blanquearlos.

Pensé como solían funcionar esas transacciones:

Los falsificadores cobraban la mitad del valor real de esos billetes que ellos fabricaban, pero no corrían ningún riesgo. Eso quedaba reservado para los "colocadores", que ganaban el doble de lo que invertían, pero siempre con el riesgo de que los pillaran en el momento de ponerlos en circulación.

Me quedé mirando el papel. La entrega sería ese mismo día. Faltaba tan solo tres horas. Tendría que apresurarme si quería informar al comisario para que los atraparan en pleno intercambio.

Me despedí de la gobernanta y regresé al coche. Salí hacia la comisaría a toda velocidad. Incluso me tiré el pegote de poner en marcha la sirena y la luz azul. Llevaba un "chirimbolo" de esos portátiles que habréis visto cientos de veces en las películas. No lo había puesto nunca y ahora la ocasión lo requería.

Por cierto, contaban una anécdota sobre Dionisio y esa luz giratoria, que denotaba las pocas luces del pelirrojo.

Cierto día, patrullando las calles junto a su compañero, detectó la presencia de unos delincuentes peligrosos que buscaba la policía desde hacía mucho tiempo. Conducían un coche camuflado, y cuando se pusieron a perseguirlos, el Dionisio sacó la luz para pegarla en el techo del vehículo... y la acabó pegando en la "cocorota" de su compañero de patrulla. Menos mal que era calvo como una peonza, y se le pegó igual... ¡El muy idiota no se había dado cuenta de que el coche era descapotable!

Seguro que era una exageración lo que contaban, pero tratándose del pelirrojo todo era posible.

De repente, al recordar a mi "casi-amigo", una idea cruzó por mi cabeza. Le eché el lazo para que no volase y me dispuse a llevarla a cabo.

Al llegar a comisaría la trama a ejecutar ya estaba del todo formada. Esta era la ocasión que llevaba tanto tiempo esperando. Solo gracias a la tontería de la sirena y el calvo me había percatado de ella.

En lugar de darle el papel al jefe para que tomase cartas en el asunto del dinero falso me fui a buscar a Sergio.

Le expliqué mi plan.

—Bastante arriesgado me parece, aunque si te sale bien matarás dos pájaros de un tiro —dijo mi amigo, que parecía muy poco emocionado con la idea.

Pero era un amigo, de esos que no están a tu lado únicamente para pedirte favores.

—No quisiera ponerte en peligro, pero es que yo solo no puedo llevarla a cabo. Puede ser muy peligroso.

—Sin duda lo será, por ese motivo necesitarás mi ayuda— contestó.

Le di las gracias. Era un gran muchacho, siempre dispuesto a hacer un favor a los demás.

Nos pertrechamos con chalecos antibalas, y tras comprobar nuestras pistolas, nos dirigimos a la dirección que me habían facilitado. Llegamos media hora antes de que se reunieran para el intercambio. Así tendríamos tiempo de colocarnos y esperar pacientemente a que llegasen.

Nos metimos en un almacén de material eléctrico. La gran sala estaba rodeada por una pasarela circular que facilitaba el paso de un lugar a otro. Subimos a esa pasarela y comprobamos que desde allí tendríamos una vista privilegiada de lo que sucediese abajo, además de permitirnos desplazarnos rápidamente si era necesario. Estaba hecha con planchas metálicas, por lo que haría la doble función de ocultarnos de la vista de esa gente, y a la vez nos protegería de un eventual enfrentamiento con ellos.

Cuando fueron haciendo su aparición comprobé satisfecho, que además del maletín donde traían el dinero falso, llevaban otro con las planchas para fabricarlo. Si desaparecían esas planchas la falsificación se detendría, y eso era lo más importante de todo. Sin duda, los que traían el dinero de curso legal, habían exigido ver las planchas con las que se habían fabricado esas copias tan perfectas.

Nos situamos en posición, justo en el momento en que llegaban los compradores del dinero falso. Traían otro maletín idéntico a los que llevaban los falsificadores.

—Se ve que los compran al por mayor —bromeó Sergio.

Le hice un gesto para que se concentrara, pues acababa de descubrir que la cosa no sería tan fácil como pensaba en un principio, pues eran más de los que preveía. Ocho en total, cuando esperaba seis como máximo. Todos llevaban pistolas y dos de ellos portaban ametralladoras ligeras.

Sergio lanzó un bufido.

Le hice un gesto indicando la salida. Era imposible que nosotros dos solos pudiéramos sorprender a tantos y tan bien armados.

—De eso nada. Hemos venido hasta aquí y no nos iremos de vacio—insistió.

¡Qué cojones tenía el tío!

Era cabezón como él solo.

—Venía preparado para esta eventualidad —añadió, enseñándome una bolsa de mano.

Vi sorprendido que llevaba encima todo un arsenal de armas. Parecía un pacífico ciudadano de los "States", en un tranquilo día de picnic.

—Me arrastraré por la pasarelae iré dejando una de estas pistolas cada cinco metros, luego nos desplazamos rápidamente, la disparamos y seguimos hasta la siguiente.

Comprendí su intención.

—Creerán qué somos muchos más.

—De eso se trata. Arma todo el barullo que puedas.

Cuando vi que estaban en pleno intercambio, grité sin asomar la cabeza:

—¡Alto, policía! Soltad las armas. Estáis rodeados.

Sin esperar respuesta disparé por encima del parapeto y me lancé en busca de la pistola que tenía a mi derecha. Sergio hizo otro tanto, por lo que a los pocos instantes les llovió fuego de seis sitios diferentes.

Pero el plan de mi amigo no surtió efecto. En cuanto se recuperaron de la sorpresa comenzaron a mandarnos una auténtica lluvia de plomo. Eran profesionales y no pensaban dejarse intimidar por la policía. Seguramente habían tenido enfrentamientos similares con anterioridad y estaban acostumbrados.

Unos minutos después nuestra situación era desesperada. Pronto descubrirían que habíamos montado una farsa y que solamente éramos dos. Subirían a buscarnos, nos rodearían y acabarían acribillándonos.

A mí no me importaba morir. Como ya he dicho en una ocasión anterior, la vida me había concedido muchas prorrogas, pero sentía haber metido a mi amigo en un lío que podía costarle la vida.

En ese momento se reunió conmigo.

—¡La cosa está “chunga”!

—Siento haberte metido en este follón, amigo. Huye y sálvate, mientras yo protejo tu retirada.

Me abrazó.

—Vale.Nunca te olvidaré. Escribirán odas sobre el héroe que murió por defender a un amigo, en un sitio en el que nunca debían de haber estado. Mis nietos se alegrarán de que me salvases la vida, más que nada porque en caso contrario no habrían nacido.

Soltó la parrafada, pero no se movió.

—Vete ya, payaso. Pronto subirán a buscarnos.

—¿De verdad creías que te iba a abandonar? ¿Por quién me tomas? Si me conocieras bien sabrías que soy hombre de recursos. Ha fracasado el plan “a”, pero siempre tengo un plan “b”.

Sacó algo del bolso y cuando vi lo que era no pude por menos que exclamar:

—¡Una bolsa de madalenas! ¿Los vas a invitar a merendar antes de que nos maten?

Comencé a reír, a pesar de que las balas cada vez pasaban más cerca de mi cabeza.

—Noticia de alcance...Dos policías asesinados por falsificadores, a pesar de que les lanzaron madalenas para ablandarles el corazón

Reía como un demente. Ya hasta me daba igual morir.

—Ten paciencia mi incrédulo muchachito y no desesperes.

Pero lo que menos hacía yo era desesperar. Me lo estaba pasando en grande. Entre morir en un agujero infecto o de una paliza, y esta muerte tan” risueña”, no había color.

Vi que sacaba una de las madalenas, y tras darle un bocado, la arrojaba por la protección.

No supe que decir, hasta que una tremenda explosión sacudió la nave.

—¡Joder con la granada! —chilló alborozado.

Lo miré y descubrí que llevaba en la boca una anilla. Estaba claro que confundí la granada de mano con una madalena. De dónde la

sacó ya era otra cuestión.
Los traficantes no se lo pensaron dos veces, ya que contra eso no tenían defensa alguna. Sorprendidos por el hecho de que la policía les arrojase granadas, abandonaron el almacén disparando intermitentemente en nuestra dirección. Uno de ellos hizo un intento tímido de regresar a por los maletines, pero un par de disparos a los pies le hizo desistir.
Tras unos instantes para asegurarnos de que habían huido, descendimos por las escaleras, nos apoderamos de los tres maletines, y salimos corriendo, como dos ladrones tras atracar un banco.
Todo había salido a las mil maravillas.
Teníamos el dinero, las planchas, y nadie había resultado muerto. Ese era el requisito esencial para poder llevar a buen fin mi plan. Si uno solo de esos falsificadores hubiese perdido la vida en el enfrentamiento, tendrían que haber intervenido mis compañeros y por lo tanto mi plan se habría venido abajo.
El primer objetivo estaba cumplido, y no había sido nada fácil. Ahora quedaba la segunda parte del plan, que tampoco era "moco de pavo"
Nos metimos en el coche y abrimos los maletines.
—¡Vaya teeeela que pasón! —exclamó mi amigo cogiendo uno de los fajos de billetes.
—Ten cuidado. No los mezcles o se fastidiará todo. Están tan bien hechos que es imposible saber a simple vista cuál es el maletín de los falsos y cuál el de curso legal —le dije a Sergio.
—De verdad que son perfectos.
—Por cierto... Ya me explicarás de dónde has sacado esa madalena explosiva.
—¿Te acuerdas de mi paisano?
—El que está a cargo del almacén.
—El mismo. Me la ha dado él. Ya sabes que continuamente entran en la comisaría toda clase de objetos y armas que les requisamos a los delincuentes. Esa granada proviene del registro en un local de alterne.
—¿Y qué hacía en una bolsa de madalenas?
—Pasar desapercibida. No podía salir del almacen con ella en la mano. Mi amigo la metió en el paquete de madalenas que había traído para merendar. Gracias a eso nadie se dio cuenta de que me la llevaba.

—¡Pues menos mal qué no te equivocaste! ¿Te imaginas que en lugar de la granada comienzas a lanzarles madalenas cómo dije yo? —nos reímos un buen rato ante esa posibilidad—. Dale las gracias a tu amigo y llévale un lote de dulces de la mejor calidad. Nos ha salvado la vida.

Cuando volvimos a comisaria llevábamos solo uno de los maletines. Los otros dos estaban guardados a buen recaudo.

Me acerqué a la mesa de Dionisio con el maletín bien visible delante de mí.

—¿En ese maletín llevas tus indios y vaqueros?

El pelirrojo seguía con sus idioteces de siempre. Tenía esa gracia infinita, que solo los desgraciados como él eran capaces de ofrecer a los demás mortales.

Adopté un aire de confidencialidad antes de decir:

—Con lo que llevo aquí podrías pegarte unas buenas vacaciones.

Como era de suponer, el poli corrupto estiró el cuello igual que un águila carroñera al oler una presa.

—¿Otro regalito de un restaurador agradecido? —preguntó en tono de burla.

—Esta vez es mucho más que eso. Hay un cuarto de millón de euros en este maletín, esperando a que alguien los adopte.

Me miró como si le hubiese dicho que dentro llevaba el braguero del general, al que le rezaba todas las noches para que regresara y nos pusiese a todos los jóvenes a escuadra.

—¡No bromees con un pobre poli viejo a punto de jubilarse! Mi corazón no está para soportar emociones tan fuertes.

—No bromeo, Dionisio.Ven.

Nos fuimos al W.C. de las damas, donde sería mucho menos probable que nos molestaran. El tren de la igualdad llegaba con retraso a esta comisaría...

Tras cerrar la puerta con el pestillo, abrí el maletín y le enseñé el contenido.

Los billetes recién fabricados brillaron con intensidad a la luz del foco.

—Es una broma, ¿verdad? Me estás gastando una maldita broma, para devolverme todas las putadas que te he hecho desde que estás aquí —aseguró, pero sus ojillos brillaban de pura codicia— ¡Estos billetes son falsos!

Cogió un fardo y se deleitó con la textura y el olor de los billetes

que contenía.
Llamaron a la puerta.
No hice caso a su comentario acerca de la falsedad de esos billetes, y comenté inocentemente:
—¿Y para qué narices vendría yo a enseñarte una maleta llena de billetes falsos?
—¡Yo que sé! —dijo visiblemente nervioso.
Golpearon la puerta con mayor intensidad.
El pelirrojo giró su cabeza hacia la puerta y gritó:
—¡Si tienes mal la próstata vete al wáter de las tías!
—Este es el wáter de las tías —respondió una vocecilla de mujer.
La reconocí. Era una de las agentes jóvenes que se habían incorporado hacía poco a la comisaría. Una chica inteligente y refinada, que comparada con el borrego que tenía a mi lado vencía por goleada.
—¡Pues vete al de los tíos y que te jodan! — respondió sin miramiento alguno.
—¡Grosero, asqueroso! —protestó la chica, escandalizada ante el comentario.
—Y si no encuentras ningún hombre que quiera hacerte los honores, vuelves y me lo dices, que ahora voy yo. ¡En esta comisaría cada vez hay más maricones!
Pobre chica...
Con elementos como este, el tema de la integración y la igualdad entre sexos se aplazaría "sine die".
Si conseguía "jubilarlo" antes de tiempo seguro que mis compañeras me harían un monumento por librarlas de su presencia.
Pero la cosa no iba a ser tan fácil...
No me equivoqué al pensar que el pelirrojo era desconfiado por naturaleza, aunque ya tenía prevista esa posibilidad.
Cogió dos billetes al azar y se fue con ellos al escáner que teníamos en la comisaría, para detectar precisamente billetes falsos.
Regresó al poco tiempo, exclamando:
—¡Son auténticos! ¿De dónde has sacado esta fortuna?
Se lo expliqué.
—Hemos atrapado a un grupo de pederastas que estaban haciendo una auténtica fortuna colocando fotos de niños en internet. Les requisamos varios ordenadores y dentro de una caja fuerte encontramos este maletín donde guardaban sus ganancias.

—¿Y te has quedado tú solo con todo? —preguntó amoscado— ¿Crees qué soy idiota, chaval?

Se había dado cuenta.

Todo el montaje no había servido para nada.

Hice un último intento, aprovechando que el maletín estaba lleno de billetes solo hasta la mitad, y dije con toda la convicción que pude reunir:

—Esta es mi parte. El maletín estaba lleno. Mi compañero se ha quedado con el resto.

Vi que dudaba.

Por fin se impuso la avaricia del pelirrojo. Ya se veía paseando por una playa paradisíaca rodeado de bellezas.

—¿Qué hacemos? —pregunté para animarlo a que se decidiera lo antes posible. Cada minuto que pasaba más posibilidades había de que alguien nos descubriera y el montaje se fuera al traste.

—¡Repartírnoslo, por supuesto!

¡Había picado!

No me lo podía creer.

—Estupenda idea. Nadie lo reclamará, porque esos asquerosos se van a tirar una larga temporada entre rejas.

Rogué al dios de los embaucadores que al pelirrojo no se le ocurriese mirar en la lista de detenciones, de lo contrario vería que no habíamos detenido a ningún pederasta últimamente.

No había peligro por esa parte.

Ya he comentado en una anterior ocasión que le importaba todo un pimiento... Todo lo que no fuese sacar tajada, claro está.

—Me lo llevaré yo y lo guardaré en mi casa. Tú eres capaz de regalárselo a la pelandusca esa con la que vives.

¿Es que mi vida sentimental era de dominio público?

—Ya no vivo con ella. Me ha abandonado —contesté abatido.

—Mejor para ti muchacho. En mi pueblo había un dicho:

"El que tiene una buena mujer y la pierde, no sabe lo que gana"

Precioso de cojones...

—Así que la tuya, que cojeaba de las dos piernas...

No respondí lo que tenía en mente, porque habría estropeado mi brillante representación. La mejor respuesta que podía darle a ese machista misógino era mandarlo a la cárcel una buena temporada y en ello me centré.

De todas formas, el hecho de que se quisiera llevar el maletín a su casa demostraba que no tenía intención de repartir nada conmigo, tal y como yo suponía. Una cosa era repartir unos pocos billetes, y otra muy diferente compartir esta auténtica fortuna con nadie. Todo estaba saliendo a pedir de boca.

—¿Pero no pensarás ir ahora a llevarlo? Si te vas en plena jornada alguien podría sospechar, y más aún si te ven salir con el maletín con el que he entrado yo.

—Tienes razón chaval. Hombre precavido vale por dos, y yo, gracias a mi trabajada "barriguita cervecera" valgo por cuatro. Lo dejaré en mi taquilla hasta la hora de salida, y luego me quedaré el último para salir tranquilamente sin que nadie me vea.

—Tendrás que buscar una buena excusa para que el sargento de guardia de la entrada no se sorprenda. Tú siempre te vas el primero —comenté.

—Muy buena apreciación chaval. Ya sabes lo que opino: está bien que te engañen para entrar, pero no para salir...

Ni para entrar, ni para salir. Siempre llegaba el último y se iba el primero. Menudo gandul.

Lo hizo como lo planeamos.

Era de noche cuando entraba en su casa con el maletín metido en una gran bolsa de plástico, con la que había engañado al hombre de guardia en la puerta.

"—Me llevo la ropa sucia a lavarla a casa" —le dijo al sargento.

Una vez dentro de su casa cerró la puerta con llave y corrió las cortinas. Abrió el maletín y lanzó los billetes al aire, dándose un auténtico baño de dinero.

—¡Idiota! ¿De verdad creías que iba a repartir el dinero contigo? Será mi jubilación anticipada. Con esta fortuna podré vivir a cuerpo de rey el resto de mis días.

Tenía intención de volar a una playa tropical, para rodearse de bellezas morenitas, serviciales y cariñosas, gracias a que iría repartiendo billetes por doquier como si fuese un Papá Noel pelirrojo. Mañana sin falta acudiría a su banco e ingresaría el dinero para que...

"¡Que tontería estás pensando!"

Allí le preguntarían de dónde había sacado tanto dinero y lo atraparían. Lo mejor sería meterlo en una caja de seguridad. El día que estuviese preparado para cambiar de vida, y volar al paraíso, lo sacaría y se lo llevaría en ese mismo maletín. Nadie lo registra-

ría en la aduana; al fin y al cabo, era policía...
Saboreó con deleite el golpe de suerte que la vida le tenía preparado. Comenzó a recoger los billetes esparcidos por el suelo y los volvió a meter dentro del maletín.
En el último momento decidió guardarse uno de los fajos. Por la mañana se daría un capricho que hacía tiempo deseaba. Acudiría a una joyería y compraría una cadena de oro macizo, similar a las que había visto en las películas. Las llevaban los mafiosos y otras gentes del mundo del espectáculo. Menudo golpe daría cuando se pasease por la playa luciendo la cadena en su pecho desnudo y marcando paquete. Todo el mundo pensaría que era algún conde, o parásito similar, en viaje de placer.
No pudo evitar sonreír ante tan magnífica perspectiva.
Se pasó la noche contando billetes, y cuando el nuevo día despuntó, ya sabía a cuánto ascendía su fortuna.
—¡Cuatrocientos mil! El niñato pensaba que solo había un cuarto de millón, pero realmente hay mucho más.
Con su sueldo de policía necesitaría más de diez años de aguantar maleantes, poniendo en peligro su vida, para poder ganar esa cantidad de dinero, y ahora le venía llovida del cielo. Pediría la jubilación anticipada mañana mismo, y con lo que le dieran, más este dinero, viviría como un maharajá el resto de sus días.
Cogería un avión y desaparecería, antes de que su "socio "tuviera tiempo de saber lo que había pasado, y se diese cuenta de que lo había engañado como a un idiota.
Salió jubiloso a la calle. Antes de dirigirse al banco a contratar una caja de seguridad para meter el maletín, buscó una joyería donde realizar el sueño de comprar la cadena maciza de oro.
Entró en una que parecía adecuada. En cuanto le explicó al dependiente lo que quería, este acudió solícito a mostrarle todos los modelos que tenían. Eligió una con doble trenzado. Era la más cara de todo el muestrario. Se la dejó puesta y le dijo al dependiente:
—No se moleste en envolverla; me la llevo puesta.
La metió por dentro de la camisa. Aún no era el momento de exhibirla. Se limitaría a sentirla colgando de su pecho. Sería el símbolo de su nuevo estado de opulencia.
—¿El señor pagará con tarjeta o en efectivo?
—En efectivo —repondió satisfecho.

—Es una fuerte cantidad...—objetó el dependiente, desconfiando que ese hombre llevara encima una cantidad tan elevada.

—No te preocupes. Dispongo de ella.

Sacó el fajo de billetes que había cogido del maletín, y tirándolo con suficiencia encima del mostrador, le dijo con fanfarronería al dependiente:

—Sírvete tú mismo.

El joyero abrió los ojos de forma desmesurada al ver tantos billetes de quinientos juntos.

Dionisio preguntó:

—¿Hay suficiente?

—Sí señor y áun sobran más de la mitad de los billetes.

El dependiente tomó la cantidad necesaria para pagar la cadena y devolvió el resto a su propietario. Solo le faltó hacerle una reverencia.

El policía en vías de jubilación salió a la calle sintiéndose un hombre nuevo.

Saboreaba el placer de sentirse poderoso gracias al dinero que llevaba en el bolsillo. Anduvo unos pasos por la calle, sin prisa, para disfrutar la sensación del oro golpeándole el pecho.

Hoy no iría a trabajar. De todas formas, mañana iba a dejar el cuerpo... ¡Qué les dieran por saco a todos!

Ya no tendría que aguantar ni un minuto más a toda esa pandilla de subnormales.

En ese momento se escuchó el ulular de un coche patrulla, que llegó a toda velocidad con la sirena puesta, y se detuvo a su lado.

Del coche patrulla descendieron dos agentes jóvenes a los que no conocía.

—¿Qué tal, muchachos? Que amabilidad por parte del jefe al enviar un coche patrulla a buscarme —fanfarroneó e hizo amago de subir al asiento del acompañante.

—¡No te muevas! —le apuntaron con sus armas.

El pelirrojo se quedó boquiabierto.

¿Qué hacían aquellos dos mierdecillas de novatos apuntándole con sus pistolas?

—¡Bajad esas armas, imbéciles! ¿No me reconocéis?

Los dos agentes no tuvieron tiempo de responder, ya que en ese momento hizo acto de presencia otro coche patrulla y se detuvo junto a ellos.

—¿Dionisio? —preguntó el agente que acababa de llegar, y que por supuesto era Sergio.

Intentaba por todos los medios evitar reírse en su cara, al comprobar que la alimaña había caído en la trampa que le habíamos tendido.

—¡Perra suerte la mía! —explotó el pelirrojo —. Entre todos los polis de la comisaría me tengo que topar con dos novatos de mierda y con el policía más imbécil de toda la historia de la humanidad.

—Yo también te quiero Dionisio, pero ahora lo importante es... por cierto, ¿qué haces aquí? —preguntó inocentemente mi amigo, como si no lo supiese de sobras.

—¡Es que acaso tengo que pedirte permiso para andar por la calle! —respondió cada vez más irritado. Con lo bien que había comenzado el día y ahora este gilipollas se lo estaba estropeando.

Sergio siguió con su brillante actuación.

—Normalmente no, pero es que da la casualidad que coincides con la descripción de un sospechoso.

—¿Un sospechoso de qué?

—Aún no lo sabemos. Con los años que llevas cobrando y pareciendo que trabajas de policía, deberías saber que en la comisaría solo recibimos un aviso acústico de alarma. El agente que controla las cámaras de grabación nos informa del aspecto del sospechoso para que lo detengamos. Esperaba que nos lo aclararas tú —lo miró burlón— ¿No habrás asaltado la joyería y te habrás llevado todos los relojes de oro en ese maletín que llevas en la mano?

Dionisio palideció, pero no perdió su mala leche. La cosa se estaba complicando por momentos.

—Muy gracioso caraculo.

—¿Entonces qué llevas dentro?

Uno de los novatos intentó coger el maletín.

—Si pones un solo dedo en el te lo parto —contestó el pelirrojo pegándole un fuerte empujón.

—Tranquilos, muchachos. Todos somos compañeros. Voy a hablar con el joyero y seguro que resolvemos este malentendido sin más problemas. Esperadme aquí. Vuelvo enseguida.

Sergio entró en la joyería para continuar con la farsa y regresó enseguida

—El joyero te acusa de pagarle con dinero falso un cordón de oro valorado en varios miles de euros.

—Lo del cordón es cierto, pero de falsos nada. Lo he pagado con el dinero que llevo en este maletín, que son los ahorros de toda una vida. Precisamente me dirigía al banco a depositarlos, si consigo que me dejéis en paz. Largaos a detener delincuentes de verdad y dejadme tranquilo.

Sin duda pretendía acojonarlos para que lo dejasen marchar, y de esa forma no descubrieran que el dinero que llevaba en ese maletín no podría haberlo ahorrado con su sueldo de policía ni en cinco vidas.

—Cuanto lo siento compañero, pero debes acompañarnos a comisaría, donde se aclarará este malentendido. Ya sabes como es el procedimiento en estos casos.

Dionisio no pensaba darse por vencido. Todavía chillando dijo:

—¡No pienso acompañarte a ningún lado! Te recuerdo que soy policía.

Sergio tampoco pensaba dejarse convencer.

—Lo vuelvo a sentir, pero en el procedimiento de detención de sospechosos no pone nada de excluir a nadie... ni, aunque sean policías.

Que bien se lo estaba pasando mi amigo jugando al gato y al ratón con nuestro enemigo. Por fin podía vengarse de todos sus insultos y desprecios.

—Así que arreando a ver al jefe y a él le explicas todos los detalles. Y no se te ocurra negarte otra vez o nos veremos obligados a reducirte a la fuerza.

—¡No tenéis huevos entre los tres para hacer eso!

—¿Quieres comprobarlo? Precisamente uno de los chicos es cinturón negro de judo, y estaría encantado de hacerte una demostración gratuita. Estos muchachos cada vez salen mejor preparados de la Academia, no como en tus tiempos, que solo entraban en el cuerpo los que no tenían donde caerse muertos.

Estas palabras le convencieron para acompañarlos sin ofrecer resistencia.

Cuando llegaron a comisaría todos asistimos sorprendidos a la llegada del policía veterano, acompañado por los tres jóvenes.

Yo parecía tan atareado en mi mesa repasando unos papeles que ni levanté la cabeza. En realidad, lo hacía para que nadie viera la sonrisa que me ocupaba toda la cara.

Sergio pasó por delante de mi mesa, en el momento en que la comitiva se dirigía al despacho del jefe, y guiñó un ojo con complicidad.
Yo tenía claro lo que pasaría a continuación y estaba preparado.
También noté la mirada del pelirrojo taladrándome, pero no hice caso. Algo sospechaba, aunque no imaginaba el alcance de todo aquello, por lo que se le veía bastante tranquilo con respecto al dinero. Nadie podría demostrar que la cantidad tan elevada que llevaba en el maletín la había obtenido por medios ilegales. Tampoco tenía miedo de que yo lo acusara. Sería la palabra de un policía joven contra la de un veterano. Al comisario le contaría lo mismo que a Sergio: parte de ese dinero que llevaba en el maletín lo había ahorrado pacientemente, y el resto, hasta completar la cantidad, lo heredó de una tía lejana. Seguía sin comprender porque ese joyero lo acusaba de pagar con billetes falsos. Él no era tonto, por eso cuando el novato imbécil le vino con el maletín del dinero, sospechó que algo tramaba y tuvo la prudencia de comprobar que eran auténticos. No cayó en la vieja trampa de coger solo de la parte de arriba y que únicamente esos fuesen auténticos. Sacó uno del centro, y uno de la parte de abajo y comprobó que eran de curso legal. No había problema por esa parte. Lo único extraño fue comprobar que la primera vez que abrió el maletín en el wáter de la comisaría le pareció que había menos billetes que cuando lo abrió en su casa, pero eso era una tontería. Los billetes no se multiplican, como los malos pensamientos.
Entraron al despacho del comisario y vieron que el jefe no estaba solo. Lo acompañaba un agente de asuntos internos.
Dionisio lo reconoció e hizo una mueca, ya que ese agente tenía fama de ogro. El hecho de estar allí no auguraba buenos presagios para él.
Cuando habló, sus malas sensaciones aumentaron.
—Qué forma tan buena de comenzar el día... ¡Echándole el guante a un agente corrupto! —exclamó a modo de presentación.
—Agente Fernández, le recuerdo que este hombre es inocente mientras no se demuestre lo contrario.
El jefe defendía a su hombre y le paraba los pies al policía de asuntos internos.
—Veremos...
Había salido de caza y no pensaba regresar de vacío.

Comenzó el interrogatorio:
—¿Qué llevas en el maletín?
—Dinero.
Abrió el maletín y les mostró el contenido.
Fernández lanzó una exclamación al ver tanto dinero junto.
—¿De dónde has sacado tanto dinero? —quiso saber el comisario y Dionisio soltó el cuento que llevaba preparado.
—Una tía lejana, dices... ¿Trabajaba para Al Capone?
—¿A qué viene esa tontería, jefe?
—Esa tía tuya o trabajaba para un mafioso o estás mintiendo. ¡Estos billetes son falsos!
La noticia causó gran conmoción en el rostro del pelirrojo. Su chulesca compostura había pasado a mejor vida.
—Imposible. Yo mismo los comprobé, cuando... —se interrumpió, a punto de meter la pata.
Pero Fernández ya había oído suficiente.
—¿Comprueba usted siempre los billetes que hereda de una tía ancianita? —preguntó con ironía.
—En cualquier caso, pronto saldremos de dudas. Llevad el dinero al escáner y comprobad si es falso o auténtico. Si los billetes son de curso legal nos tragaremos el cuento de la tía y quedaras en libertad, pero como sean falsos... ¡Qué Dios te pille confesado! En la cárcel te están esperando con los brazos abiertos varias decenas de presos a los que tú enviaste allí, tras falsificar pruebas que los inculpaban de delitos que no habían cometido.
—¡Jefe! —intentó protestar el pelirrojo.
—¡Ni jefe, ni leches! No creas que me has engañado todos estos años. Trabajas para un grupo de delincuencia organizada de la ciudad, que se dedican a realizar todo tipo de actividades delictivas como la prostitución, tráfico de drogas, pederastia... y tú te dedicas a mandar a prisión a los integrantes de los grupos rivales, para quitarlos de en medio. De esa forma tus amigos no tienen competencia. Si hubiese tenido pruebas contra ti, hace ya mucho tiempo que te habría denunciado yo mismo, pero ahora presiento que te has pasado de listo, y alguien que lo es mucho más que tú, te ha jugado una mala pasada.
Esperamos a que regresaran el agente Fernández, y uno de nuestros compañeros, que habían ido a comprobar los billetes.
La espera se hizo eterna. Todo el mundo en la sala miraba disimu-

ladamente hacia la habitación del comisario, que era el lugar donde se estaban desarrollando los hechos.

Por fin, el agente de asuntos internos regresó eufórico, y exclamó:

—¡Son más falsos que mi primo! Dice que es capaz de echar cinco sin saca...

—Fernández...

Pero el aludido ni se inmutó y le dijo al pelirrojo:

—Quedas detenido por apropiación indebida de fondos, falsedad, y por intentar tomarle el pelo a la autoridad competente, que en este caso soy yo.

—¡Fernández! Use la fórmula habitual para efectuar una detención y no improvise —le dijo el jefe, que ya comenzaba a cansarse de las malas formas de ese agente.

El pelirrojo se sintió atrapado y reaccionó como un cobarde.

El comisario había dado en el blanco al decirle que su vida en prisión no iba a ser precisamente cómoda. Al hecho poco habitual de que un policía acabase en la cárcel, algo que de por sí ya era bastante duro para el preso, se unía en este caso, la gran cantidad de "amigos " que estaban allí encerrados esperándolo.

Un escalofrío de miedo recorrió su cuerpo y comenzó a cantar:

—No soy el culpable. La culpa la tiene Paul. Me ha engañado.

—¿Te ha engañado ese novato a ti, que eres gallo viejo?

—¡Sí! El maletín es suyo; yo solo pensaba guardárselo. He cogido el dinero que necesitaba para comprarme el collar, porque no he podido resistir la tentación, pero el falsificador es él.

—¡Paul! —gritó el jefe.

Acudí raudo y veloz. Ya he dicho que esperaba esa llamada en cualquier momento.

—Dice Dionisio que tú le diste ayer este maletín lleno de dinero falso.

Puse mi mejor cara de angelito y contesté:

—Así es, señor.

Una sonrisa de triunfo se dibujó en el rostro del pelirrojo.

Se veía libre como un pájaro... Realmente eso es lo que era.

—¿De dónde lo sacaste? —preguntó Fernández.

—Lo requisamos Sergio y yo en una redada que efectuamos en un taller de falsificación de billetes.

Mentí un poquito, pero era por una buena causa.

—¡Mientes! —gritó el acusado—. Me dijiste que se lo habías quitado a unos pederastas, y que nos lo podíamos repartir.

—¿Yo? Eso no es cierto. Como consta en el libro de entrada de objetos requisados, informamos de la captura de ese maletín de billetes falsos, junto a los moldes para fabricarlos. Los falsificadores lograron huir tras un tiroteo, porque nosotros éramos dos y ello ocho, pero capturamos el dinero falso y las planchas para fabricarlo. Todo eso está reflejado en el informe que tengo sobre mi mesa. Pensaba entregárselo a continuación.

El jefe hizo un gesto dándome a entender que lo quería.

Fui a cogerlo a mi mesa y se lo entregué. Lo leyó y preguntó:

—¿Y cómo explicas que este maletín haya acabado en poder de Dionisio, en lugar de estar en el almacén de la comisaría?

—Pues no lo sé. Lo único que puedo decirle es que cuando me disponía a llevarlo al almacén, Dionisio me preguntó qué llevaba en el maletín, y cuando se lo dije, se ofreció amablemente a llevarlo por mí. Jamás sospeché que lo utilizaría para su beneficio particular.

—¿Le informaste qué contenía billetes falsos? —quiso saber Fernández.

Puse cara de sorpresa antes de responder:

—¿Para qué? Fueran falsos o auténticos, un buen policía jamás debe usar las cosas que requisa para su beneficio personal.

Parecía que estuviera leyendo el manual del buen policía.

—¡Muy cierto, chaval! Por no cumplir con lo que acabas de decir, este policía corrupto pasará unos cuantos años en la cárcel, donde se va a hacer tremendamente famoso. Creo que últimamente hay escasez de pelirrojos... ¡Culito, culito!

—¡Fernández! Su actitud es inadmisible. Informaré a sus superiores de su conducta.

Pero estaba claro que al tal Fernández se la traía floja que nuestro jefe informase o no.

Se fue sin ni siquiera despedirse.

El Dionisio sudaba copiosamente cuando lo esposaron y se lo llevaron.

Al pasar delante de mí se detuvo, apretó los dientes con rabia y dijo en voz baja:

—Me la has jugado a base de bien, niñato de mierda, pero juro que me las pagarás. Cuando salga de la cárcel ya puedes esconderte bien, pues iré a por ti y haré que te tragues uno por uno todos

esos billetes falsos.
Sostuve su mirada de odio y respondí:
—Dudo mucho que salgas, pero no te preocupes. Si vienes te estaré esperando con los brazos abiertos. Todo esto es por los niños del reformatorio, a los que tú también torturaste y asesinaste, al encubrir los desmanes y atrocidades del director. Confío que en la cárcel te den el mismo trato que ese sádico pervertido nos daba a nosotros.
Se mostró sorprendido al escuchar esa acusación. Jamás podía imaginar que uno de aquellos chiquillos del reformatorio hubiese acabado de policía.
—En cuanto lo llame moverá sus influencias y me sacará de la cárcel.
—Espéralo sentado. Es posible que tarde un poco en acudir a tu llamada. Donde él está no pasan muchos taxis últimamente.
Se lo llevaron.
Me sentía bien por primera vez en mucho tiempo.
Sin pretender jugar a ser juez, había conseguido en poco tiempo quitar de en medio a dos parásitos. El director estaba enterrado en su madriguera, y este otro sinvergüenza iba camino de otro ataúd de hormigón.
Observé que el comisario había presenciado nuestra conversación de despedida. No podía saber si nos había escuchado, aunque algo captó porque dijo:
—Has sido muy inteligente. Como le he dicho a él mismo en persona, se merece lo que le ha pasado, pero no vuelvas a hacer nada parecido nunca más. En mi comisaría no quiero trucos sucios.
Abandoné la habitación sin responder.
—¡Qué te den! —dije en voz baja mientras me alejaba.
Al fin y al cabo, el jefe era otro capullo engreído. Estaba más pendiente de contentar a sus superiores que de impartir verdadera justicia.

Me reuní con Sergio y nos chocamos los nudillos como hacen algunos jugadores de baloncesto para celebrar una gran victoria, o una canasta extraordinaria.
—Te felicito. Tu plan ha funcionado a la perfección. Por fin nos quitaremos de encima a ese gusano
—Gracias a ti también —le dije.

—El mérito es tuyo. Has hecho un gran trabajo. Comenzaste ganandote su confianza. Pensó que eras tan tonto que podía engañarte fácilmente. También acertaste cuando le diste primero el maletín con el dinero de curso legal, ya que pensabas que sospecharía, y así fue. Por esa razón cuando los comprobó en el escáner y vio que eran auténticos bajó la guardia; eso te permitió abrirle la taquilla donde había depositado el maletín con los billetes buenos y pegarle el cambiazo por el otro maletín, en cuyo interior estaban los falsos. El hecho de que los dos maletines fueran idénticos ayudó bastante Se marchó a casa sin sospechar lo que había pasado, y cayó en la trampa al intentar colocarle al joyero esos billetes que él creía que eran auténticos. Simplemente genial.

Le di las gracias de nuevo.

—Tengo una duda. ¿Qué piensas hacer con el dinero auténtico? ¿Tienes intención de quedártelo? —me preguntó.

—¡Por supuesto que no!

—Pero, no lo has entregado...

—Así es. Lo tengo predestinado para realizar con él una buena acción. Es dinero sucio, que en este caso servirá para hacer el bien.

Vi que mi amigo no tenía ni idea de a qué me refería, y añadí:

—¿No se te ocurre nada que podamos hacer con él?

—Muchas cosas, pero me da la impresión de que tú ya has hecho algo... ¿Me equivoco?

Sonreí. Ni yo tenía secretos para él, ni él para mí.

—Ven —pedí.

Lo llevé a mi mesa y le enseñé un correo electrónico que acababa de recibir instantes antes de que el jefe me llamara a su oficina.

Lo leyó:

"ESTIMADOS SERGIO Y PAUL.

NO SE COMO DARLES LAS GRACIAS. ESE DINERO QUE ME HAN ENVIADO POR TRANSFERENCIA ES MUCHO MÁS DEL QUE MI HIJO NECESITA PARA CURARSE DE SU ENFERMEDAD.

TRAS LA MUERTE DE MI MARIDO, HABIAMOS PERDIDO TODA ESPERANZA DE CURACIÓN. SIN EL DINERO QUE ÉL ME ENVIABA, TENDRIAMOS QUE REGRESAR SIN HABER ACABADO EL TRATAMIENTO.

GRACIAS A SU GENEROSIDAD PODREMOS SEGUIR LUCHANDO CONTRA ESTA DURA ENFERMEDAD.

UNA MADRE FELIZ"

Sergio me miró emocionado.

—Habría sido imposible darle mejor uso que ese —comentó.

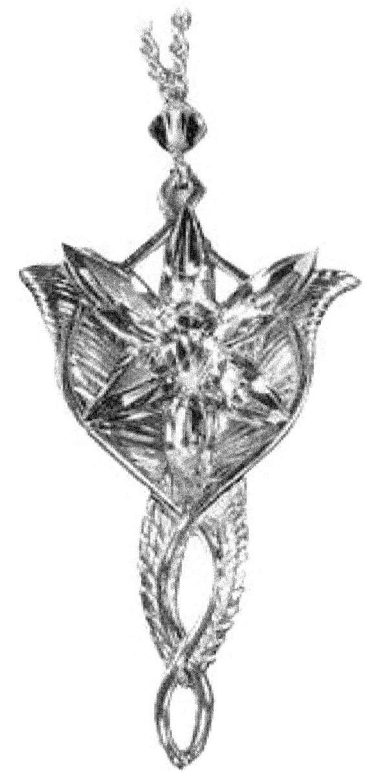

¡APÁRTATE DE ÉL SATANÁS!

El día había sido espléndido. Me sentía radiante y decidí compartir esa felicidad con mis amigos. La última vez que vi a Erika la dejé decepcionada.

Era el momento de darle una satisfacción.

A Roberto hacía más tiempo que no lo veía.

Llegué frente a su puerta y vi que en ese momento también llegaban ellos. Qué casualidad más oportuna.

Iban cogidos de la mano como dos enamorados.

Me envolvió una sensación de calor al ver esa escena tan familiar.

Yo nunca había tenido nada parecido, por ese motivo me emocionaba al ver algo así.

"Pero espera un momento... ¡Esa no es Erika!"

O mi amiga había encogido y se había teñido el pelo, o...

—¡Hola Paul! Qué alegría verte de nuevo —dijo el antiguo policía con sonrisa radiante.

Se dio cuenta de que miraba detenidamente a la cosa que llevaba al lado y añadió:

—Esta es Mary.

¡Anda la Merry!

La muchacha se nos había hecho inglesa de la noche a la mañana.

No podía creer que tenía delante al tormento de mis días, la tortura de mis noches, y el terremoto que había arrasado mi casa.

—La conocí ayer. Es una chica muy especial.

"¡No lo sabes tú bien!"

Comencé a plantearme la posibilidad de que todo esto no fuese casual.

¿Qué posibilidad había de que Roberto hubiese conocido a la misma chica de la que yo estaba enamorado, en una ciudad tan grande como aquella?

Ninguna. Sobre todo, si tenemos en cuenta que María podía ser su hija. Allí estaba sucediendo algo muy extraño.

Comencé a abrir la boca para decirle la verdad, justo en el momento en que María se me adelantó y dijo:

—Mi querido Paul...

¡Tenía cojones la cosa!

—... que pequeño es el mundo. Cuánto tiempo sin vernos.

Al ver la expresión de sorpresa, y de algo parecido a los celos en el

rostro de mi amigo, ya no tuve valor de decirle la verdad.
Cambié de táctica, ya que no quería verlo sufrir por mi culpa.

—Vaya sorpresa tan agradable.

Le sonreí a la arpía y ella me devolvió la sonrisa. Parecía una pastorcilla del belén llevándole el desayuno a Nuestro Señor.

—¿Os conocéis? —preguntó Roberto.

—¡Claro que sí! Fuimos compañeros en el orfanato. Hace por lo menos diez años que no nos vemos —mentí.

Vi la expresión de alivio en su rostro y me alegré de no haberle quitado la ilusión. Ya tendría tiempo de avisarle de los peligros de la pastorcilla. Ahora lo verdaderamente importante era averiguar cómo se habían conocido, aunque podía imaginarlo.

—No te vas a creer como nos hemos conocido. Al girar una esquina tropezamos y nos enamoramos en el acto. Ha sido un auténtico flechazo. ¿Verdad querida?

"¡El flechazo te lo vas a llevar tú en salva sea la parte! Un día de estos, cuando abras un cajón y te falte el reloj de oro que te dejó tu padre, te vas a acordar de Cupido y de la madre que lo parió..." —pensé yo con mala leche, pues ya estaba hasta el gorro de flechazos y amoríos.

Que original y romántico...

¿Qué nos pasa por la cabeza a los hombres para liarnos con una chica mucho más joven que nosotros, y encima auto convencernos de que lo hace por nuestra cara bonita?

Recordé las palabras de mi abuelo, que me hablaba desde su propia experiencia:

"Quién sabe por qué una mujer hecha y derecha se enamora de un patán que no le llega ni a la suela de los zapatos, con tanta pasión, que cuando el desgraciado la utiliza y luego la abandona, le destroza la vida y la sume en la más profunda de las depresiones. O porque un hombre poderoso, que podría tener todas las mujeres de su reino, se encapricha de la esposa del vecino, que es igual de poderoso que él, y ese capricho le acaba costando la vida a miles de inocentes. Es un misterio que el ser humano ha sido incapaz de resolver"

Decidí esperar un poco para ajustarle las cuentas a mi "amiga".

—¿Por qué no subes a cenar con nosotros? Erika estará encantada de verte —ofreció Roberto—. Mi hija y él sienten algo el uno por el otro —tuvo necesidad de explicarle a María.

—¡Mira qué bien! La verdad es que Paul siempre ha sido un buen mozo muy predispuesto a contentar a las chicas...

Roberto la miró sin saber si lo que decía su nueva pareja iba con segunda intención.

—Con mucho gusto subiré a ver a tu hija —respondí, haciendo caso omiso del comentario de la otra.

Además de desear ver a mi amiga y preguntarle si había tenido tiempo de trabajar sobre las letras que le dejé, me encantaría comparar su belleza y calidad humana con la de esta otra "maravilla", que subía las escaleras, cogida de la mano de su padre.

Ya tenía pensado como actuar a continuación, por lo que necesitaba hacer tiempo hasta que fuese el momento oportuno de llevar a cabo mi plan.

La velada fue un auténtico tostón.

Roberto solo tenía ojos para su amada. Parecía un conejo mirando la zanahoria que se iba a comer a continuación. Estaba claro que los dos enamorados deseaban quedarse solos cuanto antes.

Erika no había tenido tiempo de examinar mi nuevo rompecabezas.

—Lo siento Paul, pero he tenido exámenes estos días y no he podido mirar lo que me trajiste. Mañana mismo, sin falta, lo miro— me dijo.

—No te preocupes; ya he abusado demasiado de tu confianza y de tu paciencia. Tómate el tiempo que necesites. Tal vez ni siquiera sea importante.

Lo que deseaba con todas mis fuerzas era marcharme. Lo hice, alegando que tenía que ir a la comisaría a repasar unos papeles. Me despedí, pero en lugar de ir a casa, entré en el portal de la finca de al lado y esperé.

Pasaron dos horas hasta que por fin apareció María, acompañada por mi amigo. Le dio un beso en la boca y se despidieron. Roberto entró de nuevo en el portal y yo salí de mi refugio, justo en el momento en que ella pasaba por allí, la atrapé y la metí dentro. Con una mano sujetaba su brazo, y con la otra le tapaba la boca para que no chillara. Saqué mi pistola, aparté la mano, y se la metí en la boca.

—Aléjate de mi amigo, o te mato —susurré, dando a entender que era un tipo duro, cuando en realidad era un flan caducado.

Ella apartó el arma y contestó:
—Qué violento estás. ¿Por qué en lugar de esta no metes tu otra pistolita en mi boca? El pobre viejo baboso no me ha durado ni diez minutos. Quizás tú lo hagas mejor.
Decía todo eso mientras metía su muslo en mi entrepierna.
No dejó de sorprenderme, una vez más, comprobar que, a pesar de todo lo que esa mujer me había hecho, mi cuerpo respondía con violencia a su insinuación. Por un momento pensé en darle lo que pedía, pero me rehíce con un esfuerzo sobrehumano y lo descarté.
Ella debió notar la lucha que se desarrollaba en mi interior.
—¡Si lo estas deseando! Pareces una vaquita a la que su dueño ha olvidado en el monte una semana.
Esa bajeza tuvo la virtud de recordarme dónde y con quién estaba. La aparté y dije:
—Márchate y recuerda lo que he dicho.
Al igual que ya ocurriera en mi casa, cuando me negué a darle el dinero que pedía, afloró toda la maldad que esa mujer llevaba dentro.
—La advertencia sobra. No me acercaría otra vez a ese carcamal ni por todo el oro del mundo. Me da más asco que tú, y ya es decir. De todas formas, mi objetivo está cumplido —escupió con violencia y añadió algo que me desconcertó por completo: —¡Hay que ver lo que le cuesta a una pobre chica indefensa ganarse unos billetes en esta maldita ciudad!
Se marchó, dejándome sumido en más dudas.
Ahora comenzaba a tenerlo claro. Las últimas palabras de María así lo confirmaban. Alguien la había enviado para hacerme la puñeta. La metieron en mi vida para fastidiarme y solo podía ser el mismo que me estaba dejando sin amigos.
Cuando reaccioné ya era demasiado tarde.
"¡Corre tras ella, idiota! Esa chica tiene la clave para llegar al asesino"
La busqué, pero ya había desaparecido de mi vista.
No me cabía la menor duda de que el perverso y ruín asesino que estaba actuando en la ciudad no iba a cometer el error tan infantil de dejarse ver ante alguien que lo podría identificar. Lo único que conseguiría llevando a mi amiguita a la comisaría sería que nos dijera que el asesino la había contratado por teléfono, o llevaba

puesta una capucha durante sus entrevistas. Seguro que contaba con su labia habitual todas nuestras intimidades, para dejarme en ridículo delante de mis compañeros. Se lo pasarían en grande con lo del perrito, la casa destrozada, y mis intentos por conseguir sus favores, eso sin contar que también saldría a relucir el nombre de Roberto.

No, mejor no...

En ese momento no lo sabía, pero acababa de cometer un grave error, porque en efecto, el asesino había cometido ese fallo tan infantil y yo lo iba a desaprovechar. De haber interrogado a María, yo habría quedado en ridículo (bien merecido lo tenía por idiota), pero ella nos habría dado la descripción del asesino. Mas tarde descubrí que se conocían íntimamente, aunque ella tampoco sabía que era el sádico criminal que estaba cometiendo los asesinatos en la ciudad; pensaba que se trataba simplemente de una venganza hacia mí.

Esperé un día y regresé a ver a Roberto. Si la camarera no se había alejado de su vida hablaría con él y le contaría la verdad.

Tuve suerte porque la pajarita había volado. No hizo falta que le diera ninguna explicación, algo que hubiese sido muy violento, sobre todo de cara a Erika.

—¿Y tu chica? —pregunté amablemente.

Puso mala cara y contestó:

—No me hables de ella. Me engañó. Solo me quería por mi dinero. Me pidió sesenta mil euros y al no querer dárselos, se puso como una fiera y me insultó. Nunca pensé que pudiera haber alguien que soltase más insultos en menos tiempo. Luego comprobé que se había llevado una pulsera de oro de mi difunta esposa.

No dijo nada de poner una denuncia. Sin duda pensaba igual que yo y no quería hacer el ridículo delante de sus antiguos compañeros cuando la detuvieran y la chica contara toda la aventura amorosa, y cómo lo había engañado.

—No lo entiendo; siempre fue una buena chica —volví a mentir, intentando que no se sintiese tan mal.

"Pinocho, ¿eres tú?"

Al regresar esa noche a casa me encontré con una sorpresa positiva después de muchas negativas.

Cuando salí del piso esa mañana para ir a trabajar, el gramófono de mi abuelo seguía destrozado en un rincón. Ahora veía sorprendido que alguien lo había reparado.

Lo habían dejado nuevo.

Me emocioné, pues ya lo daba por perdido. Parecía increíble lo que había sucedido y entonces tomaron sentido las palabras del dueño de los casinos:

"No tendré oportunidad de decirte esto cuando me des las gracias"

—Gracias—dije en voz alta.

Sin duda había dado orden de que lo repararan.

Estaba claro que para hacerlo habían irrumpido en mi hogar sin permiso, pero esta vez lo daba por bueno.

Era la primera vez en mi vida que alguien traía algo en lugar de llevárselo, si exceptuamos a Roberto y su hija.

AMANDA Y SU BUEN CORAZÓN

La mujer recorría el camino diario que la llevaba desde su casa a una de las casas donde trabajaba habitualmente como limpiadora. Se apresuró, porque ya llegaba tarde, y a aquella señora no le gustaba que lo hiciera. Siempre le decía que la puntualidad es un bien necesario del que nunca debemos prescindir. Sin duda, antes de jubilarse debió de trabajar en un puesto de responsabilidad, pues se notaba que estaba acostumbrada a mandar y era muy meticulosa con la limpieza y el orden.

Mientras cogía el metro iba pensando en las vueltas que da la vida. Quién le iba a decir a ella cuando nació en la humilde aldea donde sus padres trabajaban la tierra para un gran señor y se morían de hambre, que algún día su nombre alcanzaría fama mundial al ser inmortalizado por un cantautor que lo incluyó en una de las canciones más bonitas y tristes que jamás se hayan escrito.

Ella era la protagonista de ese:

"Te recuerdo Amanda, las calles mojadas, corriendo a la fábrica donde trabajaba, Manuel. La sonrisa ancha, la lluvia en el pelo, no importaba nada, ibas a encontrarte con él... Muchos no volvieron, tampoco Manuel".

Esa última estrofa, significó que su amado había muerto masacrado por los asesinos, que con la escusa de salvar el país de malas influencias, acabaron con la vida de miles de obreros, campesinos, poetas, periodistas y la de cualquiera que no pensase como ellos. Ese mismo cantante que compuso la canción (pocos días después de que Manuel fuese asesinado), fue torturado, le cortaron la lengua, y le machacaron las manos con las que tocaba la guitarra, para que no siguiese protestando con sus canciones. No lo consiguieron y finalmente lo mataron. Ella misma fue encerrada en una mugrienta celda, donde fue torturada, y violada en numerosas ocasiones por aquellos cerdos. Aún no se explicaba porque no estaba en una fosa común como la mayoría de sus conocidos, y como miles de jóvenes que fueron asesinados sin motivo.

En cuanto pudo salió de ese infierno de odio y muerte y emigró a este otro país, donde al menos podía caminar por la calle sin que nadie la detuviera, ni la mirara con mala cara, aunque últimamente las cosas estaban cambiando.

Ella misma había presenciado varias agresiones por parte de chicos del país a emigrantes. Le parecía muy mal que sucediera algo así, pero al menos no era por llevar el pelo largo, o tener diferentes ideas políticas, como había sucedido en su país. Cientos de miles de personas de los más recónditos lugares del Planeta habían llegado a Europa, atraídos por la promesa de una vida feliz que se les negaba en sus países de origen. Muchos venían huyendo del hambre y de la guerra. Llegaron en época de vacas gordas y los aborígenes del país no vieron con malos ojos que esos emigrantes realizaran los trabajos penosos que ellos rechazaban, porque tenían otros mejores. Ahora todo había cambiado. La cosa estaba fea, y esos buenos trabajos habían volado junto a la bonanza económica. Cuando los habitantes del país perdieron sus puestos de trabajo, miraron hacia abajo y vieron que esos trabajos más malos y peor pagados seguían ahí, y los quisieron para ellos; el problema era que ya estaban ocupados por los emigrantes, mejor capacitados para llevarlos a cabo. Albañiles, limpiadoras, cuidadores de enfermos, recolectores de frutas... Todos esos trabajos estaban en manos de unos extranjeros que les cerraban las puertas a los nacionales. Ese era uno de los motivos principales de que mucha gente comenzase a tenerles manía y a solicitar su expulsión. Ella no estaba de acuerdo en que los quisieran echar a patadas. La gente solía tener la memoria muy corta y no recordaba que esos trabajadores habían ayudado a levantar el país.

No se merecían que los tratasen de esa manera.

Seguía dándole vueltas al tema y casi pasa de largo el portal que buscaba. Llamó al timbre, y como la señora no respondía, usó la llave que le había dado para ocasiones así.

Salía mucho y era normal que no estuviese en casa.

Ella ya sabía lo que tenía que hacer, y el dinero para pagar su trabajo siempre lo dejaba dentro de un bote en la cocina. Entró en la casa y notó un olor desagradable que le impactó en la nariz. Tampoco le sorprendió. La señora no habría sacado la basura la noche anterior, y por eso olía tan mal la casa.

Preparó el cubo de fregar y se encaminó a la salita para comenzar su tarea. No tenía tiempo que perder. Debía acabar en dos horas o cogería más retraso cuando fuese a la siguiente casa. Con la competencia que había no podía permitirse el lujo de que se enfadaran con ella y buscasen a otra.

Comenzó a fregar rápidamente, hasta que solo quedó el comedor. Siempre lo dejaba para el final, porque el suelo era de madera y necesitaba un tratamiento especial para tarimas. Esa era la parte más dura del día. Lo tenía que limpiar arrodillada y últimamente sus articulaciones comenzaban a quejarse.
La edad suele tener buena memoria de nuestros excesos...
Cuando entró en el comedor y se disponía a arrodillarse, vio algo encima de la mesa que la dejó paralizada...

En ese mismo momento Sergio y yo acababamos de cenar y nos dirigiamos a una de las zonas de alterne de la ciudad a tomar unas copas.
Habían transcurrido varios días desde el último asesinato y las dos hermanas descansaban juntas para toda la eternidad.
Mi maldito enemigo podría estar en cualquier sitio preparando su siguiente crimen. Cincuenta policías removían cielo y tierra para atraparlo, pero hasta el momento no daba señales de vida. Había demostrado tener una inteligencia muy superior a la que yo le presumía. Todo lo planeaba hasta el más mínimo detalle, como si fuese una operación militar.
Si no daba un paso en falso y se delataba él mismo, lo tendríamos complicado.
Al no tener familiares vivos con los que contactar no teníamos posibilidad de atraparlo siguiendo esa pista.
Tampoco nuestra incursión por los bajos fondos buscando que alguien lo delatara dio resultado alguno.
Parecía que se lo había tragado la tierra.
Entramos en uno de aquellos garitos que tan de moda estaban últimamente. Este en concreto, estaba lleno a rebosar. Mi amigo se metió dentro buscando una mesa donde sentarnos.
Me quedé solo en la entrada y en ese momento alguien me agarró del brazo. Giré bruscamente y me deshice de un tirón de esa mano que me sujetaba. Nunca me gustó que me agarraran de esa manera.
—¡Oye guapo, no seas tan brusco con las damas!
Me quedé helado.
Delante de mí tenía a María.
¿No había forma de librarme de esa mujer?
Justo entonces regresó mi amigo. Al verla a mi lado hizo un gesto

de abandono y se alejó un poco de nosotros.
La chica añadió:
—¿Quieres pasar un buen rato conmigo?
No podía creerlo. ¿Se me estaba ofreciendo?
Pronto comprendí que no era a mí a quién se ofrecía. Se habría ofrecido a cualquiera que hubiese estado allí en aquellos momentos, ya que ni siquiera me había reconocido.
En cuanto la miré a los ojos supe el motivo.
Estaba colocada.
No reconocería ni a su propio padre si lo tuviera delante.
Me di cuenta de que ya no sentía nada por ella. Una mezcla de alivio y pena me embargó.
Alivio por haberme librado por fin de una tortura terrible.
Pena era lo único que podía sentirse al ver a aquella mujer pintarrajeada y descuidada que tenía delante.
Hacía muy poco tiempo que la había visto, pero su deterioro era palpable. A mi mente regresaron las palabras del mafioso cuando dijo que estaba perdiendo el tiempo con ella.
Parece evidente que la persona que cae prisionera de un vicio no puede evitar caer en todos los demás.
No pude articular palabra y me limité a negar con la cabeza a la oferta que me había hecho.
—Ya veo... —contestó ella mirándonos a Sergio y a mi —. Vosotros sois de esos... Una chica cada vez lo tiene más difícil para ganarse la vida honradamente con tanto marica suelto.
No dijo nada más y se alejó en busca de otras presas más fáciles que necesitasen compañía femenina.
La vi alejarse dando tumbos. Una persona patética, que había tenido una vida no menos patética.
En ese momento ya no sentí pena por ella. Había elegido llevar ese tipo de vida, y solo ella era responsable de sus miserias. Tuvo la oportunidad de vivir junto a un hombre que la quería. Le habría dado cualquier cosa que ella me pidiera, y a cambio decidió robarme y destrozarme la casa. Ahora la tenía delante de mí, ejerciendo el oficio más viejo del mundo y me sentía mal al verla en ese estado.
Le hice un gesto a mi amigo para marcharnos de allí.
No quería seguir viéndola ni un segundo más.
Para mí, ya era historia.

No volví a verla nunca más. Supongo que terminó sus días de mala manera. Una lástima.

Nos disponíamos a subir al coche cuando nos sonó a los dos a la vez el busca. El aparato nos avisaba para que nos pusiéramos en contacto con la comisaría. El hecho de que nos sonara a los dos a la vez no podía presagiar nada bueno.

Buscamos un teléfono público y Sergio llamó a la central. Cuando colgó supe que el asesino había completado el macabro nombre.

Ese nuevo cadáver tendría una "R" pintada en su cuerpo, o en una de las malditas notas que nos dejaba junto al cadáver.

Pero esta vez me equivoqué, por la sencilla razón de que no había cuerpo donde pintarla.

Y había errado al pensar que la última letra la tenía reservada para mí.

Llegamos al escenario del nuevo crimen y entramos en la casa. Lo primero que vimos fue a una mujer de origen sudamericano. Uno de nuestros hombres le daba un calmante para tranquilizarla. Se la veía en estado de shock.

Algo que había visto la había perturbado de esa manera.

Conociendo al asesino, podía ser cualquier cosa.

Entramos en la estancia contigua dispuestos a encontrarnos con una nueva carnicería, pero nos sorprendió ver que todo estaba en orden, si exceptuamos algo que había encima de una mesa, y que habitualmente no suele estar ahí...

—¡Joder! —exclamó Sergio.

Peter se había acostumbrado a los descubrimientos macabros por parte del buen chico que un día lo librara de su prisión acuática. No dejaba de sorprenderse al descubrir la maldad y el odio latente en el ser humano, capaz de llegar a cometer atrocidades semejantes. No podía hacer nada por ayudar a Paul, excepto sufrir con él cuando murió su amiga, o enfurecerse al descubrir que ese otro chico con cara de asesino, que ya en el orfanato mató a su amigo, para así acusarlo de un crimen que no había cometido, seguía haciéndole la vida imposible matando a más personas por venganza.

Ahora estaba viendo que el asesino le había vuelto a quitar la vida a otro ser humano.

Pero este crimen era muy diferente, ya que conocía muy bien a esta persona.

Cuando vio de quién se trataba, su corazón se aceleró con violencia. El de carne y hueso hacía ya mucho tiempo que había desaparecido en el fondo del lago, pero el del espíritu seguía latiendo junto a él. En los anteriores crímenes donde Paul había estado presente intentó comunicarse con esos pobres seres torturados que vagaban por las habitaciones, incapaces de encontrar una salida, pero ninguno le hizo el más mínimo caso.

Era comprensible.

La muerte tan violenta que habían sufrido los dejaba profundamente trastornados. Tampoco habría podido hacer mucho por ellos, únicamente intentar tranquilizarlos y poco más, pues no podía separarse de Paul. Cuando el chico se alejaba del lugar del crimen, tenía que acompañarlo, quisiera o no. Estaban unidos por un lazo indivisible que no se podía romper.

Pero es que ahora ese ser atormentado era... ¡Su amada!

Se le rompió el corazón en mil pedazos cuando la vio tan frágil y asustada, refugiada en un rincón de la estancia.

Ella no lo había visto aún.

Pidió con todas sus fuerzas poder romper, aunque solo fuese en esta ocasión, el lazo que le unía al muchacho, para poder ir y abrazarla.

Lo deseó, aunque sabía que era inútil.

Por eso quedó tan sorprendido al descubrir que se acercaba a ella

El milagro había sucedido.

Le tendió la mano muy despacio, para no asustarla más de lo que ya estaba, y comprobó desolado que su querida Ester se alejaba cuanto podía. Pero en cuanto levantó los ojos y lo vio, sus ojos se iluminaron con una alegría indescriptible. Le tomó la mano y ambos permanecieron quietos sin poder moverse a causa de la emoción del reencuentro. Esa emoción solo duró un instante, ya que Peter escuchó la voz del chico despidiéndose de sus compañeros. Se marchaba, después de haber buscado pruebas por la casa y él tendría que irse también. La miró a los ojos, consciente de que se separaban para siempre.

Pero no sucedió nada de todo eso.

Esperaba sentir la sensación habitual de que algo tiraba de él, pero nada ocurrió.

Paul se marchaba y no lo acompañaba esta vez.

¡Era libre!

Por fin comprendió los extraños sucesos acaeicidos desde que salió de su caza: había acompañado a su amigo policía todo este tiempo porque su destino era estar aquí en este momento.
Su amor era tan fuerte que había traspasado las fronteras de la muerte.
Antes de morir pidió ver a su amada. Ese deseo se lo concedieron cuando regresó con los dos chicos al orfanato, y pudo verla dirigiendo el centro, pero además le habían concedido una segunda oportunidad, y esta era mucho mejor... ¡Podrían estar juntos toda la eternidad!
Nadie podía ser tan feliz como él en aquellos momentos.
Volverían al lago donde estaba hundido su caza.
Era un sitio precioso y tranquilo. Allí podría descansar en paz junto a su amada.
Antes de salir de la habitación se sorprendió al no ver el cadáver de Ester por ningún lado. Unicamente vio aquel objeto extraño sobre la mesa...

—¡Es un corazón humano! —exclamó horrorizado Sergio.
—Lo ha metido en un bote de cristal —miré a mi alrededor— ¿Dónde está el resto del cuerpo?
Una vez más pensé en la única persona que podía ayudarme.
Tendría que llamar a Erika.
Antes de hacerlo, uno de los agentes me informó acerca de la identidad de la persona que vivía en aquella casa. A ella pertenecía el corazón con total seguridad.
—Se llamaba Ester Yáñez. Antes de jubilarse era la directora del orfanato de la ciudad.
Otra persona conocida.
Otro golpe a mis recuerdos.
Se había vengado de ella. No le perdonó el castigo que le puso el día en que yo le di las respuestas equivocadas en el examen de historia, y por ese motivo toda la clase se burló de él.
Utilicé el teléfono de la antigua gobernanta del orfanato para llamar a mi amiga y le expliqué lo que había ocurrido.
Me pidió que esperara un momento.
No colgué y aguardé pacientemente.
Al cabo de diez minutos ya no esperaba tan pacientemente. Quizás no encontraba nada. Por fin escuché el sonido característico que

se produce cuando alguien coge el aparato.

—Perdona la tardanza, pero he tenido que leer por encima casi todos los relatos hasta dar con el más adecuado. Creo que lo tengo. Te leo un extracto del relato titulado:

"El Corazón Revelador". Confío que te ayude a descubrir algo de este nuevo misterio:

"Con un gran alarido, encendí de pronto la linterna y me precipité en la alcoba. Me lancé sobre el viejo y lo aplasté con el peso de su lecho. Estaba muerto. Avanzaba la noche, pero yo trabajé con prisa. Lo primero que hice fue desmembrar el cuerpo. Le corté la cabeza, los brazos y las piernas. Arranqué tres tablas del entarimado y lo coloqué todo bajo el piso de madera..."

Lancé un juramento.

La chica interrumpió su relato.

—¿Qué pasa? —preguntó alarmada.

—Disculpa que te haya interrumpido, pero es que ya sé dónde está el cadáver. Continúa por favor.

"Luego volví a colocarlo todo con una destreza tal, que nadie podría haber adivinado que debajo del piso estaba el cadáver del viejo. Lo lavé todo sin dejar ninguna huella, ni mancha de sangre..."

Terminó el relato y yo dije:

—Pero nada dice del corazón dentro del bote.

—No, pero conociendo a tu psicópata asesino está claro que se lo arrancó para darle más teatralidad al crimen. Pretende que adivines dónde ha escondido el cadáver y sepas que el relato tiene algo que ver con un corazón. No me cabe la menor duda: debajo de esa tarima está el cuerpo mutilado de una mujer, junto a la letra que falta para completar el nombre.

Le di las gracias, pero esta vez añadí:

—Y tú no dudes que cuando todo esto termine voy a hacer mucho más que invitarte solo a cenar.

Un suspiro de resignación llegó desde el otro lado de la línea.

—No juegues conmigo, Paul —dijo enfadada.

—No tengo intención de hacerte daño. Muy al contrario, pretendo hacerte la mujer más feliz sobre la Tierra. Te aseguro que en cuanto acabe con mi enemigo volveré a por ti y no te arrepentirás. Por fin he abierto los ojos. Tú eres la única mujer por la que vale la pena luchar... si quieres que lo haga, claro está.

—Ya sabes que sí. Estoy loca por ti.

—Espérame.

—Ten mucho cuidado y no infravalores a tu enemigo. Si como supones ha montado todo esto para seguir castigándote, es probable que te tenga reservado un papel estelar en toda esta representación. Me temo que esta obra no tendrá un final feliz para ti.

—No te preocupes —le dije para tranquilizarla, pero en el fondo pensaba que mi amiga tenía razón. Estaba seguro de que me reservaba una sorpresa nada agradable.

Regresé a la habitación y le comuniqué a mis compañeros lo que Erika me había contado.

No se equivocaba.

Levantamos la tarima y allí encontramos el cuerpo descuartizado de mi antigua profesora. Se había cebado con ella. Seguía sin comprender que un ser humano pudiese cometer semejante atrocidad con otro. Como era característico entre los crímenes de mi ex compañero de orfanato, encontramos la letra que faltaba en una nota que había dejado entre los dedos de la mano derecha. Pero todavía me dolió mucho más cuando vi lo que llevaba cogido en la otra mano.

Era un objeto que reconocí inmediatamente.

Acababa de ver la piedra que mi amigo Carlos encontró. La guardaba en su cofre cuando el asesino lo mató y se apropió de ella.

Le hacía ilusión creer que había descubierto un nuevo mineral. El Perro se la robó cuando lo asesinó y ahora la dejaba junto al cadáver mutilado de la gobernanta para provocarme y de paso recordarme que él había asesinado también a mi amigo.

La adrenalina hizo que la sangre circulara más rápido de lo normal y me golpeara con fuerza en las sienes. Si lo hubiese tenido delante mío en ese momento le habría vaciado el cargador de la pistola sin remordimiento alguno.

Leí la nota:

"¿Te acuerdas de la Ferrita Magnum que le robé a tu amigo muerto? Tú serás el próximo"

Ya no cabía ninguna duda de que se refería a mí.

La nota terminaba con una dirección.

Me citaba en un almacén abandonado, situado en las afueras de la ciudad. Pertenecía a una antigua explotación minera. De hecho, toda la zona estaba repleta de entradas y edificios destruidos.

Por supuesto, exigía que acudiera solo a la cita, de lo contrario no aparecería y seguiría matando inocentes. Todo lo que había hecho hasta ahora era con el único fin de acabar conmigo, utilizando a la gente que le caía mal o se había enfrentado con él anteriormente.
Antes de acudir a mi cita con la muerte comprobé la pistola.
Sergio advrtió:
—No deberías ir tú solo. Es una trampa.
—Lo sé, pero de una forma u otra los crímenes deben terminar. Si acaba conmigo, al menos mi muerte habrá servido para algo y dejará de matar gente inocente.
Mi amigo me abrazó con fuerza, de esa forma que solemos despedir a quienes ya no volveremos a ver.
Pensé en coger un coche patrulla para llegar más rápido, pero lo descarté. Decidí caminar.
Si este iba a ser mi último día sobre la faz de la tierra, lo disfrutaría al máximo. No cabía la menor duda de que mis posibilidades de escapar con vida de esa cita eran casi nulas. Mi enemigo llevaba semanas preparando este encuentro y lo habría hecho con minuciosidad para que todo saliera bien. Seguro que me tenía reservado otro relato del escritor americano, pero en este caso yo sería su última víctima.
Me disponía a salir cuando un agente llamó mi atención.
—Paul, tienes una llamada urgente.
¿Quién sería en un momento tan inoportuno?
Era de nuevo Erika.
—Me han dicho que te marchas —dijo nerviosa.
—Sí —evité decirle a dónde iba. No quería asustarla.
—No vayas. Tengo un mal presentimiento —aseguró con esa rara intuición que solo las mujeres pueden tener.
Intenté tranquilizarla.
—No te preocupes. No me pasará nada.
—Eso quiere decir que vas a algún sitio peligroso.
Me di cuenta demasiado tarde de la metedura de pata.
"Si algún día tienes intención de engañar a una mujer tendrás que hilar muy fino para conseguirlo"
Una vez más las palabras de mi abuelo me recordaron que el anciano era un hombre muy sabio.
Tras un prolongado silencio, dijo:
—Cuando has llamado antes tenía intención de llamarte yo a ti

para decirte algo muy importante, pero luego lo he olvidado por completo: tengo la solución a la sopa de letras.

—¿La sopa de letras? —pregunté sin saber a qué se refería.

—El papel que me dejaste con letras y números era realmente una sopa de letras, similar a las que salen en los periódicos, o en las revistas de pasatiempos.

—¡Perdona! Dímela por favor.

—Los números de la parte de atrás del papel eran la clave para descifrarla. Tenías que contar ese número de letras desde la izquierda, y a partir de ahí aparece en cada línea la palabra que el asesino quiere que descubras. Unas están en su orden correcto y otras hay que leerlas de derecha a izquierda.

—¿Cómo sabes que es del asesino? —recordé que la habíamos encontrado en el piso desde donde arrojaron a Soledad, pero no teníamos la seguridad de que fuera un mensaje del Perro.

—Porque en esos renglones te está ayudando a descubrir quién es el autor de los crímenes.

—¿Estás diciendo que el criminal descubre su identidad en ese acertijo?

—No, pero te dice quién no es el asesino... y me temo que no te va a gustar demasiado.

—¡Dímelo por Dios! —exclamé al borde del colapso—. Me va a dar algo.

Y me lo dijo:

*"**El asesino no es el Perro, idiota**"*

Las palabras de mi amiga me golpearon brutalmente.

Todo lo que tenía claro hasta ahora acababa de desmoronarse como un castillo de naipes.

—Te ha sorprendido, ¿verdad? No hagas mucho caso. Es posible que sea otra de sus argucias para despistarte —dijo Erika, al notar la turbación que habían producido sus palabras.

Pero yo sabía que no era así. El asesino acababa de citarme para acabar conmigo. Esto no era más que otra de sus burlas para reírse de mí.

Sí no era el Perro, ¿quién podía ser ese loco asesino capaz de montar toda esta representación únicamente para vengarse de mí?

La chica dijo casi llorando:

—¡No seas tan idiota de dejarte matar! No vayas.

—Tengo que hacerlo, de lo contrario no podría mirarme en el

espejo —contesté con gallarda determinación, aunque en realidad estaba acojonado.

—¡Malditos hombres! Con lo que cuesta encontrar alguno que valga la pena y ahora resulta ser un idiota con sentido del deber... Por favor, ten mucho cuidado. Ya sabes que te quiero.

—Yo también a ti.

Un gemido apagado precedió al típico silencio de una línea de teléfono vacía. Miré el auricular pensando lo dantesco de esta vida. Ahora que había descubierto el amor verdadero con esta chica, que sin duda me haría muy feliz, marchaba en busca de un ataúd.

Salí de la comisaría pensando en la identidad del asesino y entonces me vino a la memoria el recuerdo de otro candidato capaz de haber cometido todos estos crímenes solo para vengarse de mí.

"No habrá novias ni amigos que escapen a mi venganza..."

Lancé un juramento y regresé a la oficina.

Una vez más me parecía increíble no haber pensado antes en aquel sicópata del reformatorio que me juró odio eterno desde el día en que le di la patada en la entrepierna.

No costó demasiado esfuerzo seguirle los pasos desde que perdió el trabajo, cuando cerraron el reformatorio, hasta hoy mismo. Todas las direcciones donde había vivido se reflejaban en el ordenador.

Llamé por teléfono, y poco después me encaminaba hacia esa dirección. El sitio estaba bastante cercano a la comisaría y no tardé ni diez minutos en llegar.

—¿Residencia para enfermos terminales? —exclamé sorprendido al llegar a la dirección que buscaba.

Suponía que mi sospechoso viviría en un bloque de apartamentos, a donde tendría que entrar a punta de pistola, y ahora estaba delante de una residencia de enfermos.

"Es posible que este sea su lugar de trabajo. A lo mejor lo contrataron aquí de celador cuando cerraron el reformatorio".

Entré y pregunté a la mujer de recepción.

—Allí lo tiene —me informó ella.

Señaló hacia el jardín.

Se veía a varios enfermeros arrastrando a pacientes en sillas de ruedas.

¡Entonces tenía razón!

"Trabaja aquí y el sitio le sirve de tapadera mientras comete los crímenes".

Le di las gracias a la recepcionista y salí al jardín.

—¡No te muevas, Bruno! —exigí—. Quedas detenido como autor de los crímenes ocurridos en la ciudad.

El celador que arrastraba la silla de ruedas de un enfermo se volvió asustado y me miró.

—Tú no eres Bruno...

Era mucho más joven que el celador del reformatorio.

—Bruno es él —informó, después de recuperarse del tremendo susto.

Miré al ocupante de la silla de ruedas, y aunque vi a un ser muy deteriorado, supe al instante que era quien buscaba. Me miró con ojos perdidos, sin reconocerme. A pesar de que habían perdido por completo sus rasgos de locura, seguían manteniendo cierta aura de desequilibrio mental.

—¿Qué le ha pasado? —pregunté.

—Lo siento señor, pero no se nos permite dar ese tipo de información a extraños. Pregunte en recepción.

—¿Al menos me puedes decir si la semana pasada estaba ingresado en el centro?

—¿La semana pasada? —su extrañeza hizo innecesaria la respuesta que dio a continuación:

—Yo llevo aquí tres años y cuando llegué ya estaba postrado en esta silla de ruedas.

En recepción me confirmaron esa información. Tuve que enseñar la placa y aún así no me la querían dar.

Me empleé a fondo, apelando al civismo de la muchacha en el tema de los asesinatos múltiples, para que cediera y me facilitara toda la información.

Ese Bruno no podía ser el asesino que yo buscaba porque llevaba algo más de cuatro años impedido. Había sufrido un infarto cerebral y al no tener familia que lo cuidara, el ayuntamiento decidió ingresarlo en el centro.

Se estaban acabando los candidatos a asesino despiadado.

Parecía evidente que Erika tenía razón: el Perro seguía jugando conmigo al gato y al ratón.

Solo podía ser él.

Me marchaba cabizbajo, cuando la recepcionista me llamó.

—¡Señor!

Regresé a su lado.

—¿Es usted Paul el policía?

—Sí.

—Acaban de llamar preguntando por usted.

—¿Por mí?

Nadie sabía que estaba allí.

—¿Quién era?

—No lo sé. Su voz sonaba extraña. Parecia estar distorsionada por algún aparato. Ya sabe, como en esas películas de...

—Deme el mensaje por favor —la interrumpí antes de que me contara una película de policías y ladrones.

"He cambiado de opinión. Nos veremos en las granjas. Busca un almacen pintado de amarillo. Es inconfundible"

Seguía demostrando su gran inteligencia. Era consciente de que mis compañeros no me abandonarían. Para engañarlos, cambiaba bruscamente el punto de reunión. Sergio acudiría al lugar de la primera cita, mientras nosotros dirimíamos nuestras rencillas en la otra punta de la ciudad.

Le di las gracias a la chica y me marché.

EL POZO Y EL PÉNDULO

Tras el fallido reencuentro con Bruno no quedaba otra opción que acudir a la cita con el asesino.
Me embargaba una cierta curiosidad por descubrir finalmente su identidad.
Estaba llegando al punto de encuentro.
Era mediodía.
El cansancio, consecuencia de las muchas noches en vela, no me dejaba pensar con claridad. Debí haber esperado a estar más despejado para acudir a esta cita con mi destino, y así tener alguna posibilidad de salir bien parado.
¿Pero cómo relajarse sabiendo que alguien te espera para matarte?
Llevaba en la mano la piedra que mi amigo tanto quería.
Me hacía mucha ilusión haberla recuperado después de tanto tiempo en poder de ese criminal.
La miré y recordé con cariño el nombre que Carlos le puso:
—Ferrita Magnum.
Lo pronuncié en voz alta. Sonaba tan...
"¡Dios!"
De repente se hizo de noche a mí alrededor, a pesar de que el sol seguía brillando en el cielo.
No pude seguir caminando.
Las ideas se me agolparon en la cabeza con rapidez. Hubo un momento que pensé que me estallaría.
El nombre de la piedra...
"El asesino no es el Perro..."
Todo parecía encajar.
Una vez más me sorprendí de lo estúpido que era.
Si no hubiese estado tan sugestionado con la idea de cazar al asesino me habría dado cuenta de la verdad mucho antes.
Tomé asiento en el escalón de la entrada que daba acceso al almacén donde me esperaba la muerte, porque mis piernas se negaban a sostenerme.
Comencé a dudar que mi corazón fuese capaz de resistir ese cúmulo de emociones seguidas. En tan solo un mes se habían sucedido tantos eventos y disgustos, que el pobre debía de estar para el arrastre.

Dejé transcurrir unos minutos y cuando creí encontrarme emocionalmente preparado para lo que iba a suceder a continuación, entré en el almacén y recorrí la amplia nave, que en tiempos pasados servía de centro de recogida de cereales.

En cuanto llegué al punto central de la misma grité:

—¡Aquí me tienes, cobarde! Sal, asesino de mujeres inocentes.

El eco repartió mi voz por toda la nave, pero solo se escuchó el vuelo de algún pájaro, asustado ante mis gritos.

—¡Deja de ocultarte como el reptil que eres!

Más silencio.

Quería jugar un poco conmigo antes de aparecer y castigarme con su nauseabunda presencia.

—¡Te ordeno que salgas sabandija y dejes de esconderte tras el nombre de otra persona! —yo mismo me asusté ante la furia que trasmitían mis palabras —¡Ya sé quién eres! —añadí.

Una sombra se recortó en el piso superior y se acercó hacia el lugar donde yo estaba.

Cuando lo vi supe, que a pesar de los años transcurridos y de la altura que nos separaba, no me había equivocado.

Efectivamente, ese no era el Perro.

—Vaya, vaya, vaya... ¡Pero si es mi querido amigo Paul el que viene a visitarme después de tanto tiempo!

A pesar de saber que era él y estar viéndolo con mis propios ojos, me costaba mucho aceptar la evidencia

—¡No te atrevas a llamarme amigo! Mi amigo Carlos era una buena persona, incapaz de hacerle daño a nadie, y tú eres un asesino cruel y despiadado. No te conozco de nada. Solo eres basura.

—Veo que sigues en forma —contestó— ¿Cómo lo has sabido? Yo que soñaba con darte una sorpresa y la has echado a perder.

Miré a aquel desecho de persona y por segunda vez en poco tiempo sentí lástima del ser humano. Si una basura como aquella se podía incluir dentro de la raza dominante del planeta, quizás sería mejor que desapareciéramos y dejáramos tranquilas al resto de criaturas que lo poblaban.

—Al ver la nota que dejaste en casa de nuestra antigua profesora del orfanato supe que el asesino eras tú.

Ya sabéis que era mentira.

No pensaba decirle que me había dado cuenta tan solo unos minutos antes de entrar en la nave. Tenía una reputación que mantener y más ahora que pronto sería historia.

—¿Cómo lo supiste?

—Si el asesino hubiese sido el Perro habría dejado la piedra, pero jamás podría haber escrito el nombre que tú le pusiste, ya que- solamente nosotros lo sabíamos. Tú estabas muerto y te llevaste el secreto a la tumba y yo no era el autor de todos esos crímenes... Entonces, ¿cómo sabía el asesino ese nombre? La deducción era obvia: seguías vivo. El crimen que supuestamente llevó a cabo el Perro en el orfanato era un montaje tuyo. Eso sí, tan perfectamente realizado que engañó incluso a la policía, y al...

Callé porque acababa de descubrir que relación tenía el forense con su asesino, y de dónde había sacado el argumento para hacerle chantaje. Ese forense era el Cuervo. Había participado en el montaje, y luego quiso sacar tajada del secreto que conocía, hasta que Carlos lo asesinó en el tanatorio, harto de que cada vez le pidiera más dinero por su silencio.

Luego me lo confirmaría, pero ahora seguía metido en su papel de estrella mediática

—¿A qué estuve genial en mi papel de pobre niño bueno asesinado por el niño malo para robarle el dinero que su santa madre había ganado fregando suelos? Yo mismo escribí ese papel para luego ser el protagonista.

No pensaba dejar que disfrutase ni un solo segundo con todo aquello.

Le aticé donde más le dolía.

—Lo siento, pero si a alguien le queda de maravilla la expresión: ***"Eres un hijo de puta"***, es a ti. Seguro que no conociste a tu padre, aunque mejor, pues así podrás escoger entre los cientos de "jefes", a los que tu madre sirvió.

Esas palabras lo dejaron tocado. Nunca le gustó que alguien dudara de la honorabilidad de su madre.

Aproveché el momento de debilidad para darle el golpe definitivo.

—¡Hace falta ser muy idiota para pensar que una simple fregona podía haber amasado una fortuna como la que te dejo tu madre fregando suelos!

Era el momento de devolverle los golpes que él me había dado a mí últimamente.

—No hace falta ser tan grosero. Tenía intención de obsequiarte con una muerte rápida en recuerdo de nuestra antigua amistad,

pero ahora he cambiado de opinión. Te haré protagonista de mi relato favorito. ¿Has oído hablar de" **El pozo y el péndulo"**? ¿No? Tranquilo que pronto conocerás esa bonita historia y la sufrirás en tus propias carnes.
Lanzó una fuerte carcajada insana y pensé que estaba mucho peor de lo que yo creía.
Sin dejar de reir, lanzó algo que llevaba en la mano. Saqué mi pistola y disparé dos tiros, antes de que el gas paralizante lanzado por mi enemigo me impidiera seguir disparando.
Por supuesto no le di...
Mis miembros se agarrotaron y caí al suelo semiinconsciente.
Noté que me cogia de los pies y me arrastraba sin miramientos, para llevarme a otra sala más grande. Una vez allí me subió a una mesa y me ató de pies y manos a unos soportes de la misma.
No podía moverme, ni mucho menos hablar.
Ya que iba a morir me habría gustado saber más cosas. Tenía muchas preguntas sin respuesta que solo él podía resolver, pero en ese momento el asesino salió y me dejó solo.
Regresó a los pocos instantes.
Había ido a poner en marcha alguna especie de mecanismo.
Me miró y pareció adivinarme el pensamiento.
—Seguro que te gustaría saber por qué he montado toda esta representación para acabar contigo. El motivo está claro: te odié desde el primer día en que te vi. Por eso, además de matarte, quise hacerte sufrir lo máximo posible y la mejor manera de conseguirlo fue haciendo desaparecer a tus personas queridas, mientras te dejaba en ridículo delante de tus compañeros.
"Justo lo que pensaba, pero creyendo que era el Perro quién quería hacemer pagar todo el odio que sentía por mí. Que equivocado estaba, y que tarde me había dado cuenta del error."
Continuó explicándome sus motivos:
—Te preguntarás por qué te odié. Tambie está claro: tú eras más guapo y más inteligente que yo. Por si fuera poco, la tonta de Soledad se enamoró de ti. No me hizo ningún caso y eso que yo estaba loco por ella. Solo por eso merecía morir. Tú lo tenías todo y yo nada. ¿No te parece injusto? Nunca me han gustado las injusticias, por eso decidí igualar un poco las cosas. Si la chica no era para mí tampoco sería para nadie...
"¡La esencia del cabrón que asesina a su mujer!"

—Lo preparé todo hasta el más mínimo detalle. Me costó una fuerte suma del dinero que tenía guardado, pero valió la pena. En primer lugar, contraté al Perro, al que tampoco le caías bien, todo sea dicho—rio a carcajadas, con esa risa que se le presume a un psicopata demente—. Deberías contratar un asesor de imagen, porque eso de que no le caigas bien a tanta gente es un problema que te puede dar muchos quebraderos de cabeza en el futuro, aunque bien pensado en el sitio a dónde vas a ir, lo de menos es la imagen.

"Si malo es que te maten, mucho peor es que además te den un sermón... ¡Y por si fuera poco le olía el aliento a rayos!"

Seguí escuchando el relato de sus "proezas".

Tampoco es que tuviera muchas opciones más...

—Mi primera brillante idea fue mandar a su novia Lucía, a la que por cierto también contraté, a que te calentara un poco los circuítos, para que luego su novio os sorprendiera, y te los enfriara de repente. Lo hice por ti, ya que ese es el tratamiento que se le da al mejor acero para lograr un buen temple. Te ha venido muy bien para luchar contra todo lo que has padecido después. Mi idea era que la chica empleara sus armas femeninas para hacer que te enamoraras de ella, luego pasara de ti, y así sufrieras lo mismo que estaba sufriendo yo con Soledad. No te quejarás... Siempre he procurado que no te falte compañía del sexo opuesto. Incluso, cuando me enteré que te habías vuelto a enamorar de esa patética camarera, le eché una mano para ayudarle a encontrar la casa donde vivías. Luego le pagué para que te hiciese la vida más "agradable".

Solo le pagué tres días y ese fue justo el tiempo que duró contigo.

Creo que no le gustabas mucho... La verdad es que no sabes lo que te perdiste. La tía era una fiera en la cama... ¡Sí! No me mires así. Uno no es de piedra y tiene sus necesidades.

"Pero no lo miraba así por eso, lo miraba y recordaba el día en que MarÍa me dijo que alguien le estaba pagando por hacerme la vida imposible. Sí era verdad lo que me estaba contando mi ex amigo, y se había acostado con ella, en caso de haberla detenido aquella noche en el portal junto a la casa de Roberto habríamos sabido la descripción del que la contrató. Lo habríamos detenido y la gobernanta no hubiese muerto.

Otra muerte sobre mis espaldas por culpa de mi estupidez y negligencia."

—¡Pobrecito! —se acercó y me miró más de cerca—. Su pobre ego tirado por el suelo. Las dos únicas mujeres de las que ha estado enamorado y resulta que he tenido que darles dinero para que le hicieran un poquito de caso... ¡Pobre patito feo, que solito y triste está! —más carcajadas de loco— ¿Sabes lo que es lo mejor de todo? Pues que me tuviste delante y no me reconociste. Veo que vuelves a mirarme con cara de sorpresa. Me alegro, pues eso demuestra que sigo siendo un gran actor, o mejor aún, un gran director, ya que al igual que mis queridos Alfred y Orson, he salido en mi película y tú no te has enterado. El día que fuiste a buscar a tu querida camarera a su casa para acompañarla al trabajo, el que salía cogido del brazo no era el marido... ¡Era yo! ¿A qué es genial? No te puedes ni imaginar lo bien que nos lo pasamos comentando la cara de pena que pusiste cuando nos viste juntos. La verdad es que esa chica era sádica como ella sola. De no haberse metido en la droga hasta me hubiese planteado llevarla conmigo cuando todo esto termine y me retire a una isla soleada a vivir de las rentas.

"Y yo no puedo impedir que se salga con la suya"

—Supongo que te preguntarás cómo conseguí librarme de la autopsia el día que fingí mi muerte en el orfanato. Pues comprando también al forense para que la falsificara. Luego, un poco de sangre falsa, y mis grandes dotes para la representación hicieron el resto. ¿A qué estuve soberbio? Qué papelón hice con tan solo doce años. He de confesar que faltó un pelo para partirme de risa cuando destapaste la manta y viste la sangre. Vaya cara de sorpresa que pusiste.

"¡Será gilipollas el tío! ¿Qué cara quería que pusiera?"

—Todo salió a pedir de boca, hasta que ocurrió lo que tenía que ocurrir. Cuando le demuestras a la gente que tienes dinero creen que eres el Banco Mundial, y entonces se toman la libertad de chantajearte. Tanto el forense, como mis dos socios del orfanato, tuvieron esa mala idea, por lo que no me quedó más remedio que matarlos. Entonces pensé... ¿Cómo puedo librarme de estos tres y además jugar un poco con mi amiguito Paul?

—Puse a trabajar mi privilegiado cerebro para idear lo de las notas y las letras, y comencé a librarme uno a uno de mis socios. Genial, ¿verdad?

Con el forense tuve que improvisar. Mi idea era cortarle también la cabeza y ponerla en una silla, con una nota que dijera:

"Por fin el pájaro sienta la cabeza"

¡Qué bueno!

De nuevo me obsequió con su risa demoniaca y siguió explicando todos los detalles de los crímenes.

¿Qué le pasaba a esta enferma sociedad en la que vivíamos para que un crio se trastornase hasta ese punto y centrase su vida en la venganza, el odio y el terror?

¿Se trataba de esa mierda competitiva que nos inyectan en todas partes y que nos obliga a rivalizar entre nosotros para ser más guapos, ir mejor vestidos y conquistar a la novia de tu amigo?

—No te lo vas a creer, pero pensando que iba a un sitio donde no tendría problemas para encontrar herramientas y poder cortársela, fui sin mi maletín, Cuál fue mi sorpresa cuando no encontré nada que me sirviera para llevar a cabo el descabezamiento. Solo había bisturís y pincitas. Qué cosas... De todas formas, no me negarás que el mensaje que te dejé con la orla del muerto no era bastante explicito. En ese momento estabas tan "enchochao", que no te enterabas de nada. Yo me hubiese dado cuenta de que ese:*" Tus amigos no te olvidan"* no era casual, y hubiese pensado en mi mismo enseguida.

"¡El tío lo decía cómo si deducir eso fuese lo más natural del mundo! Tan fácil como suponer que un loco asesino a fingido su propia muerte para hacerte la vida imposible. Es algo que pasa todos los días..."

—Al Perro le até una cuerda al cuello y en el otro extremo puse una piedra y lo arrojé al rio. Digamos que le ayudé un poquito a suicidarse. Me vino bien, por una parte, porque me libré de sus chantajes, y por otra, sirvió para hacerte creer que seguía vivo. Te centraste en un asesino que ya no existía, mientras el auténtico tenía vía libre para seguir cometiendo más crímenes. A mi querida Lucía la maté torturándola un poquito, para hacerte ver que la habían matado por celos, pero fuiste tan torpe de no darte cuenta que era nuestra antigua compañera de orfanato. Con lo que me costó preparar todo el montaje para que la relacionases con el Perro... Pero fuiste duro de mollera. La verdad es que a cualquiera lo hacen policía

"Estaba equivocado. Precisamente yo fui el único en toda la comisaría que defendió la inocencia del encargado de la bodega, porque pensaba que aquel crimen lo había cometido un marido celoso. Sin embargo, sí que tenía razón en lo otro: no me di cuenta, hasta mucho después, de que esa Lucía era también la otra Lucía. Así perdí un tiempo precioso."

—Para mí que ese coeficiente intelectual tan alto te lo dieron en una rifa. Lo de la tortura tan sofisticada fue una petición personal del ser malo que todos llevamos dentro. Me apetecía comprobar en un ser humano ese tormento tan terrible, y la verdad es que no quedé nada defraudado. A la gobernanta la maté porque me pegó unos azotes y me castigó en varias ocasiones. Se la tenía jurada y por fin pude vengarme.

"¡¿Desmembrándola, so hijo puta?!"

No podía hablar, pero si las miradas mataran ese cabrón estaría diez veces muerto.

Se marchó de nuevo y regresó diez minutos después.

—Los asesinos despiadados también tenemos necesidades fisiológicas —explicó y retomó la explicación de sus atrocidades—. A las dos ancianas las maté para robarles. No tenía nada en contra de ellas, pero todos estos montajes valen mucho dinero y se estaba acabando el que me dejó mi madre.

Me di cuenta que el efecto del gas paralizante comenzaba poco a poco a disiparse. Ya podía hablar con cierta dificultad, aunque el resto de mi cuerpo seguía completamente paralizado.

Pregunté, intentando vocalizar lo mejor posible:

—¿Copiaste del Perro... el nombre que luego nos... obligaste a completar?

—¡Vaya! —exclamó sorprendido—. Veo que has comenzado a recuperarte antes de lo previsto. No contaba con tu gran fortaleza física. Debo apresurarme, no me pase como en esas películas en que el bueno entretiene al malo hasta que llegan los otros buenos y lo liberan. Pero primero resolveré tu duda: todo lo que el Perro sabía de historias de misterio y suspense se lo enseñé yo. Era a mí a quien le encantaban todos los relatos de misterio y terror; él, a lo máximo que llegaba, era a leer tebeos tipo Dossier Negro. Hay que tener una mente privilegiada, como la mía, para entender al gran genio de Poe.

—O ser un asesino psicópata... y ese es tu caso —aseguré.

—Piensa lo que quieras porque dentro de poco estarás muerto y ya no importara nada tu opinión sobre mí. Dejémonos de explicaciones y vayamos al grano... ¿Ves ese péndulo que cuelga sobre ti?

Señaló hacia el techo de la nave, donde únicamente se veía oscuridad.

—Ya veo que no. Te pongo al día rápidamente, no te preocupes. Para eso están los amigos... Este péndulo, que es una réplica exacta del que inmortalizó Poe en su relato, irá bajando poco a poco hacia ti, de tal forma que cuando la cuchilla afilada que le he instalado en un extremo llegue a tu cuerpo, te cortará por la mitad. Bueno, la verdad es que no te cortará exactamente por la mitad, ya que he tenido la "delicadeza" de colocarte en una posición que lo primero que cortará la cuchilla es esa cosa tan descomunal que tienes entre las piernas. Siempre pensé que no era justo que a ti te hubieran adjudicado esa máquina del placer tan grande y a mí una cosita diminuta.

—¡Acabásemos! Mejor habría sido reconocer desde el principio que has montado todo esto por envidia y por tus complejos de inferioridad.

Su cara confirmó que acababa de dar en el blanco.

—Puede ser, pero ahora ya no importa. Dentro de media hora estarás muerto. Si te haces alguna ilusión de poder escapar antes de que la cuchilla llegue a tu posición, debo desilusionarte. El efecto del gas paralizante dura una hora. Como hemos estado hablando veinte minutos, y la cuchilla tarda media hora en completar su recorrido, te faltarán diez minutos para poder librarte de su tajo mortal. Lo he calculado precisamente así. Justo cuando notes que comienzas a mover los músculos, llevarás un rato enfadado con tu parte inferior, y os iréis cada uno por vuestra parte.

—¡Eres un sádico!

—Ya lo creo, pero que le vamos a hacer. Cada uno es como es. Te dejo. Perdona que no me quede a verte morir, pero ya me conoces... ¡Soy incapaz de soportar la sangre! Marcho a casa de mi madre, que está justo aquí al lado, a recoger mis cosas. Tengo un vuelo programado para esta tarde a una isla paradisiaca, donde viviré como un rey con el dinero que les robé a las ancianas.

—No te saldrás con la tuya. Mis compañeros te detendrán en el aeropuerto.

—¡Serás idiota! A quién van a detener... ¿A un muerto que lleva enterrado muchos años? En cualquier caso, no pienso arriesgarme. Ya sabes que siempre me ha gustado disfrazarme. De esa forma he podido entrar en algunas de las casas sin levantar sospechas. Es una lástima que no puedas verme con ese disfraz puesto. Me queda de maravilla.

No había nada que hacer. Lo tenía todo planeado a la perfección. Se saldría con la suya. El único que podría desenmascararlo era yo y dentro de poco estaría muerto.

Vi que regresaba.

—!Por cierto! Olvidaba preguntarte algo: ¿Crees que tu amiguita que tiene nombre de vikinga, y que de no ser por ella aún estarías buscando a ciegas, le abrirá la puerta de su casa a una pobre ancianita? Me apetece un montón descubrir sus secretos más íntimos... ¡Debe de estar como un tren!

Al oír esas palabras me volví loco, pero seguía sin poder moverme.

—¡No te atrevas a tocar a Erika! —grité.

—Vale, vale, no te sulfures o te subirá la tensión. No la tocaré... con mis manos. Ya sabes que siempre uso guantes para no dejar huellas.

—¡Te mataré! —amenacé estúpidamente, dadas las circunstancias.

—¿Y cómo lo harás, querido? ¿Regresarás del más allá para vengarte de mí? Sí lo consigues, recuerda comprar un bote de pegamento ultra fuerte para recomponerte a ti mismo...

—¡Maldito seas!

Pobre Erika. No dudaría en dejarlo entrar en su casa, y entonces... Otra buena persona que moriría por haberse relacionado conmigo.

En ese momento mi cuerpo se paralizó aún más de lo que ya estaba. Acababa de ver un reflejo metálico procedente del techo de la nave. Poco después, además del reflejo, vi esa cosa surgiendo de la oscuridad. Lo más sorprendente era el silencio con que iba descendiendo hacia mi posición.

—¡Has visto a tu verdugo! —exclamó al ver mis ojos horrorizados— ¿A qué es una preciosidad? —observó con admiración su gran obra maestra—. Como queda un rato antes de que baje te daré un poco más de conversación para que no te aburras. Debo confesar que todas mis acciones no han sido malas. También te he hecho un par de favores.

¡Sería posible lo que le tocaba oír a uno! Iba a morir troceado como un pollo, y además me tocaba aguantar la conversación de este degenerado.

Vamos a ver que se le ocurría ahora.

—Al director del reformatorio lo quité yo de en medio, de lo contrario tú no hubieses tenido huevos para hacerlo, y eso que el tío era un sádico asesino, mejorando lo presente, claro está, que merecía mil muertes.

Me sorprendió esa afirmación, y muy a mi pesar pregunté:

—¿Cómo lo hiciste?

—Ya he dicho que he seguido tus pasos desde tu salida del orfanato. Sé lo que te hicieron en el reformatorio, por lo que deseé la muerte de ese malnacido de director. Pero no te confundas, lo deseaba porque el único que tenía derecho a putearte era yo. ¡Qué se había creído ese! Imagina que se te carga en el agujero donde te metió... ¡Me habría fastidiado la venganza!

—Que lástima... —respondí asqueado.

—La noche que fuisteis los dos al reformatorio os seguí. Vi que lo dejabas encerrado. Luego me fui a tu casa y esperé que llegaras. Con esa manía tuya de ir andando a todos los sitios, tuve que esperar un buen rato. En cuanto te acostaste utilicé otro poco de gas paralizante como el que he arrojado ahí afuera, con el que por cierto, también dejé fuera de combate a los dos enamorados. Este gas, dependiendo de la cantidad utilizada, solo paraliza o te deja completamente grogui y sufriendo alucinaciones igual que la droga más potente. Nada de somníferos en el vino como dijo uno de tus compañeros en la reunión con el forense. Lo conseguí de una remesa llegada de los países del este al mercado negro. Ahora que ha caido el Telón de Acero lo venden todo esos cabrones.

¡El muy sinvergüenza estaba al tanto!

—Te hice dormir más profundamente, cogí las llaves del reformatorio y me acerqué a retorcerle un poco el pescuezo al viejo. Cuando regresé a tu casa y dejé otra vez las llaves en su sitio, comprobé que seguías profundamente dormido, entonces fue cuando se me ocurrió otra de mis maquiavélicas ideas. Te conté un cuentecito al oído, para que al despertar pensases que los espíritus eran los que habían matado de miedo a tu antiguo director... ¡Qué idiota! Todo el mundo sabe que los espíritus no existen.

—¿Entonces todo eso de: *"Se ha hecho justicia"*, y los hermanos Estévez también fue invención tuya?

Vi que se sorprendía ante mis palabras.

—¿Quiénes? No sé nada de ningún Estévez. Yo te hablé de Soledad, del Perro, y de mí. Metí también a tu amiguita la camarera, para darle otro enfoque diferente y confundierte mucho más de lo que ya estabas.

¡Y yo que pensaba que la muerte del director había sido algo sobrenatural!

Qué infeliz soy...

Tenía otra gran duda y no quería morir sin que me la resolviera. El pendulo baja hacia mí, lenta, pero inexorablemente.

—No entiendo como un chico de doce años pudo entrar en contacto con el ayudante del forense. Estaba claro que necesitaba dinero para pagar la enfermedad de su hijo, pero no creo que fuese a un orfanato buscándolo.

—¿Si te explico qué el Cuervo era hermano de mi madre, lo entenderás mejor?

Lo miré asqueado.

—¿Estás diciendo que has matado a tu propio tío?

—¿Qué pasa? Ya te digo que quiso pasarse de listo. Cuando mi madre murió no me quiso adoptar, alegando que no podría mantenerme a causa de la enfermedad de mi primo. Se limitó a visitarme una vez o dos al año. En una de esas visitas le pedí que me ayudara a escapar del orfanato, ya que no quería adooptarme. Se negó. Solo lo pude convencer con dinero. Me ayudó certificando mi muerte y sacándome luego de la morgue antes de que me enterraran. Por supuesto nada sabía de mis verdaderas intenciones, ni de las muertes que vendrían después. Ya he comentado que no me quedó más remedio que matarlo, cuando se enteró de que yo era el asesino y aumentó sus pretensiones económicas. Sabía que mi madre me dejó una pequeña fortuna y quiso aprovecharse.

¡Menuda alimaña! No le importaba matar a familiares y amigos con tal de conseguir sus propósitos. Ni mandar al infierno a su mejor amigo para poder escapar del orfanato...

El péndulo continuaba con su progresión hacia mi cuerpo y yo seguía sin poder moverme. El perverso asesino lo tenía todo controlado. Si me había dicho que hasta dentro de media hora no recuperaría la movilidad total, es porque ya lo había experimentado en alguien más, además de en la pareja de enamorados. Quizás fue así como atrapó al Perro y pudo arrojarlo al rio. En condiciones normales, Carlos no tenía ni media hostia del otro. Sebastián era mucho más corpulento y fuerte que él.

—¡Hasta nunca!

Se marchó, dejándome solo frente a la muerte en forma de cuchilla descendente.

Ya que no tenía otra cosa que hacer me dediqué a observar el funcionamiento del péndulo.

Aprovechando un antiguo motor eléctrico, que seguramente utilizaban para elevar los fardos de paja, había instalado un brazo móvil, en cuya punta relucía siniestramente una cuchilla. Cada vez que la oscilación del péndulo la hacía cruzar por delante de un haz de luz solar que se filtraba por la ventana del piso superior, podía observar el siniestro brillo de esa cuchilla que pronto descendería del todo, y acabaría con mi vida.

Después de observar detenidamente el funcionamiento, llegué a la conclusión de que el "clic" que se escuchaba regularmente, correspondía a un descenso del brazo de medio metro aproximadamente.

Cinco clics como ese y estaría muerto.

No pude entender que con todas las molestias que se había tomado para acabar conmigo, y después de realizar un montaje tan complicado, no se quedase a presenciar mi muerte.

No era por problemas de sangre. Alguien capaz de cometer las atrocidades que él había cometido no tendría ningún reparo en presenciar como ese péndulo me partía por la mitad.

Creo que era más bien una cuestión de ego.

Una persona tan envidiosa y acomplejada no podía tolerar que yo fuera el protagonista final de su relato favorito, por eso prefería no verlo.

A él le hubiese gustado ocupar mi lugar en la mesa, pero obviamente no estaba tan loco...

Pasaron los minutos, mientras veía como el artefacto seguía con su implacable descenso.

Comenzaba a sentir un ligero cosquilleo en las piernas, señal inequívoca de que el efecto del gas comenzaba a remitir, pero tal y

como pronosticara mi enemigo, el péndulo estaba a pocos centímetros de mi cuerpo.
"Un solo "clic" más y se acabó".
El péndulo continuaba su recorrido por la estancia.
Yo lo miraba hipnotizado. Ahora que había bajado tanto pude ver con total nitidez como el mecanismo iba soltando el péndulo para que bajara.
Rogué que algo lo detuviera, pero sabía que no tenía posibilidad alguna de que sucediese ese milagro.
No me importaba morir; de hecho, para ser sincero, ya debería de haber muerto en varias ocasiones, si la suerte no me hubiese acompañado, pero ahora quería ver por última vez a mi amada Erika y salvarla de las garras del asesino.
No podía soportar la idea de que otras manos que no fuesen las mías recorrieran su cuerpo.
Sí alguien pidió algo alguna vez con toda su alma ese fui yo (¿Por qué tuve la sensación de que ya había pedido algo parecido hacía mucho, mucho tiempo?)
El pivote estaba a diez centímetros del gatillo que haría bajar por última vez la cuchilla, cuando se escuchó el *"Fiuuuuuu..."* característico de un motor al pararse.
No podía aceptar algo así.
Miré y vi que efectivamente el péndulo se había detenido, pero no me hice ninguna ilusión al respecto.
Sabiendo como se las gastaba mi enemigo era fácil adivinar que se estaba riendo nuevamente de mí, haciéndome creer que tenía alguna posibilidad de salvación.
Cuando se cansara de jugar conmigo lo pondría nuevamente en marcha, y se acabó.
—¡Deja de torturarme y acaba de una vez! —grité.
Nadie contestó.
Esperé que en cualquier momento el péndulo reanudase su marcha mortal, pero cuando transcurrieron dos minutos más sin hacerlo, comencé a creer en los milagros.
La conclusión lógica a la que llegué es que me había salvado momentáneamente gracias a uno de los frecuentes apagones por sobrecarga que veníamos sufriendo últimamente en la ciudad. Con las veces que me había quejado cuando me fastidiaban la parte más emocionante de una película, y ahora acababan de salvarme

la vida.
¡Bendita Compañía Eléctrica!
No me volvería a quejar si salía de esta.
Pero tras la alegría vino el pánico.
Si era un apagón...
¡Podía volver la corriente en cualquier momento!
Lo normal es que durasen minutos, y a veces ni eso. Mis piernas comenzaban a moverse, pero no lo suficiente para sacarme de allí, sin contar que seguía atado de pies y manos.

—¡No, por favor, no me llenéis de esperanza para quitármela a continuación! —exclamé dirigiéndome a los caprichosos hados de la fortuna.

Rogué que este fuese un apagón de los gordos, como los que organiza Homer Simpson cuando está de guardia en su central nuclear (benditos dibujos animados. Que buenos ratos me habían hecho pasar). Ahora los recordaba para alejar el miedo que me atenazaba, ya que ese mismo miedo impediría que mis extremidades se recuperasen más pronto.
Pasaron otros tres interminables minutos y por fin recuperé la movilidad en mis manos.
Conseguí moverlas hacía la cuchilla. Por suerte se había parado a escasos centímetros de ellas y logré cortar la cuerda que las ataba.
Fueron los diez minutos más largos de mi vida.
Finalmente, y tras moverme centímetro a centímetro, me tiré al suelo.
Estaba fuera de peligro.
Desaté mis piernas, mientras lloraba igual que un niño.
Esta era la segunda vez que un golpe de suerte me salvaba la vida.
Yo no creía en cosas sobrenaturales, ni en misteriosas coincidencias, pero debía aceptar que esto se salía de lo normal.
Solo me faltó mirar hacia arriba para comprobar que mis miedos eran infundados. La electricidad jamás podría volver a poner en marcha el mecanismo, porque el motivo de haberse detenido no era el apagón que yo pensaba. Desde aquí abajo se apreciaban con claridad los dos cables sueltos en la entrada del motor eléctrico que hacía mover el péndulo.
Mi raciocinio se negaba a aceptar que se hubiesen soltado ellos solos. Un ligero movimiento a la derecha del motor hizo que mi

vista se desviase hasta allíy mis ojos se abrieron sorprendidos ante lo que veían: dos pájaros de vivos colores aleteaban, suspendidos a escasos centímetros de los cables sueltos.
Eso no fue nada comparado con lo que pasó a continuación.
Uno de ellos bajó y se posó en mi mano.
Se trataba de un colibrí.
Me miró fijamente con unos ojos casi humanos, y entonces una sensación de paz recorrió mi cuerpo.
—Seas quién seas gracias por salvarme.
Las palabras salieron de mi boca sin pensarlas. Cuando recapacité me dije:
¡Estás hablando con un pájaro!
Mientras tanto, el colibrí que se había posado en mi mano, regresó junto a su compañero, Abandonaron la nave, y emprendieron el vuelo, alejándose de allí.
En cualquier caso, me gustase o no, lo que había sucedido con esos cables no tenía explicación racional.
Fui a por mi pistola, que seguía en el mismo sitio donde había caído inconsciente.
Dejé de cavilar y salí yo también de la nave.
No tenía tiempo que perder si quería interceptar a Carlos antes de que llevara a cabo su amenaza de terminar con la vida de Erika.
Busqué la casa a donde había ido a recoger sus cosas y a disfrazarse de anciana para sorprender a la chica.
Esta vez la sorpresa se la llevaría él...
Recorrí la zona buscando algo que se pudiera considerar una vivienda entre tanta granja y almacén.
La vi a lo lejos y me apresuré.
Llegué justo cuando...

¡APESTAS, TÍO!

Llegué a la casa justo cuando una anciana con bastón salía por la puerta y se dirigía cojeando hacia un taxi que estaba parado esperándola. Junto a la puerta del vehículo, algo que no se sabía a ciencia cierta si era un hombre o una mujer, le tendía la mano para ayudarla a subir.

—Deme la maleta, anciana—le decía amablemente la taxista con bigote

—Toma hija. Este reuma me está matando.

Que escena tan bucólica y entrañable. La taxista, que no era tal, ayudando a una pobre ancianita, que aún lo era menos.

Saqué la pistola, que mi viejo amigo no había tenido la previsión de llevarse, y plantándome en mitad de la calle, grité:

—¡No te muevas ni un milímetro de dónde estás!

—¿Tú? —se sorprendió la ancianita— ¡A estas horas deberías estar muerto!

Todo esto dicho con una perfecta voz de anciana. Se notaba que había ensayado muchas horas por si tenía que salir huyendo.

—Mira quién va a hablar... ¡Alguien que tendría que estar muerto hace muchos años! —contesté con cierta ironía.

La taxista no entendía nada. Miraba hacia un lado y hacia el otro sin saber lo que hacer. Estaba confusa.

¿Qué hacía ese buen mozo apuntando con su pistola a esta tierna ancianita?

La verdad es que Carlos había demostrado ser mucho mejor actor de lo que yo creía.

—¿No te han enseñado que las cosas casi nunca son lo que parecen? Soy policía y esa ancianita a la que tú ves tan inocente es en realidad el asesino que ha estado actuando en la ciudad estas últimas semanas.

Mientras tanto, Carlos había aprovechado el segundo de despiste que provocó mi explicación, para dar un potente salto por encima del taxi, y correr hacia un edificio situado a nuestra derecha

—¡Anda con la abuelita! —exclamó la taxista— ¿No estaba coja?

Y es que parecía claro que esa anciana estaba en muy buen estado de forma.

Vi que se dirigía hacia uno de los edificios. Era un sitio parecido al almacén donde había instalado el péndulo, pero en este caso se trataba de una granja de ganado. Sin duda pretendía despistarme metiéndose entre los animales, para desaparecer luego por alguna otra salida.

—¡Llama a la policía! —le pedí a la anonadada conductora.

Corrimos entre vacas y terneros, que nos miraban con indiferencia. Le iba recortando la distancia rápidamente. Era bastante más ágil que él, y además no llevaba esos faldones del disfraz de anciana.

Lo tenía a tiro. Podía haber disparado en cualquier momento, y así habría acabado con su miserable vida de una vez por todas, pero quería cogerlo vivo y que fuese un jurado quien lo juzgase, y condenase...

¡Pero qué tontería estaba pensando!

Este asesino tenía todas las papeletas para acabar en un psiquiátrico por enfermedad mental.

En el poco tiempo que llevaba de policía, ya había visto varios casos como el suyo.

Un abogado competente, junto a un juez incompetente, y mi "amigo" se libraría de la cárcel. Le caerían como mucho veinte años de condena en un psiquiátrico, reducidos a quince por buena conducta... y eso si no escapaba antes.

No, no podía permitirlo. Tenía que vengar a tantos muertos inocentes, asesinados por este desecho de la sociedad.

La bella Lucía, mi dulce Soledad, la gobernanta... Levanté la pistola y apunté con cuidado. A pesar de ir corriendo no me cabía la menor duda de que acertaría en la cabeza, o mejor aún, le pegaría un tiro en el corazón. En ese corazón corrupto que se merecía dejar de latir.

¡No podía hacerlo!

Mi dedo se negaba a apretar el gatillo.

Quizás fuese debido a que nunca le había disparado a nadie por la espalda, o se debiese a un erróneo sentido de la amistad, que me impedía acabar con la vida de ese chico con el que tantas buenas horas pasé cuando éramos jóvenes, y todavía creía en la bondad de las personas.

Esa vacilación resultó fatal. Mi antiguo compañero de orfanato la aprovechó para desaparecer por una trampilla lateral de respiración, que se cerró con un chasquido cuando pasó al otro lado.

Intenté abrirla, pero me resultó imposible.

Estaba atrapado, rodeado de vacas que me miraban como si yo fuese un bicho raro. La verdad, es que comparado con ellas lo era y mucho.
Miré a mi alrededor y vi unas escaleras metálicas que daban acceso a la segunda planta de la nave.
Las subí de tres en tres.
Cuando llegué arriba lancé un grito de alegría, pues había visto a través de una ventana cómo Carlos descendía con suma precaución por una escalera de barrotes que conectaba la granja con el patio exterior. En cuanto terminara de bajarlas estaría lejos de mi alcance.
No pensaba permitirlo.
—¡Alto! —grité, mientras le mandaba un disparo que pasó a pocos centímetros de su cabeza.
Se detuvo al instante y levantando la cabeza me miró de forma desafiante.
—Sabes tan bien como yo que eres incapaz de dispararme. Siempre has sido un blandengue —aseguró con aire prepoetente y siguió bajando hacia la libertad.
Estaba demostrando que me conocía mejor que yo mismo.
Pronto estaría en el suelo y desaparecería entre los árboles del bosque cercano a las granjas. Una vez allí regresaría a la ciudad. Conociendo su facilidad para esconderse y disfrazarse sería casi imposible dar con él.
Volvería a escapar sin castigo.
Me había pasado poco antes, por eso no me sorprendió comprobar que tenía razón. Mi dedo siguió inmóvil, incapaz de apretar el gatillo que dispararía la bala que acabaría con su vida.
Mi enemigo comprobó que había dado en la diana: jamás sería capaz de dispararle. Me miró con sorna y una sonrisa burlesca apareció en su boca.
Agaché la cabeza, resignado con mi fracaso.
"¡Déjanos a nosotros!"
Escuché una voz junto a mí.
Di un respingo.
Cuál fue mi sorpresa cuando miré alrededor y no vi a nadie. Seguía tan solo como antes.
Habría pensado que de nuevo mi imaginación acababa de jugarme una mala pasada de no haber ocurrido lo que ocurrió a continua

ción: Carlos saboreaba la victoria y entonces algo extraño aconteció. En primer lugar, se pisó los faldones del disfraz de anciana que le llegaban a los tobillos, y por ese motivo trastabilló. A un lado y otro de la escalera por donde bajaba estaban situados dos grandes depósitos llenos de líquido. Desde la posición en que me encontraba no podía ver bien lo que contenían.

El asesino perdió el equilibrio y comenzó a caer, pero no tendría demasiados problemas para levantarse de nuevo y marcharse. El suelo apenas estaba a dos metros de altura de donde él se encontraba. Se daría un buen golpe contra el piso y la cosa no pasaría de ahí.

Hasta ese momento no parecía haber nada extraño, pero si os digo que mi enemigo no acabó en el suelo como hubiese sido normal, la cosa cambia... ¡Acabó dentro de uno de los depósitos!

Tampoco hubiese sido nada extraordinario de haber estado situados debajo de la posición donde él se encontraba. Lo sorprendente era que los depósitos estaban un metro por encima de su cabeza.

¡Acababa de cargarse de un plumazo la ley de la gravedad!

Pensé que mis ojos me estaban engañando cuando vi como mi antiguo amigo se elevaba en el aire y acababa dentro de uno de los depósitos.

Nadie podría haber explicado lo sucedido de forma racional y era la segunda vez que pasaba algo así esa tarde.

Parecía que una mano invisible lo hubiera cogido, y tras elevarlo en el aire, terminara arrojándolo al interior del depósito.

Salí de mi desconcierto cuando escuché a alguien chillar:

—¡Sácame de aquí! Ya sabes que no sé nadar... ¡Y no puedo soportar este olor!

Miré a mi alrededor buscando algo con que sacarlo de allí.

Vi una cuerda colgada de la pared y la cogí.

Se hundía y emergía en un líquido viscoso. Entonces comprendí a qué se refería con lo del olor. Ese depósito donde había caído tan "casualmente", contenía los residuos líquidos de los animales de la granja, que luego se utilizaban en el campo para abonarlo. Si cuando los repartían con camiones en el campo era insoportable estar cerca, ya que el fuerte olor te echaba para atrás, imagínate lo que sería estar nadando en ellos... ¡Se estaba ahogando en pura mierda!

—¡Arro... jamela! —chilló entre chapuzón y chapuzón, al verme con la cuerda en la mano.

Pero sus esperanzas le duraron poco al ver que arrojaba la cuerda a un lado y decía:

—No. Una cosa es que sea incapaz de dispararte y acabar con tu miserable vida, y otra muy distinta que mueva un dedo para salvar a un asesino sanguinario como tú. ¿Quién soy yo para ir contra los designios de los que te han juzgado y condenado por tus crímenes? Además, tú ya estás muerto desde hace muchos años. No se puede salvar de la muerte a un fantasma.

Dio dos coletazos más y se undió para siempre.

Sus víctimas podían descansar en paz.

Alguien había hecho el trabajo que yo era incapaz de hacer.

Triste destino el de las personas.

Precisamente él, que no soportaba los malos olores, acababa de ahogarse en el peor de ellos.

Miré por última vez el burbujeo producido por el oxígeno que escapaba de sus pulmones y me alejé.

Después de descender al piso inferior, comprobar que estaba todo en orden y que no había dejado ninguna pista, salí de la granja.

No quería que nadie supiese que habíamos estado allí, entre otras cosas porque no pensaba contarle a nadie lo sucedido.

¿Por qué?

En primer lugar, porque quería evitarles a mis compañeros el mal trago de tener que drenar ese depósito pestilente para sacar el cadáver de la ancianita.

La segunda cuestión era igual de obvia: no me creerían.

Cuando llegasen, avisados por la taxista, y yo les explicase lo sucedido, no creerían ni una sola palabra de los extraños acontecimientos que habían pasado en esa escalera, y yo no estaba para pasarme la vida dando explicaciones incongruentes. Ya tenía bastante fama de lunático entre mis compañeros, como para ir contando ahora esta increíble "caída hacia arriba"

La tercera ya era más rebuscada y necesitaba de una explicación más extensa: si descubrían que esa abuelita del depósito era en realidad el chico muerto hace muchos años en el orfanato, se abriría una investigación para tratar de explicar cómo había sido posible que ese chico hubiese engañado a la policía fingiendo una muerte que nunca ocurrió.

¿Por qué no se comprobó oficialmente la defunción del muchacho?
¿Quién llevó a cabo esa investigación tan deficiente?
Buscarían un cabeza de turco que ofrecer en bandeja a la opinión pública y a los políticos y el que tenía todos los números para ponerle rostro a esa cabeza de turco era el teniente encargado de llevar a cabo la investigación en el orfanato. Ese teniente fue mi padre adoptivo. No pensaba dejar que algo así ocurriese con el bueno de Roberto, ya que este asunto mancharía su excelente reputación.
No permitiría que el asesino se cobrase otra víctima.
En lugar de eso, dejaría que el cuerpo del criminal sirviese para dar vida en lugar de quitarla. Aportaría su granito de arena para que esos trigales donde verterían el contenido de ese depósito, creciesen ese año con mayor fuerza. Su cuerpo se descompondría rápidamente al ser atacado por los ácidos presentes en los detritus de los animales, y de esa forma se integraría en la tierra, haciendo brotar unas hermosas espigas.
El pato se lo haría pagar al Perro, y así todo quedaría entre animales.
Me inventaría una bonita historia, no muy lejana de la realidad, pero cambiando de personaje.
Diría que mi antiguo compañero de orfanato había fingido su propia muerte, tal y como habíamos descubierto recientemente, para así poder asesinar impunemente a su mujer y a su amante bodeguero. Mató también a la hermana de su ex esposa, y a su antigua gobernanta para vengarse de ellas. El asunto del Cuervo quedaría como estaba y nadie se preocuparía de investigar.
Todo muy normal.
Las otras tres víctimas serian un misterio sin resolver.
El robo tal vez...
Explicaría que, perseguido por mí, había caído en el mismo rio que utilizó para fingir su muerte (ayudaba el hecho de que su cauce transcurriera a escasos cien metros de la granja). Esta vez no reaparecería, porque le había pegado un tiro cuando vi que pensaba dispararme a mí. Buscarían el cuerpo... ¡Pero que demonios, ese rio estaba más sucio que la barba de un profeta después de una semana de ayuno en el desierto!
Evidentemente no lo encontrarían.

Darían el caso por cerrado, sobre todo cuando dejasen de aparecer nuevos cadáveres con letras junto a ellos.
Al fin y al cabo, ¿quién no iba a creer a un policía?
Los únicos testigos de los extraños sucesos eran las vacas de la granja y esas no hablarían.
Regresé a mi piso, y tras darme una ducha para quitarme el pestilente olor, me tumbé en el sofá.
Pensé qué haría con mi vida a partir de ese momento y recordé que una maravillosa mujer me esperaba con los brazos abiertos.
Hasta ese momento no había sido muy afortunado, ni con las mujeres, ni con los amigos que se habían cruzado en mi camino.
Tenía que reconocer que yo tampoco valía gran cosa. Al fin y al cabo, solo era un hombre incompleto...

ALMANSA 05-05-2009

GRACIAS EDGAR

GRACIAS WILLIAM

www.ingramcontent.com/pod-product-compliance
Lightning Source LLC
LaVergne TN
LVHW010538160826
845677LV00013B/2922

* 9 7 9 8 7 9 1 9 0 8 5 2 0 *